Über den Autor:

Magnus Forster wuchs an der Grenze zu Frankreich auf, lebte lange in England und studierte dort Literaturwissenschaften. Bevor er seinen ersten Roman schrieb, arbeitete er mehrere Jahre als Journalist, Übersetzer und Ghostwriter. Er lebt mit seiner Familie im Rheinland.

MAGNUS FORSTER

Der SPION des KÖNIGS

Historischer Abenteuerroman

BASTEI LÜBBE TASCHENBUCH
BAND 17816

Dieser Titel ist auch als E-Book erschienen.

Originalausgabe

Copyright © 2019 by Bastei Lübbe AG, Köln
Lektorat: Dr. Stefanie Heinen
Titelillustration: © dwph/shutterstock; © Studio DMM Photography/shutterstock; © Luuuusa/shutterstock
Umschlaggestaltung: Massimo Peter-Bille
Satz: Dörlemann Satz, Lemförde
Gesetzt aus der Berkeley Oldstyle
Druck und Verarbeitung: CPI books GmbH, Leck – Germany
ISBN 978-3-404-17816-2

5 4 3 2

Sie finden uns im Internet unter www.luebbe.de
Bitte beachten Sie auch: www.lesejury.de

Ein verlagsneues Buch kostet in Deutschland und Österreich jeweils überall dasselbe. Damit die kulturelle Vielfalt erhalten und für die Leser bezahlbar bleibt, gibt es die *gesetzliche Buchpreisbindung*. Ob im Internet, in der Großbuchhandlung, beim lokalen Buchhändler, im Dorf oder in der Großstadt – überall bekommen Sie Ihre verlagsneuen Bücher zum selben Preis.

Personenverzeichnis

Höflinge und Vertraute des Königs
Richard Faversham, Porträtmaler und Spion
Thomas Montjoy, Baron of Keswick, Chef des Geheimdienstes Seiner Majestät
Charles Stuart, König von England, Schottland und Irland*
Henrietta Maria, Charles' Gemahlin*
Henry Rich, Earl of Holland, Groom of the Stool und Befehlshaber der königlichen Reiterei*
William Laud, Erzbischof von Canterbury*
Thomas Wentworth, Earl of Strafford, Vertrauter von Charles*
Baron Edward Littleton, Siegelbewahrer der Krone*

London
William Lenthall, Speaker des House of Commons*
John Pym, Abgeordneter*
Denzil Holles, Abgeordneter*
Arthur Haselrig, Abgeordneter*
William Strode, Abgeordneter*
John Hampden, Abgeordneter*
Simon Efforts, Abgeordneter*
John Lilburne, Freidenker*

Witcham House und Ely
Lady Vivian Mortimer
Lady Gladys Mortimer, Countess of Coveney, Vivians Mutter
Lord Aldwyn Mortimer, Earl of Coveney, Vivians Vater
Albert Chisum, Vivians Cousin
Newt, Hausdiener
Linus Addenbury, Verwalter
Oliver Cromwell, Abgeordneter*
Master Jordan Mansfield, Buchhändler in Ely

Holly Thompson, Hebamme
Billy Butcher, Metzgersohn
Seymour Plunge und sein Sohn Rod, Moorbewohner
Uthbert Cummings, Pfarrer von Brandon
Henric Forsyth, Tischler
Alec Cordell, Gerichtsschreiber

Schottland
Alexander Leslie, Earl of Leven, schottischer Adliger, Feldherr
    und Covenanter*
Eleonore, Leslies Schwester
Earl of Balmerino, schottischer Adliger und Covenanter*
Earl of Lindsay, schottischer Adliger und Covenanter*
Alexander Henderson, Priester und Covenanter

Taylor House und St. Albans
Shirley Taylor, Countess of Grantchester
Rupert, Shirleys Sohn
Gattlin Taylor, Earl of Grantchester
Master Featherstone, Schneider

Amsterdam
Mijnheer van Grote, Drucker
William Erbery, Theologe aus Wales*

Mit einem Stern markierte Personen sind historisch.

Buch I
Geheimnis

Mai 1639 – Juni 1639

Richard

Das Schwierigste war, wach zu bleiben. Richard Faversham stand mit dem Rücken zum Fenster im dritten Stock des Palas von Balgonie Castle und ließ seinen Blick durch den Raum schweifen. Ein fahler Mond schien durch das Glas und malte Muster auf den dicken roten Teppich und Eleonores fein geschnittenes Gesicht. Sie schlief tief und fest, kein Wunder, denn Richard hatte ihr in das letzte Glas Wein, das sie getrunken hatte, zwei Tropfen Mohnsaft geträufelt. Ausreichend, um sie einige Stunden im Land der Träume festzuhalten. Sie würde im Laufe des Vormittags aufwachen und alles, was zurückbleiben würde, wären leichte Kopfschmerzen, die sie auf den Wein und die ausschweifende Liebesnacht zurückführen würde.

Richard wandte sich ab und schaute nach draußen. Es musste etwa drei Uhr sein. Vor wenigen Minuten war auch der dritte Mann auf der Burg eingetroffen. Er war nicht zu überhören gewesen. Das Tor war mit Getöse geöffnet und wieder geschlossen worden, der Hausherr, Alexander Leslie, Earl of Leven, hatte ihn lautstark begrüßt. Jetzt waren die Generäle der Covenanters, der schottischen Rebellen gegen Charles, den König von England, Schottland und Irland, vollständig versammelt. Die Lords Leven, Balmerino und Lindsay heckten etwas aus. Und Richard würde sich kein Wort entgehen lassen.

Seit Wochen wartete er auf diesen Moment. Seit Wochen porträtierte er Tag für Tag ein Mitglied aus Leslies Familie. Ende März war er eingetroffen, inzwischen war es Mitte Mai.

Eigentlich wäre er längst fertig gewesen, aber das Treffen der Generäle hatte sich ständig verzögert. Also musste Richard sich immer wieder neue Ausreden einfallen lassen, warum er so lange brauchte. Einmal gab er vor, kein Azurit mehr zu haben, um Blau anzumischen, ein andermal schützte er Kopfschmerzen vor, die ihn daran hinderten zu arbeiten. Leslie hatte keinen Verdacht geschöpft, im Gegenteil, der Mann war ein vollendeter Gastgeber und ein kenntnisreicher Kunstliebhaber.

Zurzeit war Richard mit Eleonore, Leslies verwitweter Schwester, beschäftigt. Nicht nur, indem er sie auf Leinwand bannte. Leslie ahnte nicht, dass Richard seine Schwester auch nachts beglückte. Selbstverständlich konnte Richard nicht jede Nacht bei Eleonore verbringen, denn sie mussten äußerst vorsichtig sein. Bei einem gemeinsamen Abendessen hatte Leslie beiläufig darüber gesprochen, was er mit dem Mann anstellen würde, der seiner Schwester zu nahe käme. Leslies Ausführungen hatten Richard den Appetit verdorben.

Der Mann war ein harter Hund, er hatte wie so viele Schotten unter dem Schwedenkönig Gustav Adolph gedient und war in der Schlacht bei Lützen beim Tod des Herrschers zugegen gewesen. Von den Schweden hatte Leslie sein Handwerk gelernt. Vor ihm sollte man sich in Acht nehmen. Das wusste auch König Charles, und deshalb war Richard hier.

Er zog sich Hose, Hemd und Wams an. Auf den Hut verzichtete er, ein stürmischer, ungewöhnlich warmer Frühlingswind fegte um die Mauern. Stattdessen band er sich ein Tuch fest um den Kopf, damit ihm seine langen Haare nicht vor die Augen wehten, allerdings so, dass es die Ohren nicht verdeckte. Er musste jeden Mucks hören können, und er wusste nicht, wie nah er an die Generäle herankommen würde, die sich zwei Stockwerke unter ihm in Leslies Schreibstube versammelt hatten.

Da vor der Stube vier Wachen standen, gab es keine Möglichkeit, an der Tür zu lauschen. Zudem hatte Leslie zusätzlich zur Besatzung der Burg vierzig schottische Kämpfer in den Mauern stationiert. Leslie rechnete mit allem. Nur nicht mit einem Maler, der in den Diensten des Königs stand und nicht nur sehr gut porträtierte, sondern auch sehr geschickt im Fassadenklettern war.

Zum Glück regnete es nicht. Das Prasseln des Regens hätte alle anderen Geräusche übertönt, und die Fassade wäre so glitschig gewesen, dass selbst Richard sie nicht hätte bewältigen können.

Er wickelte das Hörrohr aus, das er von einem Kontaktmann erhalten hatte, und schob es in die rechte Wamstasche. Dann öffnete er vorsichtig das Fenster. Eine Böe fegte ins Zimmer, Eleonore stöhnte und rollte sich auf die andere Seite, aber sie wachte nicht auf. Vielleicht träumte sie von einem Sturm auf hoher See.

Richard setzte einen Fuß auf das Fenstersims. Mit einer Hand hielt er sich an dem Fensterkreuz aus Sandstein fest, dann schwang er sich mit dem ganzen Körper hinaus, ging in die Hocke, hielt inne, lauschte.

Eine Erinnerung streifte ihn. Mit seinem Bruder Gregory hatte er oft solche Ausflüge gemacht, nicht an Hausfassaden, sondern an den steilen Felsen des Deadman's Cove südlich von Dartmouth Castle, wo Richard aufgewachsen war. Sein Vater hatte dort dem Earl of Dartmouth als Hauptmann der Burgwache gedient, und die Jungen waren auf der Burg aufgewachsen. Hätte ihr Vater jemals Wind davon bekommen, was sie an den Klippen trieben, hätte er ihnen das Fell über die Ohren gezogen. Und selbst Richard, der gerne Risiken einging, hatte passen müssen, wenn Gregory ohne Seil so weit hinabkletterte, dass er von der Gischt nassgespritzt wurde. Wenn Gregory nach einer solchen Klettertour wieder oben auf der Klippe angekommen war, hatte er Richard auf die Schulter geklopft und gesagt: »Du bist nun mal mein kleiner Bruder, und ich werde immer besser sein als du.«

Richard hatte den Kopf gesenkt und sich nichts sehnlicher gewünscht, als seinen Bruder zu beeindrucken, als ihn ein einziges Mal zu übertrumpfen. Wie lange war das her!

Richard konzentrierte sich wieder auf seine Aufgabe. Nur der pfeifende Wind war zu hören. Hoffentlich ließ er bald nach! Sonst würde er nicht verstehen, was die drei Generäle besprachen. Es würde Krieg geben, die Schotten lehnten sich gegen den König auf, hatten den Bischof von St. Giles in Edinburgh mit Stühlen, Steinen und Stöcken beworfen, als er aus dem neuen Messbuch gelesen hatte, das König Charles seinen Untertanen zum Geschenk gemacht hatte. Die Schotten, die Presbyterianer waren und der anglikanischen Kirche misstrauten, lehnten das Buch ab, redeten davon, dass die Katholiken das Land übernehmen wollten und bald danach die Franzosen oder, noch schlimmer, die Spanier. Was für ein Unfug! Richard verstand die ganze Aufregung nicht, und letztlich war es auch egal. Charles war König der Schotten, der Engländer und der Iren. Daran gab es nichts zu deuten, und wer das infrage stellte, stellte die gottgewollte Ordnung infrage.

Die Mauern des Palas waren nicht verputzt, zwischen den mächtigen Blöcken, aus denen er erbaut war, klafften Ritzen, die es Richard leicht machten, bis zum Erdgeschoss hinabzuklettern. Die Wand ging in die Burgmauer über, die wiederum gut dreißig Fuß unter ihm im Burggraben endete. Stürzte Richard ab, würde er sich schwer verletzen oder, wenn er nicht so viel Glück hatte, sein Leben verlieren.

Er bat Gott um Beistand und hangelte sich vorsichtig Stein für Stein nach unten. Der Wind zerrte an seinen Kleidern, versuchte, ihn von der Wand zu pusten, aber Richard krallte sich mit den Fingern in die Mauer. Im Winter hätte er diese Fassadentour nicht wagen können, seine Hände wären in kürzester Zeit steif gefroren gewesen, und mit Handschuhen konnte er nicht klettern.

Warmes Licht strahlte aus dem Fenster der Schreibstube. Richard musste achtgeben, dass ihn niemand sah. Er suchte sich rechts des Fensters sicheren Halt, prüfte, ob er eine Hand loslassen konnte, ohne zu fallen. Es gelang. Er stand fest genug. Mit der freien Hand fingerte er das Hörrohr aus der Wamstasche, nahm das Endstück in den Mund und bog die bewegliche Mitte mit den Zähnen um 90 Grad, sodass er um die Ecke horchen konnte. Langsam drückte er den Schalltrichter auf die Scheibe, dann schob er sich das andere Ende ins Ohr.

Sofort erkannte er Leslies Stimme, seinen rauen Bass, der klang, als würden dicke Steine in einem Fass umhergerollt. Der Wind heulte noch immer und machte es schwer, die Worte zu hören, aber als Richard den Trichter noch ein wenig fester gegen das Glas drückte, waren sie plötzlich deutlich zu verstehen.

»Das sind verdammt schlechte Nachrichten. Sind das denn alles Memmen? Wie sollen wir mit ein paar Tausend Mann des Königs Heer besiegen? Auch wenn die meisten erprobte Männer sind und in Schweden und im Heiligen Römischen Reich gedient haben, sind es einfach zu wenige. Was ist mit den Noblen des Nordens? Wollen sie an ihren Herdfeuern sitzen und beten? Lindsay, was sagt Ihr dazu?«

Lindsay war der Führer der Rebellen. Den durfte man auch nicht unterschätzen, er konnte Leslie ohne Mühe das Wasser reichen. Und doch hatte Leslie natürlich recht, wie Richard wusste. Der König hatte mehr als fünfzehntausend Mann aufzubieten, darunter fünfzehnhundert erfahrene Reiter und mehrere Dutzend Feldschlangen, vortreffliche Kanonen. Es würde ein Gemetzel werden. Oder, was Richard bevorzugen würde: Die Covenanters würden einsehen, dass sie zu weit gegangen und hoffnungslos in der Unterzahl waren. Sie könnten den König um Verzeihung bitten. Charles würde den Feldzug abblasen und all diejenigen gnädig und ohne Strafe in seine Arme schließen, die ihm erneut Treue schworen. Charles hatte schon oft bewiesen, dass er ein strenger, aber doch gütiger Herrscher war, der nicht auf Rache sann. Außerdem förderte er die Malerei, die Musik und das Theater, und einer seiner beliebtesten Zeitvertreibe war das edle Schachspiel. Im Gegensatz zu seinem Vater James entsagte er ausschweifenden Festen und hatte den Hof von Korruption befreit. Sollte man nicht dankbar für einen solchen Herrscher sein?

»Es werden mehr Männer kommen, Leslie, macht Euch keine Sorgen. Wir werden auch noch mehr Feldartillerie aufbieten können. Wir haben vier Falkonets bestellt, sie müssten bald geliefert werden, bezahlt sind sie.« Eine kurze Sprechpause. Schritte. Dann sprach Lindsay weiter. »Es braucht seine Zeit, ein Heer aufzustellen. Letztlich will ich keine Schlacht, selbst wenn wir sie gewinnen könnten. Ich will Verhandlungen. England soll nicht unnötig geschwächt werden. Stellt Euch vor, es bräche ein Bürgerkrieg aus! Die Folgen für uns alle wären verheerend. Wir würden uns angreifbar machen. Die Mächte Europas könnten ihren Zwist unterbrechen und einen Ausflug auf die britischen Inseln unternehmen, um einen anständigen Happen des Königreichs zu erobern. Das müssen wir verhindern. Aber wenn es sein muss, kämpfen wir. Die Armee des Königs besteht aus einem Haufen Bauern. Gepresste Soldaten, kaum trainiert, noch nie im Kampf erprobt. Sie haben fünfzehnhundert Mann Kavallerie, die in ganz ordentlichem Zustand sind und von Holland geführt werden. Ein guter Mann. Aber damit allein kann der

König keine Schlacht gewinnen. Und er weiß das. Er wird nicht wie ein junger Hengst losstürmen und riskieren, dass seine Armee vernichtet wird. Er spielt auf Zeit. Genau wie wir. Er braucht die Verhandlungen ebenso dringend wie wir. Wir müssen auf jeden Fall eine Konfrontation verhindern!«

Lindsays Stimme war hell und hatte einen seltsamen Pfeifton. Wahrscheinlich eine Erkrankung der Lunge. Er war gut informiert, und er schätzte den König richtig ein. Bis auf eine Ausnahme: Der König würde sich nicht auf einen Kompromiss einlassen. Er wollte durchsetzen, was er für rechtens hielt. Und er würde einer Schlacht nicht aus dem Weg gehen, wenn er auch nur den Hauch einer Möglichkeit sah, sie zu gewinnen. Vor allem, wenn er damit seine Macht wiederherstellen konnte.

Der Dritte im Bunde, Lord Balmerino, ergriff das Wort, doch plötzlich zerrte eine heftige Böe an Richard, sein rechter Fuß rutschte ab. Verdammt! Er klammerte sich mit den Fingern so fest an den Stein, wie es ging. Jetzt bloß nicht den Halt verlieren!

Richard hätte mit beiden Händen zugreifen müssen, aber dann hätte er das Hörrohr verloren und kein Wort mehr verstanden. Schmerz schoss ihm durch den Arm in die Schulter. Doch es gelang ihm, den Fuß wieder auf den Mauervorsprung zu stellen.

Er schwitzte am ganzen Körper. Sein Arm zitterte. Aber er hatte keine Zeit, sich zu sammeln oder sich darüber Gedanken zu machen, dass er fast abgestürzt wäre. Er musste seinen Auftrag ausführen. Zum Glück war nicht viel Zeit vergangen, er konnte höchstens ein paar Sätze verpasst haben. Rasch presste er das Hörrohr wieder an die Scheibe.

Balmerino sprach nicht mehr, Leslie hatte erneut das Wort ergriffen. »... seht Ihr? Das ist Kelso. Dort wird Charles vorstoßen. Das gebietet das Gelände. Tweed und Teviot fließen hier ineinander, die Gegend ist überwiegend flach, ideal für einen Angriff von Reiterei und Infanterie. Charles wird von Süden kommen, wir von Norden.« Er schwieg einen Moment. »Wir werden uns diese Senke zunutze machen. Unsere Armee wird dreißigtausend Mann stark sein. Vielleicht auch vierzig. Charles' Männer werden rennen wie die Hasen.«

»Würde ich Euch nicht kennen, Leslie, würde ich sagen, Ihr habt zu viel Claret getrunken«, sagte Balmerino. »Woher wollt Ihr so viele Männer nehmen?«

»Unsere Soldaten kennen sich doch sicher mit Vieh aus? Mit Rindern?«

»Sollen sie auf Kühen in die Schlacht reiten? Beeindruckend.« Lindsay lachte prustend.

»Auch keine schlechte Idee«, entgegnete Leslie. »Aber ich habe eine bessere. Das Frühjahr ist bislang trocken und ungewöhnlich warm. Und wie es scheint, wird es noch eine Weile so bleiben, vielleicht sogar noch heißer werden. Das haben wir seit Jahren nicht gehabt. Die letzten Sommer waren nass und kalt, das Korn ist auf den Feldern verfault, jetzt verdorrt es. Gott prüft uns ohne Unterlass, aber diesmal kommt uns das Wetter gelegen. Gebt mir doch bitte Tinte und Feder, Balmerino, mein Freund.«

Einen Moment konnte Richard nichts hören, dann fuhr Leslie fort: »Wir werden hundert oder zweihundert Reiter auf diesem Hügel aufmarschieren lassen. Mit polierten Brustpanzern. Die Sonne soll sich im Metall spiegeln, das gleißende Licht wird den Eindruck erwecken, es stünden zehnmal so viele Männer dort. Wir ziehen die Reihe so weit in die Länge, wie es irgend geht, stellen die Pferde seitlich zur Angriffslinie. Dahinter lassen wir tausend Mann Fußsoldaten aufmarschieren. Auch diese Reihen ziehen wir in die Länge, so weit es geht. Sie werden drei Reihen tief stehen. Und dann setzen wir unsere Geheimwaffe ein. Ein alter Trick, den ich von den

Schweden gelernt habe. Die sind ausgefuchst, bei Gott! Mit zwei Regimentern der schwedischen Elitetruppen würde ich geradewegs bis London durchmarschieren. Die sind dressiert wie Jagdhunde. Was die zu packen kriegen, lassen sie nicht mehr los.«

»Die haben wir aber nicht«, brummte Balmerino. »Also, was ist Euer Plan?«

»Wir haben keine Schweden. Dafür haben wir unsere Rinder. Wir treiben sie zwischen den Reihen hindurch.«

Richard hörte ein klatschendes Geräusch und kurz darauf Balmerinos Stimme. »Aber ja! Der Boden ist ausgetrocknet. Tausende Hufe werden Staub aufwirbeln. Es wird aussehen, als marschiere eine gewaltige Streitmacht auf.«

»Was, wenn der König uns nicht auf den Leim geht?«, fragte Lindsay.

»Dann werden wir kämpfen. Das Überraschungsmoment ist auf unserer Seite. Wir treiben die Rinder in die Reihen der Engländer, sie werden alles niederwalzen, was ihnen in den Weg kommt. Die in Panik geratenen Rinder werden das Zentrum sprengen. Dann können wir die Schlacht gewinnen. Mit Holland werden wir fertig. Unsere Musketen haben eine größere Reichweite als die englischen Arkebusen.«

»Aber die Moral unserer Männer ist auf dem Tiefpunkt. Sie fürchten die Engländer«, gab Balmerino zu bedenken.

»Genau deswegen müssen wir handeln«, sagte Lindsay. »Wir brechen schnellstmöglich nach Kelso auf, überrennen die Stadt und gehen dort in Stellung. Und wir streuen weiter das Gerücht, dass wir über eine unbesiegbare Streitmacht verfügen.«

»So soll es sein«, sagte Balmerino.

»Bis es so weit ist, biete ich Euch eine unserer Wunderwaffen an. In Portwein gesotten. Mit Karotten und Kohl.« Die Männer lachten.

Richard wandte sich ab. Er hatte genug gehört. Er hangelte sich zurück in das Zimmer, wo Eleonore nach wie vor tief und fest schlief. Behutsam küsste er sie auf die Stirn, schlich in sein eigenes Zimmer und legte sich aufs Bett. An Schlaf war jedoch nicht zu denken. Richard musste so schnell wie möglich eine Nachricht auf den Weg bringen. Der König musste erfahren, dass die größte Gefahr nicht von der Armee der Covenanters ausging, sondern von einer Herde Rindviecher.

Cromwell

Oliver Cromwell ließ seinen Blick über den Tisch schweifen. Alles war in bester Ordnung. Sechs seiner acht Kinder saßen auf ihren Plätzen, nur sein Ältester, Robert, war in Harrow in der Schule, und die kleine Frances saß auf Elizabeths Schoß. Sie war gerade ein Jahr alt geworden.

Wie es sich gehörte, warteten die Diener hinter Cromwell, der am Kopfende saß, gegenüber seiner Frau. Nach dem Gebet würden sie das Frühstück auftragen. Es dämmerte, nach dem Mahl würde es hell genug sein, das Tagwerk zu beginnen, das für Cromwell in einer Reise nach London bestehen würde. »Lasst uns beten«, sagte er.

Alle falteten die Hände. Für heute hatte er sich ein Gebet überlegt, das ihm helfen sollte, die bevorstehenden Entscheidungen besser treffen zu können. Die politische Lage spitzte sich immer weiter zu, einerseits bedrohlich, andererseits konnten die Ereignisse in Schottland die Macht des Königs erheblich schwächen und das Parlament stärken.

»Herr, unser Gott! Dir danke ich für meine Familie. Es kann keine bessere geben. Dir danke ich für deine Güte, dass du meine geliebte Tochter Frances wieder gesund gemacht hast. Deine Gnade kennt keine Grenzen. Dich ehren wir, und nach deinen Geboten leben wir. Gib mir also die Kraft, die Frevler gegen dich zu besiegen, damit die Menschen nach deinem Willen leben können, damit sie nicht von der Last der Steuern erdrückt und vom Hunger dahingerafft werden und nicht die falschen Götter anbeten müssen. Beschütze meine Frau und meine Kinder auf all ihren Wegen. Segne unser Tagwerk, damit wir die Kraft haben, dir zu dienen, und segne diese Mahlzeit, die wir dir verdanken.«

Cromwell machte eine Pause, zählte bis drei. Alle sagten gleichzeitig Amen. Jetzt durften sie munter drauflosplaudern. Das Essen wurde aufgetragen, es gab Haferbrei, Brot, Eier, Schinken, Käse und Wurst. Die Milch für die Kinder war noch warm, für Cromwell und seine Frau stand ein Becher verdünntes Bier bereit.

Cromwell nahm einen Schluck und lächelte zufrieden. Alle erfüllten ihre Aufgaben zu seiner Zufriedenheit. Er hoffte inständig, dass auch er seine Aufgabe erfüllen würde. Gott hatte ihn aus dem Elend gerettet und ihm vor vielen Jahren in einer Vision gezeigt, was er zu vollbringen hatte: Er sollte der mächtigste Mann Englands werden und die Geschicke der Nation lenken. Er sollte Gottes Willen erfüllen und die Republik einführen. Bis dahin war es noch ein langer, steiniger Weg. Immerhin war er zum Abgeordneten für Huntingdon und Ely gewählt worden, war Mitglied des House of Commons und ein enger Freund wichtiger Gegner des Königs. Aber noch stand das Parlament überwiegend auf der Seite von Charles. Viele murrten, aber niemand traute sich, aufzustehen und den Worten Taten folgen zu lassen.

Cromwell wandte seine Aufmerksamkeit Bridget zu, seiner ältesten Tochter, die schon bald ins heiratsfähige Alter kommen würde. Sie war fünfzehn, und Cromwell hatte vor, sie innerhalb der nächsten drei Jahre zu verheiraten. Je eher, desto besser. Bridget hatte ein großes Talent für die Logik. Sie war zwar ein Mädchen, und es konnte ihr schaden, wenn sie sich allzu sehr mit den Dingen des Verstandes beschäftigte, aber logisches Denken förderte die Fähigkeit, Abläufe zu organisieren und einen Haushalt gut zu führen. Deshalb hatte er Elizabeth erlaubt, Bridget in der Logik zu unterrichten. Ihr selbst hatte es ja auch nicht geschadet. Schon jetzt war

Bridget fleißig, ordentlich, gehorsam und geschickt bei allen Handarbeiten. Sie konnte ein wenig Latein und hatte einen starken Willen, der sich aber nie gegen ihn oder ihre Mutter wendete. Sie wusste, wo ihr Platz in der Welt war. Mit diesen Fähigkeiten war sie eine gute Partie und würde sicherlich einen ebenso guten Mann finden.

Cromwell hob die rechte Hand. Augenblicklich verstummten alle Gespräche. Was immer seine Kinder gerade in der Hand hielten, legten sie ab, um ihm ihre Aufmerksamkeit zu widmen. Bis auf den dreizehnjährigen Dick. Der steckte sich gerade eine Scheibe Schinken in den Mund und schnitt dabei eine Grimasse. Hatte er das Zeichen seines Vaters nicht gesehen, oder hatte er es missachtet?

»Dick!«, donnerte Cromwell.

Sein Sohn zuckte zusammen, schaute sich um, erkannte, dass alle still waren. Er spuckte den Schinken auf den Teller, wischte sich die Hände ab und sah Cromwell an.

»Ich sehe, du warst unaufmerksam deinem Vater gegenüber und hast dadurch die Tischordnung gestört. Welche Strafe, mein Sohn, erscheint dir für diese Verfehlung angemessen?«

Dick zitterte. Nicht nur, dass er sich nicht an Regeln hielt, der Junge war zu allem Überdruss auch noch ängstlich. Ganz anders als Oliver junior. Der nahm ohne Murren eine Bestrafung hin, wenn sie gerechtfertigt war. Auch wenn es schmerzte. Schläge mit der Rute steckte er, ohne mit der Wimper zu zucken, weg. Inzwischen war er siebzehn und musste nur noch sehr selten gezüchtigt werden, doch auch als kleiner Bub hatte er jede Strafe stoisch hingenommen. Dick heulte schon, wenn er die Rute nur sah. Wie unterschiedlich seine Söhne waren! Oliver junior war ein von Gott Auserwählter, daran zweifelte Cromwell nicht. Er würde seinen Vater stolz machen, er tat es jetzt schon.

Dick brachte kein Wort heraus. Eine gute Gelegenheit, seinen Zweitältesten zu prüfen.

»Oliver, mein Sohn. Welche Strafe hältst du für angemessen?«

Der Junge überlegte einen Moment. »Ich habe gesehen, dass Dick abgelenkt war. Er hat also nicht gegen Euren Befehl gehandelt. Als er es gemerkt hat, hat er sich bemüht, seinen Fehler gutzumachen. Er sollte also wegen Unachtsamkeit bestraft werden. Eine Strafe soll immer die Möglichkeit bieten, dass der Bestrafte etwas lernt. Dick muss lernen, aufmerksam zu sein und die Gaben Gottes zu würdigen. Daher würde ich ihm eine Aufgabe geben, die genau das verlangt. Ich denke, eine Woche lang die Schweine zu hüten und bei ihnen zu hausen, ohne in die Schule gehen zu dürfen, wäre eine angemessene und sinnvolle Strafe.«

Cromwell musste seinem Sohn Hochachtung zollen. Er hatte die Verfehlung erkannt und auch das Wesen der Strafe verstanden. Strafe durfte niemals Rache sein, sondern diente immer der Erziehung. Das war Gottes Wille. Wie es sich gehörte, sollte der Delinquent sich verteidigen dürfen. »Dick. Was sagst du dazu?«

»Ich, äh, ja, ich war nur abgelenkt, Vater. Ich bitte Euch um Verzeihung. Es wird nicht wieder vorkommen. Und bitte nicht zu den Schweinen.« Dick kämpfte mit den Tränen.

Eine Entschuldigung war immer gut, und dennoch war Cromwell enttäuscht. Dick verhielt sich wie ein Diener, der die Schläge seines Herrn fürchtet und sich nicht verteidigt, sondern um Gnade winselt. Warum war Dick so? Was hatte Gott mit ihm vor? Alles war vorbestimmt, also auch das Schicksal seines Sohnes. Dennoch durfte sich Cromwell nicht damit zufriedengeben. Manchmal waren die Zeichen, dass Gott einen Menschen auserwählt hatte, schwer zu deuten, und manchmal fehlten sie vollkommen. Deshalb hatte

Gott ihnen aufgetragen, einerseits ihm zu dienen, andererseits aber auch dem Nächsten, damit dieser das Werk Gottes vollenden konnte. Sein Dienst an seinem Sohn musste sein, ihn auf den richtigen Weg zu führen. Oliver junior hatte gut gesprochen, aber einen Aspekt außer Acht gelassen, den er selbst nun einführen würde.

»Nun, Dick, mein Sohn, das hast du schon oft versprochen, aber du hast es, wie du gerade bewiesen hast, nicht eingehalten. Dein Bruder hat ein weises Urteil gefällt, was den heutigen Fall angeht. Aber ich muss auch in Betracht ziehen, was vorher war.«

Oliver junior hob die Hand. Cromwell erteilte ihm die Erlaubnis zu sprechen. Auch er hatte das Recht, sich zu verteidigen. Dem Jungen war die Kritik nicht entgangen, die in den Worten seines Vaters gelegen hatte.

»Das habe ich bedacht. Für die anderen Fälle ist Dick bereits bestraft worden, indem Ihr ihn körperlich gezüchtigt habt. Es ist, wie gesagt, das Wesen der Strafe zu erziehen. Die körperliche Strafe hat, wie wir gesehen haben, keine Wirkung erzielt. Eine Woche Schweine zu hüten ist eine andere Strafe. Sie gibt Dick Zeit zum Nachdenken. Sie gibt ihm die Möglichkeit zu erkennen, wie gut er es hat, wenn er an unserem Tisch sitzen darf, und dass es unabdingbar ist, Regeln und Gesetze zu befolgen. Er wird nie wieder unachtsam bei Tisch sein. Davon bin ich überzeugt.«

Die Argumente waren bestechend. Cromwell war erneut stolz. »Ausgezeichnet vorgetragen, mein Sohn.« Er wandte sich Dick zu, der blass geworden war. »Du wirst ab morgen eine Woche bei den Schweinen verbringen, deren Lager teilen. Essen wirst du, was vom Tisch übrigbleibt. Möge dir dies eine Lehre sein, die dich vor weiterem Fehlverhalten schützt.«

Dicks Unterlippe bebte. »Darf ich mich zurückziehen, Vater?«

»Nein, Dick. Ich habe noch etwas mitzuteilen.«

Dick senkte den Kopf und starrte auf seinen Teller. Cromwell fing einen Blick seiner Frau auf, der sagte: »Es ist recht so. Er muss es lernen.«

Auf Elizabeth konnte er sich verlassen. Sie gab ihm Halt und Sicherheit, auch wenn er harte Urteile fällen musste. Sie liebte alle ihre Kinder gleichermaßen, so wie Cromwell es auch tat. Allein deshalb musste er stark sein. Das Leid, das Dick jetzt erfuhr, würde ihn zu einem besseren Menschen machen. Um nichts anderes ging es. Würde er seine Kinder verzärteln, beginge er Verrat an ihnen und Gott.

»Der König hat es wohl verstanden, die Schotten gegen sich aufzubringen«, begann Cromwell seine Ausführungen. »Ein Krieg scheint unvermeidlich. Charles hat all seine Untertanen aufgerufen, ihm in den Krieg zu folgen. Seid beruhigt, ich werde dem Ruf nicht folgen. Aber ich werde mich mit einigen Männern treffen, die wie ich der Meinung sind, dass der König zu weit geht. Ich werde einige Tage fort sein, wir treffen uns in London.«

Er lächelte Oliver junior an. »Solange dein älterer Bruder in Harrow ist, sollst du mich in allen Dingen vertreten, während ich auf Reisen bin. Auch wenn es um das Moor geht. Du wirst den Leuten beistehen. Du wirst jeden Mann des Königs wegen jeder noch so belanglosen Kleinigkeit verklagen. Aber bleibe immer bei der Wahrheit. Wir dürfen keine Lügen verbreiten, damit würden wir uns nur angreifbar machen.«

Oliver junior, der seinen Vater jetzt schon überragte, schien noch einen Zoll zu wachsen. »Ich werde Euch nicht enttäuschen, Vater.«

Cromwell erhob sich, und seine Familie mit ihm. Er gab allen einen Kuss auf die Stirn. Auch Dick, der ein wenig zurückzuckte, als sein Vater sich ihm zuwandte.

»Dick, mein Sohn. Bedenke, dass ich dich nicht strafe,

weil ich dich hasse, sondern weil ich dich liebe. Das darfst du nie vergessen.«

Dick blickte zu seinem Vater auf, in seinen Augen schimmerten Tränen. Cromwell wusste nicht, ob es Tränen der Rührung waren ob seiner tröstenden Worte oder Tränen des Zorns.

Zuletzt nahm er Elizabeth in die Arme, spürte ihren warmen festen Körper und ihren starken Willen. Er schaute ihr tief in die Augen. »Gib gut acht auf dich, mein Schatz. Ich wüsste nicht, was ich ohne dich anfangen sollte.«

Elizabeth legte eine Hand auf seine Wange. »Schau du, dass du in einem Stück wiederkommst. Ich kenne dich doch, du Heißsporn. Sei klug, und remple nicht gleich jeden Royalisten an, der dir in London über den Weg läuft.«

Cromwell lächelte. »Dein Wunsch ist mir Befehl.«

Er küsste sie zart auf den Mund, wandte sich abrupt um und verließ ohne ein weiteres Wort das Haus. Sein Pferd stand bereit, er schwang sich in den Sattel und gab ihm die Sporen. Er würde sein Versprechen Elizabeth gegenüber halten. Er würde keinen Royalisten anrempeln. So glimpflich würde es nicht abgehen.

Richard

Richard blickte in den strahlend blauen Maihimmel. Kein Wölkchen in Sicht. Gut so, schließlich würde er eine Weile im Freien beschäftigt sein. Er band sich das Tuch so vor Nase und Mund, dass er noch genug Luft bekam, aber ausreichend geschützt war. Dann gab er den Dienern, die ihm neugierig zusahen, ein Zeichen, dass sie verschwinden sollten. Er wollte sie nicht unnötig in Gefahr bringen. Erst als sie sich zurückgezogen hatten, nahm er einen Brocken Königsgelb aus einem Ledersäckchen, legte ihn in den Mörser, breitete ein Tuch darüber aus und begann, den Brocken vorsichtig zu zerstoßen. Der gelbe Staub war gefährlich, und er musste höllisch aufpassen. Wenn der Mörser umkippte, würde er Menschen und Tiere krank machen oder sogar töten.

Anthonis van Dyck, sein Mentor und Lehrer, hatte ihm eingeschärft, mit Königsgelb vorsichtiger umzugehen als mit einem Fass Pulver, denn der Arsengehalt des Minerals war extrem hoch, und mancher Kollege hatte seine Nachlässigkeit mit dem Leben bezahlt.

Nach einigen Minuten legte Richard eine Pause ein. Er spürte noch immer seine Muskeln. Als er bei seinem nächtlichen Ausflug vor zwei Tagen fast abgestürzt war, hatte er sich einige Zerrungen zugezogen. Vor allem die rechte Schulter tat weh. Er versuchte, sich gegenüber seinem Gastgeber nichts anmerken zu lassen, was nicht immer leicht war. Wenn er sich zu abrupt vom Tisch erhob, war der Schmerz sehr unangenehm. Bis er wieder vollständig hergestellt wäre, würde es wohl noch ein paar Tage dauern. Zumal er in der Nacht auch noch einen Albtraum gehabt und bis zum Morgengrauen wach gelegen hatte. Die Klettertour hatte Erinnerungen hervorgewühlt, die er normalerweise lieber ruhen ließ. Er hatte von Gregory geträumt und von jenem Moment auf den Klippen, der sein Leben für immer verändert hatte.

An dem Tag nämlich hatte er es doch gewagt hinabzuklettern und war auf einem glatten Stück abgerutscht. Als er am Kliff gehangen hatte, den sicheren Tod vor Augen, war es Gregory gewesen, der ihn davor bewahrt hatte, abzustürzen und an den Felsen des Deadman's Cove zu zerschellen. Doch der Preis dafür war zu hoch gewesen. Gregory hatte sich verschätzt. Zwar erlangte Richard mit seiner Hilfe wieder Halt unter den Füßen, sein Bruder aber verlor das Gleichgewicht und stürzte in den Tod.

Gregory war seinetwegen gestorben, und das hatte Richard sich nie verziehen. Sein Vater hatte seit dem Tag nicht ein Wort mehr mit ihm gesprochen, sodass es eine Erleichterung für Richard gewesen war, als er wenige Monate später zur Ausbildung nach London geschickt wurde. Alles war besser gewesen als dieser ständige stumme Vorwurf. Selbst heute, fast zwanzig Jahre später, verweigerte sein Vater jeden Kontakt.

Richard hatte es aufgegeben, um Vergebung zu bitten. Er hatte seinen Vater aus seinem Leben verbannt. Nicht aber seinen Bruder. Was immer er auch tat, widmete er ihm. Er hatte sich geschworen, Gregorys Andenken Ehre zu machen, indem er immer alles gab, indem er ständig besser wurde. Wenn er mit steif gefrorenen Fingern den Pinsel umklammerte, um den dreißigsten Versuch zu unternehmen, die Falten eines Gewandes richtig hinzubekommen, tat er das für Gregory. Und wenn er nachts an einer glitschigen Mauer hinaufkletterte, um für den König zu spionieren, geschah auch das für Gregory. Damit sein Bruder nicht umsonst gestorben war.

Richard schob die Erinnerungen weg und arbeitete weiter. Während er die Farbe behutsam zerstieß, ging er seinen Plan noch einmal in Gedanken durch. Leslies Gäste waren bereits am nächsten Morgen wieder aufgebrochen, und Richard wusste nicht, wie viel Zeit ihm blieb. Er musste die Neuigkeiten weiterleiten, und er durfte nicht dabei erwischt werden, nicht der Schatten eines Verdachts durfte auf ihn fallen.

Alexander Leslie wusste natürlich, dass Richard ein Maler war, der auch am Hof ein und aus ging. Daher wurde er zwar mit großem Respekt, aber mit ebenso großem Misstrauen behandelt. Er konnte nicht einfach eine Nachricht verschicken. Sie würde abgefangen werden, und mit etwas Pech würden Leslies Leute den Code entschlüsseln und so erfahren, dass Richard sie belauscht hatte.

Ganz abgesehen davon herrschte ohnehin ein Mangel an Boten. Seit Monaten schon gab es keine mehr, wegen des drohenden Krieges, der Truppenbewegungen und des hohen Bedarfs an Überbringern auf allen Seiten war das Nachrichtensystem fast völlig zusammengebrochen. Wichtige Botschaften wurden fast nur noch von Militärs übergeben, aber hier oben in Schottland gab es natürlich keine königlichen Soldaten.

Richard hatte dennoch jemanden gefunden. Er hatte sich mit Sionn unterhalten, einem der Diener, der bereit war, dem Pferdeknecht eines Händlers, der über York nach London reisen würde, gegen ein kleines Entgelt eine Bildrolle zu übergeben. Der Knecht würde das Bild dann an die Kontaktperson übergeben. Selbst wenn etwas schiefging, ein Gemälde würde Leslies Leuten wohl kaum verdächtig erscheinen. Zumal sie keine geheime Botschaft darin entdecken würden.

Denn die war nur für Eingeweihte zu entschlüsseln. Das Verfahren hatte Richard selbst entwickelt. Zuerst brachte er mit einer verdünnten, fast transparenten Lasur den codierten Text auf. Er war kaum lesbar. Man musste das Bild mit einer leichten Salzsäure abwischen, damit man die Zeichen erkennen konnte. Als Nächstes trug Richard eine weitere Lasur auf, die als Trennschicht diente. Hätte er die Ölfarbe direkt auf die Nachricht gepinselt, wäre sie nicht mehr zu restaurieren gewesen. Die Trennschicht ermöglichte es, die obere Schicht Ölfarbe mit einem Skalpell vorsichtig abzutragen. Auf die Trennschicht malte Richard eine ländliche Szenerie, die er in wenigen Stunden vollendet hatte. Das Bild musste einen Tag lang trocknen, dann konnte er es versenden. Zwei Tage insgesamt brauchte er, um eine Nachricht herzustellen, aber der Aufwand lohnte sich. Niemand außer Thomas Montjoy, seinem Chef beim Geheimdienst des Königs, konnte die versteckte Nachricht entschlüsseln.

Richard bewegte seine steifen Schultern. Seine Finger taten jetzt schon weh, und die Farbe war noch lange nicht fertig. Er brauchte sie für das Kleid, das Eleonore trug. Sonnengelb in vielen Schattierungen. Es betonte ihre perfekte Figur, und wenn sie für ihn saß, machte sie sich einen Spaß daraus, ihn mit Küsschen, Handbewegungen und zweideutigen Bemerkungen zu reizen. Bis jetzt hatte er während der Sitzungen all ihren Verlockungen widerstanden, und er gedachte nicht, dies zu ändern. Vergnügen war Vergnügen, und Beruf war Beruf. Leslie zahlte gut, und Richard musste seine Tarnung aufrechterhalten, wenn ihm sein Leben lieb war.

Der Brocken zerfiel nur langsam. Damit Richard die Pigmente mit dem Öl mischen konnte, mussten sie so fein wie möglich sein. Es durften keine Stückchen oder Verunreinigungen darin sein. Obwohl der Staub tödlich war, liebte er diese Vorbereitungen. Sie machten ihm möglich, was den meisten anderen Menschen wie ein Wunder erscheinen musste: Aus Staub erzeugte er Bilder, die lebendig aussahen. Auch wenn es ein steiniger Weg war und er manchmal geglaubt hatte, dass er es nie schaffen würde.

Er erinnerte sich an den ersten Tag bei seinem Meister.

»Faversham«, hatte van Dyck geraunzt. »Willst du nicht lieber Vorlagen für Radierungen in Metall kratzen? Da kommt es nicht so drauf an, dass man etwas von Farben versteht.«

Dabei hatte sich Richard nach den vielen Jahren der Lehre eingebildet, schon nahezu alles zu können.

Er war erst elf Jahre alt gewesen, als ein Maler, der ein Portrait des Earl of Dartmouth anfertigen sollte, auf sein Talent aufmerksam geworden war. Er hatte den Earl überredet, für die Ausbildung des Sohnes seines Hauptmanns aufzukommen. So war Richard wenige Monate nach Gregorys Tod bei einem Maler in London in die Lehre gegangen. Anfangs weinte er die ganze Nacht hindurch, hatte Heimweh und trauerte um seinen großen Bruder. Doch irgendwann beschloss er, es seinem Meister zu zeigen, weil er Gregory versprochen hatte, niemals aufzugeben. Er übte, bis er den Pinsel nicht mehr halten konnte oder nichts mehr sah. Sechs Jahre später hatte der Meister ihm nichts mehr beibringen können und dafür gesorgt, dass ein anderer reicher Gönner es möglich machte, dass Richard zu dem jungen Ausnahmetalent Anthonis van Dyck nach Antwerpen geschickt wurde. Van Dyck weihte Richard in die tiefsten Geheimnisse der Malerei ein, und das hieß noch mehr üben, noch mehr arbeiten. Es gab mehr als einen Moment, in dem Richard am liebsten seine Pinsel zerbrochen und seine Farben in die Schelde geworfen hätte. Doch Gregory wies ihm immer wieder den Weg.

Nach weiteren fünf Jahren des Studiums in der Meisterklasse wurde Richard als Porträtmaler in die Malergilde aufgenommen, und als van Dyck nach London an den Hof von König Charles ging, begleitete Richard ihn als einer seiner Assistenten. Richard wusste, dass er nie an seinen Meister heranreichen würde, aber er war gut genug, um den englischen

Adel zu beeindrucken. Konnte man van Dyck nicht bekommen, weil dieser im Auftrag des Königs beschäftigt war oder auf dem Kontinent weilte, wollte man Faversham. In seiner Zeit in Antwerpen war Richard zusätzlich von einem Freund van Dycks in der Waffenkunst unterrichtet worden, sodass er mit Schwert und Pistole ebenso gut umgehen konnte wie mit dem Pinsel. Fähigkeiten, die ihm zugutekamen, als Charles' Spionagechef Thomas Montjoy Männer rekrutierte.

An all das dachte Richard, während er fast eine halbe Stunde lang den Stößel immer wieder auf die gleiche Art führte, bis das Pulver so fein war, dass es zu fließen schien. Er nahm das Tuch weg, prüfte das Pigment noch einmal. Die Heirat mit dem Öl konnte vollzogen werden. Tröpfchenweise fügte er es hinzu, rührte nicht, sondern hob das Öl mit einem lanzenförmigen Spatel unter, bis das Pigment nicht mehr staubte. Jetzt war es gebrauchsfertig. Je nach dem, für welchen Zweck er es brauchte, konnte er es durch Zugabe von weiterem Öl flüssiger machen. Richard legte das Mundtuch ab und warf es zusammen mit den Nasenstopfen in den Abfallkübel.

Er winkte den Dienern und bat sie, alles zusammenzuräumen und auf sein Zimmer zu bringen. Nur die frische Farbe trug er selbst. Eleonore wartete bereits auf ihn. Sie saß in einem roten Plüschsessel, das goldgelbe Kleid fiel ab der Brust in weiten Falten bis zum Boden, wo der Saum auseinanderzufließen schien wie geschmolzenes Gold.

»Da ist ja der Schelm, der mir die Nachtruhe raubt und dann mein bleiches Gesicht und die Ringe unter meinen Augen auf Leinwand bannt«, rief sie. »Ich dachte schon, Ihr kommt nicht mehr, Master Faversham.«

Ohne auf Eleonores neckische Bemerkung einzugehen, tauchte Richard die Pinselspitze in das Königsgelb, mischte es auf der Palette mit einem Hauch Schwarz, um die Schatten der Falten herauszuarbeiten. Master van Dyck hatte ihm immer wieder die Grundregel eingeschärft: »Erkenne das Licht, aber male die Schatten. Erst wenn du die Schatten malst, kann das Licht strahlen.«

Nach einer Stunde verlangte Eleonore eine Pause. Auch Richard war müde. Während Eleonore sich umzog, ließ Richard sich etwas Wein und einen Imbiss bringen. Dann verlangte er nach Sionn.

»Wirst du den Knecht heute noch treffen?«, fragte er.

»Ja, Master Faversham, sein Herr bringt zehn Flaschen Aqua vitae für Lord Leslie, bevor er morgen in aller Frühe aufbricht. Da seine Lordschaft einer seiner besten Kunden ist, beliefert er ihn immer höchstpersönlich.«

Richard zog eine kleine Rolle aus seinem Ärmel. Er hatte das Bild in geöltes Leinen eingewickelt, um es gegen Feuchtigkeit zu schützen. Er zögerte, bevor er Sionn die Rolle übergab. So viel hing davon ab, dass das Bild rechtzeitig eintraf. Aber er hatte keine Wahl, er musste das Schicksal des Königreichs in die Hände eines Dieners und eines Pferdeknechtes legen.

»Dies muss unverzüglich nach York. Zum Haus von Margret West gegenüber der Kirche St. Michael le Belfrey. Sie wird es an den Mann weitergeben, für den es bestimmt ist.« Richard hatte Sionn erzählt, das Bild sei eine Auftragsarbeit, die er verspätet fertiggestellt habe. Da es ein Geschenk sein solle, müsse es so schnell wie möglich seinen Zielort erreichen.

Der Mann, an den Margret West das Bild weitergeben würde, wäre kein anderer als Thomas Montjoy. Richard war nicht einmal sicher, ob dieser in York weilte. Doch das musste er auch nicht. Margret West war seine Kontaktperson für diesen Auftrag, mehr brauchte er nicht zu wissen.

Er ließ ein paar Münzen in Sionns Hand fallen, der sie eilig in seiner Tasche verschwinden ließ.

»Kann ich sonst noch etwas für Euch tun, Master Faversham?«

»Das ist alles, Sionn, ich danke dir.«

Sionn ergriff die Rolle, Richard hielt sie fest. »Wenn ich erfahren sollte, dass du oder dein Mann mich betrogen habt, wird es euch schlecht ergehen. Ist das klar?«

»Aber ja, Master Faversham.« Sionn zuckte nicht mit der Wimper.

Richard öffnete die Hand, Sionn ließ die Rolle unter seinem Wams verschwinden. Dann verbeugte er sich und verließ das Zimmer. Richard sah ihm nachdenklich hinterher. Wenn er sich in dem Diener täuschte, waren nicht nur seine Tage gezählt, sondern vielleicht auch die seines Königs.

Vivian

Vivian Mortimer versicherte sich noch einmal, dass ihr niemand gefolgt war, bevor sie abstieg. Dann führte sie Beauty, ihre Stute, hinter einen Baum, der sich einsam über die karge Ebene erhob, die zwischen Witcham House und dem Moor lag. Nichts rührte sich.

Sie hatte den richtigen Moment abgepasst. Alle waren beschäftigt. Nur am Stallknecht war sie nicht ungesehen vorbeigekommen, doch der war ihr treu ergeben. Obwohl er wusste, dass Vivians Vater, Lord Coveney, ihn hart bestrafen würde, wenn er es herausfand, deckte er ihre kleinen Ausflüge.

Vivian wartete noch ein wenig, ließ den Blick über die Landschaft schweifen. Niemand zu sehen. Sie stieg wieder in den Sattel und lenkte Beauty in Richtung des Treffpunkts, an dem sich ihre kleine Gemeinde heute versammeln würde. Sie hatten eine Kate mitten im Moor gewählt. Das halb verfallene Gebäude lag an einem der vielen Nebenarme des Flusses Great Ouse, die sich durch das Moor schlängelten.

Ein guter Platz, an dem sich niemand freiwillig aufhielt. Denn die meisten glaubten, der Ort sei verflucht, weil die Bewohner der Kate vor vielen Jahren von einem Tag auf den anderen verschwunden waren und man sie später tot am Rand des Moors gefunden hatte. Seitdem hieß es, die Kate dulde niemanden in ihren Mauern, weil sie dem Teufel gehöre, der auch das Moor beherrsche. Abergläubischer Unsinn! Aber Vivian und ihrer Gemeinde kam es zupass.

Wie viele Einheimische missbilligte Vivian die Pläne des Königs, das Moor trockenzulegen. Nicht aus Angst vor dem

Teufel. Sondern wegen der zahllosen Existenzen, die davon abhingen. Durch eine Trockenlegung würden viele Familien ihr Land verlieren, denn die neuen, trockenen Flächen plante die Krone an Großgrundbesitzer zu verkaufen, die dort Getreide anbauen und damit auch die Schatztruhen des Königs füllen sollten. Vivians Vater hingegen förderte die Trockenlegung, denn er hatte schon lange ein Auge auf die Flächen östlich von Witcham House geworfen.

Vivian erreichte die Kate, band Beauty dahinter an, klopfte drei Mal und zählte bis zehn. Dann klopfte sie weitere zwei Mal. Die Tür öffnete sich mit einem lauten Quietschen, Vivian zuckte zusammen. Hoffentlich hatte das niemand gehört!

Master Mansfields Kopf erschien, sein kahler Schädel glänzte in der Abendsonne, Schweißtropfen liefen ihm an der Schläfe hinab. Er zog ein graues Tuch hervor, wischte sich über den Kopf. »Lady Vivian. Kommt herein. Elvin ist da, außerdem Billy und Margret und Chad.«

»Master Mansfield, Ihr müsst die Scharniere schmieren. Man hört die Tür bestimmt eine Meile weit«, zischte Vivian. »Wollt Ihr, dass wir alle am Pranger enden? Oder am Galgen?«

»Um Gottes willen, nein, Lady Vivian, auf gar keinen Fall. Ich werde mich unverzüglich darum kümmern. Wie konnte ich nur so unaufmerksam sein! Verzeiht einem alten Mann.«

Vivian erschrak über sich selbst. Sie hatte Mansfield nicht zurechtweisen wollen wie einen tollpatschigen Knecht. »Schon gut, Master Mansfield. Ich muss mich entschuldigen, dass ich so grob zu Euch war.«

Während Vivian eintrat, nahm sie sich vor, noch mehr darauf zu achten, die anderen ihre Angst und Anspannung nicht allzu sehr spüren zu lassen. Sie hatte sich für die Seeker entschieden, hatte trotz aller Gefahren, die damit verbunden waren, beschlossen, einer religiösen Gemeinschaft anzugehören, die den Doktrinen der anglikanischen Kirche widersprach. Also musste sie auch die Konsequenzen aushalten.

»Wie schön, Euch zu sehen, Lady Vivian«, begrüßte Billy Butcher sie, ein junger Metzgersohn aus Ely.

Vivian nickte ihm zu und lächelte.

Die anderen nahmen nur kurz Augenkontakt auf und fielen sofort wieder in den Zustand der Erwartung. Dazu saßen sie aufrecht auf einem Schemel oder Stuhl, die Hände im Schoß gefaltet und versuchten, alle Gedanken zu vertreiben, damit ihre Seele frei war für die Eingebungen des Herrn. Es war üblich, dass die, die zuerst kamen, auch zuerst begannen. Es gab keinen Vorbeter, kein Messbuch und keine Regeln. Die Seeker glaubten nicht an Hierarchien. Und sie glaubten auch nicht an Vorbestimmung. Jeder Gläubige musste seine eigenen Entscheidungen treffen und auf deren Grundlage sein Leben gestalten. Dabei halfen die Erkenntnisse, die Gott ihm schenkte, wenn er zu ihm in Kontakt trat. Irgendwann, so glaubten sie, würde Jesus auf die Erde zurückkehren, und dann würde die zweite Zeit des Paradieses anbrechen.

Vivian hatte sich den ganzen Tag auf die Sitzung gefreut. Natürlich konnte sie auch in ihrem Zimmer die Erwartungshaltung einnehmen, aber wenn sie allein war, stellten sich selten besondere Erkenntnisse ein. Ihre Gedanken drehten sich ständig um die tausend Dinge, die sie erledigen musste, vor allem jetzt, wo Vater nicht da war. Es gab so viel zu bedenken, angefangen beim Zählen der Eier bis hin zur Einteilung der Arbeiten für die Dienerschaft. Obwohl ihr Vater Linus Addenbury, einen fähigen und zuverlässigen Mann, als Verwalter für Witcham House eingesetzt hatte, musste Vivian vieles in die eigene Hand nehmen.

Sie setzte sich auf einen freien Platz, legte ihre gefalteten Hände auf die Oberschenkel, schloss die Augen und sprach tonlos ein Gebet, mit dem sie ihre Sitzung einleitete: »Gottvater, ich weiß, dass du über uns wachst, dass deine Güte allumfassend ist. Du liebst jedes Menschenkind, ganz gleich, ob arm oder reich, Katholik oder Protestant, Atheist oder Seeker. Du bist der Bote des Friedens. Gib uns Menschen Weisheit und Stärke, deine Botschaft weiterzutragen. Gib denen, die dein Wort nicht hören können, Erkenntnis und Güte. Gib mir Kraft, meine Aufgaben zu erfüllen. Schütze die Seeker, denn sie begehren nichts Unrechtes und sind deine demütigen Diener.«

Heute wollte Vivian versuchen, neue Erkenntnisse über den Zustand des Todes zu erlangen, diesen ewigen Schlaf ohne Bewusstsein. Es war gefährlich, ihre Gedanken in diese Richtung zu lenken, zu oft überfiel sie dabei übermächtige Trauer, die ihr Leben tagelang verdunkelte, doch sie hoffte, dass Gott ihr eine tröstende Botschaft senden würde. Sie kannte viele Menschen, die im ewigen Schlaf lagen, Menschen, die alt oder krank gewesen waren. Gott hatte sie abberufen, weil ihre Zeit gekommen war. Doch warum hatte Gott ihnen Jamie genommen?

Ein Jahr war ihr Bruder jetzt tot, und noch immer schmerzte es sie, an ihn zu denken. Jamie war voller Leben gewesen – bis ein Unbekannter ihn von heute auf morgen einfach ausgelöscht hatte. Am Abend vor seinem Tod hatte er mit Freunden in einer Gaststätte gewürfelt. Irgendwann waren die Freunde nach Hause gegangen, doch Jamie hatte es noch nicht ins Bett gezogen, er hatte angekündigt, noch woanders ein Bier zu trinken. Wohin er gegangen war, konnte der Sheriff nicht herausfinden. Und auch nicht, ob ihn irgendwer noch gesehen hatte, nachdem er sich von seinen Freunden verabschiedet hatte. Als er am nächsten Tag nicht zu Hause war, nahmen alle an, dass er irgendwo seinen Rausch ausschlief. Doch als er bis zum Abend nicht auftauchte, ließ

Lord Coveney nach ihm suchen. Jeder, der laufen konnte, auch Kinder und Alte, durchkämmten die Gegend, suchten das Moor ab, doch sie fanden nichts. Schließlich entdeckte ein kleines Mädchen Jamies Leiche in Ely, in einer Gasse, hinter einem Fass. Jemand hatte ihm die Kehle durchgeschnitten.

Vivian zog ihr Taschentuch aus dem Ärmel und tupfte sich eine Träne von der Wange. Letzte Woche wäre Jamie siebzehn geworden. Mutter war seit seinem Tod beinahe verstummt und verließ nur selten ihr Schlafzimmer. Vater weigerte sich, über Jamies Tod zu reden. Nachdem der Sheriff die offizielle Untersuchung ohne Ergebnis abgeschlossen hatte, hatte Vivian ihren Vater beschworen, weiter nach dem Mörder ihres Bruders zu suchen. Doch er hatte sich geweigert.

»Wozu soll das gut sein?«, hatte er sie angeherrscht. »Das macht ihn auch nicht wieder lebendig.«

Vivian hatte das Thema nicht wieder angesprochen, denn sie ahnte, warum ihr Vater nicht weiter nachforschen wollte: Er war überzeugt davon, dass Jamie in dubiose Machenschaften verwickelt gewesen war und dass diese ans Licht kommen könnten, wenn man zu tief bohrte. Er befürchtete, dass der Name seines Sohnes und damit auch sein eigener beschmutzt werden könnte.

Vivian glaubte nicht, dass Jamie von einem zwielichtigen Geschäftspartner ermordet worden war. Ihr Bruder war manchmal übermütig gewesen. Aber er war kein Verbrecher. Und sie würde alles darum geben, seinen Mörder seiner gerechten Strafe zuzuführen.

Jetzt war Vater fort, vor einer Woche aufgebrochen nach York, um den König zu unterstützen. Die Schotten rebellierten, weil Charles ihnen ein neues Messbuch aufzwingen wollte. Für Vivian waren beide Seiten im Unrecht. Wie konnte man sich um ein Messbuch streiten? Ihr Vater aber hatte verkündet, wer das Messbuch des Königs infrage stelle, der stelle den König infrage und sei ein Verräter an Vaterland und Krone.

Ohne Vater im Haus war es friedlicher, aber Vivian spürte auch die Last der Verantwortung. Mutter war ihr keine Hilfe. Und es war kein Jamie da, der sie aufmuntern konnte.

Süßer kleiner Jamie! Als er geboren wurde, war Vivian gerade sechs Jahre alt gewesen. Sie hatte ihn halten dürfen, dieses kleine, verschrumpelte Wesen, und ihn vom ersten Augenblick an geliebt. Er hatte unter Gottes Schutz gestanden, hatte überlebt, anders als Vivians andere Geschwister, obwohl er oft krank gewesen war. Die Röteln hatte er überstanden, einen schlimmen Husten und das Fieber. Jamie war stärker gewesen als alle Krankheiten. Und jetzt war er fort. Herausgerissen aus ihrem Leben. Und nichts konnte sie trösten.

»Herr, sag, warum hast du mir Jamie genommen?«, fragte sie stumm.

Vivian verbannte alle anderen Gedanken, doch Gott schwieg, versagte ihr eine Eingebung. Verlangte sie zu viel? War es anmaßend, von Gott eine Antwort zu erwarten?

Schließlich öffnete sie die Augen. Die anderen sahen sie an, lächelten. Sie war die Letzte, die in Erwartung verharrt hatte. Am Stand der Sonne, die ihr Licht durch das winzige Fenster der Kate schickte, erkannte Vivian, dass mindestens eine Stunde vergangen sein musste.

»Ich sehe, dass Ihr geweint habt, Lady Vivian«, sagte Master Mansfield. »Möchtet Ihr darüber reden?«

Vivian atmete tief ein und aus. Mit ihrer Mutter konnte sie nicht über ihre Trauer sprechen, es hätte deren Seele noch mehr verdunkelt. Wo, wenn nicht hier, war der richtige Ort, um ihr Herz zu erleichtern?

»Gott spricht nicht zu mir, und ich kann Jamie nicht loslassen. Mein Herz ist schwer wie Blei. Meine Mutter vergräbt sich in ihrem Kummer, mein Vater will nicht über meinen Bruder reden. Und jetzt ist er in den Krieg gezogen. Was soll ich nur tun?«

Billy hob die Hand. Damit zeigte er an, dass er etwas beitragen wollte. Master Mansfield nickte ihm zu. Einstimmig hatten sie dem alten Buchhändler die Aufgabe übertragen, nicht nur die Treffen der Seeker zu organisieren, sondern auch die Redezeit zuzuteilen und darauf zu achten, dass jeder zu Wort kam.

»Ihr solltet herausfinden, wer Lord Jamie totgemacht hat, und ihn vor Gericht bringen. Nicht aus Rache. Sondern damit Euer Bruder – damit seine Seele Ruhe findet.« Billy war rot angelaufen. Er blickte auf seine Füße. »War das dumm von mir?«

»Aber nein, mein Junge«, sagte Mansfield. »Nichts, was du sagst, ist dumm.«

Vivian starrte Billy an. Bisher hatte sie nicht im Traum daran gedacht, den Mörder selbst zu suchen. Der Sheriff hatte nichts herausgefunden, ihr Vater wollte nicht weiter nachforschen. Was konnte sie als Frau schon ausrichten, ganz allein und gegen den Willen Lord Coveneys? Aber er war nicht da und würde Wochen, vielleicht sogar Monate fortbleiben. Wenn sie in dieser Zeit etwas herausfand, wäre er ihr bestimmt dankbar, vor allem, wenn sich erwies, dass sein Verdacht gegen Jamie falsch war. Und wenn sie nichts herausfand, musste er es nie erfahren.

Billy nestelte an seinem Wams herum. Darunter trug er ein graues Hemd aus Wolle, auf dem einige dunkelbraune Flecken zu sehen waren. »Die Leute haben Angst vorm Friedensrichter und vorm Sheriff ganz besonders. Die würden denen nichts sagen, selbst wenn sie was wissen. So hab ich's jedenfalls gehört. Weiß ja nicht, ob das stimmt.« Er presste die Lippen zusammen und musterte die Spitzen seiner abgewetzten Schuhe.

»Ist das wahr?«, fragte Vivian.

Billy nickte.

»Und was ist mit mir? Haben die Leute auch Angst vor mir? Schließlich bin ich Lord Coveneys Tochter.«

Billy schüttelte heftig den Kopf. »Nee, Euch finden die Leute nett. Die würden Euch alles sagen, was sie wissen. Da bin ich sicher.«

Ein warmes Gefühl rieselte durch Vivians Körper. Es gab Hoffnung. Zwar würde nichts und niemand ihr Jamie zurückbringen, aber vielleicht konnte sie seinen Mörder ausfindig machen und dafür sorgen, dass sein Tod gesühnt wurde. Und es gab Menschen, die bereit waren, ihr zu helfen.

Sie beugte sich vor. »Weißt du denn etwas, Billy? Über die Nacht, in der Jamie ermordet wurde?«

»Dann hätt' ich's schon längst gesagt, Lady Vivian. Da schwör ich drauf.«

»Ja, natürlich, Billy.«

»Sollen wir uns ein wenig umhören, Lady Vivian?«, fragte Chad Flock, der Schuster. »Ganz unauffällig. Kann ja nichts schaden, oder?«

»Das würdet ihr für mich tun?«

»Lord Jamie war ein guter Mensch«, sagte Chad. Er räusperte sich. »So wie Ihr.«

Vivian spürte erneut Tränen aufsteigen. »Danke.«

Master Mansfield klatschte in die Hände und erhob sich. »Nun dann, meine lieben Freunde. Es wird Zeit, nach Hause zu gehen. Ich lasse euch wissen, wann wir uns wieder treffen. Dann werden uns vielleicht Nachrichten von William Erbery aus Amsterdam erreicht haben. Wenn wir Glück haben, wird er sogar Zeit für uns haben und uns besuchen. Geht mit Gott, und seid vorsichtig, dass niemand euch entdeckt.«

William Erbery! Vivians Herz schlug schneller. Wie wunderbar es wäre, ihn wiederzusehen. Einmal war er nach Ely gekommen, und seine Worte waren Balsam für ihre Seele gewesen. Ohne ihn würde es keine Seeker geben, er hatte die wahre Natur Gottes erkannt, Vivians Herz damit berührt und ihren Verstand überzeugt.

Schweigend verließen die Seeker die Kate. Obwohl alle bis auf Vivian aus Ely hergekommen waren, würden sie auf verschiedenen Wegen in die Stadt zurückkehren. Niemand sollte sie zusammen sehen. Nur allzu schnell entstanden Gerüchte.

Auch Vivian wollte sich in den Sattel schwingen, doch Master Mansfield hielt sie zurück. »Auf ein Wort, Lady Vivian.«

Master Mansfields Miene war ernst. Verflogen war sein beinahe unterwürfiges Verhalten ihr gegenüber. Jetzt stand der Anführer der Seeker von Cambridgeshire vor ihr. Ein Mann, der sicherlich alle Bücher gelesen hatte, die er in seinem Buchladen zum Kauf anbot. Und noch viele mehr, die er unter der Theke verwahrte. Von diesen Werken hatte auch Vivian einige gelesen. Sie versteckte sie unter einem losen Dielenbrett in ihrem Zimmer.

Sie hielt das Pferd am Zügel: »Ist es so weit?«

»Ja. Endlich. Exemplare für ganz Cambridgeshire. Innerhalb der nächsten drei Wochen. Kann ich auf Euch zählen?«

»Aber ja, Master Mansfield. Wie immer.«

»Ihr seid Euch sicher? Wenn man Euch erwischt, drohen Euch schlimme Strafen. Selbst Euer Vater wäre machtlos.«

Vivian spürte einen bitteren Geschmack auf der Zunge. »Ich traue ihm zu, den Scheiterhaufen anzuzünden, auf dem man mich verbrennen würde.«

Mansfield nickte. »Das traue ich ihm auch zu. Obwohl es nicht der Scheiterhaufen wäre. Dennoch könnte es schlimm werden. Kerker. Pranger. Auspeitschung. Es geht nicht um unsere harmlosen kleinen Zusammenkünfte hier. Oder um unsere Aufsätze über die Güte Gottes. Was in diesem Buch steht, gilt als Ketzerei.«

»Ich bin zu allem bereit. Gott hat mir schon vor Jahren den Weg gewiesen.«

»Gut. Ich lasse Euch wissen, wann es so weit ist, Lady Vivian. Es wird auf jeden Fall eine klare Nacht mit ausreichend Mondlicht sein.«

Richard

Die Sonne erhob sich und kündigte einen weiteren heißen Tag an. Das Wetter hatte sich noch immer nicht geändert. Gut für die Schotten und ihren Schlachtplan, schlecht für den König, falls er Richards Nachricht nicht rechtzeitig erhielt. Ob Montjoy das Bild schon bekommen hatte? Ob Charles schon über die Finte seiner Gegner informiert war? Wie würde er reagieren, wie den Plan zunichtemachen?

Richard würde es früh genug erfahren. Nur einen Tag, nachdem er das Bild auf den Weg gebracht hatte, war ein Reiter auf Balgonie Castle aufgetaucht, der angeblich Nachricht von Richards erkranktem Vater brachte. Das war der Code, den Montjoy und er benutzten. Der Besucher berichtete, dass es dem Vater schlecht gehe und er seinen Sohn unverzüglich sehen wolle, und drückte Richard beim Abschied einen Zettel in die Hand, auf dem eine völlig sinnlose Buchstabenfolge stand. Eine verschlüsselte Botschaft. Wenige Augenblicke später hatte Richard den Klartext auf ein Blatt Papier notiert:

Sofort Kontakt in Coventry aufsuchen, Paket holen, dann Treffpunkt SP täglich um zehn.

Lord Leslie war mehr als entgegenkommend gewesen. Die Familie habe Vorrang, beschied er, Master Faversham könne seine Arbeit später beenden, schließlich habe er schon so viele Wochen Zeit investiert.

Richard konnte sich des Eindrucks nicht ganz erwehren, dass Leslie froh war, ihn loszuwerden. Entweder hatte er Verdacht geschöpft, was Richards Arbeit für den König anging, oder, was wahrscheinlicher war, er wollte den Maler nicht mit seiner Schwester allein lassen. Bestimmt war ihm nicht entgangen, welche Blicke Eleonore ihm beim Essen zuwarf.

So war er am nächsten Morgen in aller Frühe aufgebrochen, nach einer kurzen Nacht, die er ein letztes Mal im Bett seiner Geliebten verbracht hatte. Eleonore hatte ihn mit einem langen Kuss verabschiedet. Und mit einem Geschenk: einem Ring aus Gold mit einem kreisrunden Opal.

»Du bist mir jederzeit willkommen, Richard«, hatte sie ihm ins Ohr geflüstert.

»Ich werde mich daran erinnern«, hatte Richard geantwortet und ihr einen Kuss auf den Handrücken gehaucht. Ob er sie jemals wiedersehen würde?

Obwohl er neben seinem Reitpferd ein zweites mitführte, auf dem er seine Malutensilien transportierte, kam er gut voran. Vor sechs Tagen war er losgeritten, und noch heute würde er das Ziel seiner Reise erreichen.

Am frühen Nachmittag kamen die Mauern von Coventry in Sicht. Höchste Zeit, in eine andere Rolle zu schlüpfen. Richard versteckte sich im Wald, achtete darauf, dass niemand ihn sah. Dann tauschte er sein edles Wams gegen das eines einfachen Händlers, setzte sich eine Perücke aus pechschwarzen Haaren auf seine braunen und klebte sich falsche Koteletten an. So würde ihn niemand später wiedererkennen.

Am Bishop Gate ließ sich Richard mit dem Strom der Menschen in die Stadt spülen. Niemand interessierte sich für ihn. Und auch vom Stadttor bis zur Herberge in der Pepper Lane brauchte er nicht lange.

Richard brachte seine Pferde im Stall unter, bezahlte sein Zimmer im Voraus und machte sich auf den Weg, Alister Bridewell zu treffen, seinen Kontaktmann, der eine Druckerei in der Ironmonger Row betrieb. Zu Fuß waren es eigentlich nur wenige Minuten, doch Richard machte einen Umweg, um herauszufinden, ob er verfolgt wurde.

Es herrschte reger Betrieb in den Gassen. Coventry war eine bedeutende Marktstadt, alle großen Handelswege führten hindurch. Strategisch war sie als sicherer Platz für Truppen und Nachschub von Bedeutung. Charles wusste, warum er sich für Coventry interessieren musste: Es brodelte im Reich, der Krieg gegen die Schotten war womöglich erst der Anfang. Der König hatte viele Feinde im Parlament, es gab Stimmen, die von einem drohenden Bürgerkrieg sprachen, wenn Charles sich nicht bereit erklärte, dem House of Commons entgegenzukommen. Wenn es zum Äußersten kam, musste er also vorbereitet sein. In der Hand des Feindes wäre Coventry ein schwer einzunehmender Stützpunkt, von dem aus der Zugang zum Nordosten Englands kontrolliert werden konnte. Sollte es, gegen wen auch immer, einen Krieg geben, musste Charles die Stadt in die Hand bekommen. Deshalb ließ er sich regelmäßig Informationen über Bewaffnung und Verteidigungsmaßnahmen beschaffen.

Richard spazierte an den Häusern vorbei, als habe er nichts Besseres zu tun. Er wandte sich mehrmals um, prägte sich die Menschen ein, die hinter ihm liefen. Dann beschleunigte er seine Schritte, bog mehrmals plötzlich in eine Gasse, schob sich in einen Hauseingang und wartete. Nichts. Entweder waren seine Verfolger Meister ihres Faches, oder niemand war ihm auf den Fersen.

Mehr konnte er nicht tun. Also schlug er den Weg in die Ironmonger Row ein, wo Bridewells Laden war. Über dem Eingang hing ein Schild, auf dem in großen Lettern zu lesen war: »Bridewell & Son, Print Office and Bookshop«.

Richard trat durch die Tür, und sofort stach ihm der Geruch nach Druckerschwärze in die Nase, die aus Ruß, Leinöl und Harz hergestellt wurde. Zwei Wände waren vollgehängt mit Druckerzeugnissen aller Art: Flugblättern, Zeitungen, Buchseiten, Einladungskarten und Kondolenzbriefen, Verpackungen und Banderolen. Die anderen Wände waren von Bücherregalen bedeckt, die sich unter ihrer Last bogen. Kein Zweifel, Bridewell & Son ließ keine Wünsche offen. Hoffentlich auch Richards nicht.

Aus einem Nebenraum trat ein junger Mann auf Richard zu, der eindeutig Alisters Sohn war. Tief liegende, fast schwarze Augen, breite Wangenknochen, der Körper gebaut wie der eines Mädchens. »John Bridewell, angenehm. Wie kann ich Ihnen helfen?«

»Farathorn Gulie ist mein Name. Ist Euer Vater zu sprechen?« Richard benutzte seinen Decknamen, denn nur dieser war Bridewell bekannt. Mit Richard Faversham hätte er nichts anfangen können.

Bridewell junior nickte. »Vater!«, rief er nach hinten. »Ein Farathorn Gulie wünscht Euch zu sprechen.«

Der bestens erzogene Junior wartete, bis sein Vater kam, nickte Richard zu und ging in den Nebenraum zurück.

»Womit kann ich dienen, Master Gulie?« Bridewell spielte seine Rolle perfekt. Niemand hätte vermutet, dass er Farathorn Gulie kannte.

»Ich suche einen Band von Collin Cullen, und zwar den dritten seines Werkes *Verum dicere decet*.«

»*Es ziemt sich, die Wahrheit zu sagen?* In der Tat ein weiser Titel. Allerdings kann ich Ihnen nicht weiterhelfen. Ich bin untröstlich, Master Gulie, aber dieser Band ist im Augenblick nicht lieferbar.«

Richard verzog das Gesicht. Nicht lieferbar hieß, dass Bridewell nicht an die Informationen gekommen war, die Richard hätte entgegennehmen sollen. Montjoy würde nicht begeistert sein, wenn Richard mit leeren Händen in London eintraf.

»Gibt es vielleicht einen Buchladen in Coventry, der den Band vorrätig haben könnte?«

Bridewell wiegte den Kopf hin und her. »Nun ja.« Er senkte die Stimme. »Ihr könntet das Manuskript selbst besorgen. Ihr findet es bei Master Byron Frazer. Er wohnt in der Cow Lane im Süden der Stadt, direkt an der Ecke zur Greyfriars Lane. Ich empfehle Euch jedoch, es außerhalb der, hm, Öffnungszeiten zu versuchen.«

»Ich danke Euch, Master Bridewell.« Richard nickte dem Mann zu und verließ den Laden. Er würde das »Päckchen«, das vermutlich Pläne und Listen enthielt, also selbst besorgen müssen. Er würde es sofort versuchen, um keine Zeit zu verlieren. Bevor er nach London ritt, wollte er nämlich noch einen Abstecher machen, und er durfte Montjoy nicht zu lange warten lassen.

Das Haus, zu dem Bridewell ihn geschickt hatte, war vom Keller bis zum Giebel aus Sandstein gebaut. Die Fenster bestanden aus handgetriebenem Flachglas, das ein Vermögen gekostet haben musste, die Tür war aus massiver Eiche, mit einem schweren Schloss versehen. Wie sollte Richard da ungesehen hineinkommen? Er musste es von der Rückseite versuchen. Also bog er nach links auf die Greyfriars Lane. Hier erstreckten sich Gärten bis zur Stadtmauer, die nur durch eine Hecke von der Straße getrennt waren.

Nachdem er das richtige Haus ausgemacht hatte, zwängte sich Richard durch die Zweige und ging hinter einem Johannisbeerstrauch in Deckung. Eine Magd hängte Wäsche auf, Ziegen standen auf einer Wiese und grasten. Zwischen Ziegenstall und Haus lagen etwa zwanzig Fuß.

Richard schlich sich näher heran, nahm erneut Deckung hinter Büschen. Zwei Knechte kamen aus dem Haus.

»Wir sind gleich wieder da, Jenny«, sagte der eine. »Pass gut auf, dass dich keiner klaut!« Er lachte meckernd.

»Und wenn der Herr wiederkommt?«

»Er wird erst morgen erwartet.«

Die beiden verschwanden wieder im Haus. Die Magd schimpfte vor sich hin und wünschte den beiden die Pest an den Hals. Kurz darauf glaubte Richard auf der Vorderseite eine Tür knallen zu hören.

Dass die Knechte ihren Herrn hintergingen und mitten am Tag ein Päuschen einlegten, war eine glückliche Fügung. Natürlich war es möglich, dass es noch mehr Personal gab. Richard musste auf alles gefasst sein. Jetzt aber musste er erst einmal an der Magd vorbei – und an den Ziegen, die manchmal bessere Wachen waren als die Menschen, meckerten sie doch sofort los, wenn sich ihnen jemand näherte. Richard konnte nur hoffen, dass die brave Jenny ihre Ziegen nicht allzu ernst nahm.

Richard wartete, bis die Magd die Wäsche aufgehängt hatte, den leeren Wäschekorb packte und durch den Hintereingang ins Haus verschwand. Die Tür ließ sie offen. Wollte sie bald wieder herauskommen, oder war es Nachlässigkeit? Sollte er noch warten?

Richard beschloss, nicht länger zu zögern, und schlich zum Ziegenstall. Die Tiere hoben nur ihre Köpfe und beachteten ihn nicht weiter. Glück gehabt! Rasch rannte er zum Haus und duckte sich unter ein Fenstersims. Er hörte Klappern von Töpfen. Gut, offenbar war Jenny in der Küche. Er ergriff die Gelegenheit und schlüpfte in den Flur. Das Klappern wurde lauter, und jetzt mischte sich Gesang dazu. Richard hätte mit den Füßen aufstampfen können, ohne dass Jenny ihn gehört hätte.

Er durchquerte den Flur, betrat den Raum rechts der Haustür. Es war ein mit erlesenen Möbeln ausgestatteter Salon, in dem der Hausherr vermutlich Gäste empfing. Hier gab es höchstwahrscheinlich nichts zu holen. Richard musste die

Schreibstube finden. Die meisten Menschen verwahrten dort ihre wichtigen Unterlagen auf. Oder in der Schlafkammer. Wohl weil sie sich einbildeten, dann nachts darüber wachen zu können.

Er huschte über den Flur und setzte einen Fuß auf die Treppe. Nichts knarrte. Vorsichtig tastete er sich von Stufe zu Stufe. Als er im ersten Stock angekommen war, stand ihm der Schweiß auf der Stirn. Die Perücke kratzte, die Kopfhaut fühlte sich klebrig an. Rasch sah er sich um.

Er hatte Glück: Alle Türen im oberen Stockwerk standen einen Spalt breit offen. Er schaute ins erste Zimmer. Ein großes Bett. Er zögerte, entschied sich dann, erst die Schreibstube zu suchen. Er fand sie am Ende des Flurs. Leise schloss er die Tür hinter sich und nahm den Raum in Augenschein. Vor ihm stand ein großer Sekretär, der mit Papieren bedeckt war. Der Hausherr schien nicht viel von Ordnung zu halten. Immerhin bedeutete das, dass er nicht merken würde, dass jemand das Zimmer durchsucht hatte. Neben dem Sekretär gab es einen schweren Schrank und eine große Truhe. Richard begann mit den Papieren, die lose herumlagen, stellte aber schnell fest, dass es sich nur um nichtssagende Rechnungen vom Schneider, vom Fleischer und vom Zimmermann handelte. Außerdem fand er die Korrespondenz mit dem Bruder des Hausherrn, durchgehend zu banalen Dingen, die die Familie betrafen wie Krankheiten oder Kindstaufen.

Richard öffnete alle Schubladen, auch dort fand er nichts Verwertbares. Er sah die Schrankfächer durch, ließ den Blick über die Buchrücken gleiten. Wollte man Papiere verstecken, konnte man sie gut zwischen Büchern verbergen. Er suchte nach Auffälligkeiten, nach Seiten, die hervorstanden, die von der Größe her nicht zum Buchrücken passten. Doch er entdeckte nichts.

Als Nächstes nahm Richard sich die Truhe vor. Er versuchte, den Deckel anzuheben, aber er war abgeschlossen. Das Schloss zu knacken hätte zu lange gedauert, also musste er es aufstemmen, auch wenn Frazer dann wissen würde, dass ein Einbrecher im Haus gewesen war. Er würde ohnehin bemerken, dass Unterlagen fehlten. Falls Richard sie fand.

Er zog seinen kleinen Kuhfuß aus dem Gürtel, presste ihn unter die Kante des Deckels und drückte ihn mit aller Kraft nach unten. Es knackte, und der Deckel schwang auf. Richard lauschte. Hatte die Magd etwas gehört?

Alles blieb ruhig.

Die Truhe erwies sich als Volltreffer. Er musste einige nutzlose Bücher und Dokumente zur Seite räumen, aber dann fand er, was er suchte: einen Umschlag, in dem einige Blätter lagen, auf denen die Truppenstärken der einzelnen Viertel verzeichnet waren, die jeweils für die Verteidigung eines Mauerabschnitts zuständig waren, sowie die dazugehörigen Karten und Pläne. All dies waren wichtige Informationen, denn damit wäre Charles in der Lage, seinen Angriff auf die schwächste Stelle zu konzentrieren. Bis die Verteidiger Verstärkung erhielten, wären sie bereits überwunden.

Richard klappte die Truhe wieder zu, steckte den Umschlag unter sein Hemd.

Im gleichen Moment hörte er draußen ein Geräusch. Eine Kutsche hielt vor dem Haus. Jemand stieg aus.

Richard erstarrte. Kehrte der Hausherr früher zurück? Kam ein unangekündigter Besucher? So oder so musste er schleunigst verschwinden.

Noch während er auf die Tür zueilte, hörte er eine Stimme. »Bringt das Gepäck rein, aber schnell! Jenny, wo stecken die beiden Faulpelze? Herrgott, nicht mal ein paar Tage kann man fernbleiben, ohne dass einem die Dienerschaft auf der Nase herumtanzt.«

»Herr, Ihr seid schon zurück?« Jennys Stimme.

»Anscheinend zum richtigen Zeitpunkt. Wo sind Alf und Ben?«

»Herr, verzeiht, ich kann nichts dafür. Sie sind irgendwo in der Stadt und …«

Den Rest bekam Richard nicht mehr mit. Er war bereits im Flur. Schon hörte er Schritte auf der Treppe. Verflucht! Richard zögerte kurz, entschied sich für die Schlafkammer, die er für die der Hausherrin hielt, und schlüpfte hinein. Byron Frazer stampfte vorbei. Er musste wütend sein wie ein angeschossener Bär. Die Tür zu seiner Schreibstube schlug zu. Jetzt kam es darauf an. Wenn Richard Glück hatte, bemerkte Frazer den Diebstahl nicht sofort. Die Truhe war wieder zu, aber das gesplitterte Holz, wo Richard den Kuhfuß angesetzt hatte, war nicht zu übersehen. Er musste schnell handeln.

Mit vier Sprüngen war er die Treppe hinunter, mit einem Satz stand er hinter dem Haus. Die Köpfe der Ziegen schossen hoch. Oh nein! Sie meckerten los, als wäre er ein ausgehungerter Wolf. Richard rannte los.

Sekunden später hörte er die Stimme des Hausherrn. »Stehenbleiben! Dieb!«

Richard wusste nicht, ob Frazer an einem Fenster im oberen Stockwerk stand oder bereits an der Hintertür, und er hielt auch nicht inne, um sich umzudrehen. Er rannte einfach weiter.

Gerade als er die Hecke erreichte, übertönte ein Knall das Gemecker der Ziegen. Eine Kugel schlug neben Richards rechtem Fuß in den Boden ein. Byron Frazer hatte auf ihn geschossen! Mit einem Hechtsprung brachte Richard sich durch die Hecke in Sicherheit. Erst dort wagte er einen Blick zurück. Der Hausherr stand mit hochrotem Kopf am Fenster und schüttelte die Faust.

Richard hielt sich nicht länger auf. Statt zurück zur Cow Lane hastete er weiter die Hecke entlang. Erst am Ende der

Gasse sah er sich um. Niemand zu sehen. Er riss sich die Perücke vom Kopf, löste die falschen Koteletten und streifte das Wams ab. Innerhalb weniger Wimpernschläge hatte er sich wieder in Richard Faversham verwandelt.

Auch wenn es riskant war, behielt er die Perücke bei sich. Er würde sie nicht so einfach ersetzen können. Allerdings konnte es sein, dass man die anderen Sachen fand, und dann wäre klar, dass der Einbrecher sich verkleidet hatte. Frazer würde ohne Zweifel dafür sorgen, dass alle Stadttore geschlossen und niemand herausgelassen würde, ohne vorher gründlich durchsucht worden zu sein. Da half auch ein Passierschein des Königs nicht. Im Gegenteil. Man hätte ihn sofort verdächtigt, ein Spion zu sein. Und das zu Recht.

Richard blieb nur eins: Er musste machen, dass er aus der Stadt kam, aber er durfte nicht auffallen. Gemessenen Schrittes kehrte er zu seiner Herberge zurück. Mehrmals schaute er sich um und sah einen Mann hinter einer Hausecke verschwinden. Nicht Byron Frazer jedoch, sondern ein fremdes Gesicht. Kleine runde Augen, breitkrempiger Hut, lockige schwarze Haare, eine breite flache Nase. Über der Lippe glänzte ein winziges Stück Haut im sonst dichten Bart. Verflucht, wer war der Mann? Hatte er den Einbruch beobachtet? Wusste sein Schatten von der Verkleidung?

Richard holte seine Pferde aus dem Stall und lud das Gepäck auf, hielt dabei immer wieder nach dem Verfolger Ausschau, konnte ihn jedoch nicht entdecken. Obwohl er am liebsten sofort losgaloppiert wäre, führte er die Tiere gemächlich zum New Gate im Südosten der Stadt hinaus. Keine Minute zu spät. Kaum hatte er aufgesessen und war einige Yards geritten, erschollen Rufe: »Schließt die Tore!«

Ketten rasselten, das Tor krachte in seine Verankerungen. Niemand konnte jetzt noch die Stadt verlassen, ohne vorher gründlich gefilzt worden zu sein. Richard drehte sich um.

Auf der Stadtmauer stand eine einsame Gestalt und sah auf ihn herab. Er konnte das Gesicht nicht genau erkennen, aber er war sicher, dass es der Mann mit der kahlen Stelle auf der Oberlippe war.

Cromwell

Während der Reise nach London zu seinen Verbündeten hatte Oliver Cromwell eine einwöchige Rast bei Simon Efforts eingelegt, einem reichen Landbesitzer und Wollhändler, der noch immer schwankte, ob er dem König oder den Parlamentariern seine Gunst schenken sollte. Wie Cromwell selbst saß Efforts im House of Commons. Er kritisierte den König bisweilen scharf, war jedoch kein erklärter Gegner Charles'. Nun war der Tag der Abreise gekommen. Sie standen vor dem Haus des Gastgebers, einem prächtigen Landsitz, auf den mancher Adlige neidisch gewesen wäre. Cromwell hielt sein Pferd am Zügel. Er hoffte, dass es ihm gelungen war, Efforts auf seine Seite zu ziehen.

»Ich bin Euch zu Dank verpflichtet«, sagte er und deutete eine Verbeugung an. »Ihr seid ein treuer Diener Englands.«

Efforts nickte bedächtig. »Ich hoffe, wir tun das Richtige. Schließlich kämpfen unsere Landsleute, brave Engländer, mit dem König gegen die Schotten. Ich kenne einige Männer persönlich.«

»Nicht alle haben ganz freiwillig zu den Waffen gegriffen, wie ich hörte.«

Efforts sagte nichts dazu, bestätigte damit aber Cromwells Informationen. Er sah Efforts in die Augen. Er musste den Wollhändler nochmals daran erinnern, was auf dem Spiel stand. Cromwell war sich sicher, dass sein Gastgeber kurz davor stand, endgültig die Seiten zu wechseln. Und sie brauchten jeden Mann. »Ihr wisst, dass es uns vor allem um Bischof Laud und Thomas Wentworth geht«, sagte er. »Sie wollen uns den Pomp des hochanglikanischen Ritus aufzwingen, wollen uns entmündigen, uns vorschreiben, wie wir Gott zu preisen haben. Wir brauchen keine Bischöfe. Vor allem keine, die mit dem Katholizismus liebäugeln.«

Efforts schüttelte den Kopf. »Es ist unfassbar, in der Tat. Und die Königin wird nicht müde, ihren katholischen Irrglauben zu verbreiten. Wie konnte Charles nur dieses verwöhnte Balg heiraten, das nichts anderes zu tun hat, als Geld zu verprassen? Ich verstehe das nicht. Er hat ihr erneut zweihunderttausend Pfund aus der Staatskasse gegeben, um einen ihrer Paläste umzubauen, weil er nicht mehr ihren Vorstellungen entspricht. Charles selbst gibt mindestens ebenso viel Geld für seine Gemäldesammlung aus. Was für eine Verschwendung! Warum nimmt er dieses Geld nicht für den Krieg gegen Schottland? Stattdessen versucht er mit immer neuen Steuern, mehr und mehr aus uns herauszupressen.« Efforts atmete tief ein und aus. »Aber er ist unser König. Ich kann einfach nicht …«

Cromwell legte Efforts eine Hand auf die Schulter. »Macht Euch keine Sorgen. Lenkt der König ein, werde ich der Erste sein, der ihn als Herrscher bestätigt, und ich werde ihm die Treue schwören, bis in den Tod.« Sein Gewissen meldete sich. Nie und nimmer würde er Charles die Treue bis in den Tod schwören. Gott hatte ihm verboten, die Unwahrheit zu sagen, doch er hatte ihm auch auferlegt, England von diesem König zu befreien, und daher musste er Efforts belügen.

»Ich weiß, Master Cromwell. Ihr seid ein Mann von Ehre. Es muss wohl sein. Für England.«

Sie schüttelten einander kräftig die Hände. »Ich danke Euch«, sagte Cromwell. »Ihr seid ein wahrhaft aufrechter und ehrenwerter Mann.«

»Möge Gott Euch auf all Euren Wegen beschützen, Master Cromwell.«

»Auch ich wünsche Euch den Segen des Herrn für Euch und Euer Haus.« Cromwell stieg in den Sattel. Die Dinge entwickelten sich gut. Efforts würde aufseiten der Parlamentarier abstimmen, wenn es darauf ankam, dessen war er sich sicher.

Bis nach London war es nur noch ein kurzer Ritt. Cromwell war gespannt, welche Neuigkeiten John Pym zu bieten hatte. Pym führte die Parlamentarier an, die den König in seine Schranken weisen würden. Sie waren im Haus von Denzil Holles junior verabredet. Holles war König Charles' Jugendfreund gewesen. Innige Gefühle hatten sie verbunden, doch das hatte sich gründlich geändert, als Charles den Freund ins Gefängnis werfen ließ, weil der sich gegen seine Tyrannei aufgelehnt und einen Protestbrief im Parlament verlesen hatte. Charles hatte mit eiserner Hand Steuern eingetrieben, die ungesetzlich waren; er hatte treue Untertanen einkerkern lassen, nur weil sie den König daran erinnert hatten, dass sie freie Männer waren, im Glauben und im Leben, und dass der König kein Recht hatte, ihnen das zu nehmen. Daraufhin hatte der König das Parlament auflösen lassen, und er hatte es seitdem nicht wieder einberufen.

Das war fast zehn Jahre her. Seither regierte er wie ein absolutistischer Herrscher. Hätte er das Königreich weise gelenkt, hätte niemand seinen Machtanspruch angezweifelt. Doch Charles führte das Land seit zehn Jahren von einer Krise in die nächste und stieg Nacht für Nacht in das Bett der katholischen Hure Henrietta. Seine ebenso sinnlosen wie verlustreichen Kriege, die er auch noch verlor, bluteten das Reich aus. Viele hatten genug. Es gab in England kaum eine Familie, die keinen Toten zu beklagen hatte.

Denzil Holles begrüßte Cromwell herzlich und führte ihn in den Salon, wo bereits ihr Anführer John Pym sowie ihre Verbündeten Arthur Haselrig und William Strode warteten, beide einflussreiche und wohlhabende Männer. Cromwell hatte nicht immer in diesen Kreisen verkehrt. Er stammte aus der Gentry, dem niederen Landadel ohne Titel, und hatte sich in jüngeren Jahren eher mit dem Studium der Weine und Biere beschäftigt als mit der Politik. Erst Gott hatte ihn mit strenger, fester Hand auf den rechten Weg geführt. Er war erkrankt, in Armut gefallen, bis es Gott gefallen hatte, ihn durch eine Erbschaft aus seinem Elend zu erlösen. Cromwell war aufgestanden und hatte ein neues Leben begonnen. Und als er begriff, dass der König mit seiner Selbstherrlichkeit alles infrage stellte, was Cromwell für richtig und gottgegeben erachtete, hatte er sich zur Wahl gestellt und einen Sitz im Parlament ergattert.

Seither gehörte er dazu.

Nachdem Cromwell Platz genommen und sich an Speis und Trank bedient hatte, kam Pym ohne Umschweife zur Sache: »Meine Herren. Die Lage an der schottischen Grenze spitzt sich zu. Charles kann an die fünfzehntausend Mann aufbieten, vielleicht sogar das Doppelte, wir wissen es nicht genau. Ihnen gegenüber stehen sechstausend Schotten mit fraglicher Moral. Wir müssen verhindern, dass Charles den Sieg davonträgt. Es wäre das Ende all unserer Träume von einer gerechten Herrschaft.«

»Ich habe bei vielen ehrenwerten Männern vorgesprochen, und alle haben mir versichert, dass sie den König nicht unterstützen werden«, sagte Cromwell und musste an Efforts denken. »Charles wird keine weiteren Männer ausheben können.«

»Sommerset, Devon und Cornwall stehen hinter uns«, ergänzte Strode. »Bedauerlicherweise können wir nicht an der Seite der Schotten kämpfen. Damit gäben wir Charles jedes Recht, uns wegen Hochverrats hinrichten zu lassen. Was er nicht verhindern kann, ist, dass wir die Schotten mit Waffen, Pulver, Blei und Nahrung versorgen. Mehrere getarnte

Handelszüge sind unterwegs in den Norden. Einige sind bereits eingetroffen. Und die Küste, an der die Flotte des Königs landen soll, wird mit unserer Unterstützung verteidigt. Sie werden nicht an Land gehen können, es sei denn, sie sind lebensmüde.«

»Charles muss die Schlacht verlieren«, sagte Cromwell. »Nur so wird er gezwungen sein, das Parlament einzuberufen, um mehr Geld zu fordern. Dann steht er mit dem Rücken zur Wand, und wir können ihm unsere Bedingungen diktieren.«

Holles prostete Cromwell zu. »Euer Wort in Gottes Ohr, Cromwell. Ich kenne den König gut, und ich weiß, dass er niemals klein beigeben wird. Er ist ein sturer Esel und glaubt, von Gott zum Alleinherrscher berufen worden zu sein.«

Cromwell nickte. Der König und er hatten eine Gemeinsamkeit: den Glauben an den göttlichen Auftrag. Wie stark der Glaube sein konnte, erfuhr Cromwell jeden Tag an sich selbst. Er würde sein Leben geben für seinen Glauben. Und genau so war es auch beim König. Nur dass dieser von der katholischen Schlange in seinem Bett falsche Einflüsterungen bekam und den wahren Willen Gottes nicht mehr erkannte.

Strode schüttelte den Kopf. »Charles ist ein Dickkopf, keine Frage, aber er ist nicht dumm. Ohne Geld wird er sich nicht mehr lange halten können. Die Steuern kann er nicht erhöhen, sonst fegt ihn das Volk vom Thron. Er hat die Schraube bis zur Unerträglichkeit angezogen. Denkt an das Schiffsgeld. Er treibt es widerrechtlich ein. Aber am gefährlichsten für Charles ist die katholische Verschwörung. Das Volk murrt, weil es fürchtet, dass ihm der papistische Glaube aufgezwungen werden soll. Bischof Laud und der Earl of Strafford, dieser Verräter, müssen aus dem Weg geräumt werden, sie vergiften den König und das Land.«

»Bischof Laud hat uns doch einen Gefallen getan«, wandte

Haselrig ein. »Er hat den König darin bestärkt, mit Gewalt gegen die Schotten vorzugehen. Wir behalten die beiden im Auge und sammeln weiter Beweise gegen sie. Und wenn der richtige Augenblick gekommen ist, schlagen wir zu. Wir stellen sie vor Gericht und klagen sie an. Der König wird nicht umhin können, sich unserem Urteil anzuschließen, wenn wir die Beweise vorlegen.«

Cromwell nickte. »Eine hervorragende Idee. Und wenn die beiden stürzen, stürzt der König mit ihnen.«

Richard

Um sicherzugehen, dass ihm niemand folgte, hatte Richard von Coventry aus einen Umweg über Oxford gemacht. Von dort war er nach Luton geritten, wo er eine zweite Nacht verbracht hatte. Inzwischen war er sicher, dass ihm niemand auf den Fersen war. Trotzdem war er weiterhin auf der Hut. Auch wenn sein Dienstherr sicherlich verstehen würde, warum er einen Abstecher nach St. Albans machte, war es ihm lieber, wenn auch dieser nicht von seiner kleinen Eskapade erfuhr. Schließlich erwartete man ihn in London.

Von Luton nach St. Albans war es ein Katzensprung. Bereits vor Mittag ritt Richard in die Stadt ein. St. Albans lag ähnlich wie Coventry an einer Reiseroute und war entsprechend reich und lebendig. Der Handel blühte, die High Street zierten Läden mit ausgesprochen hochwertigen Waren. Es gab ein Theater und einige ausgezeichnete Gasthöfe, die es verstanden, den Gaumen zu verwöhnen. Der Sheriff achtete darauf, dass die Straßen rein waren von Unrat und Gesindel.

Bevor Richard sich am Ziel seiner Reise blicken ließ, musste er noch das Geschenk abholen. Seine Gastgeberin würde ihn zum Tor hinausjagen, käme er ohne. Da er sie schon mehrfach gemalt und im Bett ihre Proportionen erkundet hatte, kannte er ihre Größe und ihren Geschmack. So hatte er schon vor Monaten bei Featherstones, einem der besten und teuersten Schneider von St. Albans, ein Kleid für sie in Auftrag gegeben.

Auf dem Weg stieß Richard auf die Postkutsche aus

London, die gerade eingetroffen war und die neuesten Zeitungen mitgebracht hatte. Er drängte sich durch die Menge, ergatterte ein Exemplar von *Our Weekly News* und überflog die Schlagzeilen. *Zu den Waffen gegen die Ketzer!*, schrie es ihm entgegen. Der König rief alle treuen Untertanen auf, sich für den Militärdienst zu melden, und ließ verlauten, er habe bereits dreißigtausend Mann unter Waffen und der Feldzug nach Schottland sei ein Spaziergang. Je mehr Männer man aufbiete, desto einfacher und schneller werde die gerechte Sache den Sieg davontragen, desto weniger Blutzoll würde sie fordern.

Unter dem Aufruf des Königs prangte die Aufforderung: *Verbrennt sie alle!* Die Schlagzeile überschrieb einen Artikel von Bischof Laud. Er erging sich über die ketzerischen Puritaner, seiner Meinung nach die Geißel der Menschheit.

Richard schüttelte den Kopf über so viel Dummheit. Warum ließ der König zu, dass seine Getreuen mit ihren Hetzreden das Volk spalteten?

Er blätterte weiter. Auf der letzten Seite, der Seite vier, warb ein gewisser Lester Baron Männer und Frauen an, die an einer interessanten und gut bezahlten Beschäftigung interessiert waren. Richard rieb sich das Kinn. Lester Baron war der Deckname des dritten Mannes im Nachrichtendienst des Königs. Nahm dieser jetzt schon jeden Dahergelaufenen? War die Not so groß? Oder ging es um einen Auftrag, von dem man nicht lebend zurückkehren würde?

Richard übergab die Zeitung einem Mann, der leer ausgegangen war und sich überschwänglich bedankte, und ging weiter. Letztlich ging ihn das alles nichts an. Er musste bloß seine Arbeit tun und die Entscheidungen denen überlassen, die mehr davon verstanden.

Master Featherstone eilte hinter seinem Tresen hervor, als Richard den Laden betrat, und verbeugte sich. »Master Faversham! Welch eine Ehre. Das Kleid ist fertig. Wollt Ihr es sogleich begutachten?«

»Ich vertraue Euch, Ihr habt mich noch nie enttäuscht. Packt es ein, und legt noch einen passenden Hut dazu.«

Richard hatte die Farben, die Stoffe und den Schnitt ausgesucht. Er wusste, wie es aussehen würde. Hoffentlich gefiel es der Frau, die es tragen sollte, ebenso gut wie ihm. Schließlich kostete es ein Vermögen.

Richard bezahlte, ließ sich Paket und Hutschachtel reichen, lehnte dankend ab, einen Burschen in Anspruch zu nehmen, der die Ware für ihn trug, und trat nach draußen. Er schnürte das Geschenk am Packpferd fest, saß auf und machte sich auf den Weg. Als er das größte Gewühl hinter sich gelassen hatte, spürte er mit einem Mal, dass etwas nicht stimmte.

Er fuhr herum.

Nur wenige Schritte hinter ihm stand der Mann mit der kahlen Stelle über der Lippe.

Charles

»Nun sieh dir das an!«, rief Charles und drehte sich zu Henrietta um. »Da will mich doch wohl jemand auf den Arm nehmen.«

Seine Frau lächelte und erhob ihren umfangreichen Leib ächzend aus dem Sessel. Sie war schon wieder hochschwanger, nächsten Monat sollte das Kind kommen, ein Mädchen, wie Henrietta lächelnd versichert hatte. Ihm war es gleich, er hatte zwei gesunde Erben, da mochte sie Mädchen bekommen, so viele sie wollte.

Sie trat näher, legte ihre Hände auf seine Schultern. »Was denn, mein Liebster?«

»Dieses Bild. Ein lächerliches Machwerk.«

Henrietta beugte sich vor. Charles hatte das Bild, das in ein Wachstuch eingewickelt gewesen war, auf dem Tisch ausgebreitet. Eingehend studierte sie es. »Eine Landschaft, durchaus mit Talent und Geschick angefertigt, aber doch ohne jede Sorgfalt. Wer hat das Bild gemalt?«

»Angeblich ist es von Master Faversham.« Charles schüttelte den Kopf. »Was für ein Unsinn! Warum sollte er ein solches Machwerk pinseln und mir schicken!« Charles wusste, dass Richard Faversham nicht nur ein begnadeter Porträtmaler war, sondern auch gelegentlich für Thomas Montjoy tätig war. In welchem Umfang genau, war ihm jedoch nicht bekannt, und er wollte es auch gar nicht näher wissen. Ihm genügte es, wenn seine Leute Informationen herbeischafften, wie sie darankamen, interessierte ihn nicht.

Die Königin strich sich über ihren kugelrunden Bauch.

Kleine Schweißperlen standen ihr auf der Stirn. Charles hatte Feuer im Kamin entfachen lassen, obwohl draußen auf den Straßen von York hochsommerliche Hitze herrschte. Doch im Haus war es feucht und kühl, und Charles wollte keinesfalls, dass Henrietta in ihrem Zustand krank wurde. »Warum sollte Master Faversham dir ein Bild schicken?«, fragte sie.

Charles zuckte mit den Schultern. »Der Bote, ein einfacher Bursche vom Land, hatte vergessen, wo er es abgeben sollte. Aber da es vom königlichen Porträtmaler kam, dachte er wohl, ich wüsste schon, was damit anzufangen sei.«

Henrietta kräuselte ihre makellose Stirn. »Meinst du, es könnte eine Falle des Feindes sein?«

Charles schnaubte. »Wie sollte ein Bild eine Falle sein?«

»Vielleicht wurde Gift darauf aufgetragen.«

»Unfug!«, stieß Charles hervor, trat aber sicherheitshalber einen Schritt zurück.

Er raufte sich die Haare. Wo trieb sich van der Doort herum, der Verwalter der Kunstwerke der Krone? Charles hatte ihn extra nach York mitgenommen, damit sie über die neuesten Erwerbungen sprechen konnten. Vielleicht wusste er, was es mit dem Gemälde auf sich hatte.

Es klopfte. Die Leibwache öffnete die Tür, ein Diener trat ein und verbeugte sich vor Charles. »Eure Majestät, Sekretär Dorchester wünscht Euch zu sprechen.«

Auch das noch. Dorchester stand für Probleme. Wenn er ein Gespräch wünschte, ging es immer um widerspenstige Menschen, überwiegend solche aus Spanien, Frankreich oder Schweden, die irgendwelche Sonderwünsche hatten. Oder es ging um die Schotten, was in der augenblicklichen Lage am wahrscheinlichsten war. Er seufzte. »Er soll hereinkommen.«

Der Sekretär, der hinter dem Diener gewartet haben musste, stürzte ins Zimmer, kaum dass Charles zu Ende gesprochen hatte.

»Eure Majestät«, begann Dorchester ohne Begrüßung. »Die Schotten. Sie marschieren auf Kelso.«

Charles hob die Brauen. »Ja und? Müssen wir deshalb auf der Stelle losstürmen? Kelso ist gut befestigt. Lassen wir die Schotten sich die Zähne daran ausbeißen.«

»Nun ja ...«

»Schweigt, Dorchester.«

Der Sekretär machte ein Gesicht, als hätte Charles ihm das Todesurteil verkündet.

»Bei Berwick steht unser Heer. Wir sind in der Überzahl. Wir werden siegen, sollten die Schotten uns angreifen.« Charles betrachtete das Gemälde. Bestimmt stammte es von einem Schotten. Wenn sie sich bei allem so dilettantisch anstellten, würde er sie hinwegfegen wie ein Orkan.

Henrietta räusperte sich.

Charles sah sie an. »Mein Engel?«

»Du solltest das nicht auf die leichte Schulter nehmen. Die Schotten müssen begreifen, wer ihr König ist. Lass dir nicht von ihnen auf der Nase herumtanzen.«

Charles warf Dorchester einen Blick zu, der rasch zu Boden sah. Er wusste, dass hinter seinem Rücken geredet wurde. Es hieß, England werde in Wahrheit von einer Königin regiert. Ihn scherte das nicht. Er baute sich vor seinem Minister auf. »Lasst alles vorbereiten. Wir brechen gleich morgen früh auf.«

»Sehr wohl, Sire.« Dorchester verbeugte sich und verließ den Raum.

»Du bist ein so kluger Herrscher.« Henrietta lächelte. Dann stemmte sie ihre Hände in die Hüfte und stöhnte leise.

»Geht es dir nicht gut?«, fragte Charles besorgt.

»Alles bestens. Ich muss mich nur wieder setzen. Ich bin froh, wenn ich dieses Monstrum nicht mehr mit mir herumschleppen muss.« Sie ging zurück zum Sessel.

Als Charles zu ihr treten wollte, streiften seine Finger das Gemälde, das noch immer auf dem Tisch lag. Vielleicht wollten die Schotten damit seine Liebe zur Malerei verspotten, ihn als schwachen Herrscher verhöhnen, der mehr von Kunst verstand als vom Kriegshandwerk. Ha! Das würde ihnen nicht gelingen! Er ergriff die Leinwand, trat zum Kamin und warf sie ins Feuer. Die Flammen verfärbten sich bläulich, ätzender Qualm stieg auf. Charles griff zum Schürhaken und stocherte im Feuer herum, bis es wieder richtig brannte.

Niemand machte sich über ihn lustig, er war Charles Stuart, der von Gott erwählte König von England, Schottland und Irland. Kein Mensch durfte das infrage stellen.

Richard

Richard glitt aus dem Sattel, doch als er sich erneut umdrehte, war sein Verfolger verschwunden. Auch in den Gassen war keine Spur von ihm zu sehen. Da Richard die Pferde und ihre kostbare Fracht nicht allein lassen konnte, war es ihm unmöglich, die Stadt nach dem Mann zu durchkämmen. Doch er scherte sich nicht darum. Er würde eine weitere Gelegenheit bekommen, seinen Verfolger zu stellen. Spätestens, wenn dieser versuchte, ihm in der Einsamkeit außerhalb von St. Albans auf den Fersen zu bleiben.

Richard ritt aus der Stadt und hielt sich in nordwestlicher Richtung. Niemand folgte ihm. Nach einer halben Stunde tauchte Taylor House am Horizont auf. Hier wohnte Gattlin Taylor, der zweite Earl of Grantchester mit seiner zweiten Frau, der reizenden Lady Shirley Grantchester. Der Hausherr weilte in London, wie meistens, zumindest hoffte Richard das. Anderenfalls musste er sich einen guten Grund für seinen Besuch einfallen lassen.

Das Anwesen von Lord Grantchester lag auf einem Hügel. Shirley hatte es nach ihren Wünschen umbauen lassen. Viel Marmor, viel Silber, ein Park, in den ganz St. Albans hineingepasst hätte.

Richard erreichte das Pförtnerhäuschen. Ein breit grinsender vierschrötiger Hüne trat heraus.

»Master Faversham!«, rief er. »Wie schön, dass Ihr uns mal wieder besucht! Lady Grantchester freut sich bestimmt, Euch zu sehen! Seine Lordschaft ist jedoch bedauerlicherweise nicht da.« Er lächelte verschmitzt.

»Nun, dann werde ich versuchen, ihrer Ladyschaft ein wenig die Zeit mit Schachspiel und guter Konversation zu vertreiben, damit sie nicht vor Einsamkeit vergeht«, gab Richard zurück.

»Dafür wird sie Euch sicher dankbar sein.« Der Mann verneigte sich und ließ Richard passieren.

Richard ritt durch den Park, bewunderte die Hortensien und die Rhododendren, die im Schatten der alten Eichen üppig blühten, stellte sich vor, wie er sie auf Leinwand bannen würde. An der breiten Marmortreppe zog er die Zügel an. Rechts und links wachten steinerne Löwen, große Steinkübel mit Blumen schmückten den Aufgang.

Ein Knecht übernahm die Zügel, ein Diener eilte die Stufen hinab und kam Richard entgegen. Der legte den Kopf in den Nacken und studierte die Fassade. Er kannte Shirley gut, und daher wusste er, dass sie ihn bereits entdeckt hatte und beobachtete. Aber er konnte ihr Gesicht an keinem der vielen Fenster ausmachen. Er bat den Diener, die beiden Pakete abzuschnüren, aber erst hineinzubringen, wenn er ihm ein Zeichen gab. Auf keinen Fall früher. Der Diener nickte, ohne eine Miene zu verziehen.

Richard stieg die Treppe hinauf und trat in die Halle. Shirley war nicht zu sehen.

»Shirley Taylor!«, rief Richard. »Wo versteckst du dich? Willst du mich nicht begrüßen? Ich bin Hunderte Meilen geritten ohne Rast und Ruhe, habe mich den tödlichsten Gefahren ausgesetzt, nur um dir nahe zu sein. Ist das mein Lohn?«

Richard hörte Schuhe klacken und Seide rascheln. Das musste Shirley sein. Mit finsterer Miene schwebte sie die Treppe hinab. Sie sah großartig aus. Trotz ihrer achtunddreißig Jahre konnten viele junge Dinger nicht mit ihr mithalten. Shirley war schlank wie ein junges Mädchen und hochgewachsen, sie maß fünfeinhalb Fuß und ein Inch, war somit einen guten Kopf kleiner als Richard, der es auf etwas über sechs Fuß brachte und damit zu den großen Männern zählte.

Mit leicht schräg stehenden Katzenaugen blitzte sie ihn an. »Ich riskiere täglich mein Leben, weil ich mich nach dir verzehre und meinen Gatten aus dem Bett weise, der bereits misstrauisch ist und mir tausend Höllenqualen angedroht hat, sollte er mich in flagranti erwischen. Und du kommst mit leeren Händen?«

»Nun, zum einen ist dein Gatte absent und zum anderen: Gilt deine Sehnsucht meinen Geschenken oder mir?«

»Du bist unverschämt und anmaßend, Richard Faversham. So behandelt man keine Lady.« Sie drückte sich eine Träne aus dem Auge.

»Shirley, mein Engel, ich kann dich nicht weinen sehen. Da hilft nur Magie.«

Richard klatschte dreimal in die Hände, und sogleich erschien der Diener mit dem Paket und der Hutschachtel. Richard nahm ihm beides ab, kniete nieder und hielt es Shirley hin.

»Du bist ein kleiner Teufel, Richard Faversham. Mich so hinters Licht zu führen.«

»Wäre ich ein Engel, würdest du mich kaum begehren.«

»Wie so oft liegt die Wahrheit in der Mitte. Zu viel Teufel ist ebenso ungesund wie zu viel Engel. Ob du die richtige Mischung hast, entscheide ich, wenn ich dein Geschenk beurteilt habe.«

Richard erhob sich, Shirley drehte sich um, stieg ihm voran die Treppe wieder hinauf in den Salon, dessen Fenster zum Park hinausgingen. Richard widmete sich der Aussicht, überlegte, wie er die Farben mischen musste, um die unzähligen Abstufungen von Grün auf Leinwand zu bannen, als er einen spitzen Schrei hörte. Er wandte sich um. Die Verpackung lag verstreut auf dem Boden, Shirley hielt das Kleid vor ihren Körper und strich mit einer Hand über die Seide. »Mein Gott, Richard. Du bist eindeutig zu viel Engel. Hast du einen Sack Gold gefunden? Es ist wunderbar.«

Richard war erleichtert. Es war nicht einfach, Shirley zufriedenzustellen. Sie war so reich, dass sie sich kaufen konnte, was sie wollte. Fast. Seine Zuneigung war nicht käuflich. Das wusste Shirley. Ob es umgekehrt ebenso war, konnte Richard nicht mit Sicherheit sagen. Sie spielte gerne, auch mit Menschen.

»Zieh es an.«

»Ja, das ist eine gute Idee. Dreh dich um.« Sie legte das Kleid ab und läutete. Zwei Zofen eilten in den Salon, halfen Shirley beim Wechsel der Garderobe. Allein hätte sie sich nicht aus den Verschnürungen ihres Mieders befreien können. Die Zofen kicherten unentwegt, denn es war nicht gerade üblich, dass ein Gentleman anwesend war, wenn sich die Herrin umzog.

Schließlich scheuchte Shirley die Zofen aus dem Zimmer. »Jetzt darfst du dich umdrehen.«

Richard ließ sich Zeit. Er wollte den Moment genießen. Zuerst hatte er einen Rotton für das Kleid gewählt, sich dann aber umentschieden und als Grundfarbe Lindgrün ausgesucht, ein weicher Ton und zugleich ein Kontrast zu Shirleys roten Locken. Das Kleid verzichtete auf eine vordere Schnürung, deshalb war auch kein Stecker nötig. Nach Richards Auffassung verdeckten die Stecker zu viel von den natürlichen Formen des weiblichen Körpers.

Richard wandte sich um und schnappte nach Luft. Das Kleid war perfekt. Es betonte Shirleys feingliedrige Natur. Man sah ihr nicht an, dass sie Mutter eines erwachsenen Sohnes war. Seit ihrer ersten Begegnung vor knapp sieben Jahren am Hof des Königs hatte sich Shirley fast nicht verändert. Nur wer sie gut kannte oder so genau hinsah wie Richard, entdeckte die ersten Fältchen um Mund und Augen. Richard störte sich nicht daran. Shirley gehörte zu den Frauen, die zwar alt wurden, aber immer schön blieben. Ein wahrhaft göttliches Geschenk.

Von der Taille abwärts fiel das Kleid in weiten Falten zum Boden, die Ärmel lagen an den Handgelenken eng an, weiteten sich dann bis zur Schulter. Neuerdings war es Mode, den Ausschnitt rechteckig und sehr freizügig auszuführen. Dagegen hatte Richard nichts einzuwenden. Diese Form des Ausschnitts entblößte nichts, versprach alles. Richard hatte diesen Schnitt auch deshalb gewählt, weil er auf unnötige Zier verzichtete: kein ausschweifender, gezackter Kragen, in den man ein Gallone Bier hätte füllen können. Nur eine kleine Brosche in der Mitte des Ausschnitts, kein protziger Riesenklunker. Es wirkte so, wie Richard es sich vorgestellt hatte: Nicht das Kleid zierte Shirley, obwohl es ein wirklich erlesenes Kleidungsstück war, sondern sie brachte es erst richtig zur Geltung.

Shirley drehte sich im Kreis, die Seide rauschte durch die Luft. Nichts hatten ihre Bewegungen von ihrer Geschmeidigkeit verloren. In jener Nacht auf dem Ball vor sieben Jahren hatten sie getanzt wie auf Wolken. Richard war verliebt gewesen, er wäre mit ihr durchgebrannt, noch nie hatte er eine Frau mit solcher Anziehungskraft kennengelernt. Und Shirley hatte ihn in die Liebe eingeführt. Sie war eine verheiratete Countess von einunddreißig Jahren gewesen, er ein ungehobelter Bursche von zweiundzwanzig, der die Jahre in Antwerpen ausschließlich im Atelier seines Meisters und bei gelegentlichen Übungsstunden mit dem Schwert verbracht hatte. Während die anderen Schüler hin und wieder die Frauenhäuser aufgesucht hatten, hatte er bis spät in die Nacht die Schattierungen von Gesichtern perfektioniert. Nach Frauen hatte ihm nicht der Sinn gestanden.

Das alles hatte sich mit Shirley geändert. Sie hatte ihm beigebracht, wie er nicht nur sich selbst, sondern auch den Frauen die höchste Lust bereitete. Und er war ihr ein ebenso gelehriger Schüler gewesen wie Master van Dyck.

Shirley schlang die Arme um Richards Hüften. »Danke«, sagte sie und küsste ihn.

»Mutter!«

Shirley löste sich von Richard, wandte sich um. »Rupert, mein Lieber, sieh, wer zu Besuch ist.« Sie ging auf ihren Sohn zu, küsste ihn auf die rechte und die linke Wange und dann auf den Mund.

»Mutter, bitte«, sagte Rupert. Offensichtlich missfiel ihm die Art, wie seine Mutter ihn begrüßte. Richard hätte ebenfalls nicht gewünscht, wie ein kleines Kind behandelt zu werden. »Master Faversham. Schön, Euch hier zu sehen. Bleibt Ihr länger?«

Rupert war mit seinen sechzehn Jahren immer noch eine Bohnenstange. Er konnte machen, was er wollte, er blieb hager. Zwar hatte er durch das Waffentraining Muskeln aufgebaut, aber die konnte man nur fühlen, wenn man seine Arme abtastete. Sein Kreuz war schmal, seine Hüften waren schmal, sogar sein Gesicht war schmal. Er hatte die Statur seines Vaters, des Earl of Grantchester, der seine Söhne und Töchter aus erster Ehe unumwunden vorzog. Rupert war ein anständiger Junge, aber er war nicht der Hellste. Er konnte leidlich lesen und schreiben, hatte eine ansehnliche Handschrift, aber bei allen komplexeren Dingen musste er passen. Irgendwie war es Shirley dennoch gelungen, ihn am Hof des Königs unterzubringen, als dritten Schreiber bei Roger Palmer, dem Vorsteher des königlichen Haushalts. Sicherlich hatte einer ihrer Verehrer seine Beziehungen spielen lassen, um Rupert den Posten zu verschaffen. Richard wusste, dass Rupert mit seiner Stellung zufrieden war, Shirley jedoch ganz und gar nicht.

»Nicht allzu lang, bedauerlicherweise«, sagte er rasch. »Einige Tage nur. Wichtige Geschäfte rufen mich nach London.«

Rupert erwiderte das Lächeln unsicher. »Ich werde morgen an den Hof zurückkehren. Die Arbeit häuft sich, selbst wenn der König nicht in London weilt.«

»Ist das wahr, Richard«, rief Shirley empört. »Du willst so schnell wieder fort?«

»Von wollen kann keine Rede sein, meine Liebe. Ein Kaufmann erwartet mich, dessen Gattin ich porträtieren soll. Er zahlt gut. Ich brauche das Geld, denn mein Geschenk für dich hat mich fast ruiniert.«

Shirley hob die Augenbrauen, sodass Richard fürchtete, ein wenig zu frech geantwortet zu haben.

»Gib acht, Rupert, mein Sohn. Nimm dir an diesem Mann kein Beispiel. Erst spielt er dir den leidenschaftlichen Liebhaber vor, und dann denkt er über die Kosten nach, die du verursachst.«

Richard ergriff Shirleys rechte Hand, hauchte einen Kuss darauf. »Du weißt, dass es außer dir keine Frau gibt, die von Bedeutung für mich ist. Sehe ich dich länger als zwei Monate nicht, werde ich krank.« Er schaute ihr tief in die Augen.

Shirley schluckte hart. »Wüsste ich es nicht besser, würde ich dir glauben, du Schuft«, flüsterte sie. »Treib es nicht zu weit. Spiel mir nichts vor, das du nicht fühlst.« Sie entzog ihm die Hand, sagte laut: »Kommt jetzt. Wir wollen essen. Mein göttergleicher Gatte ist aushäusig, wie du richtig festgestellt hast. Ich weiß nicht, ob er bei einer Hure ist, bei Hof oder auf dem Schlachtfeld. Mir ist es gleich.«

Shirley eilte voraus, sie trällerte eine fröhliche Melodie. Richard wusste, dass sie alles andere als guter Laune war und dass es ihr keinesfalls gleich war, was ihr Gatte tat. Sie war längst nicht so abgebrüht, wie sie vorgab.

Rupert senkte den Kopf, presste die Lippen zusammen. »Warum ist sie manchmal nur so böse, Master Faversham? Könnt Ihr mir das sagen?«

Richard hätte ihn über die einfachen Verhältnisse aufklären können, aus denen Lady Shirley Grantchester stammte. Über den harten Kampf, den sie ausgefochten hatte, um ihrem Los zu entkommen, um einen reichen Earl zu heiraten, damit ihr Sohn es einmal besser hatte als sie. Aber er wusste, dass Shirley nicht wollte, dass Rupert oder sonst irgendwer davon erfuhr. Nur wenige Menschen wussten etwas über die Vergangenheit der Countess. Richard selbst kannte die Wahrheit nur, weil Shirley sich irgendwann einmal nach dem Genuss von zu viel Wein im Überschwang der Gefühle dazu hatte hinreißen lassen, ihm ihre Geschichte zu erzählen. Danach hatte er schwören müssen, für immer darüber zu schweigen.

»Ihr kennt Eure Mutter doch, Sir«, sagte er deshalb nur. »Sie meint es nicht so.«

Er klopfte dem jungen Mann auf die Schulter und nickte ihm aufmunternd zu. Während er Shirley ins Speisezimmer folgte, dachte er an seinen Bruder. Ob es auch Menschen gab, die keine Bürde aus der Vergangenheit mit sich herumtrugen?

Vivian

Vivian deckte ihre Mutter zu. Lady Coveney war eingeschlafen, endlich. Sie musste schlafen, sonst würde sie Jamie bald ins Grab folgen.

Witcham House war nun still, alle bis auf Newt, der Hausdiener, waren zu Bett gegangen. Newt bestand darauf, sich als Letzter zur Ruhe zu begeben, aber heute Nacht würde er von seinen Prinzipien abweichen müssen.

Vivian ging in den kleinen Salon, in dem ihr Vater Gäste empfing, um mit ihnen eine dieser neumodischen Zigarren zu rauchen. Hier bewahrte er auch alle wichtigen Unterlagen auf. Der Raum war sein Heiligtum, aber wenn er nicht zu Hause war, durfte Vivian ihn nutzen, um den Verwalter bei seiner Arbeit zu unterstützen.

Sie nahm John Barclays *Argenis* aus dem Regal, ein Buch über den Konflikt zwischen den Religionen, setzte sich in einen Sessel und las. Doch schon nach wenigen Minuten verschwammen die Buchstaben vor ihren Augen. Der Tag war lang gewesen. Sie hoffte inständig, dass sie für die Aufgabe, die ihr bevorstand, genug Kraft übrig hatte. Und dass sie sie besser bewältigen würde als ihre Versuche, Jamies Mörder zu finden.

Seit dem Treffen der Seeker vor einer Woche hatte sie in der Hoffnung, etwas herauszufinden, mit einer Reihe von Leuten gesprochen. Jamies Freunde, die sie zuerst aufgesucht hatte, waren zwar sehr entgegenkommend gewesen, doch sie hatten offenbar keine Ahnung, wohin ihr Bruder an jenem Abend gegangen war. Also hatte sie in zwei Wirtshäusern nachgefragt, wo man ihr jedoch auch nicht weiterhelfen konnte. Oder wollte. Es gab noch einige weitere Häuser, in denen sie hätte fragen können, doch die waren so verrufen, dass Vivian nicht wagte, sie aufzusuchen.

Sie dachte an Albert, ihren Verlobten, der zusammen mit ihrem Vater in York war. Albert war ihr Cousin, und da Jamie tot war und sie keine weiteren Brüder hatte, würde er eines Tages der nächste Earl of Coveney sein. Da war es nur vernünftig, dass sie heirateten. Sie kannte ihn kaum, fragte sich, was er wohl davon halten mochte, dass sie auf eigene Faust den Mörder ihres Bruders suchte. Sie nahm an, dass er genau wie ihr Vater überzeugt sei, dass sich so etwas für eine Frau nicht schicke.

Die elfte Stunde schlug, Vivian fuhr zusammen. Es wurde Zeit. Gestern hatte Master Mansfield ihr die Nachricht zukommen lassen, dass die Übergabe heute Nacht stattfinden würde. Er hatte sie in einem Buch versteckt, das ihr von einem Boten übergeben worden war. Darin stand auch der Spruch, mit dem sie sich zu erkennen geben musste. Sie stand auf und zog an der Klingelschnur.

Sofort trat Newt ein. »Was wünscht Ihr, Eure Ladyschaft?«

»Ich wünsche, dass Ihr zu Bett geht, Newt. Es gibt nichts mehr zu tun, und ich werde noch eine Weile mit den Unterlagen beschäftigt sein, die ich morgen mit Addenbury durchgehen muss. Kein Grund, sich mit mir die Nacht um die Ohren zu schlagen.«

Newt zögerte einen Lidschlag lang, dann verbeugte er sich. »Wie Ihr befehlt, Eure Ladyschaft.«

Nachdem Newt sich zurückgezogen hatte, setzte Vivian sich wieder und starrte in den kalten Kamin. Als sie sicher war, dass Newt in seinem Zimmer im anderen Flügel des Hauses angekommen sein musste, stand sie auf und warf einen Blick aus dem Fenster. Der Halbmond stand am wolkenlosen Himmel. Sein Schein war hell genug, ihr den Weg zu weisen.

In das Regal gegenüber dem Kamin hatte ein Künstler Szenen aus dem Leben ins Holz geschnitzt. Sie zeigten die Jagd, den Gang zur Messe, eine Hochzeitsfeier, die Ernte und viele andere Ereignisse. Vivian waren die Szenen von klein auf vertraut. Sie musste nicht suchen, um den Lauf der winzigen Muskete zu finden, die der Jäger über der Schulter trug. Mit geübtem Griff schob sie ihn zur Seite, bis es leise knackte. Dann drückte sie das Regal nach innen, das einen Gang freigab. Vor achtzig Jahren, als ihre Familie noch katholisch war, hatte er dazu gedient, den Priester heimlich einzulassen oder ihn zu verstecken, wenn die Schergen der Königin das Haus durchsuchten. Der Gang führte unter dem Garten hindurch bis zu einer Pforte, die von einem Gestrüpp verborgen war. Außerdem gab es eine geheime Tür in den Weinkeller.

Als Kind hatte Vivian den Gang manchmal benutzt, um für eine kurze Weile die süße Luft der Freiheit zu atmen, heute tat sie es, um verbotene Schriften zu schmuggeln. Ihr Gewissen regte sich. Sie würde die Bücher hier im Haus aufbewahren, im Weinkeller in einem Fass mit doppeltem Boden. Damit brachte sie die ganze Familie in Gefahr. Aber sie musste es tun, wenn ihr Glaube nicht nur aus leeren Worten bestehen sollte.

Sie schnallte sich die Trage auf den Rücken, die sie schon gestern hier versteckt hatte, zündete die Laterne an und machte sich auf den Weg. Nach ein paar Schritten ging es eine Treppe hinunter. Jetzt war sie auf Höhe des Weinkellers. Der Gang war schmal, aber hoch genug, dass sie aufrecht gehen konnte, die groben Granitblöcke glänzten von Feuchtigkeit. Hier und da hörte sie das Trappeln kleiner Füße. Schatten huschten davon. Ratten. Vivian zwang sich, ruhig weiterzugehen, obwohl sie am liebsten gerannt wäre.

Endlich erreichte sie die Pforte. Sie stellte die Laterne ab, da sie das Licht draußen nur verraten hätte, schloss auf und zwängte sich durch das Gestrüpp ins Freie. Einen Augenblick blieb sie stehen, um zu verschnaufen. Es raschelte. Entsetzt fuhr sie herum. Ein Fuchs bellte, erleichtert atmete sie auf.

Ohne länger zu zögern, marschierte Vivian los, geradewegs hinein ins Moor. Hier kannte sie jeden Tritt und jeden sicheren Weg. Gute vier Meilen musste sie gehen, bis sie die Dead Man's Oak erreichte, eine uralte Eiche auf einer kleinen Anhöhe, an der in früheren Zeiten Mörder gehenkt worden waren. Manche waren danach im Moor versenkt worden. Erst vor zwei Jahren hatte man eine Leiche geborgen, die noch den Strick um den Hals gehabt hatte. An der Dead Man's Oak sollte sie die Kontaktpersonen treffen, die ihr die Schriften übergeben würden. Sie wusste nicht, wer sie dort erwartete. Sie kannte noch nicht einmal die Namen der Leute, und sehr wahrscheinlich würde sie sie nie wiedersehen.

Eine Eule rief, als Vivian am Fuß des Hügels ankam. Niemand war zu sehen. Waren die Kuriere entdeckt und verhaftet worden? Vivian lief es eiskalt über den Rücken. Sie stieg zur Eiche hinauf, jederzeit bereit loszurennen. Noch immer war niemand zu sehen. Sie umrundete den Baum, fand nichts. War sie zu früh? Oder zu spät? Wie lange war sie gelaufen? Zwei Stunden? Oder drei? Sie hatte jegliches Zeitgefühl verloren.

Plötzlich wurde es dunkel. Eine Wolke hatte sich vor den Mond geschoben. Vivian konnte nicht einmal mehr die Umrisse des Baums sehen. Sie schloss die Augen und konzentrierte sich auf die Geräusche. Überall raschelte es leise. Das mussten Mäuse sein, Feldhamster oder Igel, die sich im Schutz der Dunkelheit ins Freie wagten.

Wieder ein Rascheln. Zu laut, um von einem Tier zu kommen. Dann Schritte. Sie kamen zögerlich näher. Suchend. Die

Person musste ebenfalls von der Dunkelheit überrascht worden sein. Vivian tastete sich vorwärts, immer darauf gefasst, auf ein Hindernis zu stoßen. Sie bräuchte Licht, doch das wäre über Meilen hinweg zu sehen gewesen. Sie nahm ihren Mut zusammen, räusperte sich und öffnete den Mund, um das Kennwort zu sagen. Im selben Moment presste sich eine raue Männerpranke auf ihre Lippen, während die zweite ihr den Hals zudrückte.

Richard

Richard schrak aus dem Schlaf hoch. Von draußen schien der Mond ins Zimmer, im Haus war alles still. Shirley lag neben ihm und atmete ruhig. Es musste mitten in der Nacht sein. Was hatte ihn geweckt? Schritte auf der Treppe? Der Schrei eines Tieres? Sein schlechtes Gewissen?

Er stand auf und trat ans Fenster. Er war unruhig, er sollte auf dem Weg nach London sein, statt im Bett einer verheirateten Frau seine Zeit zu verplempern. Normalerweise hatte er nicht so viele Skrupel, doch diesmal lag ihm der Abend mit Shirley schwer im Magen.

Dabei hatte er so perfekt angefangen. Das Essen war vorzüglich gewesen: Truthahn, Rehrücken und Wildschwein mit verschiedenen Gemüsen in einer delikaten Tunke, die ordentlich nach Pfeffer schmeckte. Dazu gab es einen Wein, der auch an einem Königshof hätte kredenzt werden können.

Rupert hatte sich bald auf sein Zimmer zurückgezogen, Shirley und Richard hatten den milden Abend genutzt und auf der Veranda noch einen Sherry zu sich genommen. Richard war todmüde gewesen, aber Shirley hatte nicht zugelassen, dass er einfach einschlief. Sie übernahm die Initiative, führte ihn in ihr Gemach. Die Leidenschaft ihres Liebesspiels hatte nicht nachgelassen. Für Richard war es wie beim ersten Mal. Shirley wurde ihm nicht langweilig.

Danach bettete sie ihren Kopf auf Richards Brust. »Du bist einfach der Beste.«

Ein Stich fuhr ihm durch den Unterleib. Der Beste von wie vielen anderen? Er war tatsächlich eifersüchtig. Obwohl es kein Geheimnis war, dass Shirley auch andere Liebhaber empfing, wünschte er sich manchmal, er wäre der einzige. Ihm fiel auf, dass er gar nicht wusste, wer außer ihm Shirleys Bett teilte. Er würde es wohl auch nicht von ihr erfahren.

Er drehte eine Strähne ihrer Haare um seine Finger. »Weil ich tue, was du willst?«

Sie kniff ihn, dass es schmerzte.

»Au!«, rief Richard mit gespielter Empörung. »Ist es nicht so?«

»Wenn es so wäre, müsste mein Rupert keine niederen Dienste als Schreiber leisten.«

Daher wehte der Wind. »Er ist ein guter Junge, Shirley. Und er ist zufrieden.«

»Aber wie kann er zufrieden sein als dritter Schreiber? Er ist zu Höherem bestimmt.«

Das Gespräch bewegte sich in eine Richtung, die Richard nicht behagte. Shirley überschätzte Rupert. Der Junge hatte nun mal keinen Ehrgeiz, ein hohes Amt zu erreichen. Warum sollte er auch? Doch Shirley sah Rupert schon als Ratgeber des Königs, als Mitglied des engsten Beraterstabes, des Privy Council. Das allerdings war unmöglich. Selbst sein Vater konnte Rupert dort nicht unterbringen. Im Privy Council wurde über das Schicksal des Landes entschieden, dort wurden Entscheidungen getroffen, bei denen es um Krieg und Frieden, um Leben und Tod, um Steuern und die Petitionen der Untertanen ging. Rupert hatte von alldem keine Ahnung.

»Richard, mein Herz, ist es nicht so, dass zurzeit die Berater des Königs ständig wechseln? Man munkelt, der halbe Hofstaat würde ausgewechselt, weil Charles an Angstfantasien leidet.«

Richard rekelte sich. Er musste achtgeben, was er jetzt sagte. Offenbar wusste Shirley gut Bescheid. Vielleicht ein

Hinweis auf die Liebhaber, die sie erst beglückte und dann aushorchte, wenn sie im Liebesrausch alles tun würden, damit Shirley sie wieder empfing. In der Tat tauschte der König seine Berater in letzter Zeit häufig aus. »Charles leidet nicht an Angstfantasien«, entgegnete er. »Er ist vorsichtig. Er kann sich keine Fehler leisten. Er braucht Männer, die ihm treu ergeben sind und ihn gut beraten. Die nicht auf Posten aus sind, sondern dem Königreich dienen wollen.«

»Ach ja? Ist das so?« Shirley kräuselte die Lippen. »Ich höre so einiges. Gattlin vergnügt sich zwar in fremden Betten, aber er kehrt doch immer wieder zu mir zurück, und dann hat er das Bedürfnis, mit jemandem zu reden, dem er trauen kann. Er weiß, dass ich ihn nie verraten würde.«

Richard hob die Augenbrauen, fragte sich für einen kurzen Moment, was es über Lord Grantchester Heikles zu wissen geben könnte. Doch Shirley biss ihm sanft in den Hals, es rieselte ihm warm den Rücken hinunter, und er vergaß den Gedanken. Wenn sie so weitermachte, wäre er bald ihr willenloser Sklave.

»Gattlin ist mein Ehemann. Der Vater meines Sohnes. Er ist nicht mein Feind, Richard, das solltest du wissen. Er ist anständig, auch wenn er Rupert nicht gerade vergöttert. Und ich brauche Gattlin. Nicht auszudenken, wenn ihm etwas zustieße. Ich müsste irgendeinen Kerl heiraten, den der König bestimmen würde, der sich wahrscheinlich in mich verlieben und mich aus Eifersucht einsperren und bewachen lassen würde wie die Kronjuwelen.« Sie schüttelte sich. »Eine grauenhafte Vorstellung.« Shirley kitzelte Richard mit ihren Haaren an den Rippen. »Manchmal hilft ja ein kleiner Hinweis ...«

»Wenn ich etwas für deinen Sohn wüsste, würde ich es dir sagen.« Das würde er wirklich.

»Du warst schon immer der süße, naive Künstler.«

Das durfte Shirley gern glauben. Sollte sie ihn doch für dumm halten. Solange sie nicht erfuhr, was er wirklich war.

»Ich meine es ernst«, sagte er. »Wenn ich kann, helfe ich Rupert gern.«

»Er ist ein guter Junge. Treu. Er kann mehr, als man ihm zutraut. Richard, es gibt Ämter am Hof, für die man nicht einmal lesen können muss.«

»Das ist wohl wahr«, gab Richard zu.

»Bekleidet zurzeit nicht Henry Rich, der erste Earl of Holland, einen dieser Posten?«

»Holland ist Groom of the Stoole. Er ist einer der engsten Vertrauten und Berater des Königs und alles andere als dumm. Er ist auch Befehlshaber der königlichen Reiterei und im Moment irgendwo an der Grenze zu Schottland unterwegs. Holland drückt sich nicht hinter der Front herum wie manch andere Hofschranze.« Ob Holland zu Shirleys Geliebten gehörte? »Wie ist er denn so?«

»Woher soll ich das wissen?«, antwortete Shirley. »Ich kenne ihn nicht persönlich. Im Feld jedenfalls soll Holland ein Heißsporn sein.« Shirley strich mit dem Finger über die Narbe auf Richards Brust. »Holland kann nicht gleichzeitig Krieg führen und dem König dienen. Er übt sein Amt eigentlich gar nicht mehr aus. Rupert soll ja nicht den König ersetzen.« Sie kicherte. »Obwohl mir die Vorstellung, Königsmutter zu sein, durchaus gefallen könnte.«

»Ich bin mir sicher, du würdest ganz England in einen Park verwandeln.«

»Und ich würde die ganzen Heuchler rauswerfen. Und die Puritaner. Diese verbissenen Moralisten, die alles verbieten, was Spaß macht, aber dann in Scharen in die Hurenhäuser laufen.«

Oh ja, diese Männer gab es zuhauf, aber es gab auch die anderen, die sich streng an ihre Regeln und Gesetze hielten.

Die aus diesem Grund besonders gefährlich waren, da es nichts gab, vor dem sie zurückschreckten, wenn es um ihre Überzeugungen ging.

»Und du glaubst, ich könnte dafür sorgen, dass Rupert Groom of the Stool wird.« Richard lachte.

»Kannst du?«

Richard packte Shirley mit beiden Händen an der Taille und warf sie auf den Rücken. »Vielleicht. Vielleicht auch nicht. Was kannst du mir als Lohn bieten?«

Shirley rollte Richard zurück auf den Rücken, setzte sich rittlings auf ihn und ließ ihn ein. Sie bewegte ihre Hüfte langsam vor und zurück. »Wie wäre es damit?«

Vivian

Vivian gefror das Blut in den Adern. Sie vermochte nicht, sich zu bewegen, konnte kaum noch atmen, denn die Hand auf ihrem Hals schnürte ihr die Luft ab. Ihre schlimmsten Befürchtungen waren wahr geworden. Jemand hatte sie verraten. Man würde sie an den Pranger stellen, auspeitschen, vielleicht sogar Schlimmeres. Ihre Mutter würde sterben vor Scham, ihr Vater würde sie verfluchen.

Eine Stimme drang an ihr Ohr. »Wie lautet das Kennwort?«

Herr im Himmel, ihre Kontaktperson! Vivian schöpfte Hoffnung. Aber warum ging der Kerl sie so hart an?

»Im Frühling wird sich alles erneuern«, versuchte Vivian zu sagen, aber es kamen nur röchelnde Laute aus ihrem Mund.

Der Kerl drückte seine Hand fester um ihren Hals. »Das Kennwort, los, raus damit!«

Vivian wurde schwindelig, Lichtpunkte schwirrten vor ihren Augen.

»Du Holzkopf«, schimpfte eine Frauenstimme. »Nimm die Hand von ihrem Hals, oder willst du sie umbringen?«

»Aber dann schreit sie vielleicht.«

»Muss ich dich erst erschlagen? Nimm deine verdammte Pranke weg. O Herr, warum hast du mich mit dieser hohlen Nuss bestraft?«

Vivian hörte einen dumpfen Laut, im selben Moment stöhnte der Kerl. Dann ließ der Druck auf ihrem Hals nach. Sie zog Luft, atmete mehrmals heftig ein und aus. »Im Frühling wird sich alles erneuern«, krächzte sie, als sie wieder halbwegs Luft bekam.

»Gott sei gelobt«, sagte die Frau.

Vivian rieb sich die Stirn, langsam verschwanden die Lichtpunkte vor ihren Augen, und sie sah, dass die Wolken sich verzogen hatten. Fahles Licht flutete über die Landschaft. Vivian erblickte einen grobschlächtigen Kerl und eine Frau in den Kleidern einer Bäuerin.

»Wo ist der Mann?«, fragte die Frau.

»Was für ein Mann?«

Die Bäuerin verzog das Gesicht. »Wie willst du das Paket denn von hier wegbekommen?«

»Ich habe eine Trage.«

Der Kerl lachte kehlig. »Die Dinger sind schwer wie Blei. Da musst du ein paarmal laufen. Aber das würde zu lange dauern. Wenn etwas nicht nach Plan läuft, nehmen wir sie wieder mit. So lautet unser Befehl.«

»Von wem kommt ihr?«

»Kindchen«, sagte die Bäuerin. »Wir kennen niemanden. Es gibt Nachrichten. Aufgaben. Befehle. Die führen wir aus. Fertig. Hier ist auf jeden Fall etwas gründlich schiefgelaufen.« Sie wandte sich ab.

»Wartet!«, rief Vivian. Auf keinen Fall wollte sie den Weg umsonst gemacht haben. »Ich bin stark. Gebt her. Ich werde es versuchen.«

Der Kerl zögerte nicht und warf Vivian einen verschnürten Ballen vor die Füße.

»Zweihundert Schriften«, sagte die Bäuerin. »Hundertzwanzig Pfund schwer.«

Vivian legte die Gurte an. »Heb den Ballen auf die Trage, und schnür ihn fest«, sagte sie zu dem Mann.

Der Kerl zögerte.

»Mach schon. Oder willst du das Paket zurückschleppen?«

Der Kerl schaute die Bäuerin an. Die nickte. Mit beiden Händen hievte er den Ballen auf die Trage. Vivian musste einen Schritt nach vorn machen, um nicht umzufallen.

»Das wird nichts«, sagte der Kerl und schüttelte den Kopf.

»Geht los«, sagte Vivian. »Ich warte, bis ich euch nicht mehr höre, dann mach ich mich auf den Weg.«

Die beiden wandten sich wortlos ab. Wenige Augenblicke später war das Geräusch ihrer Schritte verklungen. Schlagartig schien die Nacht tausend Augen und Ohren zu bekommen. Vivian schluckte die Angst hinunter und stapfte los. Den Hügel hinab ging es einfach. Doch schon nach einem kurzen Stück geradeaus fühlte es sich an, als würde sie von dem Gewicht zusammengedrückt wie ein Schwamm. Aber sie würde nicht aufgeben. Sie würde die Schriften nach Haus tragen. Sie würde es schaffen. Sie musste es schaffen.

Allerdings musste sie höllisch aufpassen. Sie sank so tief ein, dass das Wasser an ihren Waden leckte. Mit jedem Schritt wurde die Last größer. Wie konnte Papier nur so schwer sein? Hatte Master Mansfield gewusst, dass das Paket so viel wog? Wahrscheinlich nicht, sonst hätte er sie begleitet oder Billy damit beauftragt, ihr zu helfen. Der Schweiß rann ihr in Strömen über den Rücken. Sie zählte die Schritte, damit sie das Gefühl hatte, überhaupt voranzukommen. Vier Meilen waren etwa fünftausend Schritte.

Sie hatte gerade bis achthundert gezählt, als sie eine Pause einlegen musste. Ihre Beine zitterten. Sie durfte sich nicht hinsetzen, sie hätte mit dem Gewicht auf dem Rücken nicht mehr aufstehen können. Also blieb sie stehen, atmete durch, schloss die Augen. Stellte sich vor, wie es sein würde, wenn sie an der Tür zum Geheimgang angekommen war. Wie sie die Trage absetzen und die ersten Schriften im Fass verstecken würde. Wie es sein würde, sich den Schweiß abzuwaschen, sich ins Bett zu legen und zu schlafen. Mindestens einen Tag lang. Die Vorstellung gab ihr Kraft.

Sie raffte sich auf und ging weiter. Stutzte. Am Horizont war etwas aufgeblitzt. Eine Laterne? Auch wenn es ihr das Letzte abverlangte: Sie ging in die Knie. Wenn sie verfolgt wurde, hätte sie keine Chance zu fliehen, also durfte sie nicht gesehen werden. Sie wartete. Wieder tauchte das Licht auf, diesmal sah es kleiner aus, weiter entfernt. In dieser Richtung lag Ely. Ob die beiden Tölpel, die ihr die Bücher übergeben hatten, eine Laterne dabeihatten? Waren sie so dumm? Möglich wäre es.

Vivian wartete noch eine Weile, doch der Horizont blieb dunkel. Langsam erhob sie sich. Ihre Muskeln protestierten, doch ihr Wille war stärker. Vorsichtig machte sie einen weiteren Schritt und fing wieder an zu zählen. Sie setzte sich ein Ziel: immer dreihundert Schritte, dann eine Pause. Sie schleppte sich weiter. Pause, zählen. Pause, zählen. Nach der zehnten Pause glaubte sie, nicht einen Schritt mehr machen zu können. Das Gewicht der Trage wurde von Schritt zu Schritt erdrückender. Irgendwie musste sie ihre Beine ausruhen. Aber sie durfte sich nicht setzen. Ihr kam eine Idee. Zwar würde es einen kleinen Umweg bedeuten, aber sie wusste, wo ein paar Felsbrocken aus dem ansonsten flachen Moorboden ragten. Da konnte sie rückwärts die Trage absetzen und sich erholen. Neue Kraft floss durch ihren Körper. Sie wandte sich nach rechts, zählte bis hundert, sah die Felsen wie Gespenster aus der Dunkelheit auftauchen.

Bei zweihundert stand sie vor einem grauen Block, der genau die richtige Höhe hatte. Sie drehte sich um, machte einen Schritt rückwärts und setzte die Trage ab. Ihr kamen die Tränen vor Erleichterung. Sie rutschte an dem Felsen hinunter, massierte sich die Beine. Mehr als drei Viertel des Weges hatte sie hinter sich. Sie würde es schaffen. Der Mond wanderte weiter, Vivian kämpfte mit der Müdigkeit, und bevor sie der Schlaf überwältigte, raffte sie sich auf, lud sich die Last der Schriften auf den Rücken, torkelte die ersten Schritte, bis sie ihren Rhythmus wiedergefunden hatte.

Endlich kam der Hügel mit dem Gebüsch in Sicht, hinter dem der Eingang versteckt war. Sie bog das Geäst zur Seite, schloss die Tür auf, machte zwei Schritte in den Gang. Ihr wurde flau im Magen, die Beine sackten unter ihr weg. Die Trage krachte auf den Boden, der Ballen löste sich. Vivian ließ sich auf die Knie sinken, presste die Stirn auf den kalten Boden und weinte vor Erleichterung.

Richard

Die Sonne strahlte vom Himmel, es versprach erneut, ein heißer Tag zu werden. Beste Voraussetzungen für Nachforschungen in St. Albans. Der Kerl aus Coventry ging Richard nicht aus dem Kopf. Er musste wissen, wer der Unbekannte war und was er vorhatte. Shirley schlief noch, also nahm Richard allein ein üppiges Frühstück mit Speck und Bohnen zu sich, lud eine Pistole, die er unter sein Wams steckte, und sattelte sein Pferd. Shirley ließ er durch einen Diener ausrichten, er werde einen Ausritt machen und bald wieder zurück sein. Sie würde später mit ihm schimpfen, dass er sich einfach so aus dem Bett gestohlen habe, ohne sich gebührend zu verabschieden. Aber das würde er, ohne mit der Wimper zu zucken, über sich ergehen lassen. Bei Gott! Er dachte schon auf eine Weise, wie es Ehemänner taten. Das war nicht gut. Er brauchte seine Freiheit, er musste gehen können, wohin und wann er wollte. Einzig seine Aufträge von Montjoy banden ihn für eine gewisse Zeit an einen Ort.

In St. Albans ging es heute besonders geschäftig zu. Menschenmassen strömten in die Stadt, und bald wurde Richard klar, warum. Es war Pferdemarkt. Von überallher war das Geschrei der Händler zu hören. Wie sollte er in diesem Gewimmel einen Mann finden, der nicht gefunden werden wollte? Richard musste herumfragen. Vielleicht war die kahle Stelle an der Oberlippe noch anderen aufgefallen. Und wenn er Glück hatte, würde der Mann *ihn* entdecken und verfolgen, dann konnte er den Spieß umdrehen.

Richard begann in den einschlägigen Unterkünften, doch

niemand konnte sich an einen Gast mit kahler Stelle über der Lippe erinnern. Leider besaßen die meisten Menschen nicht sein geschultes Malerauge, sondern hatten im Gegenteil eine schlechte Beobachtungsgabe. Und selbst wenn mehrere Personen dasselbe gesehen hatten, beschrieben sie es oft vollkommen unterschiedlich. Ganz so, als würde jeder in seiner eigenen kleinen Welt leben.

Richard versuchte es in Geschäften, auf dem Pferdemarkt zwischen den schnaubenden Rössern und ungestümen Fohlen und zuletzt sogar bei den Stadtwachen. Niemand hatte seinen Verfolger gesehen.

Gegen Mittag kaufte er sich an einer Bude eine Wildpastete, die ausgezeichnet mundete. Noch zweimal schlenderte er über den Pferdemarkt, dreimal lief er die High Street hinauf und hinunter. Doch der Verfolger blieb unsichtbar. Hatte er dazugelernt? War er ausgetauscht worden?

Richard beschloss, sich selbst als Köder auszuwerfen. Er nahm sein Pferd am Zügel, ging zu Fuß auf der Straße nach Süden aus der Stadt hinaus. Wenn er weiterhin beschattet wurde, musste sein Verfolger denken, dass er nicht nach Taylor House zurückkehrte, sondern auf dem Weg nach London war. Sein Schatten würde sich also ganz schnell ein Pferd besorgen müssen, um ihm auf den Fersen bleiben zu können.

Eine Viertelmeile vor der Stadt stieg Richard auf und lenkte sein Pferd auf einen Waldweg. Alle seine Sinne waren in höchster Bereitschaft, er hörte jedes Rascheln, sah jede Bewegung. Ein Eichhörnchen kletterte rasend schnell einen Baum hinauf, in der Ferne hörte er eine Rotte Wildschweine das Unterholz zermalmen. Richard brach der Schweiß aus. Einmal war er einem Wildschwein zu nahe gekommen, das Erlebnis hatte bleibende Spuren hinterlassen.

Er zwang seine Aufmerksamkeit zurück zu seinem möglichen Verfolger. Ein Ast knackte hinter ihm. Richard zog die

Pistole und spannte den Hahn, blickte über die Schulter. Ein Reh starrte ihn einen Moment an und rannte davon. Wieder knackte es. Richard sprang vom Pferd, band es hinter einer mächtigen Buche an und duckte sich hinter einen toten Baum, der von Efeu überwuchert war.

Er musste nicht lange warten, bis ein Reiter auf dem Waldweg auftauchte. Der Mann mit der kahlen Stelle. Als er noch gut zwanzig Yards entfernt war, sprang Richard hinter dem Stamm hervor und richtete die Pistole auf ihn. »Gebt Euch zu erkennen! Warum folgt Ihr mir?«

Der Mann reagierte augenblicklich, wendete sein Pferd und preschte los. Er war schnell. Doch eine Kugel war schneller als jeder Mann.

Richard legte an, zielte, doch bevor er abdrückte, hob er den Lauf. Der Schuss krachte, die Kugel zischte über den Kopf seines Verfolgers hinweg. Einem unbewaffneten Mann in den Rücken zu schießen war etwas für Feiglinge.

Hastig steckte er die Pistole ein, band sein Pferd los, sprang in den Sattel und hetzte dem Mann hinterher. Zurück auf der Landstraße drosselte er das Tempo und schaute in alle Richtungen. Verflucht, er hatte es vermasselt! Warum war er abgesessen? Warum hatte er sich darauf verlassen, dass die Waffe den Kerl genug einschüchtern würde?

Während er zurück in Richtung St. Albans trabte, dachte Richard nach. War es möglich, dass Lord Grantchester den Liebhabern seiner Frau auf der Spur war? Unwahrscheinlich. Dann hätte ihn der Lippenmann wohl kaum in Coventry abgefangen. Eigentlich gab es nur eine Person, die wusste, dass er von Schottland dorthin reisen würde. Doch warum sollte sein Chef ihn beschatten lassen?

Charles

Die Luft über den Bannern flimmerte. Die Junisonne brannte ohne Erbarmen auf das Heerlager des Königs an der schottischen Grenze. Tausende Soldaten fluchten stumm vor sich hin, war es ihnen doch verwehrt, in ihren Zelten ein wenig Abkühlung zu suchen. Stattdessen mussten sie sich auf einem eilig hergerichteten Exerzierplatz schinden. Mehrere Regimenter übten einen Vorstoß gegen Kavallerie.

Charles saß auf seinem Paradepferd, über ihm ein Sonnensegel, neben ihm eifrige Diener, die ihm Luft zufächelten. Er liebte es, sich seinem Volk zu Pferd zu zeigen, weil das seine geringe Körpergröße kaschierte. Hauptmann Sir Jacob Astley, Befehlshaber der Infanterie, saß auf dem Pferd neben ihm und versuchte, die Diener zu verscheuchen, die ihm ebenfalls Abkühlung verschaffen wollten.

Charles schaute ihn von der Seite an. »Mein bester Astley, genießt doch ein wenig die kühle Luft. Auf dem Schlachtfeld wird es bald wesentlich heißer hergehen.«

»Bei allem Respekt, Eure Majestät. Unnötige Bequemlichkeit verweichlicht. Außerdem sollen sie sehen, dass ihr Anführer einer der Ihren ist und genauso leidet wie sie. Ich muss Vorbild sein.«

Eigentlich war anmaßend, was Astley von sich gab, denn indirekt bezeichnete dieser den König als Schwächling. Aber Charles war auf Astley angewiesen, er war ein verdienter Veteran und hatte viele Schlachten gewonnen. Also verkniff er es sich, seinen Hauptmann zurechtzuweisen. Viel mehr beunruhigte ihn, dass Astley nicht recht an den Erfolg der

Unternehmung zu glauben schien. Ständig forderte er weitere Geldmittel, andere Waffen und mehr Vorbereitung. Aber die Zeit der Covenanters war abgelaufen. Charles hatte mehr als fünfzehntausend Mann. Darunter tausendfünfhundert Berittene, die vom Earl of Holland befehligt wurden. Sie würden die Schotten hinwegfegen.

Ein Trompetensignal ertönte. Die Übung begann. Eine schwarze Wand aus Reitern stob auf das Zentrum der Infanterie los. Die Soldaten rissen lange Lanzen hoch, mit denen die Reiter aufgespießt werden sollten. Jetzt hätten die Reiter abdrehen müssen, aber Lord Holland ließ den Angriff fortsetzen.

»Was macht Holland da?«, rief Charles. »Will er unsere Männer umbringen, noch bevor sie in die Schlacht gezogen sind? Was ist in ihn gefahren?«

Astley schwieg und glotzte durch sein Fernrohr, das Unsummen gekostet hatte.

Waren denn alle verrückt geworden? »Astley, bei Gott, gebt Signal, den Angriff abzubrechen!«

Der Hauptmann rührte sich nicht. »Zu spät, mein König«, verkündete er vollkommen gelassen. »Die Pferde sind nicht mehr zu stoppen.«

Charles blickte entsetzt auf die vierhundert Rösser, die in wenigen Augenblicken in die Spieße der Infanterie galoppieren würden. Doch dazu kam es nicht. Die ersten Reihen der Infanterie warfen die Spieße hin und rannten davon. Innerhalb kürzester Zeit hatte sich das Zentrum aufgelöst, die Reiter konnten ungehindert und ohne Verluste durchbrechen. An dieser Stelle wäre jede Schlacht verloren gewesen: Die feindliche Reiterei hätte die königlichen Linien von hinten aufgerollt. Es wäre zu einem Massaker gekommen.

Astley setzte das Fernrohr ab. »Diese Männer sind völlig ungeeignet. Es sind keine Soldaten. Es sind Bauern, Handwerker und Tagelöhner. Sie wissen nicht, dass alle sterben, wenn sie weichen. Vielleicht wären bei dem Manöver ein paar Männer verletzt oder getötet worden, aber sie hätten standgehalten. Sie hätten standhalten *müssen*. Sie hatten den klaren Befehl, die Linie zu halten, koste es, was es wolle. Das macht den Unterschied: Der Soldat *weiß*, dass alle sterben müssen, wenn er weicht. Er kann seine Angst bezwingen und standhalten. In der Schlacht wären die ersten beiden Reihen niedergemäht worden. Aber dann wäre die Attacke zum Stehen gekommen, und die Reiter wären massakriert worden. Kein vernünftiger Mensch lässt die Kavallerie im Zentrum angreifen.«

»Wir werden mehr Offiziere abstellen, die jeden erschießen, der sich zur Flucht wendet«, entgegnete Charles. »Außerdem wird Gott unseren Männern im rechten Moment Mut einflößen. Wir werden siegen, daran besteht kein Zweifel.«

Insgeheim jedoch musste Charles seinem Hauptmann recht geben: Seine Armee war nicht das, was er erwartet hatte. Abgesehen von der Kavallerie und den Einheiten der königlichen Wache waren die meisten Männer noch nie in einem Gefecht gewesen. Zudem hatten sie nur zweihundert Musketen und sechshundert Arkebusen, die an die Reichweite der Musketen nicht heranreichten. Dazu zweitausend Mann mit Pfeil und Bogen, die man nur auf kurze Distanz einsetzen konnte. Der Rest trug Schwert, Lanze oder Hellebarde. Den Sieg bringen würde ihnen allein die schiere zahlenmäßige Überlegenheit. Es stand drei zu eins. Da halfen auch keine größeren Mengen an Musketen. War eine von ihnen abgeschossen, dauerte es eine Ewigkeit, bis sie nachgeladen war. In der Zeit konnte auch der lausigste Kämpfer einen quasi unbewaffneten Mann erschlagen.

Hollands Kavallerie versammelte sich wieder, die Infanterie blieb ungeordnet. Lautes Geschrei dröhnte den Hügel hinauf. Es konnte Stunden dauern, bis die Männer wieder die richtige Formation gebildet hatten.

Lord Holland kam den Hügel hinaufgaloppiert. Sein Gesicht glänzte vom Schweiß, in den sich der helle Staub gemischt hatte. Er parierte vor Charles durch, wies nach hinten. »Habt Ihr das gesehen, Eure Majestät?«

»Ich bin ja nicht blind, Holland. Sagt, was Ihr sagen wollt!«

»Wir müssen auf Verstärkung warten. Lord Leven hat über zwanzigtausend Mann, und es werden täglich mehr. Unsere Späher bestätigen es. Die Kavallerie wächst stündlich. Die Staubfahne ist auf vier Meilen zu sehen. Wie Pilze sprießen die Zelte aus dem Boden. Und sie haben Kelso genommen. Im Handstreich. Der Kommandant hatte keine Chance. Die Stadt ist überrannt worden. Leslie hat sein Lager in einer Talmulde aufgeschlagen. Mein König, was sollen wir tun?«

Kelso gefallen! Das war kein gutes Zeichen. Die Garnison war nicht besonders stark gewesen, und doch hätte sie einige Tage standhalten müssen. Ein paar Wimpernschläge lang überkamen Charles die alten Zweifel. War er, der schmächtige, stotternde Junge, den der Vater in Schottland zurückgelassen hatte, als er im Triumphzug als König nach London gezogen war, wirklich zum Herrscher bestimmt? Er, die ewige zweite Wahl, die nur auf den Thron gestiegen war, weil der brillante ältere Bruder vor der Zeit gestorben war? Er schob den Gedanken weg. Alles, was geschah, war Gottes Wille. Gott hatte Henry an Typhus sterben lassen und ihn, Charles, damit zum Thronerben gemacht. Nur das zählte. Und jetzt musste er handeln. Jeder Tag, den er den Covenantern schenkte, machte diese nur stärker.

»Was wir tun werden?«, rief er. »Sie überraschen. Sie rechnen nicht mit einem Angriff. Sie formieren sich gerade erst. Wir werden ihnen einen Besuch abstatten, an den sie sich noch lange erinnern werden. Holland, Ihr greift sofort an. Zerschlagt die Flanken. Die Kavallerie wird noch im Lager stehen. Astley, setzt sofort alle Regimenter in Marsch. Wir umzingeln sie. Da nützen ihnen alle Musketen der Welt nichts. Wir werden sie mit Geschossen aller Art von den Anhöhen aus eindecken. Sie werden um Gnade winseln.«

»Noch vor wenigen Wochen bestand Leslies Armee aus ein paar Tausend armseligen Mann«, sagte Astley. »Holland, seid Ihr sicher, dass sie so stark angewachsen ist?«

»Aber ja. Die Zelte, die Feldzeichen. Es werden stündlich mehr. Späher haben es beobachtet.«

»Dann sollten wir Eurem Rat folgen, mein König. Ich gebe die nötigen Befehle.«

Charles nickte. »Ich reite mit Holland. Die Männer sollen sehen, dass ihr König sich zwar Luft zufächeln lässt, aber kein Feigling ist.«

Holland riss entsetzt die Augen auf. »Mein König, das ist viel zu gefährlich.«

»Bezweifelt Ihr, dass ich unter dem Schutz Gottes stehe?«

»Nun, die Wege des Herrn sind unergründlich ...«

Charles reichte es. Ständig wurden seine Befehle in Zweifel gezogen. Seine Entscheidungen waren Gottes Entscheidungen. Und wenn Gott entschied, dass er sterben sollte, dann würde er sterben. In diesem Fall würde es auch nichts nützen, wenn er sich in seinem Zelt verkroch.

Aber Charles sprach seine Gedanken nicht aus. Er durfte seine treuesten Männer nicht vergraulen. »Gott wird mich und meine Leibgarde beschützen. Also macht Euch keine Sorgen. Und jetzt lasst uns keine weitere Zeit verlieren. Bereitet alles vor. Die Männer sollen eine Nacht ausruhen. Wir greifen morgen bei Sonnenaufgang an.«

Vivian

Zwei Nächte waren vergangen, seit Vivian die Bücher im Moor geholt hatte, und sie fühlte sich noch immer, als wäre sie verprügelt worden. Nachdem sie in den Gang gestolpert war, hatte sie eine Weile verschnauft, dann hatte sie sich aufgerappelt und das Paket ausgewickelt. Nach und nach hatte sie die Bücher bis zu der Stelle getragen, wo eine Tür in den Weinkeller abging. Vom Gang aus war die Tür nicht zu übersehen, doch von der Kellerseite aus wurde sie durch ein Weinregal verborgen.

Vivian betätigte den Mechanismus und versteckte die verbotenen Schriften im doppelten Boden eines leeren Fasses. Lange sollten sie nicht dort bleiben, sie würde sie nach und nach zu Master Mansfield bringen, der sie weiterverteilte. Dass er alle Bücher auf einmal in seinem Laden versteckte, war zu riskant, denn Buchhändler standen schon aufgrund ihres Berufes unter besonderer Beobachtung. Man wusste nie, wann die Leute des Königs aufkreuzten, um die angebotene Ware unter die Lupe zu nehmen.

Heute nun würde Vivian die ersten Exemplare nach Ely bringen. Sicherlich wartete Master Mansfield schon ungeduldig und fragte sich, ob alles gutgegangen war. Gestern war sie zu erschöpft gewesen. Außerdem hatten sich die Aufgaben im Haus gehäuft, und die Besprechung mit dem Verwalter hatte sich ewig in die Länge gezogen.

Am Vormittag kümmerte Vivian sich um ihre Mutter, der es wieder schlechter ging. Nach dem Lunch, als ihre Mutter sich hingelegt hatte, schlich sie in den Weinkeller, nahm zehn

Schriften aus dem Fass und verstaute sie zwischen anderen Unterlagen in ihren Satteltaschen. Sie ließ Beauty im Schritt gehen, bis Witcham House außer Sichtweite war, dann trieb sie die Stute an. Beauty schoss los, galoppierte über die Felder, und nach kurzer Zeit erreichten sie Ely.

Vor Master Mansfields Buchladen stieg Vivian ab, band Beauty an und betrat The Ely Bookshop, die Satteltaschen unter den Arm geklemmt. Die helle Türglocke klingelte wie immer mit einem leicht verzerrten Ton, der von einem feinen Riss herrührte. Master Mansfield wollte sie dennoch nicht austauschen, denn seine Frau, die vor sechs Jahren an den Blattern gestorben war, hatte sie ihm geschenkt.

Als Master Mansfield aus dem hinteren Raum in den Laden trat, erschrak Vivian. Er sah um Jahre gealtert aus, hatte dunkle Ringe um die Augen, seine Mundwinkel hingen nach unten.

»Lady Vivian, dem Himmel sei Dank, dass Euch nichts geschehen ist.«

»Wenn man von den geschundenen Knochen absieht.« Sie lächelte.

Doch Mansfield erwiderte das Lächeln nicht. Er trat an die Tür, schloss ab und drehte das Schild so, dass es anzeigte, dass der Laden geschlossen war.

Eindringlich sah er Vivian an. »Ist Euch auch niemand gefolgt?«

»Ich denke nicht, Master ...«

»Seid Ihr sicher?«

Vivian schluckte hart. Was um Gottes willen war geschehen? »Aber ja«, sagte sie. »So sicher ich eben sein kann. Ich komme von Witcham House, und auf dem ganzen Weg war niemand hinter mir.« In Wahrheit war sie nicht ganz so sicher, wie sie vorgab, denn sie hatte den Ritt viel zu sehr genossen, um auf ihre Umgebung zu achten.

Master Mansfield drängte Vivian ins Hinterzimmer. Seine Augen glühten wie im Fieber, aber er war nicht krank. Es war die Angst, die aus ihnen sprach. »Habt Ihr die Schriften?«

Sie hielt die Satteltaschen hoch. »Zehn Stück sind hier drin, der Rest – weitere einhundertneunzig – liegt sicher verwahrt im Keller von Witcham House. Das nächste Mal müsst Ihr mir einen zweiten Träger mitgeben, wenn so viele auf einmal kommen. Ich habe sie kaum schleppen können.«

Master Mansfield schien sie nicht gehört zu haben. Er starrte ins Leere, während er weitersprach. »Gestern sind zwei Tote entdeckt worden. Ein Mann und eine Frau. Einfache Bauersleute, der Mann war ein Riese mit Pranken wie ein Bär. Sie lagen mit durchschnittener Kehle mitten auf der Straße von Ely nach Coveney.«

Vivian fasste sich an die Kehle. Die Kuriere! Das Licht, das sie am Horizont gesehen hatte. Das musste der Mörder gewesen sein. Wie knapp sie entkommen war!

»Aber wie …?«, flüsterte sie.

»Die Bäuerin muss Gift genommen haben, bevor sie ihr die Kehle durchschnitten haben«, erzählte Mansfield weiter. »Sie hatte Schaum vor dem Mund. Wahrscheinlich Arsen.«

Vivian stockte der Atem. Die arme Frau!

»Es waren die Kuriere, richtig?«, fragte Mansfield. »Es waren die Leute, die Euch die Bücher übergeben haben.«

Vivian konnte nur stumm nicken.

Mansfield nickte grimmig. »Wie es scheint, haben sie nichts verraten.«

Vivian erschauderte. Sie hätten sie als die Frau beschreiben können, der sie die Ware übergeben hatten, und jeder in Ely hätte gewusst, dass es die Tochter des Earl of Coveney war. »Wie könnt Ihr da so sicher sein?«

»Man hätte Euch schon längst verhaftet, Lady Vivian. Oder auch Euch die Kehle durchgeschnitten.«

Vivian schlug die Hände vor den Mund. Ihr Herz raste. »Und wenn man mich beobachtet? Um auch die anderen zu erwischen? Euch zum Beispiel. Sie wissen vielleicht, dass ich gerade jetzt hier bin. Lieber Gott, wir sind alle verloren!«

»Betet, Lady Vivian, dass es nicht so ist.«

Plötzlich kam Vivian ein schrecklicher Gedanke. »Sie sind genauso ermordet worden wie Jamie«, stammelte sie.

»Jamie hatte nichts mit uns oder den Rebellen im Moor oder sonst wem zu schaffen, der etwas Verbotenes tut. Er war ein harmloser, braver Junge, der manchmal etwas über die Stränge geschlagen ist.«

»Und wenn er ein Geheimnis hatte? Niemand würde auf die Idee kommen, dass ich, die Tochter des Earl of Coveney, in Dinge verwickelt bin, die mit schweren Strafen bedroht sind. Was, wenn Jamie nicht der war, den wir in ihm gesehen haben?« Der Gedanke ging Vivian nicht aus dem Kopf. Ihr Bruder war oft unterwegs gewesen, ohne zu sagen, wohin. Er hatte in Ely zu vielen Menschen Kontakt gehabt, und die wenigsten davon hatte sie gekannt. Was, wenn Diebe, Hehler oder Schmuggler darunter gewesen waren? Oder Gegner des Königs, die heimlich die Schotten unterstützten?

»Und jetzt?«, fragte sie. »Werden wir unsere Gemeinde auflösen?«

Master Mansfield wischte mit der Hand durch die Luft. »Nein. Auf keinen Fall. Aber wir müssen fürs Erste unsere Treffen absagen. Wir müssen abwarten. Und vorsichtig sein.« Er schaute sie fragend an.

Vivian schwirrte der Kopf. Sie wusste nicht, was sie sagen sollte.

»Ich werde nie aufgeben«, sagte Master Mansfield mit Nachdruck. »Es geht um meinen Glauben. Um Gott. Wie steht es mit Euch?«

Vivian wäre am liebsten davongelaufen, aber Master Mansfields Entschlossenheit gab ihr Kraft. Die Angst ließ nach. Sie war nicht allein.

»Ich auch nicht.« Ihre Stimme klang nicht so fest, wie sie es sich gewünscht hätte, aber Master Mansfield schien zufrieden.

»Gut.« Er griff in seine Rocktasche und reichte Vivian einen Zettel. »Ein kleines Geschenk von Billy Butcher. Aber seid vorsichtig. Das ist kein Ort für eine Dame.«

Vivian faltete den Zettel auseinander. Darauf stand in ungelenker Schrift: *Fragt im Copper's Inn.*

Richard

Richard vergewisserte sich, dass seine Malutensilien gut auf dem Packpferd befestigt waren, dann nahm er den Zügel, saß auf und ließ die beiden Tiere im Schritt losgehen. Die zwei Nächte in Taylor House waren wie im Flug vergangen, so wie die Zeit mit Shirley immer verflog wie ein Traum. Nun hieß es für Richard, in die Realität zurückzukehren.

Er wurde in London erwartet, wo er die Unterlagen aus Coventry abgeben musste, die er sicherheitshalber im Futter seines Wamses versteckt hatte. Gleichzeitig würde er vermutlich einen neuen Auftrag erhalten. Einen Auftrag für Farathorn Gulie. Was hätte Shirley wohl gesagt, hätte sie gewusst, dass Richard oft unter falschem Namen und mit Perücke unterwegs war und als Spion des Königs arbeitete? Würde sie ihn bewundern? Oder verabscheuen? Er würde es nicht herausfinden, denn sie durfte es nie erfahren.

Wie immer hatte er sich in ihrem Schlafzimmer von ihr verabschiedet. Sie kam nie mit nach draußen, winkte ihm nicht hinterher. Richard war sich nicht sicher, ob sie Abschiede hasste oder einfach nur nicht riskieren wollte, draußen mit ihm gesehen zu werden. Es gab so vieles, was er nicht über Shirley wusste.

Immer wenn er sie verließ, stellte er sich dieselben Fragen: Liebst du sie? Auf eine seltsame Weise, ja. Würdest du sie heiraten und mit ihr leben wollen? Nein. Shirley war gefährlich, weil es genau zwei Menschen auf dieser Welt gab, die sie nicht verraten würde, wenn es ihr nutzte: ihren Sohn Rupert und sich selbst. Und sie war gefährlich, weil sie wie eine Spinne in der Mitte eines Netzes aus Intrigen und Klatsch saß, das sie täglich fleißig weiterspann. Richard wusste nicht genau, wie hilflos er bereits in diesem Netz zappelte.

Er nahm den Weg über Barnet, sodass er exakt von Norden nach London kommen würde. Es war der kürzeste Weg, ungefähr fünfundzwanzig Meilen lang, und auch der bequemste. Die Straße war in gutem Zustand, und es herrschte reger Verkehr, was Räuber fernhielt.

Unterwegs rief Richard sich Montjoys Botschaft ins Gedächtnis: *Sofort Kontakt in Coventry aufsuchen, Paket holen, dann Treffpunkt SP täglich um zehn.*

Das Kürzel SP stand für St. Paul's, die große Kathedrale im Herzen der Stadt. Sie war einer von einem halben Dutzend Treffpunkten, zu denen Montjoy ihn üblicherweise bestellte, wenn er ihn persönlich sehen wollte. Richard wusste nicht, warum er den Chef des Geheimdienstes nicht einfach in seinem Büro im Scotland Yard aufsuchen konnte. Die ganze Geheimniskrämerei erschien ihm oft übertrieben, als wollte Montjoy sich damit wichtigtun.

Richard mochte Montjoy nicht sonderlich. Der Mann trug grundsätzlich schwarze Kleidung und hatte sich aus einfachen Verhältnissen hochgearbeitet. Daran hatte Richard nichts auszusetzen, ganz im Gegenteil. Doch Thomas Montjoy hatte einen recht morbiden, um nicht zu sagen geschmacklosen Humor. Er liebte sadistische Machtspiele, bisher zum Glück nicht auf Richards Kosten, und wettete nicht selten darauf, wie viele Hiebe ein Henker benötigte, um einen Delinquenten zu enthaupten. Richard fand keinen Gefallen an derartigen Wetten. Aber wollte er weiterhin dem König als Spion dienen, kam er nicht an Montjoy vorbei.

Ein Waldsaum kam in Sicht, scharfer Brandgeruch stach Richard in die Nase. Auf der Straße war es ruhig geworden, kein anderer Reisender war in Sicht. Instinktiv verschärfte

Richard seine Aufmerksamkeit, vergewisserte sich, dass seine Waffen griffbereit waren.

Über den Bäumen hingen graue Schwaden, Richard hoffte, dass nicht der Wald brannte, sondern lediglich ein Holzkohlemeiler rauchte. Zumindest konnte er keine Flammen ausmachen. Plötzlich ertönte lautes Geschrei am Waldrand. Jemand rief um Hilfe, eine andere Stimme schrie, er solle stehen bleiben, sie würden ihn so oder so erwischen. Richard konnte nicht anders, er lenkte seine Pferde über eine Wiese auf den Waldsaum zu.

Ein Junge von vielleicht vierzehn Jahren stolperte aus dem Wald und fiel der Länge nach hin. Richards Pferd scheute, er hatte Mühe, es zu beruhigen. Vier Männer in Uniform stürmten auf die Wiese, bewaffnet mit Pistolen und Schwertern.

Sie blieben wie angewurzelt stehen, als sie Richard sahen. Mit einem Reisenden zu Pferd hatten sie wohl nicht gerechnet. Der Junge rappelte sich auf und kniete vor Richards Pferd nieder. »Herr, helft mir, bitte. Diese Räuber wollen mich entführen und dann schlachten und aufessen.«

Richard betrachtete die Verfolger, die ihn feindselig anblinzelten, die Pistolen jedoch gesenkt hielten. Sie waren wohl kaum ausgehungerte Räuber, sondern eher Soldaten des Königs. Und er konnte sich denken, was sie von dem Jungen wollten.

»Wer bist du?«, fragte er.

»Ich bin Pete. Der Sohn von Alfred, dem Köhler. Meinen Vater haben sie niedergeschlagen, und jetzt wollen sie mir an den Kragen. Bitte, bitte, helft mir, Sir!«

»Ich bin Richard Faversham, Hofmaler und im Auftrag des Königs unterwegs nach London.« Er hielt ihnen seinen Passierschein entgegen, das Siegel des Königs leuchtete rot in der Sonne, es war nicht zu übersehen. »Wer seid Ihr, und warum jagt Ihr diesen Jungen?«

Einer der Männer trug eine rote Schärpe am Arm, er war also der Anführer der Gruppe. »Verzeiht die Unannehmlichkeiten, Master Faversham. Diese kleine Kröte wollte abhauen. Wollte sich seiner Pflicht entziehen, König und Vaterland zu dienen.«

»Ich verstehe«, sagte Richard. »Ihr rekrutiert Soldaten.«

»So ist es, Master Faversham. Der König benötigt dringend Verstärkung. Die Schotten haben ein Heer, das zehnmal größer ist als unseres. Fünfzigtausend Feinde stehen unserem König gegenüber. Ha! Charles wird sie das Fürchten lehren! Die Verräter sind so gut wie besiegt. Aber wir brauchen jeden Mann. Und dieser Wurm will sich drücken!« Der Soldat spuckte auf den Boden.

Richard dachte an die Nacht auf Balgonie Castle. Leslie hatte den Plan also wirklich in die Tat umgesetzt, die Mär vom riesigen Heer hatte sich bis hierher in den Süden Englands herumgesprochen. Er hoffte, dass der König seine Botschaft rechtzeitig erhalten hatte.

Er sah auf den Jungen hinab. Nicht einen Tag würde der arme Kerl in der Schlacht überleben, er wäre nichts als Kanonenfutter. Es war gegen das Gesetz, Männer mit Gewalt zum Militär zu zwingen, doch da der König das Gesetz war, konnte er tun und lassen, was er wollte. Und letztlich musste jeder Mann bereit sein, das Heimatland zu verteidigen. Dieses Häufchen Elend würde allerdings keine Schlacht entscheiden.

»Ihr habt vollkommen recht, guter Mann«, sagte Richard. »Ein jeder sollte sein Land und seinen König verteidigen. Aber was wollt Ihr mit dem Haufen Lumpen hier? Der bringt doch seine eigenen Leute in Gefahr. Ihr solltet Euch besser nach starken Männern umsehen. Was, glaubt Ihr, wird der König sagen, wenn Ihr ihm einen solchen Jammerlappen anschleppt? Er wird Euch vorwerfen, ihn zu verraten, weil ihr ihm keine Soldaten bringt, sondern Kinder, die man durchfüttern muss für nichts und wieder nichts. Lasst ihn laufen.«

Die Männer wirkten alles andere als begeistert. Sie dachten mit Sicherheit an das Kopfgeld, das man für jeden bekam, den man rekrutierte, egal, wie geeignet er war. Hauptsache, er konnte eine Waffe tragen.

Richard zog eine Münze aus seiner Rocktasche und schnippte sie dem Mann mit der roten Schärpe zu, der sie geschickt auffing. »Hier, nehmt. Ihr tut nichts als Eure Pflicht, deshalb sollt Ihr keinen Verlust erleiden.«

»Ich danke Euch, Master Faversham. Der Kleine soll verschwinden. Und Euch wünsche ich einen angenehmen Tag.«

Richard machte keine Anstalten aufzubrechen. »Nach Euch, Gentlemen. Ich raste noch ein wenig hier.«

Grummelnd verschwanden die vier im Wald. Wenig später sah Richard sie in vollem Galopp über die Straße jagen.

Der Junge küsste Richards Stiefel. »Ich danke Euch, Herr, möge Gott es Euch vergelten.«

»Schon gut, mein Junge.« Richard war es unangenehm, dass sich der arme Kerl so vor ihm erniedrigte.

Der Junge stand auf, verneigte sich mehrfach und rannte los. Richard wartete, bis er im Wald verschwunden war. Dann wendete er seine Pferde und kehrte zur Landstraße zurück. Seine gute Laune war verflogen. Wenn der König Kinder in die Armee pressen ließ, musste es schlecht bestellt sein um England.

Charles

Charles' Armee erreichte die Hügel, hinter denen sich die schottische Armee verbarg, am späten Nachmittag. Die Sonne brannte noch immer heiß auf sie herab, die Wasservorräte schmolzen dahin. Charles hatte in seinem glänzenden Brustpanzer das Gefühl, gar nicht so viel trinken zu können, wie er ausschwitzte. Anders konnte sich auch ein Kapaun in der Bratröhre nicht fühlen. Bei Gott, das war der heißeste Sommer, den England je gesehen hatte. Und dabei war gerade erst Juni. Nicht auszudenken, dass diese Gluthitze noch wochenlang andauern konnte.

Die Infanterie hatte bisher mit der Kavallerie mitgehalten, inzwischen aber häuften sich die Meldungen, dass die Männer am Ende ihrer Kräfte waren, dass sie Durst hatten und nicht mehr weitergehen konnten. Außerdem hingen die Feldschlangen weit zurück. Nun, nach Charles' Überzeugung waren sie ohnehin nicht notwendig. Dennoch wurde die Situation langsam brenzlig. Dutzende Männer waren bereits desertiert, weshalb Charles den Befehl erteilt hatte, jeden, der sich weigerte zu kämpfen, auf der Stelle hinzurichten. Was glaubte dieses Ungeziefer eigentlich? Dass es Ansprüche stellen durfte? Es sollte ihnen eine Ehre sein, in der königlichen Armee dienen zu dürfen.

Henriettas Abschiedsworte kamen Charles in den Sinn. Sie hatte ihm den Rat mit auf den Weg gegeben, nicht zimperlich mit den Männern umzugehen, da sie ihn sonst nicht ernst nehmen würden. Wie recht sie hatte!

Sie erklommen den Hügel, von dem aus man das gegnerische Heer sehen konnte. Schon auf halber Strecke schlug ihnen Donnergrollen wie von einem Gewitter entgegen. Doch der Himmel war klar und blau.

Oben angekommen stockte Charles der Atem. Mitten im langgezogenen Tal hatte die schottische Kavallerie Aufstellung bezogen. Dahinter schien die Luft zu brodeln. Eine gigantische Staubfahne zog sich über mindestens drei Meilen bis zum Horizont. Dutzende Banner wehten im Wind, sie alle gehörten zur Kavallerie des Feindes. Es mussten allein sechs- oder siebentausend Reiter sein, die dort aufmarschiert waren. Die Späher hatten also recht behalten. Charles presste die Lippen zusammen. Sein Heer war hoffnungslos in der Unterzahl. Wie konnte das sein? Woher hatten die Schotten so viele Krieger?

Charles' Gedanken rasten. Eine verlorene Schlacht wäre das Schlimmste, was ihm passieren konnte. Er musste Zeit schinden, viel Zeit, um mehr Soldaten zusammenzuziehen.

Holland ließ die Männer bereits in Stellung gehen. Charles musste ihn aufhalten. Sie mussten sich zurückziehen, den Hügel befestigen und sich die Schotten vom Leib halten, so lange es ging. Dann musste die Artillerie herbeigeschafft werden, so schnell wie möglich. Aber wie sollte sein Befehl Holland erreichen, bevor es zu spät war?

Charles ließ sich das Fernrohr angeben und setzte es ans Auge. Bei Gott, Holland gab bereits den Befehl zum Angriff! Doch was war das? Niemand rührte sich. Nur ein einzelner Reiter stürmte auf die Linien der Schotten zu, während sich die anderen langsam rückwärtsbewegten.

Charles verfolgte den Reiter durch das Fernrohr. Er musste ein wahrhaft mutiger Mann sein. Oder komplett verrückt. Ein Schuss krachte. Der Reiter erstarrte, fiel vom Pferd. Jetzt würden die Schotten angreifen. Doch nichts geschah. Die Schotten jubelten nicht einmal. Stattdessen löste sich aus den Reihen der Schotten ebenfalls ein einzelner Reiter und preschte mit der Regimentsfahne den Hügel hinauf, direkt auf Holland zu.

Ein weiterer Schuss fiel, riss dem Schotten ein Loch in die Brust. Er war sofort tot, ließ die Fahne fallen und sank in den Staub.

Jetzt würde es losgehen, jetzt war die schottische Armee entfesselt. Charles bekreuzigte sich. Doch die Linien der Schotten bewegten sich nicht. Was hatte das zu bedeuten? Hatte Gott die Feinde gelähmt, um ihm einen Aufschub zu gewähren?

Es galt zu handeln, bevor die Chance vertan war. Charles hieb seinem Pferd die Sporen in die Seite. Es preschte los, den Hang hinab, gefolgt von der überraschten Garde. Während des Ritts zog er sich den Helm vom Kopf. Der Wind kühlte sein schweißnasses Gesicht. Die Covenanters sollten sehen, dass sich ihr König näherte.

Eine Gruppe Reiter preschte ihnen entgegen, an der Spitze Alexander Leslie, der an Uniform und Banner zu erkennen war. Am Fuß des Hügels trafen sie sich. Leslie zog sich ebenfalls den Helm vom Kopf.

Charles winkte ihn zu sich. »Mein Lieber Alexander Leslie, Leven, seht, wer zu Euch kommt. Es ist Euer König persönlich, der den Tod nicht fürchtet, dem nichts wichtiger ist als der Friede und die Einheit des Königreiches. Es ist Charles Stuart, Euer Landsmann, der Euch Pardon geben will. Noch haben wir nur ein paar Tropfen Blut vergossen. Wenn Gott will und Ihr bereit seid, Vernunft anzunehmen, wird kein weiteres Leben weggeworfen werden.«

»Ihr seid gut beraten, mein König, den Kampf zu vermeiden angesichts unserer Überlegenheit«, gab Leslie hitzig zurück. »Schlecht beraten seid Ihr, Forderungen zu stellen. Wenn jemand zur Vernunft kommen muss, dann Ihr.«

Charles zog einen Mundwinkel nach oben. »Kann ein von Vernunft begabtes Kind Gottes die Befehlsgewalt des Königs in Zweifel ziehen? Wohl kaum, da müsst Ihr mir recht geben, Lord Leven.«

Leslie beugte sich über seinen Sattel nach vorn. »Wenn Ihr mit mir spielen wollt, mein König, dann können wir das gerne auf dem Schlachtfeld tun«, verkündete er drohend. »Ich sage es nur ein Mal: Wir sind bereit zu Verhandlungen über die Abschaffung dieses unsäglichen Messbuches und seine Folgen für die religiöse Freiheit unseres Volkes. Zieht das Buch und Eure katholisch infizierten Bischöfe zurück, werft sie aus dem Land. Und garantiert uns, dass Ihr Recht und Gesetz einhaltet. Dann könnt Ihr gewiss sein, dass alle Schotten auf der Seite ihres Königs stehen werden wie ein Mann. Wenn nicht ...«, Leslie senkte seine Stimme zu einem Flüstern. »Wenn nicht, fegen wir Euch vom Thron. Und dann solltet Ihr Euren Kopf gut festhalten.«

Leslie richtete sich wieder auf, seine Lippen waren schmal wie die scharfe Seite einer Klinge.

Charles schnappte entsetzt nach Luft. Wie konnte dieser dreiste Verräter es wagen, so mit ihm zu reden? Mit seinem König? Mit Mühe schluckte er seine Wut hinunter. Im Augenblick hatte Leslie die Oberhand. Er würde seine Unverschämtheiten früh genug büßen. Jetzt aber hieß es, mit Weitsicht zu handeln.

»Nun, mein lieber Lord Leven.« Charles bemühte sich, seine Stimme ruhig zu halten. »Ihr seid bekannt für Eure ungehobelte Wortwahl, und ich will sie Euch nachsehen. Vernehmt also meinen Vorschlag zur Güte: Wir beginnen die Verhandlungen in zwei Wochen am rechten Ufer des Tweed vor den Toren von Berwick. Beide Armeen ziehen sich bis dahin auf eine Entfernung von mindestens zehn Meilen von der Stadt zurück und schwören bei Gott, keine kriegerischen

Handlungen zu unternehmen. Wenn Ihr damit einverstanden seid, benennt bis morgen Eure Parlamentäre.«

Leslie nickte knapp. »Wir werden über Euren Vorschlag beraten, Sire.« Er riss sein Pferd herum und jagte davon, eine Staubfahne hinter sich herziehend.

Das kann er gut, dachte Charles. *Staub aufwirbeln.* Sollte er doch. Auf jeden Fall hatte Charles die Zeit gewonnen, die er brauchte, um seine Kräfte zu bündeln. Er würde so lange verhandeln, bis er ein Heer aufbieten konnte, das die Schotten für alle Zeiten niederwerfen würde. Nie wieder würden sie sich gegen ihren König auflehnen.

Richard

Eine Woche war vergangen, seit Richard in London eingetroffen war, und noch immer hatte er Montjoy nicht getroffen. Jeden Vormittag hatte er vergeblich am vereinbarten Treffpunkt gewartet, von seinem Dienstherrn keine Spur. Trieb Montjoy eins von seinen berüchtigten Spielchen mit ihm? Hatte er herausgefunden, dass Richard einen Zwischenstopp bei Shirley eingelegt hatte, und rächte sich jetzt, indem er ihn ebenfalls warten ließ? Oder war Montjoy vom König nach Schottland beordert worden?

Auch heute war es bereits kurz nach Sonnenaufgang unerträglich heiß. Richard spürte einen Schweißfilm auf seinem Körper, obwohl er nur mit einem Leintuch bedeckt geschlafen hatte. Er hätte Abkühlung gebraucht, ein Sprung in einen kühlen Fluss oder in einen See. Aber weder die Themse noch der Fleet luden zu einem Bad ein. Da hätte er sich auch gleich in eine Schweinesuhle werfen können. Der Fleet bestand fast nur aus Unrat, das Wasser der Themse war giftiger als ein Gebräu aus Tollkirschen und Terpentin mit einem Schuss Königsgelb.

Richard wusch sich, kleidete sich an und verwendete einige Zeit darauf, seine Haare zu kämmen und seinen Bart in eine anständige Form zu bringen. Die Haare ließ er glatt an seinem Kopf herunterfallen. Die Spitzen des Bartes waren ganz zerdrückt, weshalb es Richard einige Mühe kostete, bis sie wieder aufrecht standen und spitz zuliefen. Trotz der Hitze verzichtete Richard nicht auf Wams und Hut. Zwar schwitzte er darin, aber das war kein Grund, unangemessen gekleidet herumzulaufen.

Als er fertig war, trat er vor die Tür und machte sich auf die Suche nach einem anständigen Frühstück. Wenn er in London war, bewohnte er zwei kleine Zimmer im Haus einer wohlhabenden Witwe. Sein Zuhause, wenn man es so nennen konnte. Die Witwe schickte einmal in der Woche ein Mädchen zu ihm hinauf, das saubermachte und sich um seine Wäsche kümmerte, Mahlzeiten waren jedoch nicht in der Miete eingeschlossen.

Richard drängte sich durch die Straßen. Obwohl das Haus in einer besseren Gegend lag, war es nicht weit zur Fleet Street, dem Huren- und Spielerviertel Londons. Die Stadt war überfüllt, überall roch es nach Krankheit und Tod. Bei diesen Temperaturen würde es nicht mehr lange dauern, bis die ersten Seuchen ausbrachen.

Er schlenderte zur Cheapside, bummelte an den Auslagen der Juweliere vorbei und kehrte schließlich im King's Arms ein, einem Pub, der bekannt war für seine Pasteten. Richard hatte hier noch nie gespeist und war gespannt, ob das Essen wirklich so gut war, wie allgemein behauptet wurde. Er fand einen Tisch nahe der Tür, bestellte eine Lammpastete mit Minze und einen Becher stark verdünnten Wein. Es dauerte nicht lange. Der Wirt persönlich brachte die Pastete und stellte sie vor Richard hin.

»Wohl bekomm's«, sagte er und wischte sich die Finger an seiner fleckigen Schürze ab.

»Ich danke Euch.« Richard griff nach dem Besteck.

Der Wirt blieb stehen und starrte Richard an, als wolle er diesen zu Hackfleisch verarbeiten. Offenbar erwartete er ein Urteil über sein Werk. Das konnte er haben.

Richard zuckte mit den Schultern, dann schnitt er ein Stück ab, steckte es sich in den Mund, kaute, schluckte. »Ihr seid mir empfohlen worden«, sagte er schließlich und ließ seine Stimme ebenso düster klingen, wie das Gesicht des

Wirtes aussah. »Man erzählte mir, Eure Pastete schmecke gut.«

Der Wirt schluckte hart.

Richard nahm einen weiteren Bissen, ließ sich Zeit, bis er fortfuhr. »Man hat mir die Wahrheit vorenthalten. Und ich bin jemand, der etwas auf die Wahrheit gibt und Lügner hasst.«

Der Wirt ballte die Fäuste.

Richard musste sich beherrschen, um nicht laut zu lachen.

»Nun, diese Pastete«, Richard zeigte mit dem kleinen Finger darauf. »Diese Pastete ist so ziemlich die …« Der Unterkiefer des Wirtes begann zu zittern. Es war Zeit, ihn zu erlösen, Richard durfte den Bogen nicht überspannen. »… beste, die ich je gegessen habe.«

Der Wirt erstarrte. Wie es Richards Absicht gewesen war, hatte er mit einem vernichtenden Urteil gerechnet. Er zögerte noch einen Moment, als würde er seinen Ohren nicht trauen, dann verbeugte er sich tief, murmelte einen Schwall Dankesbekundungen und trollte sich.

Eine halbe Stunde später erreichte Richard St. Paul's. Der Turm der Kathedrale ragte zwar über die Dächer Londons, aber die Spitze war noch immer zerstört. Ein Blitz hatte sie gespalten, und niemand hatte bisher das Geld aufbringen können oder wollen, sie zu reparieren. Nur der Eingang des Gotteshauses war ein wenig auf Vordermann gebracht worden.

Der Lärm hier war noch ohrenbetäubender als in den Straßen. Um die Kathedrale herum war ein Markt aufgebaut, Händler boten lautstark ihre Waren feil, das Innere des Gotteshauses war Treffpunkt für alle möglichen Leute, vor allem aber für Anwälte und ihre Klienten. Die Advokaten priesen stimmgewaltig ihre Dienste an und unterboten sich gegenseitig mit günstigen Honoraren.

Richard schlenderte an den Marktständen vorbei, kaufte ein paar Nüsse und einen Becher Wein. Dann stellte er sich in eine schattige Ecke, sodass sich niemand von hinten anschleichen konnte, und ließ den Blick schweifen. An einem Stand brach Streit über die Qualität eines Tuches aus. Der Händler jagte den Kunden schließlich davon, der unter dem Gespött der anderen Händler das Weite suchte.

An einem Brotstand entstand Unruhe, als ein Junge von vielleicht dreizehn Jahren, der hingefallen war, vor Schmerzen schrie und klagte, er sei angegriffen worden. Einige Leute eilten ihm zu Hilfe, darunter auch der Bäcker, der seinem Gesellen befahl, auf die Waren achtzugeben. Doch der Geselle war neugierig und versuchte, einen Blick auf das Geschehen zu erhaschen, indem er sich vor dem Stand auf die Zehenspitzen stellte.

Schmunzelnd hielt Richard Ausschau nach einem zweiten Burschen, der nicht lange auf sich warten ließ und das Durcheinander nutzte, um ein Brot vom Stand zu stehlen, den der Geselle unbewacht ließ. So wie der Dieb und sein Komplize aussahen, hatten sie es bitter nötig. Richard mischte sich nicht ein, ihm lag nichts daran, zwei halb verhungerte Kerle vor den Richter zu bringen. Außerdem hätte er seinen Mann verpassen können. Dennoch versicherte er sich, dass seine Geldkatze war, wo sie hingehörte.

Dem Burschen, der hingefallen war, wurde göttliche Gnade zuteil: Er erfuhr eine erstaunlich schnelle Heilung, rappelte sich hoch und verschwand in der Menge. Über den Gesellen jedoch kam die Wut seines Meisters. Er musste nicht nur das gestohlene Brot ersetzen, sondern bekam auch den Wochenlohn gestrichen. Das würde ihm eine Lehre sein.

Das Gedränge nahm zu, Richard wechselte seinen Standort, wurde mehrfach angerempelt. Als er seine Taschen erneut untersuchte, stellte er fest, dass zwar nichts fehlte, aber etwas hinzugekommen war. Er zog einen winzigen Zettel aus der Tasche und faltete ihn auseinander. Eine codierte Nachricht. Die Verschlüsselung war simpel, der einfache Code, den Montjoy benutzte, um ihm unverfängliche Nachrichten zukommen zu lassen. Richard konnte ihn im Kopf entschlüsseln: *Bankside – The Globe Theatre.*

Richard unterdrückte einen Fluch. Was sollte das? Warum die Bankside? Was wollte Montjoy am Südufer der Themse? Dort lagen die Theater, die Bärenkampfarena und das verrufene Gefängnis The Clink. Langsam überspannte Montjoy den Bogen. Richard war kein dummer Laufbursche, er würde sich nicht endlos herumschubsen lassen. Er hoffte inständig, dass sein Chef eine gute Erklärung für diese Schnitzeljagd hatte.

Um ans südliche Themseufer zu gelangen, musste Richard die überfüllte London Bridge überqueren oder eins der Fährboote nehmen. Er entschied sich fürs Boot und ging hinab zur Paul's Wharf, wo die Fährleute warteten. Auf dem Weg hielt er Ausschau nach einem Verfolger, dem Lippenmann vielleicht oder einer anderen auffälligen Gestalt. Doch er entdeckte niemanden.

Er warf einem Fährmann zwei Pence zu und nahm Platz. Das Boot legte ab, der Fährmann legte sich in die Riemen, umkurvte eine Karavelle, die in der Themse vor Anker lag und träge hin- und herschaukelte. Selbst hier ging kein Lüftchen, wie Geistererscheinungen flimmerte die Luft über dem brackigen, stinkenden Wasser.

Der Fährmann brachte Richard sicher über den Fluss und fand sogar einen freien Platz an einem Anleger, sodass Richard nicht in den Schlamm springen musste.

Schon wenige Schritte vom Ufer entfernt legte sich der scharfe Geruch von Bären über den Gestank der Themse. *The Bear-baiting*, die Bärenkampfarena, konnte nicht mehr weit sein. Richard hielt nichts von solchen Vergnügungen, sie waren nichts für Männer mit Ehre im Leib. Die Tiere wurden elend zu Tode gequält, während dumme Menschen ihr hart erarbeitetes Geld verspielten und die Besitzer dieses üblen Etablissements reich machten.

Richard beschleunigte seinen Gang, ließ die Arena rechts liegen und bewegte sich vom Flussufer weg. Das Globe Theatre lag ruhig da, so früh am Tag wurde noch keine Vorstellung gegeben. Er umrundete das Gebäude, hielt dabei Ausschau nach Montjoy oder irgendjemandem, der den Anschein machte, auf ihn zu warten. Niemand war zu sehen, aber das hieß nicht, dass nicht doch jemand da war. Die Häuser standen hier nicht so dicht wie am Nordufer, hinter dem Theater gab es Brachflächen und Weiden mit Schuppen, Bäumen und Büschen, hinter denen sich jemand verbergen konnte.

Richard griff nach seinem Schwert, die Sache kam ihm allmählich merkwürdig vor. Was, wenn gar nicht Montjoy, sondern jemand anderes ihn hierhergelockt hatte? Wenn es eine Falle war?

Er hörte ein Geräusch, wollte herumfahren, doch er war nicht schnell genug. Von hinten packten ihn mehrere Hände, innerhalb weniger Augenblicke war er gefesselt und geknebelt. Dann warf man ihm einen Sack über den Kopf.

Richard ergab sich in sein Schicksal und sandte ein Stoßgebet zum Himmel. »Herr, wenn es dein Wille ist, mich abzuberufen, so lass mir die Gnade zuteilwerden, einen schnellen Tod zu sterben.«

Doch so wie die Dinge lagen, war das lediglich ein frommer Wunsch.

Vivian

Seit dem Besuch bei Master Mansfield hatte Vivian keine Nacht durchgeschlafen. Bei jedem Geräusch war sie aus dem Schlaf geschreckt, falls sie es überhaupt wagte, die Augen zu schließen. Denn dann wurde sie von immer demselben Albtraum gequält: Der Sheriff und seine Schergen drangen in ihr Zimmer ein, klagten sie des Hochverrats und der Verschwörung an, rissen sie aus dem Bett, legten ihr Eisen an Hände und Füße und schleppten sie aus dem Haus. Zurück blieb ihre Mutter, die vor Schreck tot zusammenbrach.

Auch in der vergangenen Nacht hatte sie nicht viel geschlafen. Im Traum hatte Jamie sich dem Sheriff entgegengestellt, und der hatte ihm die Kehle durchgeschnitten. Weinend und zitternd war sie aufgewacht, noch vor der Dämmerung.

Obwohl ihr Verstand ihr sagte, dass niemand sie verfolgte, niemand sie im Verdacht hatte, drohte die Angst, ihr das Leben abzuschnüren. Sie konnte nicht mehr lachen und sich nicht mehr an den Dingen erfreuen, die ihr sonst Freude bereiteten: Ausreiten, die Fohlen besuchen, mit der Köchin den Speiseplan erstellen, Blumen im Garten pflücken und in Vasen verteilen, ihrer Mutter vorlesen.

Selbst die Sonne schien sie martern zu wollen. Machte ihr sonst die Hitze nichts aus, mied sie es jetzt, nach draußen zu gehen, wann immer sie konnte. Das grelle Licht schmerzte ihr in den Augen. Manchmal schlief sie so wenig, dass sie tagsüber Dinge sah, die es nicht gab. Dann erlöste ihr Körper sie, und sie nickte für eine Weile im Sessel ein. Aber es war nie lange genug.

Immer wieder hatte sie ihren Besuch im Copper's Inn aufgeschoben. Erschöpft und ausgelaugt, wie sie war, traute sie es sich nicht zu, ihre Nachforschungen dort weiterzutreiben. Heute aber, das hatte sie sich geschworen, würde sie ihre Angst überwinden und nach Ely reiten.

Sie ließ Beauty satteln und machte sich auf den Weg. Anders als sonst ließ sie die Stute jedoch nicht galoppieren, sondern nur im Schritt gehen. Auf den Feldern arbeiteten die Leute langsam und schützten sich mit Tüchern und breitkrempigen Hüten so gut es ging gegen die Sonne.

Vivian nahm den Weg durch das Moor, vorbei an der Kate. Sie warf einen verstohlenen Blick auf ihren geheimen Treffpunkt, konnte aber nichts Ungewöhnliches erkennen. Sie vermisste die Treffen mit den anderen Seekern. Wenn sie allein die Einkehr suchte, blieb Gott stumm. Hoffentlich konnten sie sich bald wieder zusammenfinden.

Der Feldweg mündete auf die St. Mary's Street, die an der gleichnamigen Kirche entlangführte. Sie bog in die Cat's Lane ab, an der das Copper's Inn lag. Vivian war schon viele Male hier vorbeigekommen, doch nicht ein einziges Mal hatte sie die heruntergekommene Spelunke betreten. Sie war kein Ort für eine anständige Frau, und schon gar nicht für die Tochter eines Earls. Vivian hatte extra ein schlichtes Kleid angezogen, doch nun fühlte sie sich selbst in diesem völlig fehl am Platz.

Sie band Beauty neben einigen anderen Pferden an und betrachtete das Gasthaus. Ein Kupferkessel hing an einem Metallarm über dem Eingang und erklärte den Namen. Angeblich hatte hier früher mal ein Kesselflicker gewohnt. Obwohl es gerade erst Mittag war, drangen aus dem Inneren Gelächter, Gegröle und der spitze Schrei einer Frau.

Bei Gott, dachte Vivian, *diese Lasterhöhle kann ich nicht betreten.* Sie wandte sich ab, dann aber dachte sie an Jamie.

Sie musste es tun, damit er, damit ihre Mutter, damit die Familie ihren Frieden fand.

Sie straffte die Schultern und trat ein. Kaum war sie durch die Tür, blieb sie wie angewurzelt stehen. Der Gestank nach Schweiß und schalem Bier schlug ihr entgegen. Sie schluckte mehrfach, versuchte, flach zu atmen. Erst nach ein paar Wimpernschlägen fiel ihr auf, dass sich etwas verändert hatte. Es war still geworden. Alle starrten sie an. Sie erkannte Mulligan, den Bäcker, dem fast die Augen aus dem Kopf fielen. Auf seinem Schoß saß eine dralle Magd, die vor sich hinkicherte, als sie Vivian erblickte.

»Was fällt dir ein«, rief Mulligan und schob die Magd von seinem Schoß. »Ich bin ein anständiger Mann.«

»Ein Mistkäfer bist du«, keifte die Magd und setzte sich bei einem anderen auf den Schoß, der selig grinste und eine seiner schmutzigen Hände um ihre Hüfte legte, die andere unter ihre Brüste schob. Sie schlug die Hand weg. »Erst will ich einen Schilling sehen, mein Kleiner.«

Vivian nahm alle Kraft zusammen, um nicht auf der Stelle wieder hinauszurennen.

»Heda, Süße«, rief ein Kerl, der aussah, wie Vivian sich einen Straßenräuber vorstellte: lange fettige Haare, Säufernase, verdreckte Kleider und ein brauner Filzhut mit einer Feder. »Willst du nicht zu mir kommen? Ich zahle gut, und man sagt, ich bin ein echter Hengst.«

Vivian spürte, wie ihr die Hitze ins Gesicht stieg.

Der Straßenräuber machte mit der Hand eine eindeutige Bewegung. Außer Mulligan und dem Wirt lachten alle und klopften sich auf die Schenkel.

Der Straßenräuber ließ nicht locker. »Was ist? Mach schon, ich kann nicht ewig warten. Oder muss ich dich holen kommen?«

Er stand auf, und eh Vivian es sichs versah, packte er sie

mit seiner Pranke am Kinn. Doch schon im nächsten Moment stöhnte er auf. Der Wirt war hinter ihn getreten und hatte ihm mit einem Knüppel eins übergezogen. Der Griff lockerte sich, Vivian sprang zur Seite, der Straßenräuber ging in die Knie.

Der Wirt trat ihm in die Seite, packte ihn mit einer Hand an den Haaren, mit der anderen am Kragen, schleifte ihn zur Tür und beförderte ihn unsanft auf die Straße. »Lass dich nie wieder hier blicken, du Missgeburt. In meinem Gasthaus bestimme ich, welche Mädchen frei sind und welche nicht.«

Er warf die Tür zu und wandte sich an Vivian. »Ihr seid wohl nicht mehr ganz bei Trost, Mylady. Wisst Ihr nicht, wo Ihr hier seid?«

»Du kennst mich?«

»Allerdings. Geht nach Hause, Ihr habt hier nichts verloren.«

»Aber ich muss mit Euch reden, es ist dringend, bitte!«

»Ich wüsste nicht, was wir zu bereden hätten. Ich habe ein Geschäft zu führen und keine Zeit für Plaudereien.«

»Mein Bruder, Jamie –«

»Ich weiß nichts«, schnitt er ihr das Wort ab.

Vivian packte die Verzweiflung. Nie wieder würde sie diese Spelunke betreten. Sie musste hier und jetzt erfahren, was der Wirt wusste.

Sie senkte die Stimme. »Du kannst mit mir reden oder mit meinem Vater, wenn er zurück ist. Du hast die Wahl.«

Vivian wusste, dass der Earl of Coveney gefürchtet war, von manchen sogar regelrecht gehasst wurde. Die meisten waren froh, wenn sie ihm aus dem Weg gehen konnten. Sie hoffte inständig, dass das für den Wirt ebenfalls galt.

Der Mann starrte sie finster an und fuhr sich durch das schüttere Haar. Dann knurrte er, als würde er mit Mühe den Fluch hinunterschlucken, der ihm auf der Zunge lag. »Kommt mit«, zischte er schließlich und drehte sich um. »Und ihr Gaffer kümmert euch um euren eigenen Mist«, blaffte er in den Schankraum hinein und stapfte hinter die Theke.

Vivian folgte ihm in die Küche, wo zwei Frauen Gänse rupften.

»Raus, ihr Nichtsnutze, macht draußen weiter«, bellte der Wirt.

»Musst wohl den Dicken rauskehren vor der feinen Lady, du Schwachkopf«, giftete die Ältere der beiden. Sie stand auf und warf dem Wirt die Gans vor die Füße. »Mach's dir doch selber.« Sie stolzierte an Vivian vorbei in die Schankstube.

Die Jüngere sprang hastig auf und folgte ihr wortlos.

»Diese Hexe bringt mich noch um den Verstand«, grollte der Wirt. »Weiber. Eine schlimmer als die andere. Eure Ladyschaft ausgenommen, natürlich.« Er fuhr sich mit den Fingern über das dreckige Wams.

»Schon gut«, sagte Vivian. »War mein Bruder Jamie am Abend vor seinem Tod hier? War er allein? Mit wem hat er geredet? Was weißt du? Rede!«

»Ich weiß nichts.«

»Aber –«

»Mir fällt vielleicht etwas ein, wenn Ihr meinem Gedächtnis ein wenig auf die Sprünge helft, Eure Ladyschaft. Ihr wisst schon ...« Er streckte ihr seine Hand entgegen.

Vivian ergriff die erstbeste Pfanne und hob sie hoch über den Kopf. »Wehe, wenn du mir zu nahe kommst, dann schlage ich dir den Schädel ein.«

Der Wirt schüttelte den Kopf. »Doch nicht so etwas. Ich meine, vielleicht habt Ihr ein paar Münzen übrig. Das Leben ist nicht einfach für unsereinen.«

Vivian ließ die Pfanne sinken. »Zuerst sagst du mir, was du weißt.«

Der Wirt zögerte einen Moment, dann gab er sich einen

Ruck. »Jamie war hier, an jenem Abend. Aber ich habe nicht gesehen, ob er mit irgendwem geredet hat. Er hat getrunken, sein Bier bezahlt und ist gegangen. Das war's für mich.«

Enttäuscht ließ Vivian die Schultern hängen. »Das ist alles? Mehr kannst du nicht sagen?«

»Es war einer da, der angeblich mehr gesehen hat. Aber von mir habt Ihr den Namen nicht. Ich will keinen Ärger.«

»Wer?«

»Sein Name ist Henric Forsyth. Er kommt aus Brandon. Ist ein einfacher Handwerker. Ein anständiger Mann, hat ganz sicher nichts mit Jamies Tod zu tun.«

»Und er hat an dem Abend mit Jamie gesprochen?«

»Es heißt, dass er was gesehen hat. Mehr weiß ich nicht.«

»Und du sagst die Wahrheit?«

»Aber sicher.« Er hielt die Hand auf. »Was ist jetzt mit meiner Belohnung?«

Vivian zog einen Sixpence aus ihrer Geldkatze und warf ihn dem Wirt zu, der ihn fing und sich knapp verneigte.

»Immer zu Euren Diensten, Lady Vivian.« Er zeigte auf die Hintertür. »Besser, Ihr meidet den Schankraum. Man weiß nie, auf welch dumme Gedanken die Leute noch kommen. Einfach nach links, da kommt ein Tor, durch das Ihr zurück auf die Straße gelangt.«

Das ließ sich Vivian nicht zweimal sagen. Sie raffte ihren Rock, stieg über die halb gerupfte Gans hinweg und verließ das Copper's Inn, so schnell sie konnte.

Richard

Plötzlich wurde es hell. Jemand hatte Richard den Sack vom Kopf gezogen. Er blinzelte ins Licht, versuchte zu erkennen, wo er war. Seine Entführer hatten ihn eine gefühlte Ewigkeit lang durch die Gegend gescheucht, auf dem Rücken eines Pferdes, auf dem sie ihn festgezurrt hatten. Am Ziel hatten sie ihn losgebunden und grob hinuntergestoßen.

Die Helligkeit schmerzte in den Augen, was bedeutete, dass sie im Freien sein mussten. Nach und nach klarte sich Richards Blick. Vor ihm standen zwei Männer in schwarzen Umhängen, die Gesichter mit Tüchern verdeckt. Um sie herum erhob sich mannshohes Gebüsch aus Ginster und Weißdorn, dahinter hörte Richard gedämpft den Lärm der Stadt, das Bellen der Hunde, die Rufe der Fährleute, die keifende Stimme einer Frau, eine Schiffsglocke.

Wenn ihn nicht alles täuschte, waren sie noch immer in der Nähe des Themseufers. Wahrscheinlich waren die Männer im Kreis geritten, um ihn zu verwirren.

Er spürte Atem im Genick und zuckte zusammen.

»Du wirst mir jetzt alles sagen, was du in Coventry herausgefunden hast«, sagte eine rasselnde Stimme. »Und mir die Unterlagen aushändigen.«

Richards Hände waren noch immer gefesselt, sonst wäre er herumgefahren und hätte dem Kerl eine verpasst. Er presste die Lippen aufeinander. Nichts würden diese Dreckskerle von ihm erfahren.

Jemand schlug ihm auf den Kopf. Nicht besonders fest, aber schmerzhaft. »Wir haben nicht viel Zeit, Faversham. Rede, oder wir schneiden dir irgendein unnützes Teil vom Leib. Ein Ohr zum Beispiel. Oder die Nase. Oder deine stinkige Pissröhre. Ist es das wert? Ist dieser stotternde Jammerlappen von König das wert? Seine Tage sind ohnehin gezählt. Dir bleibt nur die Wahl, mit ihm und seiner katholischen Hure unterzugehen oder auf die Seite der Sieger zu wechseln.«

Richards Hände und Beine waren zwar gebunden, aber den Kopf konnte er bewegen. Er nahm alle Kraft zusammen und warf ihn nach hinten. Er spürte den Aufprall, hörte ein Knacken und im gleichen Moment das Schmerzgebrüll des Mannes. Einen Wimpernschlag später fuhr Richard die Faust eines der Maskierten in die Magengrube. Er knickte ein und musste sich übergeben. Vor seinen Augen tanzten Lichter. Er stöhnte und richtete sich wieder auf.

»Widerliches Geschmeiß!«, brüllte er. »Eher sterbe ich, als euch gottlosen Verrätern auch nur den Stand der Sonne zu verraten. Ihr werdet in der Hölle verrotten!«

Einer der Männer hob sein Schwert und holte aus. Richard schloss die Augen, bat Gott um Vergebung seiner Sünden.

»Es reicht!«, donnerte eine Stimme.

Richard erstarrte. Diesen Mann kannte er. Bei allen Huren Londons! Hatte Montjoy die Seiten gewechselt und wollte ihn nun in seine Reihen pressen? Er öffnete die Augen, gerade rechtzeitig, um zu sehen, wie Montjoy hinter einem Busch hervortrat.

»Verschwindet!«, zischte er. »Und nehmt diesen Schwachkopf mit, der sich selbst von einem gefesselten Mann noch besiegen lässt.«

Richards Entführer hasteten davon. Nur ein junger Bursche blieb zurück, der drei Pferde am Zügel hielt.

Montjoy grinste. »Nicht schlecht, mein Lieber.«

»Verräter!«, brüllte Richard. »Befreit mich von meinen Fesseln, und ich erwürge Euch mit bloßen Händen.«

Montjoy hob beschwichtigend die Arme. »Schon gut, Faversham, beruhigt Euch. Es musste echt aussehen.«

»Echt? Was faselt Ihr da?« Im selben Moment wurde Richard klar, was hier gespielt wurde. »Das sollte eine Prüfung sein? Ist es das?«

Montjoy verneigte sich und zog ein Messer. »Es gibt Gerüchte über Doppelspione, über Agenten, die heimlich mit den Puritanern sympathisieren. Mit Frankreich. Oder, Gott bewahre, mit Spanien. Ich muss sichergehen, dass auf meine Männer Verlass ist.« Er durchtrennte Richards Fesseln und trat drei Schritte zurück.

Richard rieb sich die Handgelenke. Seine Finger glühten vor Schmerz. Er streckte die Arme aus, dehnte die Beine. Langsam kehrten Gefühl und Kraft in seine Glieder zurück.

Montjoy beobachtete ihn misstrauisch, das Messer hielt er zwar gesenkt, aber so, dass er es jederzeit gegen Richard einsetzen konnte. Er fürchtete Richards Wut. Und das zu Recht. Richard hatte jedoch nicht vor, sich mit Montjoy anzulegen. Der Chef des Geheimdienstes sah zwar aus wie ein schwächlicher Advokat, aber er war schnell wie eine Schlange, und seine Muskeln waren geschmeidig. Wer ihn unterschätzte, bezahlte es mit dem Leben. Außerdem war da noch der Bursche bei den Pferden. Auch er sah harmlos aus, doch Richard war sicher, dass er ein bestens ausgebildeter Leibwächter war. Richard streckte vorsichtig den Rücken durch. Auch wenn er Montjoy gern eine Tracht Prügel verpasst hätte, beherrschte er sich. Montjoy hatte ihn prüfen wollen? Nun gut. Nach Lage der Dinge hatte er die Prüfung mit Bravour bestanden. Umso besser.

»Ich hoffe, Ihr seht mir die kleine Scharade nach, mein lieber Richard. Sie war nötig, denn der Auftrag, den ich für Euch habe, verlangt absolute Loyalität.«

Richard dehnte seine Muskeln. »Habt Ihr einen Schluck

Wein? Oder Wasser? Ich muss den üblen Geschmack in meinem Mund wegspülen.«

Montjoy nickte. »Bei den Pferden. Kommt mit.« Er setzte sich in Bewegung, zögerte. »Sinnt Ihr auf Revanche?«

Richard seufzte. »Haltet Ihr mich für so dumm? Steckt das Messer weg. Sollte ich mich rächen wollen, würde ich das sicherlich in einem Moment tun, in dem Ihr nicht damit rechnet.«

»Gut. Damit kann ich leben.« Montjoy steckte das Messer in seinen Gürtel, führte Richard zu den Pferden und reichte ihm einen Schlauch mit herrlich kühlem Wein.

Richard spülte sich den Mund aus und trank einige Schlucke. Wohlige Wärme pulsierte durch seinen geschundenen Körper. Montjoys kleine Prüfung hatte nicht nur seine Loyalität bewiesen, sie hatte ihm selbst auch klargemacht, wie verletzlich er war, wie leicht es für einen potenziellen Gegner wäre, ihn unschädlich zu machen.

Was ihn daran erinnerte, dass er Montjoy etwas fragen wollte. Er zog ein eingerolltes Papier aus der Tasche, ein mit wenigen Strichen skizziertes Porträt, das er von dem Mann mit der kahlen Stelle über der Lippe angefertigt hatte, und hielt es seinem Chef vor die Nase. »Ihr scheint Probleme mit Eurem Personal zu haben, Montjoy. Dieser Amateur hat versucht, mich zu beschatten. Ich hätte ihn erschießen können, aber ich dachte mir, dass ich Euch einen Gefallen tu, wenn ich ihn am Leben lasse.«

Montjoy starrte auf das Blatt. »Was soll der Blödsinn, ich kenne den Mann nicht.«

»Ach ja? Dann habt Ihr sicherlich nichts dagegen, wenn ich Erkundigungen über ihn einziehe?«

Montjoy schnaubte verärgert. Dann nahm er Richard das Blatt aus der Hand und zerriss es. »Dieser verdammte Anfänger. Ich werde ihn nach Irland versetzen lassen.«

Also hatte Richard richtig geraten. Er stach Montjoy mit dem Zeigefinger in die Brust.

Der Leibwächter zuckte, doch Montjoy hob beschwichtigend die Hand.

»Nie wieder ein Schatten«, forderte Richard. »Nie wieder irgendwelche Spielchen. Oder Ihr könnt Euch einen anderen Porträtmaler suchen. Ist das klar?«

»Die Welt ist gefährlich, Faversham. Viele wechseln die Seiten, ehe man sichs versieht. Aber ich sehe ein, dass Ihr nicht zu diesen Menschen gehört.« Er streckte die Hand aus. »Die Unterlagen aus Coventry, habt Ihr sie dabei?«

Richard löste vorsichtig die Naht an seinem Wams und nahm die Papiere aus dem Futter. »Hat meine Nachricht aus Schottland Euch erreicht? Konnte der König rechtzeitig informiert werden?«

Montjoy, der gerade nach den Papieren greifen wollte, hielt mitten in der Bewegung inne. »Was für eine Nachricht?«

»Ein Bild mit einer verschlüsselten Botschaft. Ich habe dafür gesorgt, dass es über eine Kontaktperson zu Euch persönlich gebracht wird, weil nur Ihr wisst, wie man die Farbe ablöst, um den Text zu lesen.«

Montjoy starrte ihn an. »Ich habe kein Bild erhalten. Der König hat vor mehr als einer Woche ob der Übermacht des schottischen Heeres in Verhandlungen eingewilligt. Was stand in der Nachricht?«

»Es gibt keine schottische Übermacht. Leslies Heer besteht aus einer Herde Rindviecher.«

Vivian

Beauty griff weit aus, der Wind fuhr Vivian ins Gesicht und kühlte ihre heißen Wangen. Immer wieder schaute sie sich um, doch sie konnte keinen Verfolger entdecken. Weder einer der schmierigen Kerle aus dem Copper's Inn noch irgendwer, der aussah wie einer der Schergen des Sheriffs, war ihr auf den Fersen.

Vivian hatte beschlossen, sofort nach Brandon zu reiten und diesen Henric Forsyth aufzusuchen. Schlimmer als im Copper's Inn konnte es nicht werden, und wenn sie zu lange wartete, verließ sie am Ende der Mut. Sie wählte die Strecke über Prickwillow und von da den Moorweg nach Brandon, der kaum genutzt wurde, weil er nicht breit genug war für Karren, geschweige denn für Kutschen oder Fuhrwerke.

Hier und da sah sie von ferne einen der Moorbewohner auf der Suche nach etwas Brauchbarem: Schilf, um das Dach seiner Hütte auszubessern, oder ein Stück Holz, das von der letzten Überschwemmung übrig war und im Winter ein paar Stunden Wärme spenden konnte. Einige der Bewohner wilderten auch, wie Vivian wusste. Sowohl das Fischen als auch die Jagd war den Mortimers vorbehalten, aber Vivian hatte es sich zur Gewohnheit gemacht wegzuschauen. Nicht wenige Familien mussten hungern, wenn sie nicht ab und zu etwas Fisch oder einen Hasen auf den Tisch bekamen.

Ihr Vater brachte jeden Wilderer vor Gericht, das meist drastische Strafen verhängte. Vivian jedoch hielt es für ihre Christenpflicht, Menschen in Not zu helfen. Gott hatte sie durch ihre Geburt bevorzugt, und darin lag auch Verantwortung.

Beauty flog dahin, ebenso die Meilen. Schon kam Brandon in Sicht, ein Dorf mit nicht ganz zweihundert Seelen. Es gab keine Läden, aber einen Marktplatz, auf dem die Menschen der umliegenden Dörfer und Flecken einmal in der Woche zusammenkamen, um Waren zu kaufen und zu verkaufen, sowie eine Kirche. Bis auf den Pfarrer, den Schmied und einige weitere Handwerker lebten fast alle Bewohner des Dorfes von der Landwirtschaft.

Auf dem Dorfplatz stieg Vivian ab und nahm Beauty bei den Zügeln. Alles war still, die Mittagshitze schien die Einwohner zu lähmen. Langsam ging Vivian auf die Kirche zu. Der Pfarrer sollte wohl alle seine Schäfchen kennen, hier würde sie am ehesten Auskunft bekommen, wo Forsyth zu finden war. Sie klopfte an die Tür des Pfarrhauses.

Einen Augenblick später öffnete der Pfarrer selbst. Tiefe Falten hatten sich in sein Gesicht gegraben, ein wenig sah es aus, als sei eine Karte des Moors hineingeritzt: viele Wasserarme, kleine Inseln, und hier und da sprießte Gras, allerdings grau und nicht grün. Er musste weit über sechzig Jahre alt sein. »Kann ich Euch helfen, Mylady?«

»Entschuldigt die Störung, Sir. Ich hoffe, Ihr könnt mir helfen. Ich suche Henric Forsyth.«

»Henric Forsyth, aha. Und darf ich fragen, warum die Tochter des Earl of Coveney einen Bauernsohn zu sprechen wünscht?«

»Darf ich vorher wissen, wie Euer Name ist?«

»Uthbert Cummings, mein Kind.«

Vivian mochte es nicht, wenn sie mit »mein Kind« angeredet wurde. Sicher war der Pfarrer ein Würdenträger, aber er stand unter ihr und hatte ihr Respekt zu zollen. Doch sie wollte etwas von ihm, und deshalb durfte sie nicht seinen

Unmut erregen. So schluckte sie ihren Ärger hinunter. »Nun, Mr. Cummings, die Angelegenheit ist von persönlicher Natur, und ich möchte sie nur Henric Forsyth selbst anvertrauen. Dafür habt Ihr doch sicherlich Verständnis?«

Der Pfarrer lächelte dünnlippig. »Es geht um Euren Bruder, nicht wahr? Ich habe gehört, dass Henric ihn in jener Nacht noch gesehen hat.«

»Ich muss mit ihm reden.« Vivian sah ihn beschwörend an. »Das versteht Ihr doch sicherlich.«

Der Pfarrer musterte sie. »Ich denke nicht, dass es sich für eine Lady ziemt –«

»Ihr habt nicht das Recht, mir zu sagen, was sich für mich ziemt, Mr. Cummings«, fuhr sie ihn an. »Und ich bin nicht auf Euch angewiesen, um Henric Forsyth zu finden.« Sie wandte sich ab und stapfte davon.

»Ihr werdet ihn nicht finden, Lady Vivian!«, rief der Pfarrer ihr hinterher.

Sie fuhr herum. »Warum nicht?«

»Weil er nicht hier ist.«

»Wo ist er?«

Cummings setzte ein bedauerndes Gesicht auf. »Ich fürchte, ich habe schlechte Neuigkeiten für Euch.«

Vivian erschrak. Bilder blitzten vor ihrem inneren Auge auf. Die Lichter im Moor, die ermordeten Kuriere, Jamie mit durchschnittener Kehle.

»Was ist geschehen?«, flüsterte sie.

»Henric ist im Frühjahr mit dem Heer des Königs nach Schottland aufgebrochen.«

Bitte nicht, dachte Vivian. *Er ist der Einzige, der mir helfen kann.*

Der Pfarrer schlug das Kreuz. »Gestern erhielten wir Nachricht, dass er gefallen ist.«

Richard

Schweigend ritten Richard und Montjoy auf die London Bridge zu, der dritte Mann folgte in einigem Abstand. Schon von Weitem waren die Köpfe der Verräter zu sehen, die fein säuberlich auf Piken aufgereiht waren, um Nachahmer abzuschrecken. Richard schien es, als würden es ständig mehr. Hätte er Montjoys Prüfung nicht bestanden, wäre sein Kopf jetzt auf dem Weg, den halbverfaulten Schädeln über dem Tor Gesellschaft zu leisten. Kein angenehmer Gedanke.

Montjoy blickte noch immer grimmig drein. Dass ihn die Nachricht aus Schottland nicht erreicht hatte, beunruhigte ihn sichtlich. Immerhin bestand die Möglichkeit, dass sie nicht einfach verloren gegangen, sondern abgefangen worden war. Und das wiederum konnte alles Mögliche bedeuten und im Zweifelsfall unabsehbare Folgen haben.

Vor dem Tor stauten sich Wagen und Karren fast eine halbe Meile lang. Es war viel zu wenig Platz auf der Brücke, die Häuser und Geschäfte, die das Bauwerk säumten, standen einander dicht gegenüber. Fußgänger drängelten an den Wagen vorbei, zwängten sich durch schmale Durchgänge, rempelten sich gegenseitig an, hielten dabei schützend die Hände über ihre Körbe. Der Lärm und der Gestank nach Schweiß, Exkrementen und verfaultem Obst und Gemüse waren unerträglich.

Montjoy schlug sich mit der Reitgerte den Weg frei, Richard folgte ihm, versuchte dabei, niemanden zu verletzen. Einige Häuser waren seit dem Brand von 1633 noch nicht wieder aufgebaut worden. Sechs Jahre war das nun her, und noch immer klafften die Löcher in der Häuserreihe wie Zahnlücken. Hier allerdings wurde eifrig gehämmert und geklopft, um die Lücken baldmöglichst zu schließen. Denn auf der Brücke wurden gute Geschäfte gemacht, und kein Platz durfte verschwendet werden.

Plötzlich kam alles zum Stillstand. Richard reckte sich im Sattel, um herauszufinden, was der Grund dafür war. Ah! Die Zugbrücke wurde hochgezogen. Ein Dreimaster glitt unendlich langsam vorbei. Alle Segel waren gerefft, das Schiff wurde von einem Dutzend Ruderbooten gezogen. Nur bei Flut konnten Schiffe die Brücke passieren. Früher waren es Dutzende gewesen, doch heute musste die Zugbrücke nur noch selten geöffnet werden.

Endlich senkte sich die Brücke, der endlose Strom der Massen setzte wieder ein, Montjoy gab seinem Pferd die Sporen. Richard versuchte mitzuhalten.

Am Nordufer bogen sie links ab auf die Thames Street und ritten dann rechts hinauf zum Ludgate, durch das sie die Stadt verließen. Hinter dem Tor lenkte Montjoy sein Pferd nach rechts auf Old Bailey und dann nach links auf die Fleet Lane. Menschen säumten die Straße. Richard ahnte, wohin es Montjoy zog. Und richtig. Am Fleet Prison sprang sein Chef aus dem Sattel, Richard tat es ihm gleich.

Montjoy überreichte die Zügel dem jungen Leibwächter und gab ihm ein Zeichen, sich im Hintergrund zu halten. »Faversham«, sagte er dann. »Was haltet Ihr von einem kleinen Spaziergang zum New Palace Yard?«

»Werden wir in Westminster Hall erwartet?«

»Nicht wir, Faversham.«

Hinter Richard grölte die Menschenmenge. Gerade hatte sich das Tor des Gefängnisses geöffnet. Ein Dutzend Wachleute kam heraus, in ihrer Mitte führten sie einen offenen Karren, auf dem ein schmächtiger Mann mit markantem Gesicht festgebunden war. Er trug ein weißes Hemd und weite Hosen, deren Beine seltsam ausgebeult waren.

»Wer ist der Gefangene?«, fragte Richard.

Montjoy grinste triumphierend. »Das ist John Lilburne, einer der übelsten Lügner in ganz England. Ein Verräter, ein Nestbeschmutzer.«

»Was hat er denn Furchtbares verbrochen? Hat er versucht, den König zu ermorden?«

»Schlimmer, Faversham, viel schlimmer. Er ist ein Ketzer. Ein Puritaner. Ein Leveller, ein Gleichmacher. Alle Menschen sollen die gleichen Rechte haben, behauptet er. So ein Unsinn. Damit verhöhnt er Gott, der jeden Menschen an seinen Platz stellt. Er tötet Gott mit seinen Worten.«

»Das wird ihm schwerlich gelingen, Montjoy, denn Gott ist unsterblich und allmächtig, soweit mir bekannt ist.«

Montjoy verzog das Gesicht. »Aber die Menschen sind es nicht. Lilburne ist ein Verführer. Er ist verblendet und verbreitet die Irrlehren der aufrührerischen Puritaner. Heute empfängt er die Strafe dafür, dass er dem König und der Kirche nicht den Treueeid schwören will. Und dafür, dass er vor Gericht seine Schuld nicht mit einem Geständnis einräumt.«

Hinter Lilburne schritt der Henker, der unschwer an seiner Maske zu erkennen war. In seinen Händen hielt er eine Peitsche mit drei Strängen, deren Enden verknotet waren. Die Stränge waren lang genug, um Lilburne an jeder Stelle des Körpers zu erreichen. Richard schüttelte sich angewidert.

»Fünfhundert Hiebe«, sagte Montjoy. »Was meint Ihr, Faversham, wird er das überleben? Wird er den Weg bis zum Pranger schaffen? Wie wäre es mit einer kleinen Wette?«

Richard betrachtete den Delinquenten. Er war zwar schmächtig, aber er hielt sich gerade, stand aufrecht im Karren und blickte entschlossen auf die Menschen hinab. Dieser

Mann brannte für seine Sache. Es kam darauf an, wie hart der Henker zuschlug und wie sehr die Haft Lilburne mitgenommen hatte. Richard hatte schon Menschen nach hundert mäßigen Hieben sterben sehen.

»Volk von London!«, brüllte Lilburne plötzlich über den Lärm hinweg. »Seht ihr nicht, wie euch der König aussaugt bis aufs Blut? Seht ihr nicht, dass er die Steuern erhöht, wie es ihm gerade passt, gegen alle Gesetze und alle Tradition? Seht ihr nicht, dass die Kirche euch verführt und eure Seelen in Gefahr bringt, ewig im Höllenfeuer zu schmoren?«

Die Peitsche klatschte auf Lilburnes Rücken und riss ein Stück Stoff aus seinem Hemd. Er stöhnte auf. Wo die drei Knoten eingeschlagen waren, bildeten sich sofort haselnussdicke Beulen. Noch floss kein Blut, aber es würde nicht lange dauern, bis der erste Hieb Lilburnes Haut aufreißen würde. Er musste heftige Schmerzen haben, aber er hatte sich nicht einmal gekrümmt.

»Zwei Pfund auf Lilburne«, sagte Richard.

Montjoy hob die Augenbrauen. »Eine Menge Geld, Faversham. Seid Ihr sicher? Der Mann ist doch nur Haut und Knochen. Und der Henker ist übel gelaunt.«

»Lilburne ist nicht irgendein Brotdieb. Er hat einen starken Willen.« Richard schaute Montjoy in die Augen. »Fünf. Es muss sich lohnen.«

»Ihr wollt es wissen. Nun gut.« Montjoy reichte Richard seine rechte Hand.

Richard schlug ein. »Fünf Pfund, wenn er es lebend bis zum Pranger schafft.«

»Die Wette gilt. Aber Ihr dürft ihm nicht helfen.«

»Und Ihr dürft dem Henker keine versteckten Zeichen geben.«

»Ehrenwort«, sagte Montjoy und löste seine Hand aus Richards.

»... da seht ihr, was freie Meinung in diesem Land bedeutet. Der Henker bestimmt, was gesagt werden darf und was nicht. Wenn ich angeklagt werde, will man nicht wissen, ob ich die Tat wirklich begangen habe. Man will nur ein Geständnis aus mir herauspressen. Die Wahrheit ist tot in diesem Land!«

Lilburne legte es wirklich darauf an. Der Henker schlug heftig zu, Lilburne schrie auf, blieb dennoch aufrecht und standhaft. »Du kannst mich zu Tode peitschen, du Ausgeburt der Hölle, du Diener eines papistischen Tyrannen«, rief er dem Henker zu und kassierte dafür einen Hieb, der das Blut spritzen ließ. »Aber meinen Willen und meine Seele kannst du nicht töten.«

Richard glaubte nicht, dass der König Lilburne tot sehen wollte. Wäre dem so gewesen, dann hätte er den Mann hängen lassen. Oder unauffällig beseitigen. Charles wollte andere Aufrührer abschrecken, aber einen Märtyrer konnte er nicht gebrauchen.

Die Prozession zog über die Fleet Street, dann den Strand entlang, der zum Charing Cross führte. Bald zeigte sich so etwas wie ein Muster: Lilburne warf ein paar Sätze unters Volk, die meisten applaudierten, einige buhten Lilburne aus, der Henker schlug zu. Aber lange nicht so fest, wie er es hätte tun können. Zwar riss mit jedem Yard Lilburnes Rücken mehr auf, Blut tropfte auf den Boden des Karrens, aber dennoch konnte der Mann noch stehen und vor allem reden. Dann jedoch ließ der Henker mit einem Mal eine Kaskade von Schlägen auf Lilburne niedergehen, die ihn auf die Knie zwang, und Richard kamen Zweifel, ob der Mann es wirklich lebend bis zum Pranger schaffen konnte.

»Seht Ihr, Faversham, der Dreckshund macht es nicht mehr lange. Es ist nicht schade um ihn. Schade ist, dass ich ihn nicht befragen durfte. Auf meine Art, ohne Zeugen. Wir wissen nämlich, dass er aus Amsterdam Bücher ins Land schmuggelt, die hier verboten sind. Pamphlete der übelsten Sorte.«

Wer in England ein Buch drucken und veröffentlichen wollte, musste es sich von der Krone genehmigen lassen. Eine durchaus sinnvolle Regelung, fand Richard. Man konnte nicht jeden einfach behaupten lassen, was er wollte. Das Wort war mächtig. Allerdings sollten die Prüfer sich seiner Meinung nach darauf beschränken, die Lüge von der Wahrheit zu trennen, und nicht willkürlich Schriften verbieten, die ihnen nicht passten.

»Gibt es Beweise? Zuverlässige Zeugen? Sichergestellte Bücher? Briefe, Pläne?«, fragte er.

»Wir *wissen*, dass er die Bücher schmuggelt«, sagte Montjoy mit Nachdruck.

»Also keine Beweise. Und kein Geständnis. Versteht mich nicht falsch, Montjoy. Wenn er getan hat, was man ihm vorwirft, muss er dafür streng bestraft werden. Aber es ist nicht zuträglich für die Stimmung im Volk, wenn jemand ohne Beweise verurteilt wird. Noch dazu ein offensichtlich gebildeter Mann, der über einen gewissen Rückhalt nicht nur im einfachen Volk verfügt.«

»Nun, Faversham, ich gebe Euch die Gelegenheit, der Sache auf den Grund zu gehen und die fehlenden Beweise zusammenzutragen.«

Endlich rückte Montjoy damit heraus, was er wollte! Richard beobachtete den Tross, der soeben auf die King's Street bog. Es war nicht mehr weit bis zum New Palace Place, wo der Pranger auf Lilburne wartete. »Und was soll ich tun?«

Der Tross blieb stehen, die Straße war verstopft mit Schaulustigen. Die Wachen verteilten Schläge nach rechts und links, die Menge gab eine Gasse frei, der Pranger kam in Sicht.

»Dieser verdammte Pöbel.« Montjoy bleckte die Zähne und spuckte vor sich auf den Boden.

Es ging weiter, Montjoy drängelte sich nach vorn, bis sie vor dem Pranger standen, der auf einem Podest errichtet worden war, damit der Delinquent weithin sichtbar war. Lilburne kniete im Wagen, der Kopf hing vorneüber, es schien, als hätten ihn die Kräfte verlassen. Wenn dem so war, würden fünf Pfund Richards Geldkatze verlassen, mit beträchtlichen Folgen für seine Finanzkraft.

Der Henker nahm Lilburne die Ketten ab und stieß ihn vom Wagen. Lilburne stolperte, blieb liegen, die Menge buhte. Richard hielt den Atem an. Doch dann sprang Lilburne auf die Füße, als hätte er gerade acht Stunden geschlafen. Ohne den Henker eines Blickes zu würdigen, stieg er die sechs Holzstufen zum Pranger hinauf.

Richard frohlockte. Er hatte die Wette gewonnen.

»Seht ihr?« Lilburne riss die Arme nach oben und brüllte, um die tosende Menge zu übertönen. »Wer mit Gott ist, den können weder Peitsche noch Pranger beugen. Wollt ihr die Wahrheit hören?«

Aus Hunderten Kehlen donnerte ein Ja.

Lilburne lächelte milde wie ein Vater, der stolz auf seine Kinder war. Dann griff er mit beiden Händen in seine Hose und zog Blätter heraus. Richard riss überrascht die Augen auf. Deshalb also waren die Beine so ausgebeult gewesen! Lilburne warf die Blätter in die Luft, gierig streckten sich Hände danach.

»Das kann ja wohl nicht wahr sein«, brüllte Montjoy. »Wo hat der verfluchte Kerl die Pamphlete her? Hat denn niemand achtgegeben?«

Er versuchte, auf das Podest zu kommen, doch die Wachen hielten ihn zurück. Fluchend zog Montjoy sich zurück und gesellte sich wieder zu Richard.

»Mein guter Montjoy«, sagte dieser. »Verzeiht, wenn ich Euch daran erinnere, aber wenn ich es recht sehe, schuldet Ihr mir fünf Pfund.«

Montjoy knurrte wie ein angriffslustiger Hund, griff unter seinen Mantel, riss sich die Geldkatze vom Gürtel und warf sie Richard zu, der sie mit der linken Hand fing. Er öffnete sie, staunte über die Menge an Geld, die sein Chef mit sich herumtrug, zählte fünf Pfund ab und warf Montjoy die Geldkatze zurück. Der packte sie und ließ sie unter seinem Wams verschwinden. Irgendwann würde Montjoy sich für diese Schmach rächen. Aber das war es wert gewesen.

»Glaubt nicht, dass Euch das Glück immer hold sein wird, Faversham. Diese Wette habt Ihr gewonnen, aber eines Tages werdet Ihr einsehen, dass man mehr braucht als Glück, um auf Dauer zu bestehen.«

Richard antwortete nicht. Er blickte hoch zu Lilburne, der noch immer eifrig Pamphlete verteilte, die von den Menschen freudig entgegengenommen wurden. Eigentlich hätten alle verhaftet werden müssen, aber gegen so viele Leute konnten die Wachen nichts ausrichten.

Montjoy wandte sich ebenfalls Lilburne zu. »Seht Ihr, Faversham, wie gefährlich dieser Kerl ist? Diese dummen Bauerntrampel glauben alles, was man ihnen auf Papier gedruckt vor die Füße wirft.«

»Wie gut, dass die wenigsten Bauerntrampel lesen können«, erwiderte Richard, wohl wissend, dass das Publikum zu einem Großteil aus Gentlemen bestand, die sehr wohl über diese Fähigkeit verfügten. Viele studierten die Blätter eifrig, manche nickten und steckten sie ein. Montjoy hatte recht. Lilburne war gefährlich.

»Mein lieber Montjoy. Ich nehme an, Ihr wollt, dass ich herausfinde, wer die Mittelsmänner sind, die den Schmuggel der illegalen Bücher nach England ermöglichen.«

»Genauso ist es. Wir haben die Spur einer Schmugglerbande verfolgt, haben zwei Kuriere erwischt. Leider sind beide tot. Sie konnten nichts sagen, bevor sie starben, aber wir wissen, dass sich das Nest der Verräter in einer Stadt nördlich von Cambridge befindet, sehr wahrscheinlich in Ely. Dort treibt auch ein gewisser Oliver Cromwell sein Unwesen. Er ist ein Emporkömmling, allein durch eine Erbschaft ist er wohlhabend geworden und spielt sich jetzt als Beschützer der Moorleute auf, die sich gegen die Trockenlegung der Sümpfe auflehnen. Er sitzt im Parlament und ist ein Parteigänger von Pym. Er ist nicht Eure Zielperson, aber was auch immer Ihr über ihn herausfinden könnt, ist sicherlich ebenfalls hilfreich.«

Montjoy wurde unterbrochen, als die Menge aufstöhnte. Der Henker packte Lilburne bei den Haaren und drückte dessen Kopf auf das untere Brett des Prangers, in die Mulde, die für den Hals vorgesehen war. Dann schlug er das obere Brett darauf, dass es nur so krachte, und verschloss den Pranger mit einem schweren Schloss. Hatte irgendwer gehofft, Lilburne würde nun aufhören, so hatte er geirrt. Seine Arme waren noch frei, und Lilburne tat, was ihm der Henker ermöglicht hatte: Er warf weitere Pamphlete in die Menge.

Richard fing eines auf. *Eine Manifestation*, lautete die Überschrift. Darunter stand Lilburnes Name. Den Haupttext bildeten die Anschuldigungen und Vorwürfe, die Lilburne den ganzen Weg vom Fleet Prison bis zum Pranger ausgestoßen hatte. Alles andere als überzeugend. Richard zerriss das Pamphlet und streute die Fetzen auf das Kopfsteinpflaster.

»Dieser Auftrag ist wichtig, Faversham«, beschwor Montjoy ihn. »Deswegen musste ich Eure Loyalität und Eure Standhaftigkeit aufs Schärfste prüfen.«

»Schon gut, Sir, Ihr wiederholt Euch. Wann breche ich auf?«

»Nächste Woche, sobald die Vorbereitungen abgeschlossen sind.«

»Was für einen Tarnauftrag habe ich?«

»Ihr werdet das tun, was Ihr am besten könnt, nämlich ein Porträt malen. Das Porträt eines Toten.«

Buch II

Verrat

Juni 1639 – Januar 1640

Charles

Charles lief vom Tisch zur Truhe, in der er seine Kleider verwahrte, dann zum Eingang des Zeltes und hielt Ausschau nach Astley. Keine Spur von seinem Hauptmann. Wo blieb er nur? Heute sollten die Verhandlungen beginnen, und wenn nicht noch ein Wunder geschah, würden seine Leute sich tatsächlich mit den Verrätern an einen Tisch setzen müssen.

Endlich hörte Charles vor dem Zelt eine Stimme, die in verhaltenem Ton mit den Wachen sprach. Astley. Endlich.

Der Hauptmann stürmte an Charles vorbei ins Zelt, warf seinen Helm auf einen Stuhl, goss sich einen Becher verdünnten Weins ein und leerte ihn in einem Zug.

»Fühlt Euch ganz wie zu Hause«, sagte Charles spitz.

Astley verbeugte sich knapp. »Verzeiht, Eure Majestät, aber ich drohte zu verdursten.«

»Schon gut, Astley. Wie sieht es aus? Hat sich das Heer wieder versammelt? Habt Ihr weitere Männer zusammentrommeln können?«

»Leider nein. Die Feiglinge haben ihre Waffen weggeworfen und sind gerannt. Wir konnten sie nicht aufhalten. Nur wenige Tausend sind geblieben. Es liegt an den Berichten von der Übermacht der Schotten. Die haben Hunderte in die Flucht getrieben.« Er schnitt eine Grimasse. »Zumindest sparen wir jetzt den Sold.«

Charles trat gegen die Truhe. Er hatte sich Hoffnungen gemacht, die Reihen zu ordnen und die Schotten doch noch angreifen zu können. Gott würde alle, die desertiert waren, in die Hölle werfen.

»Eure Hoheit, was werden wir tun? Die Zeit drängt. Sollten die Schotten auf die Idee kommen, uns anzugreifen, weil wir nicht zu den Verhandlungen erscheinen, könnte es sein, dass England morgen keinen König mehr hat. Sollen Holland und ich uns auf den Weg machen?«

»Ich werde mit Euch gehen.«

Astley stellte den Becher unsanft auf dem Tisch ab. »Sire! Ihr wollt Euch mit den Verrätern abgeben? Das würde ihnen nur unnötig Bedeutung geben.«

»Da Ihr mir gerade nur allzu deutlich klargemacht habt, was auf dem Spiel steht, werde ich mich persönlich um die Angelegenheit kümmern. Ich werde die Verhandlungen führen. Und ich will keine Einmischung. Ist das klar?«

»Sire, aber ...«

Charles schlug die Faust in die Handfläche. »Genug, Astley. Wir brechen auf. Ihr, Holland und meine Garde. Die Schotten sollen sehen, was für hervorragende Soldaten mir zur Seite stehen. Und sie sollen verstehen, dass ich nicht den Kampf fürchte oder gar besiegt bin, sondern lediglich bereit, alles für den Frieden zu tun.«

Astley verbeugte sich tief. »Wie Ihr wünscht, mein König.«

»Eins noch, Astley. Lord Coveney und Lord Grantchester sollen das Lager ordnen und den verbliebenen Truppen reichlich zu essen und zu trinken geben. Wenn es irgend geht, auch ihren Sold. Ich möchte nicht noch mehr Männer verlieren. Und jetzt zeigen wir den Schotten, wie man verhandelt.«

Keine Stunde später erreichten sie den Treffpunkt. Er lag in der Mitte zwischen den beiden Heerlagern. Die Schotten hatten einen Baldachin aufgebaut, an dessen rechter Seite die Flagge mit dem steigenden Löwen, das Wappen der schottischen Könige, schlaff herunterhing, auf der linken Seite pendelte ihre Nationalflagge, das weiße St.-Andreas-Kreuz auf blauem Grund.

Charles runzelte erbost die Stirn. Schon bevor das erste Wort gesprochen war, machten die Schotten Ärger! Für die Flagge Englands hatten sie keinen Platz gelassen. Charles gab Befehl, die Flaggen auszutauschen. Doch die schottischen Wächter zogen ihre Schwerter. Sofort erhob sich lautstarkes Gezänk, Charles' Männer zückten ebenfalls die Klingen. Zum Glück waren Schusswaffen bei den Verhandlungen verboten.

»Haltet ein!«, dröhnte eine tiefe Stimme. »Bei Gott, platziert sie einfach nebeneinander. So hatte ich es mir auch gedacht. Sind wir nicht hier, um unsere Einheit zu erhalten und zu beschwören? Für ein Vereinigtes Königreich, das stark ist und seinen Bürgern ein Leben in Freiheit und Wohlstand garantiert? Das den Menschen ermöglicht, so zu leben, dass sie ihren Glauben nicht verraten müssen, und das sicherstellt, dass ihre gewählten Vertreter im Parlament über ihre Geschicke bestimmen?« Leslie trat unter dem Baldachin hervor und grinste Charles an. »Oder seht Ihr das anders, Sire?«

»Wie ich sehe, habt Ihr fleißig mit Euch selbst verhandelt, Leslie. Aber es gehören immer zwei dazu.«

Leslie trat an Charles' Pferd heran, reichte ihm die Hand. »Immerhin eine Sache, in der wir uns einig sind. Darf ich Euch helfen, Eure Majestät?«

Charles schwang sich aus dem Sattel, ohne Leslies Hand zu beachten. Das hätte ihm gerade noch gefehlt, sich von seinem Gegner aus dem Sattel helfen zu lassen! Leslie musste ihn für beschränkt halten.

»Lasst uns zur Sache kommen, Leslie.« Charles begab sich ohne Aufforderung unter den Baldachin, Leslie musste hinter ihm hergehen. So war es recht.

Sechs Stühle standen um einen runden Tisch, dahinter, in zweiter Reihe, saßen bereits die Schreiber. Auf einem weiteren Tisch waren Obst, Brot, Braten und Karaffen mit kühlem Wein bereitgestellt, ebenso Trinkbecher aus Silber.

Charles setzte sich auf den Stuhl, von dem aus er den Eingang im Blick hatte, rechts und links von ihm positionierten sich Holland und Astley. Leslie wählte den Stuhl gegenüber, Lord Balmerino nahm neben ihm Platz.

»Wen erwarten wir noch?«, fragte Charles. Er war immer froh, wenn alle saßen und er zu keinem seiner Gesprächspartner mehr aufblicken musste.

»Alexander Henderson. Sicherlich wisst Ihr, wer das ist.«

Natürlich wusste Charles, wer Henderson war. Ein Stachel in seinem Fleisch. Ein abtrünniger Geistlicher, ein Aufwiegler, der den Aufstand gegen das neue Messbuch in Edinburgh zu verantworten hatte. Er würde Henderson im Tower verrotten lassen, ihm Seite für Seite das Messbuch zu fressen geben, bis der Kerl es ganz in sich aufgenommen hatte.

»Und wo ist Henderson? Ist er wieder einmal damit beschäftigt, Gott zu lästern?«

»Ihr bewegt Euch auf dünnem Eis, Charles Stuart.« Henderson trat ins Zelt und setzte sich auf den letzten freien Platz. »Euer Heer befindet sich in Auflösung. Eure Männer desertieren zu Hunderten, die übrigen weigern sich, in die Schlacht zu ziehen. Dass Ihr Eure Krone noch auf dem Kopf tragt, habt Ihr nur Lord Leven zu verdanken und einigen anderen, die einen Bruderkrieg für das Schlimmste halten, was einem Königreich widerfahren kann. Ich rate Euch, ein wenig Demut an den Tag zu legen.«

Charles schnappte nach Luft. Wie wagte dieser Widerling, mit ihm zu reden! »Demut geziemt denen, die unter mir stehen«, gab er zurück. »Also allen hier, auch Euch. Ihr redet mit Eurem König, der von Gott selbst eingesetzt wurde, nicht mit einem Verbrecher.«

»Meine Herren, ich bitte Euch!«, sagte Leslie. »Mäßigt Euer Temperament. Henderson hat recht damit, dass wir einen Krieg vermeiden wollen. Aber wenn es sein muss, ziehen wir in die Schlacht. Unser Heer wächst von Tag zu Tag. Es sind Freiwillige, die ihr Heim und ihren Glauben verteidigen wollen. Sie sind bereit, dafür zu sterben.«

Charles presste die Lippen zusammen. Die Rechnung für diese Unverschämtheit würde er präsentieren, wenn er die Umstürzler niedergerungen hatte. Jetzt galt es, Zeit zu gewinnen und die Tatsache zu nutzen, dass die Schotten zwar ein großes Heer besaßen, aber Skrupel hatten, es gegen ihren König einzusetzen.

»Nun, Leslie, was habt Ihr zu bieten?«, fragte er.

»Zuerst will ich betonen, dass wir Euch nach wie vor als den rechtmäßigen König von England, Schottland und Irland anerkennen, mit allen Rechten und Pflichten. Beschränkt Ihr Euch auf das, was Euer Recht als König ist, werden wir hinter Euch stehen und für die Krone eintreten, was immer es kosten möge. Das sieht auch mein Freund Henderson so.«

Henderson nickte knapp.

»Unsere Forderungen lauten: Ihr müsst alle Gesetze der Glasgow-Versammlung bestätigen, einschließlich der Absetzung der Bischöfe. Alle Angelegenheiten der schottischen Kirche werden ab sofort von der Glasgow-Versammlung beschlossen, alle zivilen Angelegenheiten vom Parlament. Niemand kann für die Unterstützung der Covenanters vor Gericht gestellt werden. Und die exkommunizierten Bischöfe sollen an uns ausgeliefert werden, damit wir sie für ihren Verrat vor Gericht stellen können. Alle Streitkräfte, die gegen Schottland entsendet wurden, müssen zurückgerufen werden. Auch die Flotte, die vor der schottischen Küste kreuzt.«

Charles zupfte ein seidenes Taschentuch aus dem Ärmel, hielt es sich vor den Mund und hüstelte. »Meine Herren, ich dachte, dies sollen Verhandlungen werden. Was Ihr fordert, ist meine völlige Unterwerfung. Und noch mehr: Ich soll akzeptieren, dass Ihr Bischöfe abgesetzt und exkommuniziert habt, soll sie Euch gar ausliefern? Und gleichzeitig soll ich die Verschwörer laufen lassen? Was würde man über mich denken? Ich bin ein gerechter König. Niemals werde ich die Gesetze der Glasgow-Versammlung bestätigen. Wenn Ihr darauf besteht, sind die Verhandlungen beendet, und wir treffen uns auf dem Schlachtfeld wieder. Und glaubt nicht, dass wir Angst vor Euch hätten.«

Henderson warf Leslie einen beschwörenden Blick zu.

Der schüttelte kaum merklich den Kopf. »Behaltet Eure Bischöfe, wenn Euch so viel daran liegt, und füttert sie fett, wenn Ihr wollt. Doch alles, was die Kirche angeht ...«

Henderson knirschte mit den Zähnen. Ihm war offensichtlich wichtig gewesen, die Bischöfe abzuurteilen und in aller Öffentlichkeit hinrichten zu lassen, um seine eigene Machtposition auszubauen. Doch darauf konnte Charles nicht eingehen, er konnte es sich nicht leisten, treue Vasallen und vor allem Geldgeber zu verprellen.

»Wenn Euch das so wichtig ist, bitte«, sagte er. »Ihr sollt das Recht erhalten, dass eine Generalversammlung in Edinburgh über alles entscheidet, was mit der Kirche zu tun hat, und Euer Parlament sollt Ihr auch haben, sofern es nicht über Angelegenheiten entscheiden will, die des Königs sind. Aber mehr gibt es nicht. Das ist mein letztes Wort.«

Holland räusperte sich. Charles beachtete ihn nicht.

Er beugte sich vor. »Was sagt Ihr, Lord Leven?«

»Nun gut, das ist ein Anfang«, antwortete Leslie. »Allerdings müssten wir uns einigen, welche Angelegenheiten des Königs sind und welche nicht.«

Charles hätte gerne erwidert, dass alle Angelegenheiten des Königs seien, weil er der Stellvertreter Gottes auf Erden war, doch er biss sich auf die Zunge. Er musste Zeit gewinnen. Das war der einzige Grund, warum er hier war. »Das seht Ihr ganz richtig, Leslie. Ich denke, wir werden uns einig werden. Meine Berater werden Euch eine Liste zukommen lassen, auf der die Dinge stehen werden, über die wir im Detail reden sollten.«

Leslie wusste genau, dass dies nur warme Worte waren. Bis Charles' Minister eine solche Liste aufgestellt hätten, würde mindestens ein Jahr ins Land gehen. Dass der Schotte den Vorschlag nicht sofort zurückwies, zeigte Charles, dass offenbar auch er an einem Aufschub interessiert war.

»Wir werden Euch ebenfalls eine Liste zukommen lassen«, knurrte Henderson. »Und zwar schon sehr bald.«

»Das werden wir«, bestätigte Leslie.

»Wir sollten nichts überstürzen«, sagte Charles. »Aber auch nichts unnötig in die Länge ziehen, das sehe ich ebenso wie Ihr. Ich werde Euch entgegenkommen und mein Heer auflösen, sobald wir den Friedensvertrag unterschrieben haben. Natürlich nur, sofern Ihr das Eure ebenfalls entlasst.«

»Damit sind wir einverstanden. Ich denke, wir können den Vertrag noch heute siegeln. Bis dahin können wir uns mit den bereitgestellten Speisen stärken.«

Es dauerte nicht lange, bis die Schreiber den Vertrag aufgesetzt und kopiert hatten. Charles las alles noch einmal genau durch und fand es in bester Ordnung. Letztlich stand nicht viel darin, nur zwei Punkte waren klar geregelt, und die taten ihm nicht besonders weh.

Henderson unterschrieb, dann Leslie. Ein Diener reichte Charles die Feder und hielt ihm das Tintenfass hin.

Charles zögerte. Leslie war schnell auf seine Forderungen eingegangen. Warum hatte er das getan? War er wirklich ein glühender Patriot, der den Krieg unter Brüdern verhindern wollte? Oder stand er genauso mit dem Rücken zur Wand wie er selbst? Aber wie wäre das möglich, wo doch das Heer der Schotten so viel größer war?

»Eure Majestät?« Leslies Mundwinkel zuckten. »Gibt es ein Problem?«

Charles starrte auf das Papier. Wäre es nicht doch besser, die Verhandlungen abzubrechen und anzugreifen? Immerhin konnte er noch achttausend Mann, tausendfünfhundert Reiter und eine stattliche Anzahl Feldschlangen aufbieten, die im Laufe des Tages eintreffen mussten.

Lord Holland räusperte sich, Leslie knetete seine Finger.

»Alles bestens.« Charles tupfte sich mit seinem Taschentuch die Stirn ab und kratzte seinen Namen unter das Dokument. Der Diener tropfte Siegelwachs auf, Charles drückte seinen Ring hinein. Damit war der Vertrag gültig.

Richard

Auf einer kleinen Anhöhe hielt Richard die Pferde an. Unter ihm breitete sich die weite Moorlandschaft von Cambridgeshire aus, am Horizont erhob sich der wuchtige Turm der Kathedrale von Ely. Die Stadt lag ebenfalls auf einem Hügel, der Isle of Ely, der mitten in den Sümpfen lag. Auf etwa halber Strecke stand auf einer weiteren kleinen Erhebung ein prächtiges Herrenhaus. Witcham House, Landsitz von Aldwyn Mortimer, dem Earl of Coveney, seiner Gemahlin Gladys und seiner Tochter Vivian. Das Ziel seiner Reise.

Eine gute Woche war vergangen, seit Richard unter dem Pranger seinen neuen Auftrag erhalten hatte. So lange hatte es gedauert, bis alles vorbereitet und er seinen Gastgebern angekündigt worden war. Lord Coveney war mit dem König in den Krieg gezogen, also hatte man mit Lady Coveney kommuniziert, die sich als äußerst entgegenkommend erwiesen hatte.

Der Anblick der todbringenden Sümpfe erinnerte Richard an den vordergründigen Anlass seiner Reise. Das Porträt eines Toten! So etwas hatte er noch nie gemacht. Verstieß das nicht gegen die Totenruhe? Wenigstens sollte er keinen Leichnam malen, sondern den vor einem Jahr verstorbenen Sohn des Earls anhand von Skizzen und Entwürfen auf Leinwand bannen. Gleichzeitig sollte er das Moor nach Buchschmugglern durchkämmen und ein Auge auf den puritanischen Aufrührer Oliver Cromwell haben. Wie er das anstellen sollte, wusste Richard noch nicht. In Schottland hatte er mit dem Mann, den er ausspionieren sollte, unter einem Dach gelebt.

Aber wie um alles in der Welt sollte er an die Schmuggler kommen, von denen er noch nicht einmal einen einzigen Namen kannte? In Witcham House würde er sie jedenfalls nicht antreffen. Der Earl war ein treuer Royalist und enger Vertrauter von Charles. Hinzu kam: Falls Richard etwas herausfand, sollte er es nicht direkt Montjoy, sondern einer Kontaktperson melden, die er ebenfalls nicht kannte. Er wusste nur, dass es eine Frau war und wie er sie erkennen würde, nämlich anhand eines äußerst blumigen Codes: *I wonder greatly, by this day's light.*

Ich frage mich im Morgenlicht. Die Zeilen hatte Geoffrey Chaucer geschrieben, es war der Anfang seines Gedichts *Das Buch der Herzogin*, in dem er beschrieb, wie der Tod der Herzogin Blanche ihm den Schlaf raubt.

Richard konnte sich lebhaft vorstellen, welch diebische Freude es Montjoy bereitet hatte, die Zeilen auszusuchen und sich vorzustellen, wie Richard sich zum Narren machte, indem er jede Dame, die er kennenlernte, damit begrüßte.

Er ließ die Pferde antraben, und wenig später ritt er durch den Park von Witcham House auf das Anwesen zu. Eine breite Treppe führte zum Portal des Herrenhauses hinauf. Zwei dreistöckige Flügel rahmten das Haupthaus ein, das aus einem sechsstöckigen Turm und einem vierstöckigen Nebenhaus bestand. Große Sandsteinquader gaben dem Herrensitz ein festungsartiges Aussehen.

Die Sonne stand über dem Turm und blendete ihn so, dass er die Gestalt, die aus dem Portal trat, nicht erkennen konnte. Auch die Personen, die hinter ihr warteten, waren nur als Silhouetten zu erkennen. Erst als er den Schatten erreichte, den das Haus warf, erkannte er, dass die Gestalt eine junge Frau war.

Richard saß ab. Das musste Vivian Mortimer sein, die Tochter des Earls. Sie war vielleicht Anfang zwanzig und hatte strahlend blaue Augen. Schwarze lange Haare fielen in weichen Wellen über ihre Schultern. Die Proportionen ihres Gesichtes waren perfekt, kein Maler hätte sie sich besser ausdenken können. Ein Hauch von Trauer lag über ihrem Gesicht, was ihr eine tiefgründige, geheimnisvolle Aura verlieh.

Ein Stallbursche eilte herbei und nahm Richard die Zügel ab. Er achtete kaum auf den Burschen, schritt Stufe für Stufe die Treppe hinauf, ohne den Blick von der Frau abzuwenden, die ihn ebenfalls unverwandt ansah. Oben angekommen lächelte er sein wärmstes Lächeln und verneigte sich. »Ich frage mich im Morgenlicht.«

Sie runzelte die Stirn, sah ihn irritiert an.

Verflucht! Wie peinlich! Sie war definitiv nicht seine Kontaktperson. Kaum angekommen hatte er sich schon zum ersten Mal zum Narren gemacht. »Lady Vivian, nehme ich an? Ich fühle mich geehrt, bei Euch und Eurer Familie zu Gast zu sein.«

»Die Ehre ist ganz auf unserer Seite, Master Faversham. Wenn ich bitten darf?« Ihre Stimme war schneidend. Sie zeigte auf das geöffnete Portal, wo zwei Diener und ein Hausmädchen warteten.

Richard nahm seinen Hut ab und trat ein, angenehme Kühle empfing ihn. Die Eingangshalle von Witcham House war mit Rüstungen aus vergangenen Jahrhunderten und einer Ahnengalerie geschmückt, die vermutlich Mitglieder der Familie Mortimer zeigte. Vivians Gesichtszüge fanden sich in allen Bildern wieder, wenn auch nicht in der Perfektion, die sie bei ihr aufwiesen.

»Ich bin leider erst gestern von Eurer bevorstehenden Ankunft unterrichtet worden, Master Faversham. Meine Mutter hat offenbar alles arrangiert, doch sie ist manchmal ein wenig … vergesslich. Offenbar hat sie mit einem Christopher McClintock korrespondiert. Ich bitte also um Entschuldigung für den Fall, dass Ihr nicht alles zu Eurer Zufriedenheit vorfinden solltet.«

McClintock war einer der Tarnnamen, die Montjoy für solche Arrangements verwendete. »Ich bin sicher, dass alles perfekt sein wird«, versicherte Richard.

»Ich wusste nicht einmal, dass mein Vater ein Porträt anfertigen lassen wollte ...« Sie räusperte sich. »Newt wird Euch auf Euer Zimmer führen.« Sie nickte einem Mann zu, der offenbar der Hausdiener war. »Wir sehen uns zum Abendessen.«

Richard neigte den Kopf. »Ich danke Euch, Lady Vivian.«

Als er dem Hausdiener in den ersten Stock folgte, spürte er ihren Blick in seinem Rücken, und er war sicher, dass er alles andere als willkommen war.

Vivian

Vivian sah Master Faversham hinterher. Sie musste einen Weg finden, ihn so schnell wie möglich wieder loszuwerden. Sie konnte keinen Fremden im Haus gebrauchen, nicht ausgerechnet jetzt, wo sich im Keller die geschmuggelten Schriften stapelten und ihre kleine Glaubensgemeinschaft in höchster Gefahr schwebte.

Auf jeden Fall war der Maler an nichts anderem als seiner Kunst interessiert. Aber Vivian durfte nicht riskieren, dass er zufällig über die Wahrheit stolperte, indem er etwa auftauchte, wenn sie eine Ladung Bücher heraufholte, um sie zu Master Mansfield zu bringen. Allein der Gedanke ließ Vivian schwindeln.

Wenn sie doch nur rechtzeitig davon erfahren hätte! Ihr wäre schon ein Grund eingefallen, den Besuch zu verhindern oder zumindest hinauszuzögern. Sie musste ein noch genaueres Auge auf ihre Mutter haben. Wer wusste, auf was für Ideen sie sonst noch kam. Immerhin schien sie die Vorstellung, bald ein Porträt von Jamie zu haben, mit neuem Leben zu erfüllen. Heute Morgen war sie früh aufgestanden und hatte darauf bestanden, eines ihrer guten Kleider anzuziehen.

Also musste Vivian es behutsam angehen. Kurz entschlossen folgte sie Faversham die Treppe hinauf und eilte in die Gemächer ihrer Mutter. Zu ihrer Überraschung saß Lady Coveney im Sessel am Fenster, die Hände im Schoß gefaltet, und blickte erwartungsvoll auf, als Vivian eintrat. »Wo ist er? Fängt er gleich an?«

»Ach Mutter.« Vivian trat zu ihr und ergriff ihre Hände.

»Was denn, Kind? Das war doch der Maler, der eben gekommen ist?«

»Ja, Mutter. Er heißt Richard Faversham, ist ein Schüler von van Dyck und ...«

Lady Coveney drückte ihre Hände. »Was hast du denn, Vivian?«

»Mutter, ich fürchte, ich muss Euch enttäuschen. Ich glaube nicht, dass Master Faversham ein guter Künstler ist. Jamie hat es verdient, vom allerbesten Maler porträtiert zu werden.«

»Das hat dein Vater auch gesagt, Kind. Aber Master van Dyck ist nicht abkömmlich, angeblich plant er einen längeren Aufenthalt in Flandern, weil seine Gesundheit angegriffen ist. Und ich möchte nicht länger warten.« Lady Coveney tätschelte Vivians Hand. »Weißt du was? Wir stellen ihn auf die Probe. Lass ihn kommen. Er soll eine Zeichnung von dir anfertigen. Dann sehen wir, was er kann.«

»Aber Mutter!«

»Mach schon, Kind. Tu, was ich dir sage.«

Schon lange hatte Vivian ihre Mutter nicht mehr mit so fester Stimme reden hören. Widerworte waren sinnlos. Vivian unterdrückte ein Seufzen. Sie hatte sich in ihrer eigenen Intrige verfangen, hatte alles nur schlimmer gemacht, weil sie dem Fremden jetzt vermutlich stundenlang Modell sitzen musste. Immerhin bestand die Möglichkeit, dass er sich tatsächlich als inkompetent erwies und ihre Mutter ihn davonjagte. Das wäre es wert.

»Wie Ihr wünscht, Mutter.« Vivian erhob sich und lief zu dem Zimmer, das sie für den Maler hatte herrichten lassen. Sie klopfte an die Tür, er öffnete, sah sie überrascht an.

»Master Faversham, verzeiht die Störung. Ich weiß, Ihr habt eine lange Reise hinter Euch und solltet Euch ausruhen.

Aber meine Mutter wünscht, dass Ihr ihr vorgestellt werdet. Zudem hat sie ein besonderes Anliegen.« Vivian zögerte.

Faversham hob eine Braue. »Ja?«

»Sie möchte, dass Ihr ein Bild von mir anfertigt. Nur eine einfache Skizze. Jetzt sofort.«

Seine Augen leuchteten auf. »Mit dem größten Vergnügen, Lady Vivian.«

»Dann folgt mir bitte, meine Mutter wartet in Ihren Gemächern auf Euch.« Sie wandte sich ab.

Master Faversham, dem man inzwischen sein Gepäck heraufgebracht hatte, griff nach einem Skizzenbrett, auf das ein Blatt Papier gespannt war, und einem Bündel aus Leinen, in dem offensichtlich Stifte aller Art steckten.

Schweigend führte Vivian ihn zurück in den Salon ihrer Mutter, auf deren Gesicht sich ein Strahlen ausbreitete, als der Maler sich vor ihr verneigte.

»Ich grüße Euch, Lady Coveney. Ich fühle mich zutiefst geehrt, Euer Gast zu sein und Euren Sohn porträtieren zu dürfen.«

»Kennt Ihr Anthonis van Dyck gut, Master Faversham? Mein Gatte verkehrt mit ihm bei Hof.«

»Ich bin damit gesegnet, sein Schüler gewesen zu sein. Ich bin ein glühender Verehrer seiner Kunst und eifere ihm nach, so gut ich eben kann. Er ist mein Vorbild, doch natürlich sind meine Fertigkeiten nur ein schwacher Abklatsch der seinen. Was nicht den Bemühungen des Meisters, sondern den dürftigen Fähigkeiten seines Schülers geschuldet ist.«

»Ihr seid zu bescheiden, Master Faversham. Ich bin sicher, dass van Dyck nur die Besten in seine Meisterklasse aufnimmt.«

Vivian hüstelte.

»Meine Tochter ist schon ganz ungeduldig und sehr gespannt darauf, sich höchstselbst von Eurer Kunst zu überzeugen. Wenn das Porträt, das Ihr von ihr anfertigt, gut wird, kann sie es ihrem Verlobten schenken. Er würde sich freuen. Seid Ihr bereit?«

Faversham warf Vivian einen raschen Blick zu, bevor er wieder zu ihrer Mutter sah. »Jederzeit, Lady Coveney.«

»Wunderbar. Wo soll sie sich hinsetzen?«

Faversham schaute sich um. »Dort ans Fenster, damit möglichst viel Licht auf ihr Gesicht fällt. Auf den Schemel am besten.« Er sah Vivian an. »Wenn es recht ist, Lady Vivian.«

Schweigend nahm Vivian Platz.

»Gut so, Lady Vivian. Und jetzt den Kopf noch ein wenig nach oben. Danke. Ihr macht das ausgezeichnet.«

Faversham entrollte das Leinenpäckchen, ergriff ein Stück rote Kreide und klemmte sich das Brett mit einer Hand vor die Brust. Mit der anderen machte er ein paar Striche, hielt inne, setzte wieder an. Die Kreide schabte über das Papier, oft unterbrach Faversham, um Vivian anzuschauen, aber er blickte ihr nicht in die Augen, sondern er schien an ihr vorbeizusehen.

Im Zimmer war es still. Ungeduldig harrte Vivian in der unbequemen Position aus. Sie wollte es möglichst schnell hinter sich bringen. Hoffentlich brauchte Faversham nicht zu lange! Sie hasste es, so angestarrt zu werden.

»Fertig«, sagte Faversham plötzlich, viel früher, als Vivian zu hoffen gewagt hatte. Er warf einen kritischen Blick auf das Blatt. »Natürlich ist es nur ein erster Entwurf. Aber ich wollte Eure Geduld nicht länger strapazieren. Wollt Ihr Euch das bescheidene Machwerk ansehen, Lady Vivian? Es reicht allerdings nicht annähernd an seine Vorlage heran.«

»Gebt es mir.« Lady Coveney streckte die Hand aus.

Faversham reichte es ihr mit einer Verbeugung.

Sie warf einen Blick darauf, schlug die Hand vor den Mund.

Vivian sprang vom Schemel auf. »Geht es Euch gut, Mutter?«

Auf Lady Coveneys Gesicht breitete sich ein Lächeln aus. Sie sah ihren Gast an. »Euch hat der Himmel geschickt, Master Faversham.«

Vivian trat neben ihre Mutter, warf einen Blick auf die Rötelzeichnung und hielt die Luft an. Ihre Zwillingsschwester blickte ihr von dem Papier entgegen, die Gesichtszüge mit wenigen Strichen perfekt nachgeformt, die Augen voller Sehnsucht in die Ferne gerichtet.

Richard

Seit einer Woche war Richard in Witcham House, und inzwischen kannte er nicht nur das Haus, sondern auch das Gelände, das es umgab, ziemlich gut. Mehrfach hatte er Ausritte unternommen, um die Gegend zu erkunden, zunächst in Begleitung eines Knechts, der ihm sichere Wege durch das Moor zeigen sollte, dann allein. Bei der Art Erkundigungen, die er einzog, konnte er keinen Zeugen gebrauchen.

Auch heute war er wieder allein unterwegs gewesen. Er war nach Ely geritten und hatte sich in der Stadt umgeschaut. Dem Buchhändler galt sein besonderes Interesse, diese Leute verkauften oft unter der Hand verbotene Schriften, aber Richard wollte nicht überstürzt handeln. Wenn er zu viele Fragen stellte, würde er nicht nur keine Antworten mehr bekommen, er würde auch riskieren, dass seine Tarnung aufflog.

Das Bild des toten Jamie hatte angefangen, in seinem Kopf Gestalt anzunehmen, und er hatte erste Skizzen angefertigt, mit denen er recht zufrieden war. Von Lady Vivian hatte er, abgesehen von den Mahlzeiten, nicht viel gesehen, aber die Countess erzählte gern und viel von ihrem Sohn und blühte auf, wenn sie von ihm sprach. Gleich am Tag nach seiner Ankunft hatte sie Richard zu sich gerufen und ihn gebeten, mit dem Porträt unverzüglich anzufangen. Auch Lady Vivian war zugegen gewesen, nicht ganz freiwillig, wie ihr unschwer anzusehen gewesen war.

»Vivian, reich Master Faversham bitte Jamies Bild«, hatte ihre Mutter sie gebeten.

Lady Vivian war aufgestanden und hatte ein Blatt schweres Zeichenpapier aus einer Mappe genommen. Richard hatte das Bild entgegengenommen und in Ruhe studiert. Es zeigte ein halb fertiges Gesicht. Die Augenpartie war angelegt, die Stirn und das rechte Ohr. Ebenso die Oberlippe und der Halsansatz. Es war nicht viel, aber ein Anfang. Jedenfalls hatte ein Könner die Zeichnung angelegt.

Richard schaute genauer hin. »Van Dyck hat das Porträt begonnen, nicht wahr?«

Lady Coveney nickte. »Im vergangenen Jahr. Vier Monate, bevor ...« Sie schüttelte den Kopf, räusperte sich. »Vier Monate, bevor er ermordet wurde. Van Dyck musste seine Arbeit abbrechen, der König rief ihn zu sich, weil er ihn zum Denizen erheben wollte.«

»Ich erinnere mich.« Mit diesem Ehrentitel war van Dyck quasi zu einem den englischen Bürgern gleichgestellten Untertan des Königs geworden, eine sehr hohe Ehre.

»Und dann hat Master van Dyck Mary Ruthven geheiratet und ...«

»Ich verstehe.« Richard senkte seinen Blick wieder auf die Skizze. »Gibt es Bilder von Lord James als Kind?«

»Nicht mehr, nein. Es gab Familienporträts, aber sie sind verbrannt. Deswegen sollte van Dyck neue Bilder anfertigen.«

»Wir ließen im Ostflügel das Dach ausbessern«, ergänzte Lady Vivian. »Die Bilder waren in den Sommersalon ausgelagert. Ein Diener vergaß eine Kerze. Das Feuer wurde rechtzeitig entdeckt und konnte gelöscht werden, bevor es auf weitere Räume übergriff. Wir können von Glück sagen, dass nichts Schlimmeres geschehen ist.«

Lady Coveney verzog schmerzhaft das Gesicht. »Mein Mann sagte damals, dass es eine Warnung Gottes gewesen sei.«

»Warnung? Wovor?«

»Jamie spielte ab und zu. Das ist nicht gottgefällig.«

Richard glaubte nicht, dass Gott einen jungen Mann wegen eines harmlosen Lasters in den Tod schickte. Das Land wäre entvölkert, würde jeder, der würfelte oder Karten spielte, so streng gerichtet.

»Ich glaube nicht, dass Gott Euren Sohn strafen wollte«, sagte er. »Gott ist gnädig. Es war ein Mensch, der Lord James das Leben genommen hat.«

Die beiden Frauen schwiegen. Richard presste die Lippen zusammen, ging im Kopf die Worte durch, die er geäußert hatte. War er zu weit gegangen, hatte er etwas gesagt, das ihrem Glauben widersprach? Oder hatte er die Erinnerung an den Sohn beschmutzt?

»So ist es, Master Faversham«, bestätigte Lady Coveney schließlich. »In unserer Familie gibt es niemanden, dem Gott zürnen müsste.«

Richard atmete innerlich auf, sein Blick wanderte zu Lady Vivian, deren Gesichtszüge versteinert waren. Sie schien das anders zu sehen.

Er beschloss, rasch das Thema zu wechseln. »Darf ich vorschlagen, dass ich zuerst diese Skizze kopiere und sie fertigstelle? Das kann einige Zeit in Anspruch nehmen. Dann könnt Ihr mir sagen, was ich ändern muss. Wenn die Zeichnung fertig ist, übertrage ich sie auf die Leinwand. Alles in allem werde ich einige Wochen dafür benötigen.«

»Das klingt vernünftig, Master Faversham.« Lady Coveney sah ihre Tochter an. »Was sagst du, mein Kind?«

»Eine gute Idee.« Lady Vivians Stimme klang gepresst.

»Ich hoffe, ich werde mich Lord James' und meines Meisters Anthonis van Dyck würdig erweisen.«

Seit jenem Vormittag hatte Lady Coveney Richard häufig in ihren Salon gebeten, um mit ihm zu plaudern. Sie erzählte von ihrer Familie, von ihrem Ehemann und vor allem von ihrem geliebten Sohn Jamie, den man ihr auf so grausame Art genommen hatte. Inzwischen hatte Richard ein ganz gutes Bild von dem jungen Mann im Kopf, der ein anständiger, aufrechter, wenn auch vielleicht ein wenig zu impulsiver Mensch gewesen zu sein schien.

Richard beschloss, noch einen kurzen Abstecher ins Moor zu machen, bevor er zurückritt. Es hieß hinter vorgehaltener Hand, Master Cromwell unterstütze die Moorleute bei ihrem Kampf gegen die Trockenlegungspläne des Königs. Bisher hatte Richard jedoch weder einen der Moorbewohner noch Oliver Cromwell selbst zu Gesicht bekommen. Cromwell weilte, so hieß es, in London, und die Moorleute machten bestimmt einen Bogen um den Fremden. Hinzu kam, dass Richard sich allein nicht allzu weit ins Moor hinauswagte. Er ritt auf den Wegen, die der Stallbursche ihm gezeigt hatte. Abstecher in entlegenere Ecken erschienen ihm zu gefährlich. Wenn er sich verirrte oder, Gott bewahre, irgendwo einsank, wäre das sein sicheres Ende.

Kurz bevor die Sonne versank, kehrte Richard nach Witcham House zurück. Ihm blieb gerade noch Zeit, sich ein wenig frisch zu machen, bevor es Zeit für das Abendessen war.

Pünktlich betrat er das Speisezimmer, das mit feinsten Möbeln, dicken Teppichen und verschiedenen Gemälden von unterschiedlicher Qualität üppig ausgestattet war. Eines zeigte Witcham House während eines Gewitters. Der Kollege hatte es bei der dramatischen Darstellung der Naturgewalten etwas zu gut gemeint: Die Blitze waren so hell und gewaltig dargestellt, dass sie viel mehr harte Schatten hätten werfen müssen. Außerdem waren Blitze nicht sonnenblumengelb, sondern blau-weiß. Sie verursachten grelles Licht, das die Landschaft in Weiß und Schwarz teilte.

Lady Vivian kam durch die Tür. »Master Faversham. Ich hoffe, Ihr hattet einen angenehmen Tag.«

Sie setzten sich. Wie immer nahm Lady Vivian am Kopfende Platz, vier Stühle von Richard entfernt. Und wie immer verbiss er sich die Bemerkung, dass sie wohl heiser werden würden, wenn sie über diese Entfernung eine Konversation führten. Die Tochter des Hauses wollte so wenig wie möglich mit ihm zu tun haben, das hatte er inzwischen begriffen, und er akzeptierte es. Auch wenn er sich fragte, ob sie grundsätzlich menschenscheu war oder etwas anderes dahintersteckte.

Immerhin besaß sie so viel Höflichkeit, ihm während des Abendessens Gesellschaft zu leisten. Lady Coveney war bei den Mahlzeiten nie zugegen, sie nahm ihr Essen auf ihren Gemächern ein, weil sie sich meist zu schwach fühlte, um nach unten zu kommen. Zur Mittagszeit wurde in Witcham House, anders als allgemein üblich, kein üppiges Dinner serviert, sondern nur eine leichte Mahlzeit, die Lady Vivian gemeinsam mit ihrer Mutter in deren Gemächern einnahm. Richard war das ganz recht, so konnte er sich das Essen aufs Zimmer bringen lassen oder ganz darauf verzichten und die Zeit für seine Erkundungsritte nutzen.

Newt legte Vivian vor, danach Richard. Es gab Braten in einer Soße mit gebackenen Pflaumen und dazu frisches Brot. Richard lief das Wasser im Mund zusammen, der Ausritt hatte ihn hungrig gemacht. Er schnitt ein Stück Fleisch ab und spießte es auf.

»Habt Ihr im Moor etwas Besonderes gesehen, Master Faversham?«, fragte Lady Vivian.

Richard musste den Bissen zurücklegen und antworten. »Nicht wirklich, Lady Vivian. Nur weite einsame Landschaft, ein paar Arbeiter, die Gräben aushoben, und Soldaten, die sie bewachten.«

»Das Moor wird bald trockengelegt sein. Was haltet Ihr davon?«

»Ein Wohl für alle. Weniger Blutsauger, mehr Land.«

Lady Vivians Miene verdunkelte sich. Was, zum Teufel, hatte er Falsches gesagt? Stand die Tochter des Earls etwa aufseiten der Saboteure? Machte sie gemeinsame Sache mit Cromwell? Richard schob den Gedanken weg. Er war unsinnig. Wahrscheinlich war es einzig und allein seine Gesellschaft, die ihr die Laune verdarb. Sie konnte ihn nicht ausstehen, und sie ließ es ihn gerade so spüren, dass sie die Grenzen der Höflichkeit eben noch einhielt.

»Die Blutsauger werden nicht aussterben, Master Faversham, und das Land ist nicht für alle gedacht. Ich ...« Sie stockte. Schüttelte den Kopf. »Verzeiht, ich sollte nicht solch einen Unsinn reden. Ihr habt recht. Natürlich werden alle davon profitieren. Ganz besonders meine Familie. Wir können mehr Felder bestellen, und es werden mehr Abgaben fließen. Was sollte daran schlecht sein? Der König weiß, was dem Wohl seiner Untertanen dient, wir sollten ihm dankbar sein.«

Richard nahm sein Glas, in dem roter Wein schimmerte. »Dann lasst uns auf den König trinken.« Er sah sie an. »Lang lebe der König!«

Vivian erhob nach kurzem Zögern ebenfalls ihr Glas, schaute an Richard vorbei, als sie ihm nachsprach. »Lang lebe der König.«

Es klang nicht sehr überzeugend.

Cromwell

Oliver Cromwell gab seinem Pferd die Sporen. Er hatte noch einen Abstecher eingeplant und wollte vor Einbruch der Dunkelheit zu Hause sein. Fast zwei Monate war er fort gewesen, viel länger, als er geplant hatte, und doch zu kurz. Die Mühlen der Politik mahlten zu langsam für seinen Geschmack, zu viele Befindlichkeiten mussten bedacht, zu viele Umwege in Kauf genommen werden. Cromwell war nicht gut in Diplomatie, er beschritt lieber den direkten Weg, anstatt mit Winkelzügen zu operieren. Aber seine Verbündeten hatten mehr Skrupel, und er war auf sie angewiesen.

Dabei drängte die Zeit. Jeder Tag, der verging, blutete das Land mehr aus. Cromwell erinnerte sich, wie John Pym vorgestern in den Salon gestürmt war, wo die kleine Gruppe sich versammelt hatte. Der sonst so beherrschte Mann hatte die Tür hinter sich zugedonnert, als wollte er sie aus den Angeln heben.

»Der König ist nicht geschlagen!«, hatte er gerufen und seinen Hut auf den Tisch geworfen. »Die Schlacht hat genau zwei Tote gefordert, die Hinrichtungen von Deserteuren in Charles' Armee hingegen mehrere Hundert. Charles hat Zugeständnisse machen müssen, ja, aber nichts Grundlegendes. Die wichtigsten Punkte haben beide Seiten ausgespart, auf später vertagt oder unter den Tisch fallen lassen.« Pym hatte einen Becher genommen, sich eingeschenkt und ihn in einem Zug geleert. »Jedem ist klar, worauf das hinauslaufen wird. Zwar wurde vereinbart, dass die Heere aufgelöst werden, doch nichts dergleichen ist passiert. Es wird weitere Schlachten geben und vermutlich so schnell keinen Sieger.«

Sie hatten eine Weile darüber diskutiert, wie sie die Pläne des Königs unterwandern könnten, dann hatte Pym Cromwell zur Seite genommen. »Ich habe schlechte Neuigkeiten aus Ely«, hatte er gesagt. »Ich habe gehört, dass sich dort ein Spion des Königs herumtreiben soll.«

»Das sind in der Tat keine guten Nachrichten, John«, hatte Cromwell gesagt und sich gefragt, wie Pym solche Dinge erfuhr. Der Mann war ihm ein Rätsel. Und er bewunderte ihn. Pym war Asket durch und durch. Hatte er die Wahl zwischen einem üppigen Mahl mit Schwanenbraten und kandierten Schweinehoden oder einer Schale Haferbrei, wählte Pym den Haferbrei. Nicht, weil ihm ein üppiges Mahl nicht bekam oder es ihm nicht gemundet hätte. Um Gott zu dienen, sollte man einfach leben, ohne unnötigen Prunk und Völlerei, das war Pyms Überzeugung. Cromwell teilte diese Sicht, doch er schaffte es nicht, sie so konsequent zu leben wie Pym.

»Das ist noch nicht alles, mein lieber Oliver«, hatte Pym hinzugefügt. »Soldaten wurden dazu abgestellt, die Sperrwerke und Entwässerungskanäle zu schützen. Angeblich sind sie schon seit über einer Woche vor Ort.«

Cromwell hatte in sich hineingeflucht. Wenn er nicht so klein und unbedeutend wäre, hätte er angenommen, der König beabsichtige, ihm etwas anzuhängen, um ihn loszuwerden. Aber es schien diesem nimmersatten Blutsauger offenbar einzig und allein darum zu gehen, so viel Geld wie möglich aus dem Land herauszupressen, ohne Rücksicht auf Verluste. Die Moorleute würden ihr Heim und ihre Existenzgrundlage verlieren. Das konnte Cromwell nicht zulassen. Deshalb hatte er sich gestern in aller Frühe auf den Weg gemacht, die Nacht in einem Gasthaus in Saffron Walden verbracht und war im Morgengrauen weitergeritten.

Cromwell kam gut voran, und jetzt, am frühen Nachmittag, kam Ely in Sicht. Bevor er nach Hause ritt, machte er einen Abstecher ins Moor, um sich mit eigenen Augen davon zu überzeugen, dass Pym richtig informiert war. Er musste nicht weit reiten: Mehrere Dutzend Soldaten bewachten den Bau eines Grabens, der zu einem Sperrwerk führte.

Cromwell hielt Abstand, schlug einen Bogen und hielt auf das Mittelmoor zu, das zwei Meilen östlich von Ely lag. Dort lebte Seymour Plunge mit seiner Familie, einer seiner engsten Vertrauten unter den Moorleuten.

Sechs Kinder hatte Seymour, und seine Frau war erneut schwanger. Eine Menge Mäuler, die zu stopfen waren, aber bis jetzt schaffte Plunge es irgendwie, sie satt zu kriegen. Cromwell vermutete, dass der Mann das eine oder andere krumme Ding drehte, um sich über Wasser zu halten, und er hatte beschlossen, nicht so genau hinzusehen. Er brauchte Plunge und seine Kumpane für seinen Kampf gegen den König. Im Vergleich zu den Verbrechen, die Charles Tag für Tag beging, waren Plunges Taten mit Sicherheit zu vernachlässigen.

Das Haus der Plunges war etwas größer als die der übrigen Moorleute. Im Stall hatten vier Schweine, zwei Kühe und das Federvieh Platz, direkt daneben gab es eine Küche und zwei Schlafräume mit Schlafstellen für jedes Kind. Das war nicht selbstverständlich, die meisten hatten nur einen Schlafraum, in dem sich die ganze Familie eine Lagerstatt teilen musste.

Noch bevor Cromwell abgestiegen war, kam Seymour Plunge aus dem Haus. Er war ein großer Mann, maß gut sechs Fuß, und war kräftig gebaut. Den Dreschflegel schwang er mit einer Leichtigkeit wie andere die Reitgerte. »Master Cromwell. Ich bin erfreut, Euch zu sehen. Wie kann ich helfen?«

Plunge sprach den schweren Akzent der Moorleute, bei

dem die Worte klangen wie das Moor selbst: klebrig, nass und undurchdringlich. Cromwell hatte einige Zeit gebraucht, sein Ohr daran zu gewöhnen. Wenn die Leute untereinander sprachen, verstand er bis heute kaum ein Wort.

Er sprang aus dem Sattel. »Du hast sicher die Männer des Königs gesehen.«

Plunge brummte zustimmend.

»Ich denke, es ist an der Zeit, mehr Druck auszuüben. Ich habe jedes Rechtsmittel eingelegt, doch solange die Richter entscheiden, was der König ihnen vorgibt, ist das Gesetz nichts wert. Wir können nicht hinnehmen, dass der König uns den Lebenssaft abgräbt.«

»Die Jensons und die Flyers haben sie schon vertrieben, ihre Katen haben sie abgerissen, diese verdammten Bastarde. Wir sollten ihnen die Kehle durchschneiden, jedem Einzelnen. Das ist die einzige Sprache, die sie verstehen.«

Cromwell hob beschwichtigend die Hand. Er konnte Plunges Hass nur zu gut nachvollziehen, aber sie mussten mit Bedacht handeln. »Glaub mir, Seymour, wenn der rechte Zeitpunkt gekommen ist, werde ich persönlich meine Pistole laden, um die Kerle zu vertreiben. Doch im Augenblick wäre es töricht. Man würde uns an den Galgen bringen, und niemandem wäre gedient. Wir machen es weiterhin wie die Natur. Sie strebt immer den ursprünglichen Zustand an. Der König gräbt einen Graben? Wir schütten ihn zu. Der König gräbt zehn Gräben? Wir schütten sie zu. Der König errichtet Sperrwerke? Wir zerschlagen sie und geben dem Wasser die Freiheit zurück. Trommelt noch mehr Leute zusammen, falls nötig. Doch es darf nicht ein Tropfen Blut fließen! Sonst kann ich euch nicht schützen. Und lasst euch nicht erwischen.«

Plunge senkte den Blick.

»Wenn irgendwem auch nur ein Haar gekrümmt wird, mache ich dich persönlich dafür verantwortlich, Plunge«, flüsterte Cromwell. »Schwör beim Leben deiner Kinder, dass ihr niemanden verletzt.«

Plunge legte eine Hand ans Herz. »Ich schwöre es, Master Cromwell.«

»Gut, Plunge. Sehr gut. Ich weiß, dass ich mich auf dich verlassen kann.« Cromwell saß auf. »Ihr werdet mehr Werkzeuge brauchen.« Er griff in seine Geldkatze und warf Plunge ein Pfund in Silber zu. »Lass mich wissen, wenn es nicht reicht.«

Plunge trat an Cromwells Pferd heran. »Ich danke Euch, Master Cromwell. Ihr seid großzügig und gerecht. Wäre der König wie Ihr, könnten wir alle in Frieden leben.«

Richard

Seit einem Monat war Richard im Hause Mortimer, der Sommer neigte sich dem Ende zu, die große, lähmende Hitze war endlosen grauen Regentagen gewichen, und das Porträt von Lord James war fast vollendet, auch wenn Lady Coveney ihn mit ihren Änderungswünschen noch ein paar Wochen auf Trab halten würde. In den letzten Tagen hatte sie ihn nicht aus ihren Fängen gelassen, aber für heute hatte er sich eine Auszeit erbeten, um einige Besorgungen in Ely zu machen. Es wurde Zeit, sich den Buchhändler und dessen Laden näher anzusehen.

Bisher hatte seine Kontaktperson sich noch nicht zu erkennen gegeben. Allerdings war Richard außer dem Personal auf Witcham House auch noch nicht allzu vielen Personen begegnet, nur einigen Ladys von benachbarten Herrensitzen, die gelegentlich der Hausherrin einen Besuch abstatteten. Es gab zwar ohnehin noch nichts zu berichten, aber er wollte für den Fall vorbereitet sein, dass sich das änderte.

Er hatte einen Plan gefasst, um eine Begegnung mit seiner Kontaktperson herbeizuführen, und hatte auch schon erste Schritte in diese Richtung unternommen: Er würde Lady Coveney sanft dazu bringen, einen Ball zu veranstalten. Es gab nichts Besseres, um alle Personen von Rang und Namen einer Gegend zu treffen und sich unauffällig mit ihnen zu unterhalten. Allerdings musste es so aussehen, als wäre es allein die Idee der Countess gewesen. Lady Vivian durfte auf keinen Fall erfahren, dass er hinter den Plänen steckte.

The Ely Bookshop lag direkt am Marktplatz und gehörte

einem Master Mansfield, soweit Richard das in Erfahrung gebracht hatte. Er band sein Pferd an und ging im Kopf noch einmal die vorbereitete Geschichte durch, die er gleich darbieten würde. Ein Glöckchen klingelte, als er die Tür aufstieß und den Laden betrat.

Ein älterer Mann kam lächelnd aus dem Hinterzimmer. »Ich bin Jordan Mansfield, Buchhändler und Inhaber dieses bescheidenen Geschäfts. Wie kann ich Ihnen helfen?«

»Ich suche etwas Erbauliches. In letzter Zeit hat das Schicksal mir übel mitgespielt, und ich brauche Trost.«

Mansfield legte einen Finger ans Kinn. »Da hätte ich eine wunderbare Ausgabe der Psalmen. In jedem dieser Worte werdet Ihr Trost finden.«

Richard verzog das Gesicht. »Damit habe ich es bereits versucht. Gebetet habe ich, hundert Kerzen in einem Dutzend Kirchen entzündet und reichlich Almosen verteilt. Aber Gott hört mich nicht.«

»Vielleicht benötigt Ihr eine etwas weltlichere Fürsprache, mein Herr. Da kann ich Euch Francis Bacon empfehlen. Seine Essays über die Moral sind für jeden Zweck geeignet.«

Mansfield machte seine Sache wirklich gut. Natürlich kannte Richard alle Essays von Bacon, und Mansfield hatte recht: Sie waren äußerst lesenswert.

»Ich habe von den Schriften gehört, man sagt ihnen eine wahre Wunderwirkung nach, an die ich allerdings nicht so recht glauben mag.«

»Vielleicht solltet Ihr es einfach versuchen. Wenn Ihr ein wenig Zeit habt, könnt Ihr darin lesen, bevor Ihr Euch entscheidet. Ich habe noch ein Exemplar hinten im Lager, das ich Euch gern zur Lektüre überlasse.«

Perfekt. Genau darauf hatte Richard gehofft. »Das ist überaus freundlich, Master Mansfield, und ich nehme das Angebot gern an.«

Mansfield verschwand im Hinterzimmer. Richard hörte den Buchhändler eine Treppe hinaufsteigen. Das war die Gelegenheit. Er spähte nach draußen. Niemand stand vor dem Laden. Rasch tauchte Richard hinter der Ladentheke ab und durchsuchte die Regale und Schubladen. Er fand einige Bücher, aber nichts davon kam ihm ungewöhnlich oder gar verboten vor. Kein auffälliger Name, kein aufrührerischer Titel.

Wenn Mansfield Bücher unter der Hand verkaufte, dann hatte er sie auf jeden Fall nicht hier versteckt. Richard hörte Schritte auf der Treppe und platzierte sich wieder vor der Theke.

Mansfield überreichte ihm die achtundfünfzig Essays, sauber gebunden in einem Lederband. Richard bedankte sich, nahm in einem Sessel am Fenster Platz und blätterte darin herum. Eine Weile war es still. Mansfield schlug ein Kassenbuch auf und machte sich Notizen, Richard tat, als würde er lesen, blätterte gelegentlich um und überlegte, ob es eine Möglichkeit gab, Mansfield für längere Zeit fortzulocken, um den Laden gründlicher durchsuchen zu können.

Nach einer Weile bimmelte es an der Tür, ein Kunde kam herein und fragte nach einer humorvollen Geschichte. Mansfield verkaufte ihm *Every Man in His Humour*, eine Komödie von Ben Jonson, in der ein Vater seinen Sohn bespitzelt, um ihn auf den rechten Weg zu bringen. Kein Zweifel. Mansfield kannte sich aus, hatte Geschmack und konnte gut mit Menschen umgehen. Er spürte, was seinem Kunden gefiel, was er wollte und was er brauchte. Hoffentlich hatte der Mann nicht auch Richard längst durchschaut.

Ein weiterer Kunde betrat das Geschäft, ein junger Bursche, der so gar nicht in eine Buchhandlung hineinzupassen schien. Seiner blutigen Schürze nach zu urteilen war er Metzger. Richard hätte seine Staffelei darauf gewettet, dass der Bursche weder lesen noch schreiben konnte. Er schützte weiterhin vor, in die Lektüre vertieft zu sein, spitzte aber die Ohren und lugte seitlich am Buch vorbei, um sich nichts von der Unterhaltung der beiden entgehen zu lassen.

Mansfield sprach so leise, dass Richard die Worte nur mit Mühe verstand. »Billy, was machst du denn hier?«

»Aber ich sollte doch vorbeikommen, wegen der, na, Ihr wisst schon, in Witcham House …«

»Hältst du wohl deine Klappe, darüber sprechen wir nicht«, zischte Mansfield und blickte bedeutungsvoll zu Richard hinüber.

Der Junge erschrak sichtlich, schlug sich eine Hand vor den Mund, sah Richard mit großen Augen an und sagte dann: »Verzeihung, Master Mansfield. Ich … ich … wollte doch nur …«

»Es geht sicherlich um das Buch für deinen Vater, Billy«, sagte Mansfield laut.

»Ähm. Ja.«

»Es ist leider noch nicht eingetroffen.« Mansfield senkte die Stimme. »Geh jetzt. Und komm nicht wieder her. Ich melde mich bei dir.«

»Ja, Master Mansfield.« Billy stolperte mehr aus der Tür, als dass er ging.

Richard ließ sich Zeit. Er blätterte eine weitere Seite um, überflog einige Passagen, und obwohl er dieses Buch schon mehrmals gelesen hatte, war er erneut erstaunt, welch tiefe Weisheit in den Worten steckte.

Schließlich stand er auf und reichte Mansfield das Buch. »Sehr schön, ohne Frage, und voll tiefer Einsichten. Aber ich fürchte, ich muss einen neuen Zugang zu Gott finden.«

»Ah! Ich verstehe«, sagte Mansfield. »Ich habe etwas über Buddhismus, über Hinduismus und sogar über den Islam. Wunderbare Reiseberichte.«

Richard schüttelte den Kopf. »Ich bin nicht interessiert an

anderen Religionen.« Er senkte die Stimme. »Aber ich glaube, dass die anglikanische Kirche Gott missverstanden hat. Ich suche den wahren Gott und nicht den der Institutionen und der Bischöfe, wenn Ihr versteht, was ich meine ...«

Mansfield zuckte mit den Schultern. »Da kann ich Euch leider nicht weiterhelfen. Da müsstet Ihr auf den Kontinent reisen, nach Amsterdam. Da, so hörte ich von einem Bekannten, gibt es Texte, die sich mit anderen Auffassungen von Religion auseinandersetzen. Dort, so heißt es, würden die Schriften von William Erbery und John Lilburne gedruckt, die hier aus gutem Grunde verboten sind. Es sind ketzerische und aufrührerische Pamphlete.«

Richard schüttelte sich. »Nein, so etwas ist nichts für mich. Vielleicht wende ich mich doch an einen Priester.« Er verbeugte sich. »Habt Dank für Eure Bemühungen und Euren guten Rat.«

»Beehrt uns bald wieder, Sir. Und lasst mich wissen, wenn ich Euch irgendwie helfen kann.«

»Das werde ich, Master Mansfield. Das werde ich.«

Richard verließ den Buchladen und band sein Pferd los. Wäre der Besuch des jungen Billy nicht gewesen, wäre er überzeugt gewesen, dass Mansfield tatsächlich ein harmloser Buchhändler war, der nichts zu verbergen hatte. So aber war er sicher, dass der Buchhändler etwas verheimlichte. Was auch immer es war, es hatte mit Witcham House zu tun. Richard würde nichts anderes übrig bleiben, als das Anwesen noch einmal gründlich vom Dachboden bis zum Keller zu durchsuchen.

Vivian

Vivian schaute Master Faversham hinterher, der auf seinem Pferd in Richtung Ely davonsprengte, und sie musste sich eingestehen, dass sie sich daran gewöhnt hatte, ihn im Haus zu haben. Seit er da war, war ihre Mutter aufgeblüht. Sie hatte sogar einige Male mit Vivian und Faversham im Speisezimmer das Abendessen zu sich genommen. Es schien ihr gut zu tun, mit jemandem über Jamie zu sprechen, der es anscheinend nie leid wurde, ihr zuzuhören.

Inzwischen war es Oktober, der Maler weilte seit mehr als drei Monaten in Witcham House. Eigentlich hätte er schon vor Wochen abreisen sollen. Aber Lady Coveney hatte ihn überredet, nach dem Porträt von Jamie noch ein weiteres von ihr und ihren beiden Kindern zu malen. Zudem hatte sie sich in den Kopf gesetzt, einen Ball zu geben, bei dem er als Ehrengast zugegen sein sollte. Vivian hatte versucht, es ihr auszureden oder sie davon zu überzeugen, wenigstens damit zu warten, bis Vater und Albert aus Schottland heimgekehrt waren. Der Krieg zog sich hin, immer wieder gab es trotz des angeblichen Friedensabkommens kleinere Schlachten, die Charles jedoch offenbar seine Hauptmänner ausfechten ließ.

Noch stand kein Termin für den Ball fest, aber da Master Favershams Abreise nicht bis in alle Ewigkeit hinausgezögert werden konnte, würde ihre Mutter ihn bestimmt bald darauf drängen, die Einladungen zu schreiben.

Faversham verschwand am Ende des Parks. Vivian seufzte. Irgendwie würde sie ihn sogar vermissen. Er ertrug stoisch nicht nur die unzähligen Änderungswünsche ihrer Mutter erst an dem einen Bild, dann an dem anderen, sondern auch ihre eigenen Launen, und er schien wirklich ein Ehrenmann zu sein. Inzwischen fürchtete sie auch nicht mehr, dass er zufällig auf die Schriften im Keller stoßen könnte. Außer an der Malerei und am Reiten schien er an nichts interessiert zu sein.

Das war beruhigend, denn in der vergangenen Woche hatte Master Mansfield ihr mitgeteilt, dass sie die Bücher wegschaffen mussten. Irgendjemand hatte ihn mehrfach in seinem Laden aufgesucht und sich auffällig verhalten. Beim ersten Mal hatte Mansfield sich noch nichts dabei gedacht, doch nachdem der Mann noch zweimal wiedergekommen war und nach speziellen religiösen Schriften gefragt hatte, war Mansfield überzeugt, dass mit dem Mann etwas nicht stimmte. Dann war ihm eingefallen, dass Billy Butcher während des ersten Besuchs des Unbekannten in den Laden gestürmt war und sich beinahe verplappert hätte. Der Buchhändler erinnerte sich nicht mehr, was genau Billy gesagt hatte, aber er wollte kein Risiko eingehen. Die Bücher waren in Witcham House nicht mehr sicher, und in seinem Laden erst recht nicht. Deshalb wollte er ein sicheres Versteck finden.

Vivian wandte sich vom Fenster ab. Sie war im Salon ihres Vaters, wo sie Unterlagen durchsehen musste. Gerade als sie sich an den Schreibtisch setzen wollte, klopfte es.

Sie straffte die Schultern. »Herein.«

Newt öffnete die Tür. »Der Pfarrer von Brandon, Uthbert Cummings, wünscht Euch zu sprechen, Eure Ladyschaft.«

Vivian versuchte, sich ihre Überraschung nicht anmerken zu lassen. »Führt ihn herein, Newt.«

Wenig später trat Cummings ein. Die Hände hinter dem Rücken verschränkt, blieb er vor dem Schreibtisch stehen.

»Wie schön, Euch zu sehen, Sir«, sagte Vivian. »Nehmt doch Platz.« Sie deutete auf einen Sessel, setzte sich auf den anderen. »Was kann ich für Euch tun?«

»Unsere Pfarre muss viele arme Menschen versorgen, Mylady.«

Also ging es um Geld. »Ihr wollt eine Unterstützung? An wie viel hattet Ihr gedacht?«

Cummings winkte ab. »Darum geht es nicht. Im letzten Jahr gab Euer Vater zweiunddreißig Pfund für Brandon.«

»Eine stattliche Summe.«

»Die ich dafür verwendet habe, die schlimmste Not zu lindern. Doch jetzt habe ich ein anderes Problem. Das Dach der Kirche ist an einigen Stellen undicht geworden, und eine Reparatur reicht nicht mehr aus. Es muss neu gedeckt werden.«

»Für solche Fälle habt Ihr doch sicherlich Vorsorge getroffen, so wie es sich für einen verantwortungsvollen Pfarrer und Verwalter von Kircheigentum ziemt. Und sicherlich gibt es auch Gemeindemitglieder, die willig einen Beitrag leisten, um das Dach reparieren zu lassen.«

Cummings wippte einmal vor und zurück. »Selbstverständlich, Lady Vivian. Doch der heiße Sommer hat einen Teil der Ernte verderben lassen. Ich habe fast doppelt so hohe Ausgaben für Almosen. Und selbst unsere großzügigen Unterstützer leiden unter Einkommenseinbußen. Bald kommt der Winter, und dann muss das Dach dicht sein.«

»Dieselben Sorgen drücken auch mich. Deshalb muss ich besonders sparsam sein. Verzeiht also, wenn ich Euch nicht mit Geld aushelfen kann. Ich stelle aber gern einige meiner Leute für ein oder zwei Wochen ab, damit Sie helfen können.«

»Ich will nichts geschenkt, Mylady. Ich hätte einen Gegenwert anzubieten.«

Vivian glaubte, sich verhört zu haben. »Was solltet Ihr mir bieten können, Sir?«, fragte sie steif.

»Sucht Ihr noch immer nach Henric Forsyth?«

Sie starrte ihn an, ihr Herz hämmerte plötzlich wild in ihrer Brust. »Ich dachte, der sei tot, im Krieg gegen die Schotten gefallen.«

»Offenbar lag da ein Missverständnis vor. Er wurde verletzt. Aber er lebt.«

Vivian stand auf. »Dann will ich ihn sofort sprechen.«

»Ich fürchte, so einfach ist das nicht.«

»Wollt Ihr mich erpressen? Wenn Ihr etwas wisst, müsst Ihr es mir sagen.«

»Ich muss meine Gemeinde schützen«, gab Cummings ruhig zurück. »Ich habe etwas, das Ihr wollt, Ihr habt etwas, das ich dringend brauche, nicht für mich selbst, sondern für Gott. Es ist Eure Christenpflicht, mich bei der Instandhaltung des Gotteshauses zu unterstützen.«

Vivian schnappte nach Luft. Sie sollte den unverschämten Mann vor die Tür setzen. Wie konnte ein Diener Gottes so dreist sein? Andererseits kam sie ohne seine Hilfe nicht weiter. Sie hatte schon fast aufgegeben, nach Jamies Mörder zu suchen. Mit dem Maler im Haus hatte sie auch nicht so recht gewagt, weitere Nachforschungen anzustellen. Zumal der einzige Zeuge angeblich tot war. Aber wenn Forsyth doch noch lebte …

Sie zwang sich zu einem ruhigen Tonfall. »Wie viel wollt Ihr?«

Cummings lächelte und entblößte ein Reihe schiefer Zähne. »Ich dachte, fünfzig Pfund sollten fürs Erste genügen.«

»Fünfzig Pfund?« Der Pfarrer war noch unverschämter, als sie gedacht hatte. Selbst wenn sie bereit gewesen wäre, ihm so viel zu geben, sie hatte es nicht. Und sie konnte eine solche Ausgabe auch nicht vor Addenbury verbergen. Der Gutsverwalter vertraute ihr, aber er würde wissen wollen, warum Vivian so viel für eine kleine Dorfkirche spendete, wo sie doch selbst in diesem Jahr sparen mussten.

Sie hatte nur eine Wahl. Sie musste einen Betrag von dem

abzweigen, was sie für ihre Aussteuer gespart hatte. »Zehn Pfund. Mehr kann ich nicht aufbringen.«

»Dreißig.«

»Zwanzig.«

In Cummings' Gesicht arbeitete es. »Zwanzig. Und vier Arbeiter für drei Wochen.«

Er erhob sich, faltete seine Hände vor dem Bauch. Er hatte wohl genau das erreicht, was er hatte haben wollen.

»Wo finde ich Forsyth?«

»Ich führe Euch zu ihm. Könnt Ihr morgen am Vormittag nach Brandon kommen? Am besten um zehn, nach der Frühmesse.«

»Ich werde da sein.«

Als der Pfarrer gegangen war, setzte Vivian sich an den Schreibtisch und vergrub das Gesicht in den Händen. Was tat sie da nur? War es klug? Oder furchtbar dumm? Wäre Cummings so dreist gewesen, wenn sie ein Mann wäre? Vivian hätte gern jemanden um Rat gefragt. Aber mit ihrer Mutter konnte sie nicht darüber reden. Albert war weit weg, zudem war sie sicher, dass er so viel Eigenmächtigkeit bei einer Frau missbilligen würde. Blieb Master Faversham. Ein Fremder. Ihn würde sie ganz sicher nicht mit einer solch delikaten Angelegenheit behelligen.

Richard

Richard musste in einem Versteck in der Ecke des Korridors warten, bis es im Haus still geworden war. Um sich die Zeit zu vertreiben, hatte er sich Thomas Morus' Erzählung *Utopia* mitgenommen, die er im Licht des Mondes, das durch ein Fenster fiel, studierte. In dem Buch wurde eine Gesellschaft geschildert, die ganz anders war als die englische. Jedermann bekam in Utopia Bildung und genoss religiöse Toleranz. Grund und Boden waren gemeinsamer Besitz. Niemand durfte mehr als sechs Stunden am Tag arbeiten, jeder war verpflichtet, sich anschließend einer Freizeitbeschäftigung zu widmen. Besitz galt in Utopia als unsittlich, Geld war nicht notwendig, da jeder alles bekam, was er brauchte.

Welch seltsame Ideen! Wie sollte das funktionieren? Richard befürwortete Toleranz, ja, aber dennoch gab es einen Gott, dessen Wille über allem stand. Die Frage war allerdings: Was *war* Gottes Wille? Darüber stritten sich die Menschen seit Jahrhunderten, und ein Ende war nicht in Sicht. Da der Autor einen exzellenten Schreibstil pflegte, las Richard den Text mit Vergnügen, auch wenn Morus so manche Idee vertrat, mit der er nichts anfangen konnte. Dass Morus von Heinrich VIII. hingerichtet worden war, weil er den Eid auf den König nicht schwören wollte, war äußerst bedauerlich. Vielleicht hätte der große Denker den Menschen sonst noch weitere interessante Schriften geschenkt.

Richard schaute auf und lauschte. Inzwischen musste es weit nach Mitternacht sein, und alle Bewohner schliefen tief und fest. Das hoffte Richard jedenfalls. Zumindest bei Vivian war er sicher, denn er hatte sich in der Nähe ihres Zimmers versteckt, um sicherzugehen, dass sie nicht noch einmal aufstand. Da sie ihren Vater in geschäftlichen Dingen vertrat, saß sie oft bis spätnachts im Salon des Earls über Papieren, manchmal zusammen mit dem Verwalter, oft auch allein. Heute allerdings war sie früh zu Bett gegangen.

Sie hatte nervös gewirkt, und beim Abendessen hatte Richard den Eindruck gehabt, dass sie ihn gern um einen Rat gebeten hätte. Er hatte ihr deshalb durch die Blume seine Hilfe angeboten, die sie jedoch brüsk abgelehnt hatte. Nein, er wurde einfach nicht schlau aus Vivian Mortimer. Einerseits war sie stark, leitete klug den Haushalt, kümmerte sich um alles und hatte trotz der vielen Arbeit für jeden ein gutes Wort. Andererseits war sie verschlossen, wirkte oft unsicher, beinahe gehetzt, als hätte sie vor etwas oder jemandem Angst.

Vivian war anders als alle Frauen, die Richard bisher kennengelernt hatte. Und sie hatte ein Geheimnis. Einige Nächte zuvor, als er sicher gewesen war, dass sie wieder einmal im Salon ihres Vaters über den Büchern brütete, hatte er geklopft, weil er sie um etwas bitten wollte, das Familienporträt betreffend. Sie hatte nicht geantwortet, also hatte er vorsichtig die Tür geöffnet. Das Zimmer war leer gewesen.

Richard, der sicher gewesen war, dass er die junge Frau eine Stunde zuvor in den Salon hatte gehen sehen, hatte sich auf die Lauer gelegt. Und tatsächlich war sie irgendwann später herausgekommen, mit leicht gerötetem Gesicht und aufgelöstem Haar.

Seither wusste Richard, dass es in dem Raum eine Geheimtür geben musste. Und dass Lady Vivian nachts durch diese Tür das Haus verließ. Entweder traf sie sich draußen mit ihrem heimlichen Liebhaber, oder sie war in dunkle Machenschaften verwickelt. Vielleicht gemeinsam mit dem

Buchhändler. Der, das wusste Richard, hatte definitiv eine Verbindung nach Witcham House. Allerdings hatte Richard trotz einiger weiterer Besuche im Ely Bookshop nichts Näheres herausfinden können.

Er legte das Buch weg und schlich die Treppe hinunter. Draußen schien noch immer hell der Mond, sodass er kein Licht brauchte. Der kleine Salon war zum Glück nicht verschlossen. Richard trat ein, schob die Tür leise zu und zündete eine Kerze an, die auf dem Schreibtisch stand. Um den verborgenen Mechanismus einer Geheimtür zu finden, brauchte er mehr Licht.

Langsam ließ er seinen Blick durch den Raum schweifen. Die Außenwand kam für eine Geheimtür nicht infrage, dann hätte man auch aus dem Fenster klettern können. Blieben drei Wände übrig. Eine wurde fast vollständig von einem Kamin eingenommen. Richard tastete das Sims ab, bückte sich, um in den Schornstein zu schauen, doch er fand nichts.

An der gegenüberliegenden Wand standen mit Schnitzereien reich verzierte Regale. Darin ließ sich eine Geheimtür bestens verbergen. Er griff unter die Bretter, versuchte, sie nach oben zu drücken, um den Mechanismus auszulösen. Nichts. Er tastete die Bücher ab, in der Hoffnung, dass eins nur eine Attrappe war. Wieder ohne Erfolg.

Zuletzt nahm er sich die Schnitzereien vor. Sie zeigten verschiedene Szenen aus dem Leben, eine Hochzeit, eine Messe, eine Jagd. Er drückte auf den Figuren herum, schob und zog, doch nichts geschah.

Frustriert starrte er das Regal an. Was war das? Die Muskete, die der Jäger über der Schulter trug, war ein winziges bisschen glatter als die übrigen Schnitzereien. Gerade so, als streiche jemand öfter mit dem Finger über das Holz. Richards Herz klopfte schneller.

Er presste seinen Finger auf die Waffe. Nichts. Er schob sie zur Seite, und da! Tatsächlich ertönte ein Klicken. Behutsam drückte er gegen das Regal. Lautlos schwang es nach hinten.

Richard griff nach der Kerze und leuchtete in den Gang, der hinter dem Regal zum Vorschein gekommen war. Nach wenigen Schritten führten Stufen nach unten. Mehr konnte er nicht sehen. Er trat ein und schlich ein paar Schritte vorwärts. Die Geheimtür ließ er offen, falls er den Mechanismus auf der anderen Seite nicht fand, wäre er sonst eingesperrt.

Langsam stieg er die Stufen hinab. Unten führte der Gang weiter geradeaus, bis plötzlich auf der Seite eine Tür auftauchte. Richard versuchte, sich den Grundriss des Hauses ins Gedächtnis zu rufen. Kein Zweifel, hinter der Tür musste der Weinkeller liegen.

Er zögerte, dann beschloss er, zuerst dem Gang bis zum Ende zu folgen. Er lief noch eine Weile weiter, begleitet von zuckenden Schatten und kaum hörbarem Rascheln auf dem Boden, dann stand er vor einer weiteren Tür. Er zog den Diebschlüssel aus der Wamstasche und schob ihn ins Schloss. Erstaunt stellte er fest, dass es leichtgängig war und sofort aufsprang. Jemand schien die Tür regelmäßig zu benutzen.

Vivian, dachte er, *was treibst du nur hier?*

Er stieß die Tür auf, frische Nachtluft schlug ihm entgegen und hätte beinahe die Kerze gelöscht. Er stellte sie auf den Boden und spähte nach draußen. Dichtes Gestrüpp versperrte ihm die Sicht. Er kämpfte sich hindurch und fand sich an einem Hang außerhalb des Parks von Witcham House wieder.

Da es hier mitten in der Nacht nichts weiter zu finden gab, kehrte Richard zurück in den Geheimgang und widmete sich der anderen Tür. Auch sie ließ sich leicht öffnen. Vorsichtig trat Richard hindurch, hielt die Kerze hoch und stellte fest, dass er tatsächlich im Weinkeller stand.

Er hatte den Keller schon einmal ganz zu Anfang durchsucht, aber nichts gefunden. Allerdings war er nicht besonders gründlich vorgegangen, weil er davon ausgegangen war, dass der Weinkeller ein schlechtes Versteck für irgendetwas Verbotenes wäre, da man ihn nur durch die Küche betreten und verlassen konnte, wo sich von morgens bis abends irgendwer aufhielt.

Nun sah das natürlich ganz anders aus. Richard schaute sich um. An den Wänden standen Regale, auf denen Hunderte Weinflaschen lagen. An einer Wand lagerten Fässer in unterschiedlicher Größe. Richard leuchtete mit der Kerze die Regale ab, aber dort konnte niemand etwas versteckt haben, hinter den Flaschen gab es nichts als nackte Steinwände.

Blieben die Fässer. Die ganz kleinen, in denen wahrscheinlich Brandy lagerte, würde er zum Schluss untersuchen, denn er glaubte nicht, dass in diesen Fässern Platz genug war, um etwas darin zu verstecken. Langsam schritt er die größeren Fässer ab. Seine Erfahrung hatte ihn gelehrt, dass das, was er suchte, oft dort versteckt war, wo er zuletzt nachsah. Er überlegte, welches Fass er wohl zuletzt untersuchen würde, und kam zu dem Schluss, dass es das Fass ganz vorn im Keller direkt neben der Treppe sein würde. Es stand viel zu nah am Eingang.

Richard stellte sich vor das Fass und leuchtete es mit der Kerze ab. Zunächst konnte er nichts Besonderes erkennen, doch dann entdeckte er etwas. Ein Fass dieser Größe wurde nicht nur von Metallringen, sondern auch durch Holzverbindungen aus starken geraden Dauben an der Vorderseite zusammengehalten. Eine dieser Dauben war heller als die anderen. Das konnte einen ganz einfachen Grund haben, nämlich den, dass das Fass an dieser Stelle repariert worden war. Genauso gut konnte es sein, dass das Fass zu einem Versteck umgebaut worden war. Und dass der Handwerker nicht darauf geachtet hatte, das Versteck ausreichend zu tarnen, indem er die Farbe des Holzes anpasste.

Richard tastete die Daube ab. Und tatsächlich, genau wie die Muskete oben im Regal ließ sie sich bewegen. Diesmal sprang jedoch keine Tür auf, sondern die Daube selbst ließ sich entfernen. Hinter ihr gähnte ein Hohlraum. Richard leuchtete hinein. Sein Herz setzte einen Schlag aus. Im warmen Schein der Kerze war ein ganzer Stapel Bücher zu sehen.

Richard griff in das Fass, nahm eins der Bücher heraus und betrachtete es. *Die Abtrünnigkeit der Kirche von Gott* stand auf dem Einband. Als Verfasser wurde William Erbery genannt. Erbery war ein ehemaliger Pfarrer. Er hatte seinen Posten verloren, weil er sich geweigert hatte, vor seiner Gemeinde öffentlich die am Sonntag erlaubten Sportarten zu verkünden, wie der König es verlangte. Seither hetzte er gegen die Kirche und stand der Gedankenwelt der Seeker nahe, die Gott ohne den Beistand religiöser Autoritäten anbeten wollten.

Richard war im Begriff, das Buch aufzuschlagen, doch in dem Moment hörte er oben in der Küche ein Geräusch.

Verflucht, die Nacht musste schon viel weiter fortgeschritten sein, als er dachte! Rasch schob er das Buch zurück ins Fass und verdeckte das Loch mit der Daube. Er horchte, doch über ihm war wieder alles still. Vorsichtig erhob er sich, kehrte zurück in den Gang und dann in den Salon. Als er das Regal wieder zugedrückt hatte, lehnte er sich dagegen.

Irgendwer auf Witcham House versteckte verbotene Schriften im Weinkeller, und Richard war ziemlich sicher, wer es war: Vivian Mortimer.

Vivian

Der Morgen war kalt und nebelig, weiße Schleier hingen so dicht über dem Moor, dass man nur wenige Fuß weit sehen konnte. Nur hin und wieder blitzte das hellgelbe Herbstlaub einer Birke aus dem Dunst hervor. Vivian nahm den Farthing-Weg, der angeblich so hieß, weil niemand auch nur einen Farthing auf das Leben Fremder gab, die versuchten, diesen Pfad durchs Moor zu nehmen. Sie ließ Beauty locker laufen, am langen Zügel, denn die Stute kannte den Weg noch besser als sie und würde sie sicher an den gefährlichen Stellen vorbeitragen.

Einmal blieb Beauty stehen und legte die Ohren zurück. Sofort war Vivian in höchster Alarmbereitschaft. Sie horchte, doch der Nebel schien auch alle Geräusche zu verschlucken. Seit Wochen hatte Vivian nicht mehr an die beiden ermordeten Kuriere gedacht, ihre größte Sorge waren die Bücher im Weinkeller gewesen und der Unbekannte, der sich so auffällig in Mansfields Laden umgehört hatte. Nun hatte sie plötzlich Todesangst.

Mit klopfendem Herzen starrte sie in die milchige Suppe, die sie umgab, rechnete jeden Moment damit, dass maskierte Männer mit gezückten Messern hervorspringen, sie vom Pferd reißen und ermorden würden.

Doch nichts geschah.

Nach einer Weile entspannte Beauty sich, und Vivian ließ sie weitergehen. Vielleicht war ein Tier vorbeigelaufen, ein Fuchs oder gar ein Wolf, obwohl es die angeblich nur noch in Schottland gab.

Bei Lakenheath bog sie aus dem Moor auf die Straße, und die Anspannung fiel von ihr ab. Es war Markttag, und viele Menschen waren unterwegs nach Brandon. Bauersfrauen schleppten Körbe voll Zwiebeln, Rüben und Kraut. Männer zogen Karren, vollgeladen mit Käfigen, in denen Hühner, Kaninchen und Ferkel darauf warteten, verkauft oder sofort geschlachtet zu werden. Diese Menschen arbeiteten hart, von früh bis spät. Die Bauersfrauen blickten meist mit dunkler Miene einher, wirkten viel älter, als sie waren, die Männer ächzten unter der Last der Karren, die sie zogen, oder unter den schweren Säcken, die sie auf den Schultern schleppten. Nur die Wenigsten konnten sich einen Ochsen oder gar ein Pferd leisten.

Vivian, die von den Leuten argwöhnisch, aber auch mit neugieriger Ehrfurcht beäugt wurde, ließ sich mit ihnen in das Dorf spülen und band ihr Pferd vor dem Pfarrhaus an. Einen Moment lang betrachtete sie die Kirche, dachte an das Geld in ihrer Tasche, mit dem Pfarrer Cummings das Dach reparieren würde. Seeker brauchten keine Steinhaufen, um Gott nahe zu sein, und Gott brauchte sie nicht, um den Menschen nah zu sein. Hatte Jesus nicht gesagt, wo immer ein Kind Gottes sei, sei auch Gott?

Vivian hörte Stoff rascheln und drehte sich um.

»Lady Vivian.« Pfarrer Cummings lächelte breit. »Wie schön, Euch zu sehen.«

»Sir.« Sie nickte ihm zu.

»Ich habe gesehen, wie Ihr die Kirche begutachtet habt. Sicherlich ist Euch nicht entgangen, in welch armseligem Zustand das Dach ist. Habt Ihr Eure Spende dabei?«

Cummings verlor keine Zeit. Vivian zog den Beutel unter ihrem Umhang hervor und übergab ihn dem Pfarrer. Das Verhalten des Mannes bestärkte Vivian nur in ihrer Überzeugung, dass die Kirche nicht das Wort Gottes vertrat, sondern ihre eigenen Interessen, die vor allem in materiellen Gütern zu bestehen schienen.

»Zwanzig Pfund in Silber«, sagte sie. »Und wann immer Ihr die Männer braucht, stehen Sie Euch zur Verfügung. Wo ist Forsyth?«

Cummings schnalzte mit der Zunge. »Ihr seid wahrhaft die Tochter Eures Vaters. Kein Wort zu viel. Folgt mir.«

Cummings ging voran zum Pfarrhaus, öffnete die Tür und ließ Vivian eintreten. Es roch muffig, mehr noch, irgendwie faulig. Der Pfarrer gab wohl nicht viel auf Sauberkeit.

Er zeigte auf die Treppe. »Dort oben, das erste Zimmer links. Henric erwartet Euch.«

Vivian stieg die Treppe hinauf, der Geruch wurde stärker. Sie betrat den Raum und schrak zurück. Ein Bett stand in der Kammer, in dem ein grobschlächtiger Mann lag, dem ein Arm fehlte. Der Stumpf war mit sauberem Leinen umwickelt. Das Gesicht des Verwundeten war weiß und wirkte aufgeschwemmt, kleine Schweißperlen schimmerten auf seiner Stirn, sein Atem ging schwer und stoßweise.

Zögernd blieb Vivian bei der Tür stehen. »Henric Forsyth?«

»Ihr seid bestimmt Lady Vivian.« Seine Stimme klang heiser. »Der Pfarrer hat mir gesagt, Ihr habt Fragen und ich muss sie wahrheitsgemäß beantworten, weil ich sonst in die Hölle komme. Also fragt. Rasch.«

Vivian schluckte. »Du kanntest meinen Bruder, James Mortimer?«

Eine Bewegung ging über Forsyths Gesicht, als wäre ein dunkler Schatten darüber hinweggeflogen. »Jamie. Ja, ich kannte ihn. Ein guter Junge.«

»Erinnerst du dich an den Abend, als er verschwand? Du warst im Copper's Inn, nicht wahr? Und Jamie auch.«

»Ja, das stimmt.«

»Wer war noch da?«

»Na, der Wirt eben und zwei Mägde. Ein paar Säufer. Und zwei fremde Herren.«

Vivians Herz schlug schneller. Sie trat näher an das Bett heran. »Wer waren die beiden Fremden? Hattest du sie zuvor schon einmal gesehen?«

»Noch nie, nein.« Forsyth hustete.

Als der Hustenanfall vorbei war, fragte Vivian weiter. »Kannte mein Bruder die Männer?«

»Ich glaube nicht.«

»Aber du kanntest ihn. Du sprichst von ihm, als wäre er dein Freund gewesen.«

»Er hat mir manchmal ein Pint Cider ausgegeben, wenn ich nach der Arbeit noch einen trinken gegangen bin. Wir haben viel geredet. Seine echten Freunde waren natürlich welche von seinem Stand. Aber er hat immer gesagt, ich soll ihn Jamie nennen. All seine Freunde würden das tun.«

Vivian schluckte. Ja, so war Jamie gewesen. Er hatte keinen Standesdünkel gekannt, war zu allen Menschen gut gewesen.

»Was ist an dem Abend geschehen?«, fragte sie mit belegter Stimme.

»Ich weiß es nicht, Mylady.«

»Aber irgendetwas musst du doch gesehen haben!«

»Na ja, die beiden Herren, die haben zuerst ganz leise miteinander geredet und einen Humpen nach dem anderen geleert. Irgendwann wurden sie laut, haben gestritten. Und dann sind sie raus, vielleicht, um draußen ohne Zeugen weiterzustreiten. Jamie ist kurz darauf hinterher. Aber nicht, weil er etwas von den beiden wollte. Er wollte nach Hause. Das weiß ich sicher.«

»Wie lange nach den beiden ist er gegangen?«

Forsyth hob die Schultern, verzog schmerzhaft das Gesicht. »Ich weiß nicht genau. Aber die beiden waren noch draußen auf der Straße, ich habe sie gehört.«

»Konntest du verstehen, was sie gesagt haben?«

»Kein Wort. Und nachdem Jamie raus war, wurde es plötzlich still.«

Vivian fasste sich an die Brust. Jamie musste etwas von dem Gespräch der Männer aufgeschnappt haben, das er nicht hätte hören sollen. Vielleicht waren es Räuber gewesen. Oder Schmuggler. Aber dann hätte Forsyth sie bestimmt nicht als feine Herren bezeichnet. Sie mussten anderen Dreck am Stecken haben.

»Hast du mitbekommen, wie die zwei sich angeredet haben? Hast du einen Namen verstanden?«

»Nur von einem.« Forsyth zögerte. »Die werden mich umbringen. Genau wie Jamie.« Er lachte rau. »Aber ich bin eh schon so gut wie tot. Also, was soll's. Cornell oder Cordell. Den Namen hab ich gehört. Aber ich bin nicht sicher, ob's einer von den beiden war oder sie über einen anderen Kerl gesprochen haben, der so heißt.«

»Sonst nichts?« Enttäuscht verzog Vivian das Gesicht.

Forsyth stöhnte. »Diese verdammte Hand schmerzt mehr, als wenn sie noch da wäre. Ich weiß sonst nichts. Ich bin ein Krüppel. Und warum? Für den König bin ich ins Feld gezogen, und jetzt bin ich drauf angewiesen, dass mir der Pfarrer einen Brei kocht und mir ein Dach über dem Kopf gewährt. Ich war einmal Tischler, jetzt bin ich nichts mehr.«

»Das tut mir leid, ehrlich.« Vivian zog eine Münze aus der Tasche, legte sie neben das Kopfkissen.

»Ihr seid zu gütig, Lady Vivian. Genau wie Euer Bruder.« Forsyth hustete wieder.

»Gott sei mit dir, Henric Forsyth.«

Vivian wollte sich abwenden, doch Forsyth hob seinen Stumpf und winkte sie zurück. »Als der Mann, der vielleicht

Cordell hieß, aufstand, schlug er kurz seinen Umhang zur Seite. Auf seiner rechten Brust war so etwas wie ein Abzeichen aufgenäht.« Forsyth kratzte sich mit seiner verbliebenen Hand am Kopf. »Es zeigte zwei elegant gekleidete Männer, die rechts und links von einem Wappen stehen, auf dem ein goldener Adler zu sehen ist. Darüber waren eine schnörkelige Verzierung und ein Band mit einer Inschrift. Ich habe so genau hingesehen, weil ich dachte, die beiden wären vielleicht Männer des Königs. Aber das Wappen der Stuarts war es definitiv nicht. Vielleicht hilft Euch das, den Mörder Eures Bruders zu finden, Lady Vivian.«

Richard

Richard starrte auf das Blatt in seiner Hand. Eine verschlüsselte Nachricht von Montjoy, die ein Bote gestern Abend gebracht hatte. Sein Chef forderte Ergebnisse und fragte, warum er sich noch nicht mit seinem Kontakt in Verbindung gesetzt hatte.

Verflucht! Das hatte ihm gerade noch gefehlt. Seit der Entdeckung der Bücher hatte Richard nicht mehr ruhig schlafen können. Nicht nur, weil er den Korridor vor dem Salon mit der Geheimtür jede Nacht observiert hatte, sondern auch, weil er nicht wusste, was er tun sollte, wenn er Lady Vivian tatsächlich mit den Büchern erwischte.

Bisher hatte er nie ein Problem damit gehabt, einen Auftrag auszuführen. Er war nur der Bote, der Mittelsmann, der Informationen besorgte. Wer was mit diesen Informationen anfing, scherte ihn nicht. Zudem diente Richard dem legitimen Herrscher und stand damit auf der Seite des Rechts.

Lady Vivian zu verraten kam ihm jedoch falsch vor. Deshalb hatte er, um sein Gewissen zu beruhigen, beschlossen, erst einmal weitere Fakten zu sammeln. Schließlich wusste er nicht genau, ob die Tochter des Earls wirklich in die Sache verwickelt war und, falls ja, wer ihre Komplizen, wer mögliche Hintermänner waren.

Am Morgen nach Richards Entdeckung war Vivian sehr früh ausgeritten, und er hatte den Verdacht gehegt, dass sie ihn beobachtet hatte und sich deshalb mit ihren Leuten treffen wollte. Also war er ihr gefolgt. Doch im Nebel über dem Moor hatte er sie schnell verloren. Er konnte von Glück sagen, dass er aus der tödlichen Falle heil wieder herausgefunden hatte.

Lady Vivian war gegen Mittag zurückgekehrt, mit angespanntem, entschlossenem Gesichtsausdruck, ihm gegenüber aber höflich wie immer. Also hatte sie wohl doch nichts gemerkt. Einige Tage später hatte er zufällig auf dem Markt mitgehört, dass die Tochter des Earls eine größere Summe für den Erhalt des Kirchendachs einer kleinen Gemeinde gespendet habe, und es war ihm schwergefallen, sich vorzustellen, wie sie mit Verrätern, Buchschmugglern und anderen zwielichtigen Gesellen gemeinsame Sache machte.

Er zerknüllte das Blatt und warf es in den Kamin. Was, wenn Montjoy genau wusste, dass irgendwer auf Witcham House in den Schmuggel verwickelt war? Wenn er Richard den Auftrag genau aus diesem Grund gegeben hatte? Wenn er ihn absichtlich mitten ins Rattennest platziert hatte?

Richard sah zu, wie die Flammen das Papier fraßen. Das Risiko musste er eingehen. Wenn Montjoy die Mortimers bereits im Visier hatte, konnte Richard ohnehin nichts für Vivian tun, dann wäre er bald damit beschäftigt, seinen eigenen Kopf aus der Schlinge zu ziehen.

Er hatte beschlossen, sich heute noch einmal gründlich im Moor umzuschauen. Er musste Montjoy etwas liefern, ihm einen dicken Brocken vorwerfen, an dem er eine Weile zu kauen hatte. Ein paar Schmuggler. Oder Moorleute, die mutwillig Dämme zerstörten, am besten noch auf Oliver Cromwells Befehl hin.

Cromwell war vor einer Weile aus London zurückgekehrt, doch bisher war Richard kein Vorwand eingefallen, ihn aufzusuchen. Er wollte dem Mann nicht zu auffällig auf den Zahn fühlen.

Die Sonne strahlte vom kalten Herbsthimmel, ein perfekter Tag für einen Ausritt. Richard kleidete sich an und trat aus dem Zimmer. Der Duft von frischem Brot zog durch die Flure, ihm lief das Wasser im Mund zusammen. Er betrat den Frühstücksraum und stutzte. Der Tisch war anders gedeckt als sonst. Ein Gedeck am Kopfende, rechts und links davon zwei weitere. War der Earl heimgekehrt? Nein, das hätte er mitbekommen. Dann wurde vielleicht ein anderer Gast erwartet. Aber zum Frühstück?

Richard fragte einen der Diener, der gerade eine Schale mit Obst hereintrug. Der verbeugte sich tief und sagte ihm, dass Lady Coveney heute mit ihrer Tochter und ihm, Master Faversham, speisen wolle und dass er sich bitte noch einen Moment gedulden möge.

Richard wusste nicht, ob er sich freuen sollte. Er war froh, dass es der Countess besser ging, dass sie in den letzten Wochen mehr und mehr aufgeblüht war. Aber ein gemeinsames Frühstück bedeutete auch, dass sich sein Ausritt verzögern würde und dass Lady Coveney ihn danach womöglich in ihren Salon hinaufbitten würde, um über Jamie zu plaudern. Richard mochte Lady Coveney, doch er hatte inzwischen das Gefühl, Lord James besser zu kennen als sich selbst, ganz zu schweigen davon, dass die Countess dazu neigte, ihre Lieblingsanekdoten wieder und wieder zu erzählen.

Die Tür öffnete sich. Die Countess trat ein. Richard ging ihr entgegen und verbeugte sich tief. »Guten Morgen, Mylady. Ich freue mich über die Ehre, heute mit Euch das Frühstück einnehmen zu dürfen.«

Lady Coveney lächelte. »Master Faversham, ich fürchte, es ist reine Selbstsucht meinerseits. Ich möchte so viel von Eurer Gesellschaft, wie es eben geht.«

Hinter der Countess trat Vivian in den Salon. »Guten Morgen, Master Faversham, ich hoffe, Ihr habt wohl geruht.«

Richard glaubte ein Funkeln in ihren Augen zu erkennen.

Wusste sie, dass er Nacht für Nacht auf der Lauer lag? Hatte er deshalb vergeblich auf sie gewartet?

Er verbeugte sich erneut. »In diesem wunderschönen Haus mit zwei so exzellenten Damen als Gastgeberinnen schlafe ich jede Nacht wie ein Engel.«

Sie nahmen Platz, Lady Coveney am Kopfende, Vivian und Richard rechts und links von ihr.

»Ich habe eine Entscheidung getroffen«, verkündete die Countess, kaum dass sie den ersten Bissen ihres kalten Bratens hinuntergeschluckt hatte. »Master Faversham, wie steht Ihr zu Tanz und Musik?«

Richard schluckte. »Ich liebe es zu tanzen, und das setzt voraus, dass ich auch die Musik liebe, die uns den Rhythmus für die Bewegungen vorgibt und die Melodie, die unsere Gefühle lenkt. Ich liebe die Geselligkeit eines Tanzfestes, auf dem man viele neue Leute kennenlernen kann.«

»Dann wird es Euch freuen zu hören, dass ich endlich einen Termin für den Ball festgesetzt habe.«

Richard warf Vivian einen raschen Blick zu, die ihre Mutter mit zusammengepressten Lippen ansah. Sie schien bereits zu wissen, was kam, und von der Idee nicht sonderlich angetan zu sein.

»Es wird ein Weihnachtsball werden. Aus der ganzen Grafschaft werden die Lords und Ladys herbeiströmen, um das Fest mit uns zu begehen. Und natürlich werde ich auch einige Vertreter des einfachen Volkes laden, denn zu Weihnachten geziemt es sich, sich darauf zu besinnen, dass wir alle Kinder Gottes sind. Mit etwas Glück werden auch Aldwyn und unser lieber Albert da sein.« Sie sah ihre Tochter bedeutungsvoll an. »Ein guter Anlass, ihm das Porträt zu schenken, das Master Faversham von dir gemalt hat.«

Richard hatte Mühe, das Lächeln auf seinem Gesicht festzuhalten. Bis Weihnachten waren es noch zwei Monate. So lange hatte er nicht vorgehabt, auf Witcham House zu bleiben. Montjoy würde schäumen. Richard hatte Lady Coveney auf die Idee mit dem Ball gebracht, um die Möglichkeit zu haben, endlich seine Kontaktperson zu treffen. Aber er konnte dieses Treffen unmöglich noch zwei weitere Monate hinauszögern.

»Master Faversham? Richard? Ihr sagt gar nichts. Hat es Euch die Sprache verschlagen, mein Lieber?«

Richard war nicht entgangen, dass Lady Vivian bei der vertraulichen Anrede, die ihre Mutter ihm gegenüber verwendet hatte, zusammengezuckt war. »Mylady«, sagte er rasch. »Ich fühle mich hoch geehrt, zu Eurem Ball eingeladen zu sein. Allerdings fürchte ich, dass ich meinen Aufenthalt hier nicht noch länger ausdehnen kann. Das Porträt Eures Sohnes ist fertig, auch das Eurer Tochter. Und das von Euch selbst mit Euren Sprösslingen ist ebenfalls fast vollendet. Wenn die letzten Pinselstriche getan sind, muss ich zurück nach London, wo mich andere Aufgaben erwarten.«

Das wäre in der Tat das Beste, dachte Richard, aber mit leeren Händen konnte er nicht zurückkehren.

Lady Vivian lächelte erleichtert. Doch ihre Mutter gab sich nicht so leicht geschlagen. »Unsinn.« Sie tätschelte Richards Hand. »Natürlich bleibt Ihr bis zum Ball. Ich habe es so beschlossen, und ich dulde keinen Widerspruch.«

»Aber Mutter«, sagte Vivian. »Ihr habt Master Faversham doch gehört. Er hat andere Verpflichtungen.«

»Keine, die sich nicht aufschieben ließen, nicht wahr, mein lieber Richard?« Sie lächelte ihn an.

Er beschloss, sich geschlagen zu geben. Zumindest vorerst. Immerhin gab ihm das Zeit, seine Nachforschungen fortzuführen und zu einer Entscheidung zu gelangen, was er Montjoy wissen ließ. »Dann habe ich wohl keine Wahl.«

Eine halbe Stunde später schwang Richard sich in den Sattel und ließ sein Pferd antraben. Sein Kopf schwirrte, sein Magen kribbelte. Er hatte durchaus schon einige heikle Aufträge ausgeführt, aber noch nie hatte ihn einer vor so große Herausforderungen gestellt. Dabei war es eigentlich ganz einfach: Im Weinkeller von Witcham House lagerten verbotene Bücher. Und es gab einen Händler in Ely, der ganz offensichtlich mit dem Familienmitglied in Verbindung stand, das die Bücher dort versteckte. Zudem gehörte ein Metzgerbursche namens Billy dem Schmugglerring an und bestimmt noch einige andere Leute aus der Gegend, deren Namen vermutlich recht schnell aus dem armen Billy herauszubekommen wären.

Worauf also wartete er?

Nun ja, er hatte die Kontaktperson noch nicht ausfindig gemacht, und er hatte strenge Anweisung, mit niemandem sonst zu kommunizieren. Aber das allein war es nicht. Er wusste, was es war: Lady Vivian. Der Gedanke, dass sie in Schwierigkeiten geraten könnte, dass sie vor dem Richter oder sogar am Pranger enden könnte, war ihm unerträglich.

Richard trieb das Pferd zu mehr Eile an. Noch nie waren ihm seine Gefühle bei einem seiner Aufträge in die Quere gekommen, und das war gut so. Gefühle setzten den Verstand außer Kraft. Und wenn das geschah, passierten Fehler. Fehler, die bei seiner Arbeit tödlich sein konnten.

Ein Pfad tauchte vor ihm auf, den er bisher nie genommen hatte. Der Pferdeknecht hatte ihm bei einem ihrer gemeinsamen Ausritte ganz zu Anfang erzählt, dass er diesen Weg besser meiden solle. Der Pfad hieße Farthing-Weg, weil das Leben eines Mannes, der sich nicht auskannte, keinen Farthing mehr wert war, wenn er diesen Weg nahm. Aber es konnte auch sein, dass man Leute von außerhalb mit dieser Geschichte von dem Pfad fernhalten wollte, weil es dort etwas zu entdecken gab, was nicht für fremde Augen bestimmt war.

Richard lenkte das Pferd auf den Pfad. Es war noch nicht einmal Mittag, die Sonne stand hoch am Himmel, er konnte sich an ihrem Stand orientieren. Er ließ das Tier antraben, der Pfad war gerade und eben. Eine Weile ließ Richard sich den kalten Wind ins Gesicht wehen und genoss das Gefühl von Freiheit, das sich dabei einstellte. Bis das Pferd plötzlich stehen blieb und unruhig schnaubte. Richard trieb es an, doch es rührte sich nicht. Er sah sich um. Die Sonne war hinter milchigen Schleierwolken verschwunden, vor ihm war kein Pfad mehr, sondern nur noch grünbraun schillerndes Wasser, aus dem hie und da Büschel von Riedgras herausragten. Richard drehte sich im Sattel um, doch hinter ihm sah es genauso aus.

Herr im Himmel, wo war der Weg?

Er wendete das Pferd, ließ es ein paar Schritte gehen. Doch schon bald scheute es und begann, unruhig hin und her zu tänzeln. Richard trieb es an, doch im gleichen Moment flatterten vor ihm Enten auf. Das Pferd stieg, bockte. Ein Steigbügel riss, Richard verlor das Gleichgewicht und stürzte. Er dachte noch, dass es ein unehrenhafter Tod sei, im Moor zu versinken, dann wurde ihm schwarz vor Augen.

Vivian

Vivian betrat den Buchladen von Master Mansfield, als dieser gerade zwei Damen bediente. Mutter und Tochter einer Kaufmannsfamilie aus Ely, wenn Vivian sich richtig erinnerte. Sie trat an eins der Regale und tat so, als würde sie die Buchrücken studieren, dachte aber an Richard Faversham und seine Reaktion auf die Ankündigung, dass der Ball zu Weihnachten stattfinden würde. Er hatte regelrecht entsetzt ausgesehen, als wäre die Aussicht, zwei weitere Monate auf Witcham House zu verbringen, unerträglich für ihn. Es war fast, als hätte sich etwas umgekehrt. Wenn Vivian ehrlich zu sich selbst war, hatte sie sich an Master Favershams Gesellschaft nicht nur gewöhnt; sie freute sich sogar darauf, mit ihm auf dem Ball zu tanzen. Er hatte Licht in ihr Haus gebracht, hörte sich geduldig die immer gleichen Geschichten ihrer Mutter an, parlierte klug und schlagfertig mit Vivian bei den Mahlzeiten und war sich nicht zu schade, dem Reitknecht beim Satteln oder der Magd beim Tragen einer schweren Schüssel zur Hand zu gehen. Zwar hatte sie noch immer Bedenken, was den Ball selbst anging, aber das hatte mehr mit ihrer Mutter als mit dem Maler zu tun. Die Countess schien von diesem Fest etwas zu erwarten, das unmöglich war. Die sorglosen alten Zeiten würden nicht zurückkehren, genauso wenig wie Jamie.

Endlich gingen die beiden Kundinnen, versorgt mit einem Band mit Sonetten von John Donne. Master Mansfield verriegelte die Tür hinter ihnen und wandte sich Vivian zu.

»Kommt mit ins Hinterzimmer«, sagte er ohne eine weitere Begrüßung.

Sie folgte ihm, nahm in einem Sessel Platz. Der Buchhändler setzte sich ihr gegenüber. Die Augen in seinem faltigen Gesicht blickten ernst. »Kann ich Euch eine Erfrischung anbieten, Lady Vivian?«

»Nein, danke, Master Mansfield. Lasst uns über unser Problem sprechen.«

»Ich glaube, ich habe eine Lösung.«

»Endlich! Das sind gute Nachrichten.« Vivian beugte sich vor. »Die Bücher müssen aus dem Haus. Es war nie geplant, dass sie so viele Wochen dortbleiben.«

»Ich weiß.« Er berührte kurz ihre Hand. »Wären die beiden braven Leute nicht ermordet worden, wären sie längst nach und nach hier in meinen Laden gebracht und an ihre Leser verteilt worden. Und wir könnten wieder ruhig schlafen, denn für den Besitz eines einzigen Exemplars sind keine Strafen zu erwarten. Nur der Schmuggel an den Kontrolleuren vorbei ist strafbar.«

Vivian seufzte. »Vor einiger Zeit hatte ich das Gefühl, dass jemand am Versteck war. Es war nicht so verschlossen wie sonst.«

Der Buchhändler riss die Augen auf. »Seid Ihr sicher?«

»Nein«, gab Vivian zu. »Ich gehe so oft hinunter, um zu schauen, ob alles in Ordnung ist, dass ich nicht mehr mit Sicherheit sagen kann, wie ich das Versteck beim Mal zuvor zurückgelassen habe. Ist der Fremde noch einmal aufgetaucht?«

»Nicht in den letzten Wochen.«

»Dann ist er vielleicht fort?«

»Darauf würde ich mich nicht verlassen. Vor zwei Wochen meinte ich, ihn auf dem Markt gesehen zu haben. Ich wollte mich erkundigen, ob jemand ihn kennt, doch ich hatte

Angst, mit meinen Fragen Aufmerksamkeit zu erregen. Vielleicht war das ein Fehler.« Er schüttelte den Kopf. »Die Angst macht uns beide kopflos, fürchte ich.«

»Dann verratet endlich, was Eure Lösung ist!«

»Ich habe ein Versteck gefunden, wo unser Geheimnis erst einmal sicher ist. Wo genau, müsst Ihr nicht wissen. So könnt Ihr nicht mit hineingezogen werden, wenn etwas schiefgeht. Allerdings können wir die Bücher nicht auf direktem Weg dort hinbringen. Deshalb werden wir sie zwischenlagern. In der Kate im Moor.«

»In der Kate?« Vivian schlug sich die Hand vor den Mund, weil sie die Worte versehentlich laut ausgerufen hatte.

»Warum nicht? Es ist ein perfektes Versteck. Niemand hier aus der Gegend geht freiwillig dorthin. Und sollte doch irgendwer die Bücher entdecken, könnte kein Mensch sagen, wem sie gehören. Die Kate ist Niemandes Besitz. Oder, wenn Ihr so wollt, gehört sie dem König. Das Schlimmste, was uns passieren könnte, wäre der Verlust der Schriften. Das wäre in der Tat tragisch. Aber angesichts der anderen möglichen Folgen zu verschmerzen.«

»Und von dort sollen die Bücher dann in ihr endgültiges Versteck gebracht werden?«

»Genau. Und zwar von Leuten, die nichts mit uns zu tun haben. Die es allein für Geld machen. Ich habe da schon jemanden im Auge. Jemanden, der so zuverlässig und verschwiegen ist, dass auch Master Cromwell seine Dienste in Anspruch nimmt.«

Vivian biss sich auf die Lippe. Sie war nicht sicher, ob es klug war, den Puritaner mit hineinzuziehen, nicht einmal indirekt. Aber sie war so erleichtert, dass eine Lösung in Sicht war, dass sie nicht weiter darüber nachdenken wollte.

»Wann sollen die Bücher in die Kate gebracht werden?«, fragte sie.

»In der nächsten wolkenlosen Mondnacht. Billy Butcher übernimmt das.«

»Seid Ihr sicher?«

»Der Bursche ist treu wie Gold, er würde eher sein Leben geben, als Euch zu verraten.«

»Ja, natürlich.«

»Alles, was Ihr tun müsst, ist, die Schriften im Laufe des Tages auf dem Gelände von Witcham House zu deponieren, irgendwo, wo Billy sie ohne Probleme einsammeln kann.«

Vivian überlegte. »Es gibt einen alten Schafstall, nur ein paar Schritte von der Zufahrt zum Park von Witcham House entfernt.«

»Ja, ich glaube, ich weiß, welchen Ihr meint.« Der Buchhändler nickte nachdenklich. »Schafft Ihr es denn, die Bücher unbeobachtet so weit zu tragen? Bedenkt, Ihr dürft es erst an dem Tag tun, an dem Billy sie holt, alles andere wäre zu gefährlich.«

»Keine Sorge.« Vivian lächelte. Der Stall war nur wenige Schritte von dem Gestrüpp entfernt, hinter dem sich die Tür zum Geheimgang verbarg. »Ich habe nicht weit zu laufen.«

»Dann ist ja alles in bester Ordnung.« Mansfield rieb sich die Hände. »Ihr solltet aufbrechen. Haltet Euch bereit, ich lasse Euch wissen, wenn es so weit ist.« Mansfield wollte sich erheben.

»Eine Frage noch.«

»Lady Vivian?«

»Kennt Ihr ein Abzeichen, das zwei elegant gekleidete Männer zeigt, die rechts und links von einem Wappen mit einem goldenen Adler darauf stehen? Darüber soll es noch Verzierungen geben und ein Band mit einer Inschrift. Ich habe im Wappenbuch meines Vaters nachgesehen, es aber nicht gefunden.«

Master Mansfield lächelte. »Es handelt sich nicht um das Wappen einer noblen Familie.«

»Ihr kennt es?«

»Es ist das Gildeabzeichen der Gerichtsschreiber von London. Die Männer halten Schriftrollen in der Hand, über dem Wappen ist außer einem Helm eine Hand mit einer Feder zu sehen. Die Inschrift zeigt das Motto der Schreiber: *Scribite scientes*.«

Vivians Herz schlug schneller. »Es gibt doch bestimmt Listen mit den Mitgliedern der Gilde.«

Master Mansfield runzelte die Stirn. »Worum geht es, wenn ich fragen darf?«

Vivian zögerte, dann reckte sie das Kinn vor. »Um Jamies Mörder. Ich habe einen Zeugen aufgetrieben. Und der hat dieses Abzeichen auf dem Wams eines Verdächtigen gesehen.«

Nachdenklich rieb Mansfield sich das Kinn. »Sonst noch etwas?«

»Ein Name. Cornell oder Cordell. Ganz sicher war sich der Zeuge nicht.«

Mansfield nickte. »Ich werde mich umhören. In Ordnung?«

Sie lächelte. »Ich danke Euch, Master Mansfield.«

»Wir wollen alle, dass der Mörder nicht ungestraft davonkommt. Aber bei den Mitgliedern einer so mächtigen Gilde muss man mit Fingerspitzengefühl vorgehen, das versteht Ihr doch? Also unternehmt nichts, bis ich Euch Bescheid gebe. Versprochen?«

Vivian zögerte. Dann nickte sie. »Versprochen.«

Er brachte sie zur Tür. »Übrigens, ich habe weitere gute Nachrichten. William Erbery hat seinen Besuch für das kommende Frühjahr angekündigt. Bis dahin sollte sich der Staub gelegt haben, und die Seeker können sich wieder unbesorgt treffen.«

»Das sind wirklich gute Neuigkeiten!« Vivian freute sich aufrichtig, und doch schoss ihr zugleich ein anderer Gedanke durch den Kopf, der eine unerwartete Traurigkeit in ihr aufsteigen ließ. Im Frühjahr würde Richard Faversham nicht mehr da sein.

Richard

Richard erwachte von Stimmen. Verschiedene Männer, sie schienen zu streiten. Er versuchte, die Augen zu öffnen, sich zu bewegen, aber seine Glieder schienen gelähmt zu sein. Er konnte nicht einmal den kleinen Finger rühren.

Wo war er? Und was war geschehen?

Wieder eine Stimme. »Geld. Tot.«

Verflucht, was war los? Er versuchte, sich zu erinnern. Er war ins Moor geritten, den Farthing-Weg. Und dann? Er musste gestürzt sein. Oder war er überfallen worden? Konnte er sich nicht bewegen, weil er gefesselt war? Wollte man ihn umbringen?

»Unser ... braucht nicht mehr ... Ende.«

Richard versuchte, sich auf die Stimmen zu konzentrieren.

»Gott ... Zorn ... Master Cromwell.« Ein junger Bursche hatte das gesagt, da war Richard sicher.

Es folgte ein Redeschwall, von dem er nicht ein einziges Wort verstand, dann mehrere Stimmen durcheinander.

Die Worte verschwammen zu einer Kakophonie. Richard wollte sich die Ohren zuhalten, damit sein Kopf nicht platzte, aber er konnte noch immer seine Arme nicht bewegen. Angst ergriff ihn. Er war nicht tot, es war viel schlimmer. Er war gelähmt. An allen Gliedern. Er konnte noch nicht einmal die Augen öffnen. Er wollte schreien, aber auch das gelang ihm nicht. Wenn dies die Strafe Gottes für seine Sünden war, dann war sie wahrhaftig grausam. Es gab nichts Furchtbareres, als bei lebendigem Leib tot zu sein.

Plötzlich ließ das Rauschen in seinem Schädel nach, und

Richard verstand jedes einzelne Wort. Doch das vertrieb seine Angst nicht. Im Gegenteil.

»Niemand wird ihn finden«, sagte eine Stimme. »Was das Moor nimmt, gibt es nie wieder her.«

»So ist es. Mit dem Geld, das er bei sich trägt, hätten wir für ein Jahr ausgesorgt. Und dann noch die Sachen, die wir verkaufen können. Das Pferd, der Sattel, seine Kleider.«

»Und wenn man ihn vermisst?«, flüsterte eine dunkle Männerstimme. »So wie er aussieht, gehört er bestimmt zur Herrschaft von Witcham House.«

»Was schert mich die Herrschaft von Witcham House«, giftete die Stimme zurück, die Richard tot im Moor sehen wollte. »Haben die je etwas für mich getan?«

»Wir werden alle dafür hängen.«

»Nur wenn einer von uns nicht dichthält. Wenn wir sein Geld nehmen, müssen wir für lange Zeit nicht mehr schmuggeln. Das ist noch viel gefährlicher. So viele Soldaten treiben sich im Moor herum.«

»Aber ich habe schon zugesagt. Die nächste Lieferung soll in der kommenden klaren Vollmondnacht rausgehen, über den Henkerspfad.«

»Ach, und was ist es?«

»Weiß ich auch nicht. Ist streng geheim. Dafür ist der Lohn doppelt so hoch wie üblich.«

»Wenn es so geheim ist, solltest du besser die Klappe halten. Und jetzt machen wir Nägel mit Köpfen. Ich habe keine Lust, länger zu warten. Ich gebe ihm den Rest, er ist doch eh schon halb tot.«

Richard hörte eine Klinge aus einer Scheide zischen. Ihm wurde übel. Was für eine Ironie des Schicksals, dass er ausgerechnet jetzt starb, wo er nach all den Monaten endlich eine konkrete Spur hatte, eine Möglichkeit, die Schmuggler auf frischer Tat zu ertappen.

Er spürte, wie jemand nach seinem Wams griff. Hätte er sich wehren können, wäre es den Halsabschneidern schlecht ergangen. Aber er lag hilflos wie ein Neugeborenes im Staub. Sein einziger Trost war, dass er nicht als Krüppel den Rest seines Lebens dahinvegetieren musste. Schmerzen zuckten durch seinen Kopf. *Herr, vergib mir meine Sünden*, dachte er, dann schwand sein Bewusstsein erneut.

Cromwell

Oliver Cromwell war in der Schreibstube und erledigte wichtige Korrespondenz. Er saß auf heißen Kohlen, wollte spätestens Anfang des neuen Jahres wieder nach London. Aber auch hier in Ely gab es viel zu erledigen. Die Moorleute waren fleißig gewesen und hatten in den vergangenen Wochen eine Meile Graben wieder zugeschüttet und mehrere Sperrwerke in Trümmer gelegt. Und was das Wichtigste war: Sie waren nicht erwischt worden. Zwar waren die Soldaten einige Male in die Häuser der Leute gestürmt, hatten alles durchsucht und die Familien in Angst und Schrecken versetzt. Aber gefunden hatten sie nichts, weil die Männer ihre Werkzeuge im Moor versteckten. Gegen sie vorgehen konnten die Soldaten also nur, wenn sie sie auf frischer Tat ertappten. Doch die Moorleute hatten ein so ausgeklügeltes Warnsystem, dass das wohl hoffentlich auch in Zukunft nicht geschehen würde.

Besonders stolz war Cromwell auf seinen Sohn Dick. Der hatte sich in den vergangenen Monaten prächtig entwickelt. Am Morgen hatte er einen Stallknecht beim Diebstahl eines Eis erwischt und ihn sofort gemeldet. Mit seinem Bruder und zwei Dienern hatte er den Dieb gefesselt und dem Vater vorgeführt. Der Schwächling hatte geheult und um Gnade gewinselt.

Cromwell hatte Dick auf die Schulter geschlagen und gesagt: »Das hast du gut gemacht, mein Sohn.« Und er hatte es auch so gemeint.

Dick war vor Stolz fast geplatzt. Und Cromwell ebenso.

Die zuletzt gegen ihn verhängte Strafe hatte Wirkung gezeigt, hatte dem Jungen geholfen, sich gut zu entwickeln.

Cromwell schaute auf seine Unterlagen. Er hatte dem Sheriff Bescheid geben lassen und rechnete damit, dass dessen Leute jeden Augenblick eintrafen.

Es klopfte.

»Herein!«, rief Cromwell.

Die Tür öffnete sich, eine Magd knickste und wartete. Sie hatte gerötete Augen, und Cromwell hatte den Verdacht, dass ihr etwas an dem Stallknecht lag, den Dick erwischt hatte. Nur gut, dass sie nun erfahren hatte, was für einen schändlichen Charakter der Bursche besaß.

»Sprich, was hast du zu sagen?«

»Der Sheriff ist da, Sir. Er will den Dieb abholen.«

»Sheriff Prichard ist selbst gekommen?«

»Ja, Sir.«

Cromwell stand auf und eilte nach draußen. Der Sheriff stand im Hof, er hatte drei seiner Büttel mitgebracht.

Cromwell setzte ein verbindliches Lächeln auf, doch in seinem Kopf arbeitete es auf Hochtouren. Warum kümmerte sich Prichard höchstpersönlich um einen Eierdieb? Es konnte dafür nur einen Grund geben: Er war durch und durch königstreu und ließ keine Gelegenheit aus, Cromwell auf die Nerven zu gehen. Nichts hätte Prichard lieber getan, als statt eines Eierdiebs Cromwell selbst in Eisen zu legen und in den dunkelsten Keller von Ely zu sperren.

Der Sheriff hob eine Hand an seinen breitkrempigen Hut. »Master Cromwell. Einen Dieb habt Ihr gefangen? Mir wäre wohler, wenn Ihr endlich die Verbrecher ergreifen würdet, die ständig des Königs Werk zerstören und sich damit einen Platz am Galgen verdient haben.«

»Nun, werter Sheriff, das ist nicht mein Geschäft. Das Moor gehört nicht mir und, ehrlich gesagt, auch nicht dem

König. Insofern endet meine Verantwortung dort, wo das Moor beginnt.«

»Das allerdings ist ein weit verbreiteter Irrtum, Master Cromwell. Der König trägt die Verantwortung für das ganze Land, deswegen ist er ja der König. Und wer das Moor urbar macht, dem gehört es. Das ist gutes altes englisches Gesetz.«

Cromwell öffnete den Mund, um Prichard etwas zu entgegnen, und schloss ihn wieder. Das war genau die Absicht des Sheriffs. Ihn zu reizen, damit er Dinge sagte, die er besser nicht sagen sollte.

»Wollt Ihr mich nicht hereinbitten?«

»Das will ich in der Tat nicht. Ich bin ein viel beschäftigter Mann, verzeiht. Gern übergebe ich Euch den Dieb, danach rufen mich dringende Geschäfte.«

»Wie Ihr wollt, Master Cromwell. Ihr solltet Euch jedoch gewahr sein, dass Tage kommen werden, in denen Ihr vielleicht einen Fürsprecher braucht.«

»Ich bin sicher, daran wird es mir nicht mangeln, Sheriff Prichard.«

»Nun denn. Wo ist der Delinquent?«

»Dick!«, rief Cromwell über den Hof.

Einen Augenblick später führte Dick den Dieb aus dem Schweinestall, wo er ihn vorübergehend eingesperrt hatte, und warf ihn vor dem Sheriff zu Boden.

»Was hat er gestohlen?«

»Ein Ei«, sagte Dick. »Und wenn ich ihn nicht erwischt hätte, sicherlich mehrere, vielleicht sogar ein Huhn.«

»Nein«, wimmerte der Dieb. »Ein ganzes Huhn hätte ich niemals genommen.«

»Eierdieb!«, sagte Prichard und spuckte auf den Boden, verfehlte den Delinquenten nur knapp. »Du bist verurteilt. Drei Stunden an den Pranger, dann zwanzig Peitschenhiebe, und wenn du noch gehen kannst, sollst du danach die Stadt verlassen. Wenn nicht, werfen wir dich hinaus. Wenn du dich hier nochmal blicken lässt, blüht dir der Galgen.«

»Aber ...«

»Kein weiteres Wort, oder willst du, dass ich die Strafe verdopple?«

Der Dieb schwieg. Sie nahmen ihn in die Mitte und verließen den Hof durch das Tor zur Straße.

Cromwell schickte Dick zurück ins Haus. Gerade, als er sich ebenfalls wieder hineinbegeben wollte, entdeckte er die Magd, die stumm in der Hofecke stand. Ihr Gesicht war schneeweiß.

»Was ist, Mädchen, hast du nichts zu tun?«, fuhr er sie an.

»Doch, Sir. Aber da ist ein Mann hinter dem Stall, der Euch zu sprechen wünscht. Sein Name ist Plunge.«

Cromwell erschrak. Den Moorleuten war strikt verboten, ihn zu Hause aufzusuchen. Plunge missachtete dieses Verbot normalerweise nicht, also musste etwas Dringendes vorliegen. Er schickte die Magd weg und eilte um den Stall herum, wo Seymour Plunge mit gesenktem Kopf stand. »Was lässt dich das Verbot vergessen, hier aufzutauchen?«

»Rod, mein Ältester, hat jemanden im Moor gefunden und zu uns gebracht. Einen vornehmen Herrn, nach seinen Kleidern zu urteilen. Er ist vom Pferd gefallen und hat sich den Kopf aufgeschlagen.«

»Was ist mit ihm? Ist er tot?«

»Noch nicht ...«

»Was heißt ›noch nicht‹?«

»Es gibt ein paar bei uns, die wollen ...«

»... ihn umbringen?«

»Ich brauche Eure Hilfe, Master Cromwell. Mein Schwager und mein Ältester schützen den Fremden, aber sie können das nicht lange durchhalten. Die Duncans wollen ihm ans Leder.«

»Gut, dass du gekommen bist, Seymour. Wer auch immer dem Gentleman etwas antun will, du musst ihn davon abhalten. Warte einen Moment.«

Cromwell rannte ins Haus, holte zwei geladene Flintschloss-Pistolen und gab sie Plunge. »Du ziehst den Hahn nach hinten. Dann drückst du ab. Zögere nicht. Wenn du die Aasgeier vertrieben hast, bring den verletzten Gentleman zu mir.«

Cromwell führte Plunge in den Stall und ließ ihm ein Pferd satteln. »Und jetzt beeil dich.«

Plunge stieg auf, Cromwell spähte zum Tor hinaus, die Luft war rein. Auf der Straße war niemand zu sehen. »Los jetzt, Seymour. Du darfst keine Zeit verlieren.«

Der Moormann ritt los. Cromwell schaute ihm hinterher. Er konnte sich keinen verschwundenen Gentleman leisten. Der Sheriff würde den Fall zum Anlass nehmen, jeden Stein im Moor umzudrehen. Und anders als die Soldaten, die nichts als dumme Raufbolde waren, würde er etwas finden. Und dann würde irgendein Schwächling umkippen und Cromwell denunzieren.

Richard

Als Richard erneut zu sich kam, hörte er laute, aufgeregte Stimmen. Er richtete sich auf, doch ihn schwindelte, sodass er sich zurück auf den Boden fallen ließ. Im selben Moment wurde ihm klar, dass er sich wieder bewegen konnte. Gott hatte ihn nicht für immer gelähmt. Vor Erleichterung hätte er weinen können.

Doch die Gefahr war noch nicht vorüber. Zwei Männer standen dicht neben ihm und rangen miteinander, ein jüngerer und ein älterer. Offenbar war er nur wenige Sekunden ohnmächtig gewesen, denn den älteren erkannte er an der Stimme als den Mann, der ihn hatte umbringen wollen. Er hatte halblanges graues Haar, das ihm am Schädel klebte.

»Du dummer, alter Gierschlund!«, schrie der jüngere, der, wie Richard jetzt bemerkte, noch ein halbes Kind war. »Mein Vater schmeißt dich ins Moor, wenn du dem Herrn auch nur ein Haar krümmst.«

»Rod Plunge, du dreckiger Mistkäfer. Du glaubst wohl, er gehört dir, weil du ihn gefunden hast?«

Eine dritte Stimme mischte sich ein. »Wir haben jetzt lange genug auf deinen Vater gewartet, Rod. Er ist wohl im Pub hängengeblieben. Geh zur Seite, Kleiner, ich will dir nicht wehtun.«

Richard reckte den Hals, aber konnte den Mann nicht sehen. Er wurde von dem Alten verdeckt.

»Hier kommt keiner vorbei!«, brüllte Rod.

Richard setzte sich wieder auf, diesmal langsamer. Er musste dem Jungen zu Hilfe kommen, der ihn so standhaft verteidigte. Einen Moment blieb er sitzen, kein Schwindel kam. Also ging er in die Knie, um sich vorsichtig aufzurichten. Die Männer waren so in ihren Streit vertieft, dass sie nichts merkten. Zum Glück. Endlich stand Richard, wenn auch auf sehr wackeligen Beinen. Er lockerte die Finger.

»Ich sage es zum letzten Mal«, brüllte der Alte. »Geh aus dem Weg, du ...« Er stockte. »Teufel und Hölle! Sieh dir das an. Der Kerl ist aufgewacht.« Der Grauhaarige hob sein Messer.

Hektisch hielt Richard nach einer Waffe Ausschau. Sie befanden sich in einer schäbigen kleinen Holzkate, Seile und Werkzeuge hingen an rostigen Haken, an der Wand lehnte ein Spaten. Richard griff ihn, fiel dabei fast um. Seine Glieder gehorchten ihm noch immer nicht richtig. Er holte aus, der Angreifer duckte sich weg.

»Von hinten!«, schrie der Junge.

Richard fuhr herum, aber er war nicht schnell genug. Ein Bär von einem Mann stürzte mit einer Axt auf ihn zu. »Stirb, du elender Schmarotzer!«, brüllte er.

In dem Moment knallte ein Schuss. Blut spritzte Richard ins Gesicht. Der Riese fiel zu Boden, war augenblicklich tot. Richard stand wie vom Donner gerührt da, auch um ihn herum war es still geworden. Nichts rührte sich. Richards Beine begannen zu zittern. Kraftlos sackte er in sich zusammen.

Der junge Bursche stürzte zu ihm, kniete sich auf den Boden. »Seid Ihr wohlauf, Sir?«

»Ich schätze, ja«, stammelte Richard. »Wer ... wer hat geschossen?«

Ein weiterer Mann trat in sein Gesichtsfeld. Er trug in jeder Hand eine Pistole, ein Lauf rauchte noch. Die Ähnlichkeit mit dem Jungen war nicht zu übersehen. Das war zweifelsfrei Rods Vater. Er steckte die Pistolen in den Gürtel, packte Richard unter den Achseln und hob ihn hoch.

»Wir bringen Euch nach Ely, Sir. Zu Master Cromwell. Glaubt Ihr, dass Ihr das schafft?« Er drehte sich um. »Und ihr verschwindet auf der Stelle, um euch kümmere ich mich später.«

Richard schwirrte der Kopf. Cromwell? Natürlich. Cromwell musste diese Leute kennen. Er war der schärfste Gegner der Moortrockenlegung. Montjoy vermutete, dass er in den Widerstand verwickelt war, ja, dass er ihn sogar finanzierte. Verrückte Welt. Monatelang ritt er in der Gegend herum, ohne etwas herauszufinden, und jetzt wurden ihm gleich zwei heiße Spuren an einem Tag serviert.

Rods Vater half Richard aus der Kate und hob ihn auf sein Pferd, dann bestieg er zusammen mit seinem Sohn ein zweites Tier. Richard versuchte, sich zu orientieren, seine Umgebung in Augenschein zu nehmen, aber er konnte kaum etwas erkennen. Zudem hatte er Mühe, sich im Sattel zu halten. Sein Körper fühlte sich an, als sei er zwischen zwei Mühlsteine geraten. Mit jeder Meile jedoch, die sie zurücklegten, kehrten seine Lebensgeister mehr zurück. Als sie in Ely einritten, saß Richard halbwegs aufrecht, und vor Glebe House, dem Anwesen Oliver Cromwells, konnte er sich allein vom Pferd gleiten lassen. Auf dem Weg zur Tür musste er sich allerdings auf die beiden Männer stützen.

Rods Vater klopfte, eine Magd öffnete und ließ sie ein. Sie schien auf die Besucher gewartet zu haben.

Vater und Sohn Plunge wollten offenbar direkt wieder gehen, doch die Magd hielt sie zurück. »Master Cromwell hat gesagt, dass ich euch hereinbitten soll.«

Der alte Plunge sah unsicher aus. Er starrte auf seine Finger, machte keine Anstalten, einen Schritt über die Schwelle zu tun.

»Nun macht schon«, ertönte da eine Stimme aus dem Flur. »Steht nicht ewig vor dem Haus herum.«

Da halfen die beiden Moorleute Richard über die Schwelle. Kaum hatte die Magd die Tür hinter ihnen geschlossen, blieben sie verlegen stehen.

Ein Mann erwartete sie dort. Er hatte halblanges, über der Stirn bereits leicht schütteres Haar, eine große Nase, volle Lippen und einen strengen Blick. Und er trug die schlichte Kleidung der Puritaner. Der Hausherr, kein Zweifel.

»Master Cromwell, nehme ich an«, sagte Richard. »Ich bin Euch zu Dank verpflichtet. Hättet Ihr Eure Leute nicht geschickt, wäre mein Schicksal besiegelt gewesen.«

»Das sind nicht meine Leute!«, donnerte Cromwell. »Aber es sind zweifellos gute Menschen.« Er runzelte die Stirn. »Ihr seid verletzt, wie ich sehe.« Er wandte sich an die Magd. »Hol etwas zum Verbinden, mach schon, steh nicht unnütz hier herum!«

Richard deutete eine Verbeugung an. »Ihr seid zu gütig, Sir.«

Cromwell winkte ab. »Kommt mit in mein Arbeitszimmer.« Er sah die Plunges an. »Ihr auch.«

Sie folgten Cromwell in einen Raum, der fast vollständig von einem übergroßen Schreibtisch eingenommen wurde. Es gab zudem ein Regal mit einigen wenigen Büchern sowie zwei Sessel, zwischen denen ein kleiner Tisch stand.

Cromwell deutete auf einen der Sessel. »Nehmt Platz, Sir.«

Richard ließ sich erleichtert nieder. Sein Schädel brummte, ihm war noch immer flau im Magen, und er traute seinen Beinen nicht. Der Sturz hatte ihm gehörig zugesetzt. Oder das, was danach passiert war.

»Ihr habt ihn lebend hergebracht«, sagte Cromwell zu den beiden Männern. »Sehr gut. Gab es Probleme?«

Der ältere Plunge senkte den Blick. »Ich musste einen erschießen.«

»Er hat mir das Leben gerettet.« Richard sah Cromwell an.

»Hätte er nicht geschossen, läge mein Kopf jetzt neben meinem blutigen Rumpf auf dem Boden einer Kate im Moor. Der Kerl ist mit einer Axt auf mich losgegangen. Meinem Retter ist kein Vorwurf zu machen. Ganz im Gegenteil.«

»Ah!«, sagte Cromwell. »Ein echter Gentleman, ein gerechter Mann. Keine Sorge. Ich habe nicht vor, Mr. Plunge Vorwürfe zu machen. Er hat getan, was ich ihm auftrug, nämlich, Euch heil herzubringen.« Er legte die Stirn in Falten. »Ihr wisst, wer ich bin, darf ich fragen, mit wem ich die Ehre habe?«

Richard neigte den Kopf. »Richard Faversham. Ich bin als Porträtmaler Gast auf Witcham House.«

»Ein Maler, soso.«

Die Magd kam mit einer Schüssel Wasser und Leinentüchern.

»Kümmere dich um den Mann«, befahl Cromwell ihr. »Oder zieht Ihr die Dienste eines Arztes vor, Master Faversham? Ich denke nicht, dass Ihr sehr schwer verletzt seid, aber ich lasse gern einen rufen, wenn Ihr meiner Magd nicht zutraut, Euch anständig zu versorgen.«

»Ich bin sicher, dass sie das wunderbar machen wird«, beeilte Richard sich zu sagen.

Während die Magd ihm die Kopfwunde auswusch und einen Verband anlegte, wandte Cromwell sich an Plunge. »Sorg dafür, dass die Männer ihre Strafe bekommen. Wer immer mit der Sache zu tun hat, stell ihn vor die Wahl: Die Gegend verlassen oder im Moor die letzte Ruhe finden. Du hast meinen vollen Rückhalt.«

»Ja, Master Cromwell.« Der Mann nickte seinem Sohn zu, beide zogen sich zurück.

Richard spürte Cromwells Blick auf sich ruhen und bemühte sich um eine ausdruckslose Miene. Was Cromwell da anordnete, war Selbstjustiz. Die Sache müsste dem Sheriff gemeldet werden, er sollte nach den Verbrechern fahnden. Dass Cromwell den Befehl so offen vor einem Fremden gab, bedeutete entweder, dass er sich für unantastbar hielt, oder, dass er von der Gerechtigkeit seiner Sache so überzeugt war, dass es ihn nicht scherte, Recht und Gesetz zu beugen.

Eins bedeutete es zweifellos: Oliver Cromwell war furchtlos, und allein deshalb war er gefährlich.

Charles

Charles starrte hinauf zum Deckengemälde des Bankettsaals, das Peter Paul Rubens erst vor wenigen Jahren vollendet hatte. Er hatte seinen Rat, den Privy Council, hier zusammenkommen lassen, weil er die Schönheit und die Pracht des Saals liebte. Und vielleicht auch, weil er damit etwas demonstrieren wollte. Der Palast von Whitehall war eine der größten Königsresidenzen Europas, und der Bankettsaal im Banqueting House stellte alles Vergleichbare in den Schatten. Charles war einer der mächtigsten Herrscher der Welt, und daran sollte niemand zweifeln.

Sein Blick blieb an Minerva hängen, der Göttin der Weisheit. Gestern hatte er mit Henrietta gesprochen, die ihm zu Härte geraten hatte. Sie selbst war ebenfalls hart, auch zu sich selbst. Sie hielt an ihrem katholischen Glauben fest, auch wenn sie dafür von ihren Untertanen gehasst wurde. Und sie wankte auch nicht in ihren ehelichen Pflichten. Im Juni hatte sie die kleine Catherine tot zur Welt gebracht. Nun war sie bereits wieder schwanger und fest davon überzeugt, dass diesmal ein starker, gesunder Junge in ihr wuchs.

Charles senkte den Blick und ließ ihn über die Mitglieder des Privy Council schweifen. Nur ein Dutzend seiner Berater war ihm geblieben, alle anderen hatten ihn verraten, auch wenn sie es nicht zugeben wollten. Charles' Spione hatten sie alle entlarvt. Seit er das Parlament im Jahr 1629 aufgelöst hatte, regierte er gemeinsam mit dem Privy Council das Land. So gab es nichts, das nicht seiner unmittelbaren Kontrolle unterlag. Er war der König, er bestimmte, was geschah. Auch wenn er es seinen Untertanen manchmal mit Gewalt begreiflich machen musste. So wie den Schotten, deren erbärmlicher Aufstand noch immer nicht endgültig niedergerungen war.

Den ganzen Tag hatten sie über Nichtigkeiten geredet, doch jetzt endlich kamen sie zu den wichtigen Themen. Kurzerhand ließ Charles alle aus dem Saal werfen, die nicht zum erlesenen Kreis seiner engsten Vertrauten gehörten. Diener, Wachen, Hofschranzen. Und den Hofnarren mit seinem losen Mundwerk. Nur ein Schreiber, der schon seinem Vater gedient hatte, durfte bleiben. Der würde nur notieren, was sein Herr ihm diktierte.

»Meine Herren«, begann Charles und hielt seinen Beratern eine Liste mit Namen entgegen. »Alle, die hier verzeichnet sind, verweigern die Schiffsteuer. Es sind Dutzende. Die Liste derer, die brav bezahlen, ist deutlich kürzer. Wie sollen wir die Schotten in ihre Schranken weisen, wenn wir kein Geld haben, um Waffen, Proviant und Pferde zu kaufen? Ganz zu schweigen von den Unsummen, die wir für Söldner ausgeben müssen, weil anscheinend niemand mehr für König und Vaterland freiwillig in die Schlacht ziehen will.«

Voller Grimm dachte Charles an die Demütigung bei Kelso. Hätte er damals nur nicht auf seine Generäle gehört! Die Schotten hatten sie mit einer Herde Rinder ausgetrickst. Mit nichts als dummen Kühen! Er hatte es kaum glauben können, als man ihm davon erzählt hatte, und er fragte sich noch immer, warum keiner seiner Spione ihn gewarnt hatte. Dabei hatte Montjoy angeblich einen seiner besten Männer direkt unter Leslies Augen platziert.

Charles verscheuchte die hässliche Erinnerung und trommelte mit den Fingern auf die Stuhllehne. »Hat irgendeiner der Herren eine Idee?«

Der Schatzkanzler räusperte sich und stand auf. »Eure

Majestät, wir sollten alle festnehmen lassen, die die Schiffsteuer verweigern. Nur wenn sie zahlen, sollen sie freigelassen werden.«

Dieses Mittel hatte Charles schon oft angewendet, doch im Moment erschien es ihm zu gefährlich, zumindest dem Adel gegenüber. Wenn er willkürlich Barone, Earls und Viscounts verhaften ließ, konnte es schnell zu lokalen Unruhen kommen, und Charles hatte nicht genug Männer, um solche Flächenbrände zu löschen.

Charles unterdrückte einen Seufzer. In Momenten wie diesen vermisste er seinen Freund George Villiers, den Duke of Buckingham. Der hätte mit Sicherheit einen Ausweg gewusst. Buckingham hatte schon seinem Vater treu gedient, und Charles hatte seinen Rat immer geschätzt, auch wenn es böse Zungen gab, die ihm allzu blindes Vertrauen in die oft waghalsigen Unternehmungen des Dukes vorwarfen. Doch Buckingham war seit mehr als zehn Jahren tot, hinterrücks ermordet von einem puritanischen Fanatiker. Wie sehr Charles die Puritaner hasste!

Er unterbrach das Trommeln. »Das ist keine üble Idee, Lord Schatzkanzler. Aber wir müssen mit Bedacht vorgehen. Wählt nur solche Männer aus, bei denen nicht zu befürchten steht, dass es zu Widerstand kommen könnte. Reiche Bürger und Mitglieder des niederen Adels. Und setzt die Summen so an, dass niemand ruiniert wird. Wir wollen ja nicht die Kuh schlachten, die uns die Milch gibt.«

Der Schatzkanzler nickte ergeben. »Ich werde eine Liste anfertigen und sie Euch vorlegen.« Er setzte sich.

»Andere Ideen?« Charles wartete. Niemand ergriff das Wort. Also musste er sich selbst etwas einfallen lassen. »Ab sofort sollen die Seifensieder von Bristol auf jede Tonne Seife, die sie herstellen, vier Pfund Steuer zahlen. Außerdem dürfen sie ihre Seife nur in einem Umkreis von vier Meilen um

Bristol verkaufen.« Er nickte dem Schreiber zu, der eifrig alles notierte.

Charles sprach weiter. Er hob die Kosten für die Benutzung der Straßen an, verdoppelte den Anteil der Krone bei den Gebühren für das Mahlen von Mehl und setzte für jedes Hufeisen, das in seinem Königreich geschlagen wurde, einen Penny als Steuer fest. Alle Sheriffs sollten angewiesen werden, scharf zu kontrollieren und bei Verstößen keine Gnade walten zu lassen. »Außerdem soll jeder, der Tabakanbau betreibt und ihn nicht ordnungsgemäß angemeldet hat, all sein Vermögen und seinen Titel verlieren, sollte er einen besitzen. In diesem Fall werden alle Ländereien und sonstigen Werte durch die Krone eingezogen. Wer kein Vermögen hat, der fällt dem Henker zum Opfer.« Charles hatte überschlagen, dass der illegale Tabakanbau und Verkauf ihn mindestens fünfzigtausend Pfund jährlich kosteten.

Zusätzlich zu diesen Maßnahmen würde er von den Bischöfen einen Beitrag zur Kriegskasse verlangen. Es war ja auch in ihrem Interesse, dass die Schotten sich der anglikanischen Kirche bedingungslos unterordneten. Charles stand auf. Wenn er alles zusammenrechnete, konnte genug zusammenkommen. Mit knapp einer Million Pfund konnte er ein Heer von zwanzigtausend Mann aufstellen, mit neuesten Waffen ausrüsten und ein Jahr lang verpflegen und bezahlen. Das sollte die Schotten in die Knie zwingen.

Er trat ans Fenster, sah hinunter auf den Hof und blinzelte verwirrt. Für einen winzigen Moment hatte er eine schreckliche Vision, sah sich selbst auf dem Schafott vor dem Henker kniend, genau hier vor diesem Haus, im Zentrum seiner Macht. Ein Schauder überlief ihn, dann verschwand das Bild.

Er wandte sich ab. An diesen albernen Visionen waren allein die Puritaner schuld, diese sture Bande um John Pym. Er musste sie loswerden, bevor ihre Zahl weiter wuchs. Inzwischen hatten sich bereits einige Edle auf ihre Seite geschlagen, nicht offen, aber indirekt, indem sie sich weigerten, den König zu unterstützen. Sie zahlten nicht, stellten keine Männer für den Krieg ab, und sie verhinderten oder verzögerten die Ausführung seiner Befehle. Was konnte er dagegen tun, ohne einen offenen Aufstand oder gar einen Bürgerkrieg auszulösen? Charles wusste es nicht, aber er würde sich etwas einfallen lassen müssen. Sonst tanzte ihm der Pöbel irgendwann auf der Nase herum.

Richard

Richard rieb sich über den Kopf. Da, wo er bei seinem Sturz auf den Stein aufgeschlagen war, war eine kleine Narbe zurückgeblieben. Nicht seine erste und auch nicht seine größte. Er scheuchte die dunklen Erinnerungen weg, die bei dem Gedanken in ihm aufstiegen, und griff nach dem Kerzenleuchter. Es wurde Zeit, dass er im Weinkeller nach dem Rechten sah.

Eine Woche hatte er im Hause Cromwell verbracht. Sein Gastgeber war darüber nicht sehr glücklich gewesen, hatte sich aber bemüht, es sich nicht anmerken zu lassen, denn seine Christenpflicht gebot ihm, den verletzten Gast nicht vor die Tür zu setzen. An jenem Nachmittag in Cromwells Arbeitszimmer war es Richard plötzlich wieder übel geworden, so heftig, dass er sich auf den Boden erbrechen musste.

Dabei hatten sie zunächst sehr angenehm geplaudert. »Master Faversham, darf ich Euch ein Gläschen von meinem ausgezeichneten Priest-Port anbieten?«, hatte Cromwell gefragt, nachdem die Magd ihn verbunden hatte. »Und dann erzählt Ihr mir, wie Ihr in diese missliche Lage geraten seid.«

»Danke, das Angebot nehme ich gern an.«

Cromwell goss ein, sie prosteten sich zu. Richard ließ einige Tropfen des köstlichen Getränks die Kehle hinunterrinnen, dann berichtete er. »Ich habe mich im Moor verirrt, mein Pferd scheute, ich flog in hohem Bogen hinunter und schlug mir den Kopf an. Als ich aufwachte, konnte ich mich nicht rühren. Bei Gott, ich dachte, ich wäre für alle Zeit gelähmt. Und dann waren da die Moorleute, die mich ausrauben und töten wollten. Den Rest kennt Ihr.«

»Es waren zwei, die Euch etwas antun wollten. Ausnahmen, zum Glück. Ihr habt ja die Plunges kennengelernt und erlebt, wie die Moorleute eigentlich sind. Arme, aber ehrbare Menschen.«

»Zweifellos.« Richard wusste natürlich, warum Cromwell die Männer in Schutz nahm: Sie begingen Verbrechen für ihn. Richard tastete nach seiner Geldkatze und nahm einige Münzen heraus. »Gebt der Familie Plunge dies hier. Das ist das Mindeste, was ich ihnen schuldig bin.«

Cromwell nahm das Geld entgegen. »Ich werde es übergeben. Die Plunges haben jeden Penny nötig. Ihr seid großzügig. Ich danke Euch.« Cromwell sah ihn nachdenklich an. »Und was, wenn ich fragen darf, führte Euch ins Moor? Plunges Junge hat Euch weitab vom Weg gefunden. Es war Glück, dass er in der Gegend unterwegs war.«

»Ich bin immer auf der Suche nach Inspiration. Das Moor bietet eine unendliche Anzahl unterschiedlicher Braun- und Grüntöne, ganz anders als das frische Grün einer Wiese oder eines Waldes im Frühling. Ich weiß noch, dass ich vom Sattel aus ein prächtiges Exemplar des gefleckten Knabenkrautes betrachtete, als eine Ente aufflog und mein Pferd erschreckte.«

»Ah! Das gefleckte Knabenkraut. Das gibt es hier häufig. Eine Orchideenart, wenn ich mich nicht täusche?«

»Ihr täuscht Euch nicht. Ihr kennt Euch aus im Moor.«

»Da ich Huntingdon, zu dem auch Ely und sein Umland gehören, im Parlament vertrete, sollte mir das Moor und alles, was darin ist, von besonderer Bedeutung sein.«

»In der Tat.« Richard hob sein Glas. »Dann sollten wir auf den König trinken, der das Moor zum Wohle aller nutzbar macht.«

Ein Schatten huschte über Cromwells Gesicht, ganz kurz nur und schneller als ein Flügelschlag. »Auf den König.«

Sie hatten getrunken, danach hatte Cromwell das Thema

gewechselt, ihn gefragt, wie es den Damen in Witcham House gehe. Sie hatten über dies und das geplaudert, Richard war währenddessen immer müder geworden. Und dann hatte ihn urplötzlich eine Übelkeit überkommen, mit einer Wucht, wie er es nicht einmal aus den schlimmsten durchzechten Nächten kannte.

Cromwell hatte doch noch den Arzt gerufen, der einige Tage strengste Bettruhe verordnet hatte. Danach hatte er einen Knecht nach Witcham House geschickt, um Bescheid zu geben, und Richard ins Gästezimmer bringen lassen.

Erst eine Woche später war Richard endlich so weit wiederhergestellt gewesen, dass er zu den Mortimers hatte zurückkehren können. Lady Coveney wiederum war noch immer so erschrocken über seinen Unfall, dass sie ihn zu einigen weiteren Tagen Bettruhe verdonnert hatte, die sie selbst streng überwachte.

Nun endlich ging es Richard wieder besser, und er hatte die Arbeit am Familienporträt wieder aufgenommen. Allerdings war der Weinkeller fast zwei Wochen lang unbewacht gewesen.

Richard öffnete die Tür. Auf dem Korridor war alles still. Die Hand schützend um die Flamme gelegt, schlich er die Treppe hinunter und begab sich in den Flügel, in dem sich der Salon des Hausherrn befand. Je näher er dem Zimmer kam, desto vorsichtiger wurde er. Es war gut möglich, dass Lady Vivian wie so oft am Schreibtisch über den Büchern saß, auch wenn es bereits nach Mitternacht war.

Keinesfalls wollte er ihren Verdacht wecken. Zumal sie, seit Richard aus Glebe House zurückgekehrt war, freundlicher zu ihm war, nur noch selten eine spitze Bemerkung fallen ließ, und dann auch eher im Scherz, und sich über seine Gesellschaft beim Essen ehrlich zu freuen schien. Was es Richard allerdings noch schwerer machte, sie zu hintergehen.

So lautlos wie möglich öffnete er die Tür. Im Salon war es dunkel. Erleichtert stieß er die Luft aus. Mit wenigen Schritten war er am Regal, betätigte den Mechanismus und trat in den Gang. Vor der Verbindungstür zum Weinkeller setzte er den Leuchter ab, zog den Diebschlüssel hervor und machte sich am Schloss zu schaffen.

Kurz darauf stand er vor dem Fass und hielt den Leuchter hoch, um es genauer zu betrachten. Nichts schien verändert. Er bückte sich, entfernte die Daube und leuchtete ins Innere.

»Verfluchte Höllenbrut!«, stieß er zwischen den Zähnen hervor.

Das Fass war leer. Jemand hatte die Zeit genutzt, um die Bücher verschwinden zu lassen.

Vivian

Der Park von Witcham House glich dem Sternenhimmel in einer klaren Nacht, so groß war das Lichtermeer aus unzähligen Kerzen, das nicht nur die Auffahrt, sondern den ganzen Park erhellte. Eine Kutsche nach der anderen traf ein, in teure Pelze gehüllte Gäste schälten sich daraus hervor und stiegen die Stufen hinauf, wo Lady Coveney, Vivian und, ein wenig im Hintergrund stehend, Master Faversham sie begrüßten.

Vivian musste sich eingestehen, dass ihr Herz schneller schlug, dass sie sich auf Musik und Tanz freute. Es war eiskalt, aber sie fror nicht, ganz im Gegenteil. Seit Jamies Tod hatte es in Witcham House kein solches Fest mehr gegeben, und nach allem, was geschehen war, sehnte sie sich nach ein wenig Zerstreuung.

Schade war nur, dass Vater und Albert noch immer an der schottischen Grenze festsaßen. Andererseits hätte Lord Coveney womöglich die hohen Ausgaben für die Feierlichkeiten gerügt und ihnen so die Freude verdorben.

Als der Strom der Gäste eine kurze Pause einlegte, wandte sich Lady Coveney an Master Faversham. »Tut Ihr mir einen Gefallen, mein lieber Richard?«

»Was immer Ihr wünscht, Mylady.« Er verneigte sich, lächelte dabei jedoch Vivian an, deren Herz einen Satz machte.

Ihre Mutter legte ihm eine Hand auf den Unterarm. »Ich möchte, dass Ihr mit meiner Tochter den Tanz eröffnet.«

Richard, der noch immer zu Vivian hinübersah, hob fragend eine Braue. »Wenn Eure Tochter das ebenfalls wünscht, wäre es mir eine Ehre, Mylady.«

»Natürlich möchte sie. Oder etwa nicht, mein Kind?«

»Es wird mir eine Freude sein, Mutter. Wenn Master Faversham ebenso gut tanzt, wie er zeichnet, besteht die Hoffnung, dass er mir nicht auf die Füße tritt.«

»Ich werde mir die allergrößte Mühe geben, Lady Vivian.«

In dem Moment ertönte Hufgetrappel, ein weiterer Gast kam die Auffahrt hinaufgeritten. Oliver Cromwell saß ab und übergab sein Pferd einem Knecht. Lady Coveney hatte ihn ebenso eingeladen wie viele andere angesehene Bürger der Grafschaft. Master Faversham hatte die Vermutung geäußert, dass Cromwell nicht auftauchen würde. Sein ehemaliger Gastgeber, so hatte er Vivian gegenüber behauptet, hielte nicht viel von Festivitäten, vor allem nicht vom Tanz. Nun, Vivian lächelte, in dieser Sache hatte Faversham sich geirrt.

Cromwell eilte die Treppe hinauf, verbeugte sich vor der Countess. »Habt Dank für die Einladung, Lady Coveney. Und verzeiht, dass ich meine Frau nicht mitbringe. Sie trauert noch um unseren Ältesten. Genau wie ich.«

Vivian nickte mitfühlend. Der achtzehnjährige Robert Cromwell war vor einigen Wochen im Internat gestorben. Vivian wusste nicht, woran. Sie konnte nur ahnen, wie hart es Cromwell und seine Frau getroffen hatte.

Richard wirkte ebenfalls betroffen. »Mein aufrichtiges Beileid«, sagte er.

»Danke.« Cromwells Miene war unergründlich.

»Bestellt Eurer Gemahlin meine allerbesten Wünsche«, sagte Vivians Mutter. »Sie soll mich wissen lassen, wenn ich irgendetwas für sie tun kann.«

»Ihr seid zu gütig, Mylady.«

Wenig später waren alle Gäste im großen Ballsaal versammelt, in dem noch mehr Kerzen flackerten als draußen im Park. Überall standen köstliche Speisen auf kleinen Tischen bereit. Diener in Livree trugen Tabletts mit Wein herum. In einer Ecke warteten die Musiker auf ihren Einsatz.

Lady Coveney erhob die Stimme. »Meine sehr verehrten Gäste, meine Tochter Lady Vivian und ich heißen Euch herzlich willkommen auf Witcham House. Wir freuen uns darauf, das Weihnachtsfest mit Euch zu feiern. Und jetzt soll die Musik erklingen. Kapellmeister!« Sie gab Master Faversham ein Zeichen, der nickte, sich vor Vivian verneigte und sie in die Mitte der Tanzfläche führte. Dutzende neugierige Blicke lagen auf ihnen, doch dann folgten andere Paare ihrem Beispiel, und die Tanzfläche füllte sich.

Die Musik setzte ein, und schon nach den ersten Schritten entspannte sich Vivian. Richard Faversham war ein einfühlsamer, eleganter Tänzer, der jede Bewegung perfekt beherrschte. Er vollführte makellose Kreise, gab ihr genug Raum für ihre eigenen Schritte, führte sie gleichzeitig so, dass sie immer wusste, wo in der Schrittfolge sie sich befanden.

»Sicherlich hättet Ihr jetzt lieber Euren Verlobten als Tanzpartner«, sagte er, als sie um ihn herumschritt.

Seine Bemerkung erschreckte sie so sehr, dass sie sich verhaspelte. Er reagierte sofort, überspielte ihren Fehler geschickt, und schon waren sie wieder im Tritt.

»Ich wollte Euch nicht in Verlegenheit bringen«, raunte er entschuldigend.

»Das habt Ihr nicht«, erwiderte sie rasch. »Ich habe nur so lange nicht mehr getanzt, dass meine Füße ein wenig eingerostet sind.«

»Dann erlaubt mir, Euch dabei zu helfen, den Rost abzuschaben.«

»Mit dem größten Vergnügen.«

Und genau das tat er. Unter der Führung von Master Faversham fühlte Vivian sich leicht wie eine Feder, alle Last fiel von ihr ab, sie konzentrierte sich einzig und allein auf die Musik und die Schritte, mit denen sie sich dazu bewegte.

Kurz vor dem letzten Durchgang rief der Kapellmeister: »Triple«.

Noch am Morgen hätte es Vivian davor gegraut, das doppelte Tempo einer Triple zu tanzen, doch jetzt freute sie sich. Faversham drehte sie geschickt im Kreis, sie genoss es so sehr, dass sie den Schlussakkord verpasst hätte, hätte der Maler ihr nicht rechtzeitig signalisiert, dass der Tanz zu Ende ging. Als die Musik verklang, standen Vivian und Faversham sich in der langen Reihe der Tanzpaare gegenüber.

»Ich danke Euch, Master Faversham. Ihr habt mir eine große Freude bereitet.«

Er verneigte sich. »Immer zu Eurer Verwendung.«

Gemessenen Schrittes führte er sie zurück an ihren Platz, verneigte sich noch einmal und zog sich zurück.

Vivian ließ sich ein Glas Wein reichen und nahm einen großen Schluck. Sie spürte, dass ihre Wangen gerötet waren, doch das scherte sie nicht. Sie fühlte sich, als würde sie über Wolken schweben. Sie nahm einen weiteren Schluck und hielt nach Richard Faversham Ausschau. Wo war er bloß? Ach da! Gerade verneigte er sich vor Lady Lucy, der Tochter des Earl of Yaxley, die mit ihren blonden Locken allen Männern den Kopf verdrehte und zudem Gedichte schrieb. Angeblich war sie mit einem Viscount verlobt, doch niemand wusste Näheres.

Lady Lucy hakte sich bei Faversham unter, lachte und sagte etwas, das ihn dazu veranlasste, die Augenbrauen hochzuziehen und etwas zu erwidern, das ihr ein Lachen entlockte. Die Szene hatte etwas Intimes, das Vivian einen unerwarteten Stich versetzte. Schlagartig war ihre gute Laune verflogen.

»Darf ich bitten?« Lord Downham verbeugte sich vor Vivian.

Ihr war die Lust vergangen, aber als Gastgeberin durfte sie nicht passen. Also lächelte sie höflich und reichte ihm den Arm. Während Vivian in die Mitte des Saals schritt, traf sie eine Entscheidung. Sobald das neue Jahr angebrochen war, würde sie dafür sorgen, dass Richard Faversham Witcham House verließ.

Richard

Richard hatte mit vielem gerechnet, nicht jedoch damit, dass ausgerechnet dieses zarte Persönchen sein Kontakt sein würde. Lady Lucy war blutjung, bezaubernd, wunderschön und äußerst charmant.

Und sie war eine Spionin.

Als sie ihm die Gedichtzeile zugeraunt hatte, den Code, der sie als seine Kontaktperson auswies, hatte er Mühe gehabt, Haltung zu wahren und sich seine Überraschung nicht allzu sehr anmerken zu lassen.

Er hoffte inständig, dass Lady Vivian ihn in diesem Augenblick nicht beobachtet hatte, denn sie kannte ihn inzwischen so gut, dass er fürchten musste, durchschaut zu werden. Außerdem wollte er nicht, dass sie aus seiner Reaktion falsche Schlüsse zog. Er durfte das mühsam erlangte Vertrauen zwischen ihnen nicht gefährden, auch wenn es auf Lügen basierte und ihm klar war, dass er sie früher oder später noch mehr würde hintergehen müssen, als er es bereits tat.

Richard bemerkte Lady Lucys fragenden Blick, riss sich zusammen und führte sie auf die Tanzfläche. Die Musiker begannen mit dem Auftakt einer Courante, die Paare stellten sich einander gegenüber auf. Kurz darauf traten Richard und seine Tanzpartnerin jeweils zwei Schritte aufeinander zu. Er nahm mit der rechten Hand Lucys linke, sie zwinkerte ihm zu und drehte sich zu ihm ein. Sie stand jetzt mit ihrem Rücken zu Richard, ihr Ohr war ganz nah an seinem Mund.

»Ich weiß, dass in der nächsten klaren Vollmondnacht etwas geschmuggelt werden soll ...«

Fast hätten sie die nächste Schrittfolge verpasst, aber Lady Lucy übernahm für einen Moment die Führung, und Richard konnte sich sofort darauf einstellen. Sie drehten sich wieder auseinander. Richard musste ihre Hand loslassen, die Paare bewegten sich weiter, und Richard sah sich einer neuen Tanzpartnerin gegenüber. Immer weiter wirbelten die Paare, und es dauerte eine gefühlte Ewigkeit, bis Lady Lucy ihm wieder gegenüberstand.

»Ob es um Bücher geht oder etwas anderes, kann ich nicht sagen«, fuhr er fort. »Ich weiß nur, dass es sich angeblich um ganz spezielle Ware handelt.«

Kaum hatte er den Satz zu Ende gesprochen, mussten die Paare sich erneut weiterdrehen.

Ungeduldig wartete Richard, bis Lady Lucy wieder bei ihm war. »Sie werden den alten Henkerspfad nehmen. Der führt von Ely nach Prickwillow und quert die Great Ouse an einer Furt ...«

Schon spielte die Musik die Endsequenz, noch einmal wirbelten die Paare umeinander, dann war der Tanz beendet.

Lady Lucy knickste vor Richard und lächelte. »Ich danke für diesen äußerst ... informativen Tanz.«

»Immer gern.«

Als Richard sich abwandte, sah er, dass Lady Vivian von einem älteren Mann von der Tanzfläche geführt wurde. Ein Lächeln umspielte ihre Lippen, doch es war aufgesetzt. Irgendetwas hatte ihr die Freude am Ball verdorben. Er war nicht sicher, ob er wissen wollte, was es war.

Vivian

Vivian saß ab und rieb sich die Finger, die trotz der Handschuhe eiskalt waren. Bis Cambridge war es ein strammer Ritt von fünfzehn Meilen, im Januar kein Vergnügen. Doch als die Nachricht von Master Mansfield mit den Informationen zu einem gewissen Alec Cordell, Mitglied der Gilde der Gerichtsschreiber, eingetroffen war, hatte Vivian keinen Tag länger warten wollen. Zudem war ihr jeder Vorwand recht, um von zu Hause wegzukommen. Master Faversham war zuvorkommend wie nie, und es fiel ihr zunehmend schwer, ihren Plan zu verfolgen, ihn baldmöglichst loszuwerden.

Letzte Nacht hatte sie geträumt, ein Brief sei gekommen, in dem stand, dass Albert Chisum tragischerweise in Ausübung seiner Pflicht für König und Vaterland gefallen sei. Als Faversham sie daraufhin zum Traualtar geführt hatte, war Albert plötzlich als blutüberströmter einarmiger Rächer aufgetaucht und hatte den Maler niedergemetzelt. Schweißgebadet war sie aufgewacht, mehr entschlossen denn je, Richard Faversham endlich aus dem Haus zu komplimentieren.

Vivian nahm Beauty am Zügel und ging zu Fuß durch die Stadt. Bis zum Jesus-College war es nicht weit. Sie beneidete die jungen Männer, die hier studierten. Es musste wunderbar sein, sich nur seinen Studien widmen zu dürfen, statt sich um den Haushalt, die Verwaltung der Ländereien und die Pflege einer kränklichen Mutter zu kümmern. Ganz zu schweigen von der Suche nach einem feigen Mörder.

Alec Cordells Haus lag direkt neben dem Jesus-College.

Mansfield hatte ihr geschrieben, dass der Mann zwar in London als Schreiber tätig war, aber auch ein Haus in seiner Heimatstadt Cambridge besaß, wo er einen großen Teil seiner Zeit verbrachte. Da es kurz nach Weihnachten war und die Gerichtsferien noch andauerten, hoffte sie, ihn dort anzutreffen.

Erst als sie vor der Haustür stand, kamen Vivian Zweifel. Was, wenn Cordell nun tatsächlich Jamies Mörder war und auch sie einfach beseitigte? Sie hätte die Pistole aus Vaters Schreibtisch mitnehmen sollen. Aber dafür war es jetzt zu spät.

Ihre Finger zitterten, als sie klopfte.

Nichts regte sich.

Sie klopfte nochmal, etwas fester. Noch immer rührte sich hinter der Tür nichts. Wie konnte das sein? Ein solch vornehmer Herr musste doch Bedienstete haben, die sich um das Haus kümmerten, selbst wenn er in London weilte.

Vivian klopfte ein drittes Mal. Und diesmal schwang die Tür quietschend auf.

»Mr. Cordell?«, rief Vivian ins Haus.

Niemand antwortete.

Vivian fasste sich ein Herz und trat ein. Muffiger Geruch schlug ihr entgegen.

»Hallo, Mr. Cordell?«, rief sie wieder. »Seid Ihr zu Hause, Sir? Darf ich eintreten?«

Noch immer war es still im Haus. Vivian lief den dunklen Korridor entlang, horchte. Sie hörte ein leises Röcheln, das aus einem der hinteren Zimmer kam. Hastig schluckte sie ihre Angst hinunter und lief weiter, bis sie vor einer Tür stand, die nur angelehnt war. Das Röcheln war jetzt deutlich zu vernehmen. Es klang, als täte jemand seine letzten Atemzüge.

Vivian schob die Tür mit zitternder Hand auf und trat

ein. Der muffige Geruch wurde zu einem scharfen, ekelerregenden Gestank. Die Vorhänge waren zugezogen, doch im Dämmerlicht erkannte Vivian ein Bett, einen Schrank und eine Kommode. Im Bett lag ein Mann mit eingefallenen Wangen und geschlossenen Augen, die tief in ihren Höhlen lagen. Seine Brust hob und senkte sich kaum wahrnehmbar, und bei jedem Atemzug ertönte das Röcheln, das Vivian schon an der Haustür gehört hatte.

Er musste eine ansteckende tödliche Krankheit haben, sonst wären wohl seine Bediensteten nicht davongelaufen.

»Alec Cordell«, sprach sie ihn an, ohne näher ans Bett zu treten. »Seid Ihr Alec Cordell? Könnt Ihr mich hören?«

Der Mann schlug die Augen auf, sie glänzten im Fieber. »Lasst mich in Ruhe.«

Doch Vivian würde keine Ruhe geben. Das hier war vielleicht der Mörder ihres Bruders. Sie wollte die Wahrheit von ihm hören. »Seid Ihr Alec Cordell?«, fragte sie erneut.

Der Mann nickte schwach. »Bin ich im Himmel? Seid Ihr ein Engel?«

Der Mann halluzinierte, das brachte sie auf eine Idee. »Damit Ihr in den Himmel kommt, müsst Ihr beichten, Alec Cordell«, sagte sie mit strenger Stimme.

Cordells Lider flackerten. »Ich bin ein Sünder, Herr, vergib mir.«

Seine Augen fielen zu. Vivian lief die Zeit davon.

»Ihr habt viele Sünden begangen in Eurem Leben. Doch eine wiegt besonders schwer. Erinnert Ihr Euch an Ely? An das Copper's Inn? An den jungen Mann?«

Cordell öffnete die Augen. »Ihr seid kein Engel. Verflucht, wer seid Ihr?«

Er hatte sie durchschaut. Jetzt half nur noch die Wahrheit. »Ich bin Vivian Mortimer, die Schwester von James Mortimer, den Ihr ermordet habt.«

Ein Zittern durchlief Cordells Körper. Er wusste genau, wovon sie sprach. »James Mortimer.«

»Habt Ihr ihn ermordet?«

»Nein.«

Seine Antwort kam zu schnell. Sie glaubte ihm nicht. Sie wollte ihn mehr unter Druck setzen, aber er sprach bereits weiter.

»Ich wollte ihn davon abhalten«, stieß er schwer atmend hervor. »Ich habe gesagt, dass der Junge nichts wissen könne, dass er betrunken sei und sich an nichts erinnern würde, dass es reiche, ihn ordentlich zu verprügeln.« Cordell fielen die Augen zu.

»Das glaube ich nicht.« Vivian zwang sich, nicht näher zu treten, ihn nicht zu schütteln. »Ihr seid doch sonst nicht so zimperlich. Ihr habt auch die beiden Schmuggler ermordet. Ist es nicht so?«

In Cordells Kehle rasselte es. »Das gebe ich zu, und ich bitte Gott um Verzeihung. Er hat mich bereits für meine Sünden gestraft, denn ich sterbe qualvoll am Fieber. Die Hölle kann nicht schlimmer sein.«

»Dann solltet Ihr Euer Gewissen vollständig erleichtern und auch den anderen Mord gestehen, den Ihr begangen habt.«

»Herr, ich bereue meine Sünden und ganz besonders das frevlerische Verbrechen, begangen an dem armen James Mortimer«, wisperte Cordell. »Ich bin mitschuldig an seinem Tod, aber ich habe das Messer nicht geführt, das seine Kehle aufschlitzte.«

Da endlich glaubte Vivian ihm. »Wer war es dann?«, fragte sie. »Verratet mir seinen Namen. Bitte, nehmt ihn nicht mit ins Grab.«

»Ich kenne den Namen nicht.«

»Aber irgendetwas müsst Ihr doch wissen.«

»Er hat eine Narbe. Vom Hals bis zum Bauchnabel. Sie sieht aus wie eine Schlange, die sich über seinen Bauch windet.«

»Das ist alles? Wo finde ich ihn? Wie heißt er? Bitte, nehmt seinen Namen nicht mit in den Tod.«

»Hütet Euch vor ihm. Er ist ein Phantom, er ist ein Raubtier, er ist der Teufel, und er kennt keine Gnade.«

»Seinen Namen, Master Cordell. Ich brauche seinen Namen!«

Cordell riss die Augen auf. »Er kommt. Der Tod!«

»Der Name!« Vivian schrie jetzt.

Cordell verdrehte die Augen. Mit seinem letzten Atemzug hauchte er zwei Worte: »Farathorn Gulie.«

Richard

Der Name des Pfades stammte von einem bemitleidenswerten Henker, der vor gut dreihundert Jahren von den Einwohnern Elys bis zur Great Ouse gejagt und dort ertränkt worden war. Er hatte einen schlechten Tag gehabt und selbst nach drei Hieben mit dem Schwert dem Delinquenten den Kopf nicht abschlagen können. Genau an der Stelle, an der der Henker damals ertränkt worden war, würden die Schmuggler heute Nacht die Ouse überqueren. Der Ort hieß im Volksmund »Henkersstrand«, denn dort gab es an beiden Seiten des Ufers eine Sandbank, und im Sommer war der Fluss so seicht, dass man ihn sogar mit einem Karren durchqueren konnte. Jetzt aber, im Januar, floss das Wasser wild und reißend, und Richard fragte sich, ob die Schmuggler wirklich diesen Weg entlangkommen würden oder doch eine andere Route gewählt hatten.

Nach all den Wochen war er nicht einmal sicher, ob er die Männer in der Kate wirklich richtig verstanden hatte. Aber für einen Rückzieher war es nun zu spät. Er hatte die Information weitergegeben, und Montjoys Männer würden die Schmuggler hier abpassen, da war Richard sicher.

Es war nicht der erste Vollmond, seit Richard verunglückt war, aber der erste in einer klaren Nacht, deshalb bestand gute Aussicht, dass es tatsächlich heute geschehen würde. Richard kauerte sich hinter den Wurzelballen einer umgestürzten Pappel am jenseitigen Ufer der Ouse und bohrte ein Loch zwischen zwei Wurzeln hindurch, das ihm den Blick auf den Henkersstrand ermöglichte. Sein Pferd hatte er in einiger Entfernung angebunden, damit es ihn nicht durch Schnauben oder Scharren verriet. Montjoy würde ihn einen Kopf kürzer machen, wenn er herausfand, dass er sich in eine laufende Operation einmischte.

Hauptsache, Montjoys Männer lagen nicht bereits auf der Lauer und hatten ihn nicht längst bemerkt. Aber das Risiko musste er eingehen. Er musste einfach wissen, was heute Nacht geschah und wen die Männer beim Überqueren der Great Ouse erwischten.

Es lag zwar kein Schnee, aber dennoch kroch die Kälte unter Richards Mantel und ließ ihn frösteln. Er rieb sich die Finger, damit sie in den Handschuhen nicht steif wurden, wackelte mit den Zehen, aber es half nichts. Sein Körper wurde nach und nach taub. Was für eine idiotische Idee, herzukommen! Und wofür? Darüber wollte er lieber nicht nachdenken.

Endlich war ein Geräusch zu hören, das eindeutig lauter war als das Rascheln und Knistern der Nacht. Richard spitzte die Ohren und lugte durch das Loch im Wurzelballen. Er konnte nichts erkennen, aber das Geräusch kam nicht von Tieren. Jemand flüsterte.

Richard suchte mit den Augen das Ufer auf beiden Seiten der Ouse ab. Zum Glück stand der Mond hoch, und die ganze Landschaft war in silbernes Licht gegossen.

Da! Ein kleines Boot wurde am gegenüberliegenden Ufer zum Wasser getragen. Das war interessant. Richard zog die Augenbrauen hoch. Die Kerle schmuggelten nichts nach Ely, sondern etwas von der Stadt weg. Er schaute genauer hin. Es waren zwei Männer und ein Junge. Richard hielt die Luft an. Der eine Mann war der Zauderer aus der Hütte, der Richard nicht richtig verteidigt, aber auch nicht zum Mord gedrängt hatte. Die anderen beiden waren die Plunges. Rod und sein Vater. Seine Retter. Verdammt! Ohne es zu wissen, hatte er anständige Leute ans Messer geliefert. Natürlich war Schmuggeln ein Verbrechen, aber – bei allen Heiligen! – auch wenn es verboten war, die Männer versuchten, ihre Familien zu ernähren, und verübten keinen Königsmord!

Richard konzentrierte sich, beobachtete die Gegend genau. Er konnte keinen von Montjoys Leuten ausmachen. Sollte er es wagen, die Plunges zu warnen? Wurde er dabei erwischt, würde man ihn auf der Stelle erschießen, im besten Fall. Wahrscheinlich aber würde man ihn in den Tower werfen und ihm dann wegen Verrats an der Krone den Prozess machen. Richard verfluchte sich selbst, weil er hergekommen war. Nicht nur, dass er erhebliche Probleme bekommen würde, wenn man ihn entdeckte, jetzt war er auch noch in der Zwickmühle. Er musste sich entscheiden: Sollte er alles riskieren und die Männer warnen oder seine eigene Haut retten?

Die Plunges und ihr Begleiter luden ein schweres Paket in das Boot und stiegen ein. Was konnte das sein? Ein Gedanke schoss Richard durch den Kopf. Waren es die Bücher, die im Keller von Witcham House in dem Fass verborgen gewesen waren?

Mit einem langen Stab stakten die Männer das Boot in die Mitte der Great Ouse. In diesem Moment traf Richard eine Entscheidung. Er wollte aus seinem Versteck treten und laut rufen, doch sein Bein knickte unter ihm weg. Er hatte zu lange in derselben unbequemen Position ausgeharrt. Er biss die Zähne zusammen und rappelte sich wieder auf.

Da knallte ein Schuss. Der dritte Mann griff sich an die Brust und fiel ins Wasser, er gab nicht einen Laut von sich. Entsetzt verharrte Richard mitten in der Bewegung. Was war hier los? Warum schossen Montjoys Männer, warum verhafteten sie die Schmuggler nicht?

Plunge warf sich über seinen Jungen und riss ihn auf den Boden des Bootes. Vom Ufer her erscholl eine schrille Stimme.

»Aufstehen und Hände hoch.«

Was für ein Schwachkopf war das? Gerade hatten sie den Begleiter der beiden erschossen. Glaubten sie wirklich, dass Plunge sich zur Zielscheibe machen würde?

An beiden Ufern tauchten nun Männer mit Musketen auf. Sie hatten sich entweder sehr gut verborgen, oder sie waren gerade erst eingetroffen. Richard vermutete Letzteres – wären sie früher gekommen, hätten sie seine Ankunft bemerkt und ihn sicherlich ergriffen. Doch etwas stimmte nicht: Sie trugen keine Uniform und hatten sich auch nicht als Männer des Königs zu erkennen gegeben. Das hier war keine ordnungsgemäße Verhaftung.

Richard hatte keine Wahl, er musste den Plunges helfen. Hastig massierte er seine Schenkel, um nicht wieder einzuknicken. Gerade als er aus der Deckung treten wollte, senkte der Mann mit der schrillen Stimme die Hand.

Ein Dutzend Musketen feuerten auf das Boot, durchschlugen die Bordwand. Plunge schrie auf, rappelte sich hoch, wurde von einer Kugel in die Brust getroffen und sank in sich zusammen.

Richard gefror das Blut in den Adern. Das hier war ein Massaker. Hoffentlich blieb Rod liegen. Aber Richards Wunsch ging nicht in Erfüllung. Rod sprang auf, schrie und warf sich über seinen Vater. Zwei weitere Musketen feuerten, trafen den Jungen in die Stirn und in den Rücken. Er sackte zusammen.

Richard hielt den Atem an. Die beiden Menschen, die ihm vor wenigen Wochen das Leben gerettet hatten, waren tot. Brutal niedergemetzelt. Und er hatte die Mörder auf ihre Spur gesetzt.

Buch III

Wahrheit

Dezember 1640 – Januar 1642

Richard

Richard zog seinen schweren Mantel aus bester englischer Wolle an. Er hatte schon einige Winter auf dem Kontinent mitgemacht, damals in Antwerpen, als er bei Master van Dyck studiert hatte. Aber einen Dezember wie diesen hatte er noch nie erlebt. Selbst in England lagen angeblich fünf Fuß Schnee, auch wenn Richard sicher war, dass die Berichte reichlich übertrieben waren.

Alle Grachten Amsterdams waren zugefroren, von morgens bis abends dröhnten die Hammerschläge Tausender Seeleute durch die Stadt, die versuchten, ihre Schiffe vom Eis zu befreien, damit sie nicht zerquetscht wurden. Nur eine schmale Rinne konnte freigehalten werden, durch die nicht mehr als jeweils ein Schiff gleichzeitig hindurchpasste. Lebensmittel kamen mit Schlitten über zugefrorene Flüsse und Grachten, Schneewehen machten das Reisen beschwerlich und gefährlich. An Bratäpfeln, heißem Wein mit Gewürzen, Fleischspießen und Schlittschuhlaufen erfreuten sich allein die Betuchten.

Richard war seit acht Monaten in der Stadt und kannte sich inzwischen hervorragend aus. Da er die Sprache aus seiner Zeit in Flandern gut beherrschte, hatte er sich schnell eingelebt. Auch um sein Einkommen brauchte er sich nicht zu sorgen, denn er war wie immer bestens von Montjoy ausgestattet worden und musste sein eigenes bescheidenes Vermögen nicht antasten.

Heute gab es auf der Binnen-Amstel einen Markt, auf dem auch die Maler ihre Bilder feilboten. Richard hatte seinen

Augen nicht getraut, als er im April zum ersten Mal auf diesem Markt gewesen war. Nicht Dutzende, sondern Hunderte Maler stellten ihre Werke aus und verkauften sie teilweise für einen Spottpreis. Viele konnten froh sein, wenn sie wenigstens die Materialkosten einnahmen. Die Amsterdamer Malergilde, das hatte Richard inzwischen erfahren, besaß über vierhundert Mitglieder, und nur die wenigsten konnten sich ein Vermögen erarbeiten, indem sie Aufträge für reiche Händler, Handwerker oder Landbesitzer ausführten.

Die allermeisten Bilder, die auf dem Markt zum Kauf angeboten wurden, waren von ordentlicher Qualität, sie mussten es sein, sonst wären ihre Schöpfer verhungert. Aber die Konkurrenz war einfach zu groß, es gab zu viele gute Maler. Richard seufzte. Was für ein Glück, dass er nicht hier in Amsterdam sein Leben als Leinwandpinsler bestreiten musste, sondern nach wie vor als einer der besten Porträtmaler Englands galt. Selbst ohne Montjoy müsste er nicht um sein Auskommen fürchten.

Richard wohnte zur Untermiete in zwei Räumen eines Kaufmannshauses in der Nähe des Stadthauses, dem Rathaus von Amsterdam. Die Dienstboten seines Vermieters versorgten ihn mit, brachten ihm jeden Tag frisches Wasser und Kohlen hinauf, wuschen seine Wäsche und servierten ihm die Mahlzeiten. Es war ein komfortables Leben. Dennoch wünschte Richard sich, endlich heimkehren zu können. In England hatte er einige Rechnungen offen, die er endlich begleichen wollte. Zunächst hatte er allerdings hier in Amsterdam noch etwas zu erledigen.

Wie vereinbart, schrieb Richard jeden Monat einen verschlüsselten Rapport an Montjoy, der mit seiner Arbeit zufrieden zu sein schien, auch wenn einige Operationen im letzten Moment vereitelt worden waren.

Immer wieder dachte Richard an jene schicksalhafte

Vollmondnacht im Januar zurück, die alles verändert hatte. Nach den Schüssen auf Seymour Plunge und seinen Sohn hatte sich Stille ausgebreitet. Richard hatte fassungslos dagestanden, war einen Augenblick lang wie betäubt gewesen. Er konnte nicht fassen, was er gesehen hatte. Warum hatten die Männer das Feuer eröffnet? Auf wehrlose Männer? Auf ein Kind? Das konnte nicht im Sinne des Königs sein. Es mussten Straßenräuber gewesen sein, die sich die falsche Beute ausgesucht hatten, denn außer Büchern würden sie nichts auf dem Boot finden.

Richard hatte beschlossen, sich nicht zu erkennen zu geben. Gegen eine solche Übermacht an Räubern würde er nichts ausrichten können.

Doch dann war wieder die schrille Stimme ertönt, die Richard zuvor hatte Befehle brüllen hören. »Drei auf einen Schlag, Leute. Das gibt ein gutes Kopfgeld.«

Richard war es eiskalt über den Rücken gelaufen. Keine Räuber. Er hatte den Mann genauer angesehen. Er trug einen auffälligen breitkrempigen Hut mit einigen Federn von verschiedenen Vögeln. Gerade legte er seine Muskete ab, kramte in einem Sack, zog drei weitere Federn hervor und steckte sie sich an den Hut.

»Wir sollten die Leichen einsammeln und machen, dass wir davonkommen«, sagte ein anderer. »Wenn uns die Moorleute in die Finger kriegen, nützt uns auch der Freibrief des Königs nichts.«

»Im Gegenteil. Sie würden uns zerhacken und an die Raben verfüttern«, bestätigte der Federhut. »Aber nur, wenn sie lesen könnten. Los, bewegt euch!«

Richard schüttelte den Kopf. Die Mordgesellen hatten tatsächlich im Auftrag der Krone gehandelt. Und auf Anweisung Montjoys. Mit einem königlichen Dekret in der Tasche, das für den Mord an wehrlosen Menschen nicht nur Straffreiheit, sondern auch eine Belohnung vorsah. Richard wurde übel. Es war seine Schuld, dass die drei feige ermordet worden waren. Er hatte sie ihren Henkern ausgeliefert.

Es wäre klüger gewesen auszuharren, bis die Mörder sich verzogen hatten, doch Richard hatte es nicht eine Sekunde länger ausgehalten. Er nahm die Pistolen, steckte sie ein und schlich los. Er kam nicht weit. Nach ein paar Schritten schreckte er einige Rebhühner auf, die aufgeregt davonflatterten.

Eine Muskete donnerte, die Kugel pfiff knapp an Richards Kopf vorbei. Das waren wirklich schießwütige Idioten. Richard warf sich auf den Boden, im Fallen zog er die Pistolen. »Stellt das Feuer ein, ihr Schwachköpfe! Ich bin Richard Faversham, unterwegs im Auftrag des Königs, genau wie ihr.«

»Feuer einstellen«, bellte Federhut.

Richard wartete einen Moment, dann hob er vorsichtig den Kopf. Die Männer kamen in seine Richtung, einige luden hektisch die Musketen nach. Jetzt oder nie. Richard sprang auf, rannte los, die beiden Pistolen vor sich haltend, und blieb in der Deckung eines Baums stehen, damit er vom anderen Ufer nicht beschossen werden konnte. Jetzt hatte er Federhut im Visier, der noch immer unbewaffnet war.

Die Männer erstarrten. Richard legte auf Federhut an, behielt dabei das andere Ufer im Auge. »Waffen weg, oder euer Anführer ist tot.«

Federhut starrte ihn an, rührte sich nicht. Richard drückte ab, die Kugel schlug vor Federhut in den Boden. Steinchen und Dreck spritzten auf, der Mann zuckte zusammen, blieb aber stehen. Mutig war er, das musste man ihm lassen. Hoffentlich hielt sein Verstand da mit.

»Die nächste Kugel sitzt in deinem Schädel.«

»Waffen runter!«, schrie Federhut.

Die Männer gehorchten.

»Zeig mir den Freibrief«, forderte Richard den Anführer auf.

Langsam senkte der Mann eine Hand, knöpfte sein Wams auf, zog einen Brief hervor und legte ihn vor sich hin.

Richard dachte nicht daran, seine Deckung aufzugeben. »Bring ihn hierher, und falte ihn auf.«

Der Anführer tat, wie ihm geheißen, und zog sich wieder zurück. Richard ließ ihn nicht aus den Augen. Sein Blick schoss zwischen dem Dokument und den Männern hin und her. Es dauerte eine Weile, aber dann hatte er den Text gelesen und auch die Unterschrift und das Siegel erkannt.

Sein Entsetzen war grenzenlos. Charles hatte tatsächlich Unrecht zu Recht gemacht. Der Brief erteilte den Männern die Erlaubnis, jeden zu fassen, tot oder lebendig, der irgendetwas gegen die Interessen der Krone unternahm, vor allem, wenn es sich um Schmuggel, Aufruhr oder gar Beschädigung von Eigentum der Krone handelte. Sogar die Summe war beziffert, die ein Kopf einbrachte: Für jeden Schmuggler, der auf frischer Tat erwischt wurde, zahlte Charles fünf Pfund.

Den Männern war kein Vorwurf zu machen, außer dass sie Ungeheuer waren, denen ein Menschenleben nichts galt. Was sollte Richard jetzt tun?

Zunächst einmal musste er die Ruhe bewahren. Er brauchte Zeit, um nachzudenken.

Langsam senkte Richard die Pistole. »Ich werde berichten, dass ihr nach dem Gesetz gehandelt habt.«

Der Anführer kam auf Richard zu. »Woher sollen wir wissen, dass Ihr die Wahrheit sprecht?«

Vorsorglich hatte Richard seinen Passierschein mitgenommen. Er zog ihn aus dem Wams und gab ihn dem Anführer zu lesen. Der sah kurz darauf, nickte nur und gab den Schein zurück.

»Ich werde ebenfalls berichten, Master Faversham.«

Sein Ton verriet, dass er sich im Klaren darüber war, dass Richard nicht ungeschoren davonkommen würde.

Richard ritt zurück nach Witcham House, band sein Pferd im hinteren Teil des Parks an einen Baum, schlich in sein Zimmer, packte das Nötigste und eilte wieder nach draußen. Seine Malutensilien lagen zum größten Teil in den Gemächern von Lady Coveney und waren daher für ihn nicht erreichbar. Ohnehin wäre er ohne Packpferd schneller, und es wäre von Nutzen, wenn er vor Federhut mit Montjoy sprach.

Als er aufsaß, dachte er an Vivian. Er verließ sie ohne Abschied und ohne ein Wort der Erklärung. Sie würde ihn hassen, aber vielleicht war das besser so. Richard trabte los. Als er das Ende des Parks erreichte, wandte er sich um und warf einen letzten Blick auf Witcham House. Das Schicksal hatte ihn hergeführt, und bei seiner Ankunft hätte er es nicht für möglich gehalten, dass er von hier als anderer Mensch fortgehen würde. Aber genau das war geschehen.

Vivian

Vivian schickte die Zofe weg, die ihr bei der Morgentoilette geholfen hatte, und starrte aus dem Fenster auf den schneebedeckten Park. Bald war Weihnachten. Wie anders das Fest sein würde als im letzten Jahr! Aber es half nichts, der Vergangenheit nachzutrauern, sie kam nicht zurück. Genauso wenig wie Richard Faversham, der im Januar von einem Tag auf den anderen spurlos verschwunden war. Er hatte nicht einmal seine Malutensilien mitgenommen, war einfach eines Morgens fort gewesen.

Sie hatten das Moor abgesucht, weil sie befürchteten, dass er verunglückt war, genau wie im Oktober. Doch er blieb unauffindbar. Merkwürdigerweise waren in der gleichen Nacht auch drei Moorbewohner verschwunden, zwei Männer und ein zwölfjähriger Junge. Vivian glaubte nicht, dass die beiden Vorfälle zusammenhingen, aber merkwürdig war es dennoch.

Sie hatte sich gesagt, dass sie sich doch genau das gewünscht hatte. Der Maler war fort, er konnte ihr Leben nicht mehr durcheinanderbringen. Sie konnte nach vorn blicken, sich auf die Suche nach Jamies Mörder konzentrieren. Das tat sie auch, und als sie allein nicht weitergekommen war, hatte sie einen Mann, der Dienste aller Art anbot, beauftragt, Farathorn Gulie für sie ausfindig zu machen.

Der Mann hatte herausgefunden, dass Gulie ein Puritaner war, der in der Gegend von Cambridge lebte und aufrührerische Pamphlete verfasste. Doch merkwürdigerweise schien niemand ihn persönlich zu kennen.

Im Mai war Albert endlich aus dem Norden zurückgekommen, und Vivian hatte die Suche nach Gulie unterbrechen müssen. Denn Albert hatte ihr nicht etwa ein schönes Kleid oder ein Schmuckstück mitgebracht, sondern den Leichnam ihres Vaters. Mutter hatte kein Wort gesagt und war wieder in Trübsinn versunken, tiefer als je zuvor. Vivian hatte sich so verlassen gefühlt wie nie in ihrem Leben. Daran hatte auch Albert nichts ändern können, obwohl er sich bemühte, tröstende Worte zu finden.

Zuerst wurde ihr Vater beerdigt, und nur einen Monat später hatte sie Albert geheiratet, so wie es vereinbart gewesen war. Die Ehe mit ihm war eine herbe Enttäuschung. Vivian hatte keine Liebesschwüre erwartet, zumindest aber Freundlichkeit und Rücksichtnahme. Doch Albert war nicht nur ein kalter, gefühlloser Liebhaber, sondern auch in allem anderen rücksichtslos und egoistisch.

Anfangs kam er jede Nacht zu ihr, und Vivian ertrug die ehelichen Pflichten stoisch. Inzwischen waren seine Besuche seltener geworden, aber ganz aufgeben würde er sie sicherlich nicht, zumindest so lange nicht, bis sich Nachwuchs ankündigte. Doch danach sah es im Augenblick nicht aus. Tagsüber ging Vivian ihrem Gemahl aus dem Weg, so gut es ging. Er interessierte sich ohnehin nicht im Geringsten für die Belange von Witcham House. Er saß lieber im Salon, brütete vor sich hin und leerte dabei eine Flasche Brandy. Hin und wieder riefen Albert seine Pflichten nach London, denn er saß im House of Lords. Auch heute stand wieder eine Reise an, und Vivian musste sich Mühe geben, sich ihre Freude darüber nicht allzu sehr anmerken zu lassen.

Sie schaute rasch nach ihrer Mutter, die noch schlief, und ging die Treppe hinunter in den Frühstücksraum. Albert saß bereits am Tisch und hielt die Zeitung in der einen und ein Glas Brandy in der anderen Hand. Er betrank sich zwar nicht sinnlos, aber sie konnte sich kaum daran erinnern, wann sie ihn das letzte Mal nüchtern gesehen hatte.

»Guten Morgen, Albert.« Vivian bemühte sich, freundlich zu klingen. Sie setzte sich, ein Diener kam an den Tisch und goss ihr warme Milch ein. Sie gönnte sich den kleinen Luxus, einen Löffel Honig hineinzurühren, nahm einen Schluck, schloss die Augen. Der Honig schmeckte nach Sommer, die Milch nach Geborgenheit.

Albert ließ die Zeitung nicht sinken. »Einen guten Morgen hätte ich, wenn du mir sagen könntest, dass du in anderen Umständen bist.«

Vivian schossen die Tränen in die Augen. Was sollte sie nur tun? Sie wurde nicht schwanger.

Albert biss in ein Hühnerbein, Vivian drehte sich der Magen um. Zu dieser Stunde konnte sie kein Fleisch essen, schon gar kein kaltes Huhn. Wenn sie überhaupt etwas aß, dann ein geröstetes Brot mit Apfelkompott.

»Ich lese gerade einen interessanten Artikel, Werteste.«

Vivian fragte nicht, was in dem Artikel stand. Er erwartete keine interessierte Frage, sondern Gehorsam, also schwieg sie brav, bis er fortfuhr.

»Es geht darum, unter welchen Umständen man eine Ehe annullieren kann.«

Vivian zuckte zusammen, ließ das Brot auf den Teller fallen.

»Es gibt einige mögliche Gründe. Wenn zum Beispiel der Ehemann seine Frau vernachlässigt. Nun, bei uns ist das ja Gott sei Dank nicht der Fall.« Er ließ die Zeitung auf den Tisch fallen, goss sich Brandy nach. Heute trank er schneller als sonst. »Ein weiterer Umstand wäre, wenn die Ehe kinderlos bleibt. Dann wird der von Gott befohlene Zweck der Verbindung nicht erfüllt, und die Ehe ist für nicht existent zu erklären. Der Mann soll sich ja fortpflanzen. Und wäre es nicht ungerecht, wenn er wegen einer beschädigten Frau seines Rechtes beraubt würde, Nachkommen und Stammhalter zu haben?«

Vivian würde übel. Wie konnte Albert nur so grausam sein! Dabei würde er die Ehe niemals annullieren. Zwar wäre er als nächster männlicher Verwandter ihres Vaters auch ohne sie zum Earl aufgestiegen und zum Herrn von Witcham House geworden. Aber er würde sich zum Gespött der feinen Gesellschaft machen.

Vivian sehnte sich nach Kindern, ebenso wie Albert, aber aus ganz anderen Gründen. Es gab niemanden in diesem Haus, dem sie ihre Liebe schenken konnte, außer ihrer Mutter, die jedoch oft kaum ansprechbar war und immer nur trübsinnig vor sich hinstarrte. Seit auch noch ihr Mann gestorben war, konnte sie dem Leben keine Freude mehr abgewinnen.

Wenn Vivian Kinder gebar, würde es wieder Lachen und Freude in diesem Haus geben, was vielleicht sogar ihre Mutter ein wenig aufmuntern würde. Und Vivian hätte jemanden, dem sie ihre Liebe schenken konnte. Außerdem würde Albert sie vermutlich in Ruhe lassen, wenn sie ihm endlich einen Erben geboren hatte.

Vivian trank ihre Milch aus und blickte aus dem Fenster. Schon seit einigen Wochen trug sie sich mit einer Idee. Nun stand ihr Entschluss fest. Sie würde sich Hilfe holen, und sie wusste auch schon, wo.

Richard

Richard schüttelte die Erinnerungen ab, stieg die zwei Treppen hinunter ins Erdgeschoss und trat auf die Straße. Die Kälte schnitt ihm ins Gesicht. Immerhin hatte sich der Wind gelegt, der in den letzten Tagen jeden Aufenthalt im Freien zu einer Herausforderung gemacht hatte. Richard hatte sich unter seinem Decknamen Farathorn Gulie in der Stadt niedergelassen und gab sich als englischer Denker und Puritaner aus, der seine Texte hier vervielfältigen lassen wollte, weil sie in seiner Heimat nicht gedruckt werden durften. Unter diesem Vorwand hatte er zu einigen Druckereien Kontakt aufgenommen, von denen es in Amsterdam mehr gab als Bäckereien.

Das war kein Wunder, denn in den sieben vereinigten Provinzen der Niederlande durfte jeder fast alles sagen und aufschreiben, was er wollte. Aus allen Teilen der Welt strömten Gelehrte, Künstler und wohlhabende Freidenker nach Amsterdam, und außer Katholiken waren alle Konfessionen willkommen. Allerdings kostete die Freiheit der Gedanken ihren Preis. Acht Gulden betrug die Gebühr für die Aufenthaltserlaubnis; das war so viel, wie ein geschickter Handwerker oder ein Hausdiener im ganzen Jahr verdiente.

Als Richard Witcham House wegen der Ereignisse am Henkerspfad verließ, war er davon überzeugt gewesen, dass ihn große Probleme, wenn nicht gar der Galgen erwarteten. Doch Montjoy hatte völlig anders reagiert, als er angenommen hatte. Er hatte Richard eine Predigt gehalten, ihm eingeschärft, nie wieder gegen seine Befehle zu handeln, und ihm dann eine Strafe angekündigt, die es in sich hatte. Diese

Strafe hatte allerdings nicht darin bestanden, ihn vor Gericht zu stellen, sondern darin, ihn auf eine besonders heikle Mission außer Landes zu schicken. Richard sollte nach Amsterdam reisen und dort die Druckereien aufspüren, die die Pamphlete für England druckten.

»Man muss das Übel an der Wurzel packen«, hatte Montjoy gesagt und zugegeben, dass der Schmuggel der Bücher nach England derzeit nicht wirksam bekämpft werden konnte. Es seien schon wieder Schriften von Erbery und anderen Aufrührern in der Gegend von Ely aufgetaucht, aber der Sheriff habe niemanden dingfest machen können. Die drei Schmuggler, die man erwischt hatte, waren nur ein Tropfen auf den heißen Stein gewesen. Deswegen ändere man jetzt die Strategie. Wenn man den Sumpf austrocknen wollte, musste man die Quelle trocken legen. So einfach war das, glaubte Montjoy. In Amsterdam, so erklärte er weiter, saßen die Druckereien alle dicht beieinander, man musste nur herausfinden, welche die verbotenen Pamphlete druckten, dann schickte man in der Nacht ein paar Leute vorbei, die entweder Feuer legten oder die Druckerpressen zerstörten, und schon hatte der Spuk ein Ende. Manchmal könnte es auch helfen, den Besitzer der Druckerei zu besuchen und ihm ein Angebot zu machen, das er nicht ablehnen konnte. Das funktionierte jedoch nicht bei jedem.

Montjoy war wirklich nicht dumm. Das musste Richard ihm zuerkennen. Seine Strategie konnte aufgehen. Die Bauernopfer, die das Feuer legten oder die Besitzer bedrohten, konnten nichts verraten, weil sie nichts wussten. Den Auftrag würden sie von einem Unbekannten erhalten, ebenso die Bezahlung.

Einen Haken hatte die Sache jedoch: In Amsterdam operierten sie auf eigene Faust ohne Deckung des Königs. Sie brachen die Gesetze des Landes, und wer erwischt wurde, musste mit drakonischen Strafen rechnen. Genau deshalb hatte Montjoy Richard vorgeschickt. Er würde das Risiko tragen, und wenn er gefasst wurde, würde Montjoy jede Verbindung zu ihm abstreiten und ihn fallenlassen wie ein glühendes Stück Kohle.

Zur Vorbereitung auf seine Rolle hatte Richard wochenlang von morgens bis abends die Traktate und Schriften der Puritaner, Seeker und anderer seltsamer Sekten lesen müssen, damit er wusste, wovon er redete, und sich nicht beim ersten Gespräch verriet. Zudem hatte Montjoy den Namen Farathorn Gulie in Cambridgeshire verbreiten lassen, bis überall Gerüchte kursierten, dass es sich bei dem Mann um einen geheimnisvollen Verfasser aufrührerischer Schriften handelte. Sollte irgendwer von Amsterdam aus Erkundigungen einholen, würde er feststellen, dass Richard genau der war, für den er sich ausgab.

Im Frühjahr dann, sobald das Wetter es zugelassen hatte, hatte Richard auf den Kontinent übergesetzt und sich in Amsterdam eingerichtet. Nach und nach hatte er vorsichtig Kontakte geknüpft. Heute traf er sich mit Mijnheer van Grote, dem Besitzer einer mittelgroßen Buchdruckerei auf dem Markt, um sich mit ihm über die Einzelheiten des Auftrages zu unterhalten.

Trotz der bitteren Kälte waren die Straßen voller Menschen. Schon von Weitem hörte Richard die Marktschreier. Sie priesen ihre Waren wortreich an, und natürlich gab es nur bei ihnen das beste Tuch, die besten Schuhe, die besten Würste und das beste Geschirr zu unglaublich niedrigen Preisen. Zwischen Schweinsköpfen, Winteräpfeln, Fässern mit eingelegtem Kohl und dicken weißen Bohnen froren Richards Kollegen, die auch bei diesem Wetter ihre Bilder ausstellten. Die meisten hatten sich spezialisiert. Der eine malte nur Stillleben von bestimmten Früchten oder Blumen. Der andere stellte nur Landschaften dar, etwa Wiesen mit Kühen, Flussauen oder Waldränder. Wieder andere hatten sich auf Häuser spezialisiert.

Richard wollte kein Bild kaufen, aber er ließ dem einen oder anderen, der besonders erbärmlich aussah, eine Münze zukommen, ohne Aufhebens davon zu machen. Seine Kollegen dankten ihm seine Diskretion mit einem knappen Nicken. Für Richard war es eine Tortur, mitansehen zu müssen, dass veritable Künstler seiner Zunft wie Bettler am Straßenrand stehen mussten.

Mijnheer van Grote wartete an einem Stand, der duftenden heißen Gewürzwein verkaufte. Das war jetzt genau das Richtige.

»Master Gulie, ich grüße Euch«, rief van Grote. Spätestens jetzt kannte halb Amsterdam seinen Namen. Van Grote hatte die Stimmgewalt eines ausgebildeten Sängers.

»Ganz meinerseits, Mijnheer van Grote«, erwiderte Richard, zog den rechten Handschuh aus und reichte van Grote die Hand. Der Drucker trug keine Handschuhe, hatte aber trotzdem warme Finger. Irgendwo unter seinen Kleidern musste er einen Ofen versteckt haben. Ohne Handschuhe wären Richards Finger innerhalb kürzester Zeit blau gefroren.

Van Grote drückte seine Hand kräftig. »Ihr braucht dringend einen Schluck zum Aufwärmen, Master Gulie, so kalt, wie Eure Hände sind. Dabei stecken sie in Handschuhen, mit denen man eine Reise durch Sibirien überleben würde. Ihr Engländer seid ein arg verzärteltes Volk.«

Er lachte rau und gab dem Wirt ein Zeichen. Sofort standen zwei dampfende duftende Humpen vor ihnen. Van Grote bezahlte und reichte einen davon Richard. »Auf ein gutes Geschäft, Master Gulie.«

»Auf ein gutes Geschäft, Mijnheer van Grote«, sagte Richard und schlug seinen Humpen gegen den van Grotes. Ein wenig Wein schwappte über, tropfte auf den Boden und war schneller gefroren, als Richard seinen Humpen leertrinken konnte.

»Ich habe Euren Text gelesen, Master Gulie, und ich muss sagen, Ihr nehmt kein Blatt vor den Mund.«

Hatte Richard übertrieben? In seinem Traktat hatte er sich an die puritanischen Lehren von Robert Abbot gehalten: Nur was in der Bibel stand, war erlaubt, alles, was nicht darin stand, verboten. So war mäßiger Alkoholkonsum erlaubt, sich zu betrinken aber stellte eine Sünde dar, die den Ausschluss aus der Gemeinschaft bedeuten konnte. Zudem untersagten die Puritaner jegliche symbolische Religionsausübung. Ein besonderer Dorn im Auge war ihnen die Verehrung von Bildnissen. Auch lehnten sie alles ab, was irgendwie pompös wirken konnte: edle priesterliche Gewänder, prächtige Altäre, reich verzierte Kruzifixe. Und natürlich die anglikanischen Gebetbücher. Weihnachten wurde nicht gefeiert. Und genau darauf zielte Richards Traktat. Schließlich war Vorweihnachtszeit. Er stellte das Weihnachtsfest als Sünde dar und forderte, am Geburtstag von Jesus Christus zu fasten und den Tag im Gebet zu verbringen. Wer dies nicht tue, der sei verloren und würde im ewigen Feuer schmoren.

»Nun, Mijnheer Grote, es steht Euch frei zu glauben, was immer Ihr wollt. So ist es Gesetz in diesem Land. Wer aber der Gemeinschaft der Puritaner angehören will, muss nach unseren Gesetzen leben.«

Van Grote lächelte verschmitzt. »Eure Rede ist ebenso von scharfem Verstand geprägt wie Euer Traktat. Ihr habt recht. Eure Worte gehen mich nichts an, denn es steht nichts in Eurem Text, das unseren Gesetzen widerspricht. Ich wollte nur ganz sicher sein, dass Ihr der seid, für den Ihr Euch ausgebt. Der Mann Farathorn Gulie erscheint mir so viel … hm … offenherziger als der Verfasser der Worte. Und da es in letzter

Zeit ein paar unangenehme ... nun ja ... *Vorfälle* gegeben hat ...«

Richard schluckte. »Ja, und?«

»Nichts für ungut, Master Gulie«, sagte van Grote rasch. Offenbar hatte er Richards erschrockenes Gesicht als Ärger gedeutet.

Richard hob seinen Humpen. »Dann lasst uns auf unser Geschäft anstoßen.«

Van Grote nickte und schlug seinen Humpen gegen Richards. Der trank den Rest des Weins, der nur noch lauwarm war, stellte den Humpen ab, nestelte seine Geldbörse aus der Manteltasche und reichte van Grote zwei Gulden.

»Ich danke Euch, Master Gulie. In einer Woche könnt Ihr die Traktate abholen. Sechshundert an der Zahl, gedruckt auf schwerem Papier.«

»Ich danke Euch, Mijnheer van Grote.« Richard bestellte für den Drucker noch einen Humpen heißen Weins, er selbst verzichtete, wäre doch nach den Gesetzen der Puritaner der zweite Humpen eine Sünde gewesen.

Sie plauderten noch ein wenig über den blühenden Handel, der durch den strengen Winter nicht ernsthaft gefährdet war, über die notleidenden Maler und über die zwölf Gemälde, die van Grote sein Eigen nannte.

»Es ist wie bei jedem Geschäft, Master Gulie. Das Angebot und die Nachfrage bestimmen den Preis. Zu viele Maler kamen nach Amsterdam, weil sie glaubten, hier reich werden zu können. Ein tragischer Irrtum. Mancher Tagelöhner verdient besser.«

Richard zuckte mit den Schultern. Das war eine weitere Gelegenheit, sich als echter Puritaner zu geben. »Ich habe kein Mitleid mit diesen Schmierern. Seht doch, was sie auf ihre Leinwände pinseln: Würste, Obst, Bäume und Landschaften. Lauter profanes Zeug. Wen wundert es, dass Gott sie mit Armut bestraft. Diese ganzen Leinwandbeschmutzer sollten lieber ein ehrliches Handwerk ausüben.«

Van Grote lachte. »Mein lieber Master Gulie, ich muss gestehen, dass ich froh bin, hier in Amsterdam als gläubiger Protestant zu leben, der Gott gegenüber kein schlechtes Gewissen zu haben braucht. Der Herr benötigt keinen Tand und kein Gepränge, da gebe ich Euch recht. Aber es ist auch nicht Gottes Wille, so glaube ich, den Menschen die Freude an seiner Schöpfung zu verderben.«

Richard durfte den Bogen nicht überspannen, gleichzeitig musste er sich beherrschen, um nicht zu schmunzeln. Es war bedauerlich, dass er van Grote hintergehen musste. Unter anderen Umständen hätten sie gute Freunde werden können. Aber das brachte sein Beruf mit sich: Er musste Menschen, die er schätzte, belügen und betrügen und sie wieder verlassen, bevor sie einander richtig kennengelernt hatten.

»Ich möchte Euch auf keinen Fall in irgendeiner Weise zurechtweisen, Mijnheer van Grote«, sagte er. »Das müsst Ihr mir glauben. Würde ich Geschäfte mit Euch machen, wenn ich glaubte, Gott hätte keinen Gefallen an Euch?«

Van Grote wischte mit der Hand durch die Luft. »Schon gut, Master Gulie.« Er stellte den Humpen ab. »Wenn Ihr mich jetzt entschuldigt. Ich eile sogleich in meine Werkstatt und bereite alles für Euren Auftrag vor.«

Richard reichte van Grote die Hand. Der Drucker marschierte davon. Richard sah ihm hinterher, verlor ihn bald im Gewimmel aus den Augen. Er würde ihn nie wiedersehen.

Vivian

Kaum war Albert nach London aufgebrochen, ließ Vivian Beauty satteln. Es war ein wunderschöner Vormittag, und sie ließ die Stute galoppieren, sodass deren Hufe den Schnee wie glitzernden Staub aufwirbelten.

Vivian fühlte sich frei. Jetzt, wo Albert auf Reisen war, war sie wieder ihre eigene Herrin und auch Herrin von Witcham House und niemandem Rechenschaft schuldig. Viel zu schnell tauchte Ely vor ihr auf, und sie musste das Tempo drosseln. In den Gassen der Stadt war der Schnee bereits zu einer matschigen braunen Pampe getaut. Überall standen Pfützen, die das Fortkommen erschwerten, wenn man zu Fuß unterwegs war.

Holly Thompson, die Hebamme, wohnte im Süden der Stadt in einem Haus am Fuß des Mount Hill, auf dem eine der drei Getreidemühlen von Ely stand. Als das Haus in Sicht kam, stellte Vivian erfreut fest, dass Rauch aus dem Kamin quoll. Also war die Hebamme daheim.

Sie saß ab, band Beauty an und klopfte. Nach einem Moment wurde die Tür geöffnet. Holly Thompson lächelte sie freundlich an, und obwohl sie aussah wie ein Raubvogel, waren ihre Gesichtszüge weich und warm. Die Hebamme war groß und hager, ihr Kopf schmal und länglich, ebenso ihre Nase, und das von grauen Strähnen durchzogene Haar lag eng am Kopf. Holly hatte bereits Vivian auf die Welt gehoben, ebenso ihren Bruder Jamie.

»Mylady, wie schön, Euch zu sehen!« Holly wies in den Flur. »Kommt herein, da draußen friert Ihr Euch ja zu Tode.

Ihr kommt im rechten Augenblick. Im Kamin prasselt ein Feuer, und ich habe Bratäpfel in der Röhre.«

Vivian nahm am Küchentisch Platz, Holly lud ihr und sich selbst einen nach Zimt duftenden Apfel auf den Teller, goss heiße, süße Sahne darüber und nickte ihr aufmunternd zu. »Ein Händler hat mich mit einer Stange Zimt bezahlt, die hebe ich natürlich für das Weihnachtsfest auf, doch ein winziges Stück davon wollte ich mir sofort gönnen. Ist das nicht wunderbar? Wie gut, dass ich mein Mahl mit Euch teilen kann und Ihr ebenfalls in den Genuss der Köstlichkeit kommt.«

»Das ist wirklich zu freundlich, Mrs. Thompson.« Vivian nahm Messer und Gabel, schnitt ein Stück ab und schob es sich in den Mund. Augenblicklich stellten sich Erinnerungen ein. Früher hatte es im Winter oft Bratäpfel gegeben. Jamie hatte jedes Mal vor lauter Vorfreude herumgezappelt, es kaum erwarten können, während Vivian sich, wie es sich für eine junge Dame gehörte, zusammengerissen hatte und sich nicht hatte anmerken lassen, dass ihr das Wasser im Mund zusammenlief. Vater hatte sie oft auf die Probe gestellt und ihr überlassen zu bestimmen, wer den ersten Apfel bekam. Und immer hatte sie den ersten Apfel Vater gegeben, den zweiten Mutter, den dritten Jamie und sich selbst den letzten. Hier und heute jedoch hatte sie den ersten Apfel bekommen. Und sie teilte das Mahl mit der Hebamme, weil es in ihrer Familie niemanden mehr gab, der sich mit ihr daran erfreute. Albert hasste den Geruch von Bratäpfeln und hatte sie vom Speiseplan gestrichen.

»Schmeckt es?«, fragte Holly nach einer Weile, während sie ein Stück abschnitt.

»Er ist köstlich, Mrs. Thompson«, sagte Vivian mit vollem Mund.

Als sie aufgegessen hatten, räumte Holly die Teller weg und setzte sich wieder zu Vivian an den Tisch. »Und? Wie kann ich Euch helfen, Mylady? Ich denke, Ihr seid nicht wegen eines Bratapfels hergekommen. Seid Ihr in anderen Umständen?«

Vivian schüttelte den Kopf. »Im Gegenteil. Ich werde nicht schwanger. Und ich weiß nicht, was ich noch tun soll. Kennt Ihr ein Mittel, das mich fruchtbar macht?«

Holly hob die Augenbrauen. »Seit wann versucht Ihr es?«

»Seit der Hochzeit im Juni. Also seit einem halben Jahr.«

Holly nickte. »Das ist noch nicht lang, manchmal dauert es eine Weile, bis die Natur ihren Lauf nimmt. Gebt Euch etwas Zeit.«

Vivian seufzte. »Und wenn es nicht passiert?«

»Habt Ihr Eure Regel in gleichmäßigen Abständen?«

Vivian nickte.

»Habt Ihr vorher Schmerzen?«

Vivian schüttelte den Kopf.

»Danach?«

»Nein.«

»Habt Ihr Ausfluss in ungewöhnlicher Farbe?«

»Nicht dass ich wüsste.«

Holly wiegte den Kopf. »War Albert Euer erster Mann?«

»Selbstverständlich«, sagte Vivian schärfer, als sie beabsichtigt hatte. »Verzeiht«, schob sie schnell hinterher.

»Schon gut. Ihr glaubt nicht, wie viele Frauen in ihrer Hochzeitsnacht nicht mehr unberührt sind.« Sie sah Vivian an. »Darf ich Euch untersuchen?«

Vivian nickte mit zusammengepressten Lippen. Das alles war ihr höchst unangenehm. Aber sie durfte nichts unversucht lassen.

Holly führte sie ins Schlafzimmer. »Bitte legt Euch aufs Bett. Ansonsten müsst Ihr nichts tun. Versucht nur, Euch zu entspannen. Es wird nicht wehtun. Meine Hände werde ich mit Talg einreiben, damit ich Euch sanft abtasten kann.«

Vivian legte sich hin und schloss die Augen. Sie hörte, wie Holly sich in einer Schüssel die Finger wusch, zu ihr trat und ihren Rock nach oben schob. Sie tastete behutsam ihren Bauch ab. Dann schob sie ihr die Finger in den Unterleib, drückte wieder an verschiedenen Stellen auf den Bauch. Das Ganze dauerte nur wenige Augenblicke, dann richtete Holly sich auf.

»Das war es schon.«

Vivian schob ihren Rock hinunter und erhob sich vom Bett, während Holly wieder ihre Hände reinigte.

Sie kehrten in die Küche zurück und nahmen erneut am Tisch Platz.

»Nach allem, was ich sagen kann, seid Ihr gesund, Mylady«, sagte Holly. »Alles ist an seinem Platz und hat die richtige Größe. Nichts ist verwachsen.«

»Aber wie kann das sein?« Verzweiflung stieg in Vivian auf.

»Wie ich schon sagte, kann es einfach noch ein wenig dauern, bis Eure Ehe Früchte trägt, Mylady. Das ist völlig normal.«

»Und wenn nicht? Woran kann es dann liegen?«

Holly senkte kurz den Blick, bevor sie antwortete. »Hat Euer Gemahl als Kind Krankheiten gehabt?«

Vivian erinnerte sich dunkel, dass sie irgendwann einmal darüber gesprochen hatten. »Er war als Junge oft krank, soviel ich weiß. Er hatte häufig Fieber, den Kinderhusten und die Halsschwellung.«

Holly nickte. »Die Halsschwellung. Das ist nicht gut.« Sie nahm Vivians Hände in die ihren. Sie waren warm und weich. »Viele Männer, die diese Krankheit hatten, können keine Kinder zeugen.«

»Aber es heißt doch immer, dass …«

Holly lächelte. »Dass die Frauen schuld sind, wenn die

Ehe kinderlos bleibt? Das ist falsch. Aber Euch hilft dieses Wissen nicht weiter. Ist es nicht so?«

In Vivians Kopf tobte ein Sturm. Einerseits war sie froh, dass sie selbst Kinder empfangen konnte, andererseits saß sie in der Falle. Hatte Holly recht, würde Albert ihr kein Kind schenken können – und sie konnte nichts daran ändern.

Richard

Richard sah aus dem Fenster hinunter auf die Straße. Es dämmerte bereits, Zeit, sich auf den Weg zu machen. Knapp eine Woche war vergangen, seit Richard sich mit dem Drucker van Grote auf dem Markt getroffen hatte. Morgen sollte er die Traktate abholen, heute war also die letzte Gelegenheit zuzuschlagen.

Montjoys Männer sollten Feuer legen, und diesmal durfte nichts dazwischenkommen. In den vergangenen Monaten waren ähnliche Anschläge einige Male vereitelt worden, und Montjoy verlor allmählich die Geduld. Er hatte den Verdacht, dass es in seiner Organisation eine undichte Stelle gab, und Richard gebeten, sich umzuhören. Aber wie sollte Richard hier etwas ausrichten? Er hatte keinen Kontakt zu den Männern, kannte nicht ein einziges Gesicht.

In den letzten Tagen hatte Richard viel an die Zeit in Witcham House gedacht, an die Gespräche mit Lady Vivian, seine Ausritte ins Moor und vor allem an den Weihnachtsabend. Wäre alles anders gekommen, wenn er Lady Lucy nicht zum Tanz aufgefordert hätte?

Natürlich war es sinnlos, darüber nachzudenken. Aber Richard hatte viel Muße in Amsterdam, und bei dem schlechten Winterlicht konnte er sich nicht einmal die Zeit mit Studien von Gesichtern vertreiben, zumal das seine Tarnung gefährdet hätte.

Er trat vom Fenster weg, schloss den Laden und zog die Stiefel an. Mehr als einmal hatte er mit dem Gedanken gespielt, Lady Vivian einen Brief zu schreiben und sich für sein plötzliches Verschwinden zu entschuldigen. Aber es war ihm zu gefährlich erschienen. Außerdem hatte sie ihn sicherlich längst vergessen, war mit ihrem Cousin verheiratet und erwartete ihr erstes Kind.

Shirley hingegen hatte er eine kurze Botschaft zukommen lassen, bevor er England verlassen hatte. Allerdings, ohne ihr mitzuteilen, wo er war oder wohin er zu reisen plante. Es war ihm nicht fair erschienen, sie vollkommen im Ungewissen zu lassen, zumal sie womöglich Gerüchte erreichten, dass Richard Faversham in den Sümpfen um Ely verschollen war.

Gerade als Richard den Mantel anziehen wollte, klopfte es an der Tür. Er öffnete, ein junger Bursche überreichte ihm einen Brief, Richard ließ eine Münze in seine Hand fallen. Der Junge bedankte sich mehrfach und stob sogleich wie ein Blitz davon.

Richard erbrach das Siegel und faltete das Papier auseinander. Eine scheinbar sinnlose Zeichenfolge bedeckte den Bogen. Ein neuer Code, den Montjoy und er für seinen Aufenthalt in Amsterdam vereinbart hatten, da ihnen der alte nicht mehr sicher erschienen war.

Richard suchte in dem Gewirr eine Zahlenkombination aus sechs Ziffern. Sie durfte nur einmal im ganzen Dokument vorkommen. Ganz unten in der rechten Ecke wurde er fündig: Die Ziffern 358194 kamen nur einmal in dieser Reihenfolge vor. Richard rechnete. Die Quersumme lautete drei. Um diese Zahl musste Richard das Alphabet verschieben, dann konnte er den Text entziffern. Allerdings galt das nur für die erste Zeile. Um die nächste Zeile zu entschlüsseln, musste er das Alphabet um die Quersumme plus die erste Ziffer verschieben, für die nächste Zeile die Quersumme plus die zweite Ziffer. Und so weiter. Eine einfache, aber sehr wirksame Art, geheime Nachrichten zu verschlüsseln.

Richard brauchte eine halbe Stunde, bis er den Text dechiffriert hatte. Er wurde unverzüglich nach London zurückbeordert, sobald die Wetterverhältnisse eine Kanalüberquerung zuließen. Richard seufzte. Das konnte alles Mögliche bedeuten. Und wie immer würde er sich überraschen lassen müssen, was Montjoy mit ihm vorhatte.

Richard warf den Brief und den Zettel mit dem unverschlüsselten Text in den Ofen. Dann zog er den Mantel an und wickelte sich einen warmen Schal um den Hals. Er packte sich so dick ein, wie es ging, ohne dass seine Bewegungsfreiheit zu sehr eingeschränkt wurde. Zum Glück musste er ja nichts tun, sondern lediglich in der Nähe der Druckerei warten. Er verließ das Haus und mischte sich unter die Menschen auf der Straße, die machten, dass sie nach Hause kamen.

Inzwischen war es fast dunkel. Die Druckerei lag an einem Kai im Osten der Stadt. Gelbes Licht fiel durch die Fenster auf die Straße, die Arbeit war noch im vollen Gange. Das war nicht gut. Hoffentlich gingen die Männer rechtzeitig nach Hause. Richard wollte nicht, dass irgendwer zu Schaden kam. Auch Montjoy hatte seine Männer angewiesen, darauf zu achten, dass niemand bei ihren Anschlägen ums Leben kam, allerdings aus einem anderen Grund: Ein ermordeter Bürger hätte viel zu viel Aufmerksamkeit und lästige Ermittlungen nach sich gezogen.

Richard bezog wie jeden Abend Posten im Eingang einer Lagerhalle und stellte sich auf eine lange Wartezeit ein. Nach einer Weile verließen zwei Männer die Druckerei, zogen die Mäntel fest um sich und eilten die Straße entlang. Unter ihren Stiefeln knirschte der trockene Schnee. Wieder geschah lange nichts. Dann endlich kam auch van Grote heraus, schloss ab, schaute prüfend in den Himmel und machte sich auf den Heimweg. Zum Glück wohnte er nicht über der Druckerei, sondern in einem eleganten Stadthaus. Richard atmete erleichtert auf. Jetzt konnte es losgehen.

Lange geschah nichts. Auf dem Kai war nur noch wenig los. Die letzten Arbeiter eilten nach Hause. Ein eisiger Wind setzte ein, und Richard war überzeugt, nie wieder warm zu werden. Er spürte seine Füße kaum noch, seine Nase war ein Eiszapfen, und er konnte seine Finger nur mit Mühe bewegen.

Genau in dem Augenblick, als er glaubte, es nicht mehr länger auszuhalten, hörte er dumpfen Hufschlag. Zwei Reiter galoppierten die menschenleere Straße hinunter, beide hielten Kugeln aus dunkelgrünem Glas in der Hand, die im Mondlicht funkelten. Am Ende der Kugeln zischte eine Zündschnur. Nur noch wenige Meter trennte die Reiter von der Druckerei, schon hob der vordere den Arm und holte aus.

Doch dann: ein Schuss.

Der Reiter schrie auf und fiel vom Pferd. Der andere Reiter riss an den Zügeln, sein Pferd stieg. Wieder peitschten Schüsse, das arme Tier wurde getroffen und bockte in wilder Panik seinen Reiter aus dem Sattel, der im hohen Bogen in den Schnee fiel. Die Sprengkugel rollte ihm aus der Hand, zersprang wie durch ein Wunder nicht, blieb jedoch kaum eine Elle entfernt liegen. Der Mann versuchte, sie zu greifen, um sie von sich wegzuschleudern, doch er war zu schwer getroffen.

Richard wandte den Blick ab und bedeckte schützend seinen Kopf.

Kurz hintereinander krachten die Explosionen durch die Nacht. Etwas berührte Richard am Rücken und fiel hinter ihm zu Boden. Langsam drehte er sich um. Aus den Häusern und Lagerhallen rechts und links der Druckerei strömten Stadtwachen und begutachteten die sterblichen Überreste der Attentäter. Der weiße Schnee war getränkt vom Blut der Männer und der Pferde. Leichenteile lagen herum, und Richard vermochte nicht zu sagen, welcher blutige Fetzen von einem Mensch und welcher von einem Tier stammte.

Vor seinen Füßen lag der Gegenstand, der ihn am Rücken getroffen hatte. Richard stockte. Es war ein Hut mit mehr als einem Dutzend verschiedener Federn daran. Diesen Hut hatte er schon einmal gesehen.

Gott hatte ihm den Mörder von Seymour und Rod Plunge vor die Füße geworfen.

Cromwell

Cromwell schritt kräftig aus. Dieser Winter brachte ihn an den Rand der Verzweiflung. Selbst hier in London lag der Schnee wadenhoch und wollte nicht tauen. Der einzige Vorteil der eisigen Temperaturen war, dass die Schergen des Königs die Arbeiten im Moor hatten einstellen müssen. Das verschaffte den Moorleuten Zeit, um die Schleusen, Wehre und Kanäle zumindest zu beschädigen. Sie waren hartgesottene Burschen und selbst bei Temperaturen, bei denen Pferde sich unwohl fühlten, noch voller Energie mit Hacke und Spaten zugange.

Das Verschwinden von Rod Plunge, seinem Vater und einem weiteren Mann war noch immer nicht aufgeklärt. Cromwell glaubte nicht daran, dass sie sich verlaufen hatten und im Moor versunken waren. Dafür kannten sie sich viel zu gut aus. Nein, sie mussten beim Schmuggeln erwischt und von den Häschern des Königs abgeschlachtet worden sein. Schade um die Plunges, sie hatten zuverlässig für ihn gearbeitet. Es würde schwierig sein, Ersatz zu finden.

Auch dieser merkwürdige Maler war spurlos verschwunden. Sie hatten das Moor abgesucht, aber nichts gefunden, und auch seine wertvolle Kleidung oder seine Waffen waren nirgendwo aufgetaucht. Vielleicht hatte der Duncan-Clan beendet, was die Plunges im Oktober vereitelt hatten: den Maler ermordet und ausgeraubt und sich an den Plunges für die Demütigung gerächt. Wer konnte das schon sagen?

Cromwell schüttelte die Erinnerung ab und versuchte, seine Gedanken auf das bevorstehende Treffen zu lenken. Die Dinge wurden kompliziert, weil Charles die Daumenschrauben immer fester anzog. Auf der anderen Seite trieben das Verhalten des Königs, seine Alleingänge und seine unmäßigen Steuererhöhungen, Cromwell und seinen Verbündeten reihenweise neue Anhänger zu. Doch damit stieg auch die Gefahr, sich Zecken in den Pelz zu holen, die nicht nur Juckreiz auslösen konnten, sondern weitaus Schlimmeres. Aus diesem Grund wurden die wichtigen Angelegenheiten nurmehr im engsten Kreis besprochen, und niemand, der auch nur einen Hauch von royalistischem Gestank an sich trug, wurde eingeweiht. Dazu gehörten alle, die irgendwann, womöglich erst kürzlich, die Seiten gewechselt hatten. Zu groß war die Gefahr, dass sie es erneut taten.

König Charles hatte zwar das Parlament wieder einberufen, nachdem er es Anfang des Jahres nach nur drei Wochen erneut aufgelöst hatte, dennoch war die Lage alles andere als klar. Der König jedenfalls hatte nur eins im Sinn: Geld aus seinen Untertanen zu pressen, um Krieg gegen die Schotten zu führen.

Endlich kam Pyms Haus in Sicht. Cromwell war es ein Rätsel, wie man in dieser Stadt leben konnte, und er war jedes Mal froh, wenn er zurück nach Ely konnte. Selbst in den besseren Stadtteilen Londons stank es nach Exkrementen, Krankheit und Dreck, an jeder Ecke stand ein Dieb oder Betrüger, das Laster schrie ihm in jeder Straße entgegen: Würfelspiel, Bärenhatz, Theater – und es gab zehn Mal mehr Huren als Metzger. Eine wahrhaft gottlose Stadt, regiert von einem gottlosen König.

Herrschten erst die Puritaner über dieses Land, würde sich das alles ändern. Dann würde London zu einer reinen und gottgefälligen Metropole werden, in der Sitte und Anstand herrschten. Mit dem eisernen Besen in der einen und der Bibel in der anderen Hand würden sie die Stadt auskehren und nicht den kleinsten Winkel auslassen.

Cromwell stieg ab und übergab sein Pferd einem Knecht. Ein Diener führte ihn sogleich in Pyms Speisezimmer, wo sich die Männer versammelt hatten, die über jeden Zweifel erhaben waren. Neben John Pym selbst waren das John Hampden, William Strode, Arthur Haselrig und Denzil Holles, der bereits vor zehn Jahren für seinen Protest gegen den König im Tower gesessen hatte.

»Ich grüße Euch, Master Cromwell«, sagte Pym und wies auf einen Stuhl. »Wir haben nur noch auf Euch gewartet.«

Auf dem Tisch standen Essen und Trinken bereit, und da sie sich schon so oft getroffen hatten und es keine Zeit zu verlieren gab, verzichteten sie auf unnötige Rituale und griffen zu. Cromwell bediente sich an einem Stück Schinken, schenkte sich heißen Wein ein, der ihm wohltuend die Kehle hinablief.

Pym atmete tief ein und aus und knirschte mit den Zähnen. »Charles wird immer gefährlicher. Er lässt die Regeln des guten Anstands hinter sich.«

Holles schniefte, hielt sich ein Taschentuch vor die Nase und schnäuzte sich lautstark. »Bei mir ist in eine Scheune eingebrochen worden. Still und heimlich. Fast hätten wir es nicht bemerkt. Ich habe Terry mein Leben zu verdanken.«

»Terry? Ist das einer Eurer Wachleute?«, fragte Oliver.

Holles grinste. »So etwas Ähnliches. Terry ist meine beste Bulldogge. Er hat zwar die Einbrecher nicht gehört, aber er hat etwas gerochen, was nicht in diese Scheune gehörte.«

Cromwell mochte es nicht, wenn man ihn auf die Folter spannte. »Also hat man etwas dagelassen und nichts gestohlen. Waffen?«

»Waffen darf ich besitzen, so viele ich will. Es war etwas wirklich Gefährliches.« Holles schnäuzte sich nochmals. »Drei Ballen Tabak.«

Cromwell schlug die Faust auf die Lehne seines Stuhls.

»Dieser Hundsfott!« Ihm schlug fast die Stimme über. »Der König wollte Euch des illegalen Tabakanbaus anklagen lassen! Wie hinterhältig von ihm.«

»Bereits am nächsten Tag stand der Sheriff mit zwanzig Männern vor meiner Tür. Aber sie sind mit hängenden Ohren wieder abgezogen.«

Cromwell sprang auf. »Hoffentlich versucht er bei mir nicht etwas Ähnliches. Ich muss sofort einen Boten nach Ely senden. Meine Frau muss wissen, dass diese schottische Schlange vor nichts zurückschreckt.«

Pym winkte ab. »Ist bereits erledigt. Ich habe einen Boten an jeden Verbündeten entsandt, wahrscheinlich habt Ihr ihn nur knapp verfehlt.«

Cromwell ließ sich zurück in den Stuhl fallen. »Ich danke Euch.«

Auf diese Männer war Verlass. Cromwell erfüllte die Gewissheit, dass nichts unmöglich war, wenn sie nur weiter dem Willen Gottes folgten. Er betrachtete Pym. Der Mann war noch weiter abgemagert. Es hieß, dass er schwer krank sei. Hoffentlich starb er nicht vor seiner Zeit. Sie waren auf ihn angewiesen, er war ein versierter Jurist, der alle Schliche des Gesetzeswirrwarrs kannte, und er hatte die besten Beziehungen.

»Wir sollten Charles noch mehr unter Druck setzen«, schlug Cromwell vor. »Wir sollten Thomas Wentworth wegen Hochverrats anklagen. Dieser Katholikenknecht, der sich neuerdings Earl of Strafford nennt, hat die Iren gegen die englischen Truppen aufgestachelt. Genau wie Bischof Laud will er heimlich den Katholizismus wieder einführen. Dafür gibt es jede Menge Beweise.«

Thomas Wentworth war früher einmal einer der Ihren gewesen, hatte im Parlament gegen die Allherrschaft des Königs gewettert. Inzwischen aber hatte er die Seiten gewechselt, war zu einem besonders engen Vertrauten des Königs geworden, ähnlich wie es früher der ermordete Duke of Buckingham gewesen war. Als Lord-Statthalter von Irland gewährte er den katholischen Iren viele Privilegien. Erst vor wenigen Monaten hatte Charles ihn zum Earl of Strafford ernannt.

Cromwell warf Denzil Holles einen verstohlenen Blick zu. Strafford war in zweiter Ehe mit dessen verstorbener Schwester Arabella verheiratet gewesen. Doch Holles schien keine familiäre Zuneigung für seinen Schwager zu empfinden.

Pym wiegte den Kopf. »Das House of Lords wird dem niemals zustimmen. Dennoch sollten wir eine Anklageschrift vorbereiten, zumindest gegen Strafford. Der Bischof sitzt zu fest im Sattel, die Königin deckt ihn und somit auch der König. Außerdem sollten wir uns genau überlegen, was wir fordern. Wir müssen eine Beschwerdeschrift aufsetzen und Punkt für Punkt auflisten, was Gesetz sein soll.«

»Aber wie schaffen wir es, dass das House of Commons dem zustimmt?«, fragte Holles. »Noch haben wir nicht die Mehrheit.«

»Nun, wir sollten alle Vorbehalte fallen lassen und unsererseits die Regeln des guten Anstands ablegen«, verkündete Cromwell. »Charles will uns vernichten. Das können wir nicht zulassen.«

»Was schwebt Euch vor, Master Cromwell?«, fragte Haselrig.

»Wenn es zur Abstimmung kommt, werden wir für eine Mehrheit im House of Commons sorgen. Der eine oder andere Royalist unter den Commons wird verhindert sein. Einige andere werden zufällig in einem Keller sitzen, bei dem die Tür ins Schloss gefallen ist und niemand weiß, wo der Schlüssel liegt. Wieder andere werden sich um ihre Familie kümmern müssen, weil Gerüchte umgehen, dass die Ehefrauen untreu sind. Vielleicht gibt es auch den einen oder anderen, dessen Finanzen fragil sind. Wir würden diese Herren unterstützen, ihnen für eine kleine Gegenleistung großzügige Kredite gewähren.«

Pym grinste, was auf seinem abgemagerten Gesicht teuflisch aussah. »Ich schlage vor, unser gewitzter Freund Oliver Cromwell kümmert sich um die ... hm ... sagen wir ... *Überzeugung* der Mitglieder des House of Commons für unsere Sache. Haselrig, Holles und ich erarbeiten die Beschwerdeschrift. Strode und Hampden halten sich bereit für besondere Aufgaben.«

Da niemand etwas dagegen einwandte, galt Pyms Vorschlag als angenommen. Cromwell hob seinen Becher. »Für England! Für Gerechtigkeit! Für das Volk!«

Seine Mitverschwörer stießen mit ihm an. Cromwells Wangen glühten, Vorfreude kribbelte in seinem Bauch. Es war nur noch eine Frage der Zeit, bis der König fiel.

Vivian

Das Weihnachtsfest war gekommen und gegangen, dem Dezember war der Januar gefolgt, ohne dass Vivian viel davon gemerkt hatte. Immerhin war Albert noch immer in London, was den Alltag auf Witcham House erheblich erleichterte.

Es dämmerte bereits, als Newt hüstelnd einen Besucher ankündigte.

»Wer ist es?«, fragte Vivian.

»Ich weiß es nicht, Eure Ladyschaft, aber er hat diese Karte dagelassen.«

Vivian nahm die Karte entgegen und las sie. *Bru Giant. Besondere Dienste.* Der Mann, der Farathorn Gulie für sie finden sollte. Vielleicht hatte er Neuigkeiten.

»Bittet ihn herein, Newt.«

»Seid Ihr sicher, Eure Ladyschaft?«

Hatte Newt gelesen, was auf der Karte stand? »Absolut. Bringt uns Wein und einen kleinen Imbiss, und dann lasst uns allein, Newt.«

»Sehr wohl, Eure Ladyschaft.« Newt zog sich zurück.

Vivian sprang auf und lief unruhig im Salon hin und her. Endlich brachte Newt den Mann, der durchgefroren aussah.

»Mr. Giant, setzt Euch ans Feuer«, sagte Vivian. »Der Hausdiener bringt Euch gleich eine kleine Stärkung.«

»Danke, Lady Coveney, Ihr seid zu gütig.«

Vivian zuckte noch immer zusammen, wenn jemand sie so ansprach. Seit Albert den Titel geerbt und sie ihn geheiratet hatte, war sie die neue Lady Coveney, doch es kam ihr falsch vor.

Sie betrachtete den Mann. Er war ein ehemaliger Soldat, zuvor war er Sheriff gewesen, doch seit einigen Jahren arbeitete er auf eigene Rechnung, führte diskrete Ermittlungen aller Art durch. Er war kräftig gebaut, schon leicht ergraut, aber dennoch durchtrainiert. Und sein aufmerksamer Blick verriet, dass er einen wachen Verstand hatte.

Newt brachte das Essen und den Wein. Sie stießen an, dann ließ Vivian Giant ein wenig Brot, Käse und Schinken zu sich nehmen. Ungeduldig wartete sie, bis er aufgegessen hatte.

»Entschuldigt, Lady Coveney, sicherlich könnt Ihr kaum abwarten zu hören, was ich zu berichten habe«, sagte er schließlich und tupfte sich den Mund ab.

»Das ist wahr«, gab sie zu.

»Ich habe den Geschichten, die über Farathorn Gulie kursieren, ein wenig auf den Zahn gefühlt. An der Oberfläche sind sie sehr überzeugend, aber wenn man tiefer bohrt, bleibt nicht viel davon übrig. Niemand in Cambridgeshire kennt einen Mann dieses Namens persönlich. Dafür glauben eine Menge Leute an den verschiedensten Orten des Reiches, ihm einmal begegnet zu sein. Einige bezeichneten ihn als Einbrecher, manche als Betrüger. Aber er wurde nie gefasst, scheint über beste Verbindungen nach ganz oben zu verfügen.«

Vivian schlug sich die Hand vor den Mund. »Gütiger Himmel, wer ist dieser Mann?«

Giant lächelte. »Ich habe noch ein wenig weitergebohrt und bin auf einen Namen gestoßen, den ich kenne: Thomas Montjoy.«

»Wer ist Thomas Montjoy?«

»Der Chef des Spionagenetzwerks Seiner Majestät.«

»Heißt das …« Vivian konnte nicht weitersprechen.

»Ja, genau das heißt es: Farathorn Gulie ist ein Spion im Dienst von König Charles.«

Richard

Richard hing über der Reling und spie die letzten Reste seines Mittagessens ins Wasser. Der Wind war noch nicht einmal besonders kräftig, von einem Sturm konnte nicht die Rede sein. Die Wellen waren nicht höher als ein oder zwei Yard. Und dennoch tanzte der Segler auf der Nordsee wie ein Betrunkener.

Richard hatte sich noch fast vier Wochen gedulden müssen, bis er endlich ein Schiff gefunden hatte, das nach London segelte. Jetzt wünschte er, seine Suche wäre nicht erfolgreich gewesen. Was gäbe er um ein Gläschen heißen Würzweins auf dem Markt in Amsterdam! Mit festem Boden unter den Füßen, die steif gefrorenen Finger um den duftenden Humpen gelegt! Gütiger Himmel, er war weiß Gott nicht für die Seefahrt geschaffen!

Er legte den Kopf in den Nacken und dachte an den gescheiterten Anschlag auf van Grotes Druckerei zurück. Es war nicht der erste gewesen, der fehlgeschlagen war. Aber der erste, bei dem es Tote gegeben hatte.

Insgesamt war er zufrieden. Er hatte der Stadtwache wie in den anderen Fällen zuvor einen anonymen Hinweis gegeben, und sie hatte das einzig Richtige getan. Schließlich hätten auch noch Menschen in der Druckerei sein können. Um das Leben der gedungenen Mörder war es zwar nicht schade, dennoch wäre es Richard lieber gewesen, die Stadtwache hätte sie lebend gefasst und angeklagt. Dann wären die Machenschaften der englischen Krone endlich ans Licht gekommen.

Richard fragte sich, was Gregory wohl gesagt hätte, hätte er gewusst, dass sein kleiner Bruder als Doppelspion gegen die Krone agierte. Hätte er Richard für seinen Mut Anerkennung gezollt, oder hätte er ihn verurteilt, weil er hinterrücks vorging, statt offen für seine Überzeugungen einzustehen? Richard vermochte es nicht zu sagen, doch er hoffte, dass Gregory zumindest ein ganz klein wenig stolz gewesen wäre.

Er trat zurück an die Reling, weil ihn schon wieder die Übelkeit überrollte. Immerhin schien Montjoy erst einmal genug zu haben von der Unternehmung in Amsterdam. Er hatte angekündigt, eine Pause einzulegen, Gras über die Sache wachsen zu lassen, bevor irgendwer eins und eins zusammenzählte und darauf kam, wer es auf die Druckereien abgesehen hatte.

Richard zumindest schien über jeden Verdacht erhaben, sowohl in Amsterdam als auch in den Augen seines Chefs. Sonst hätte Montjoy wohl nicht so viel Geld für seine Rückkehr lockergemacht. Die Passage mit dem brandneuen Pinassschiff war teuer, weil diese Schiffe etwas Besonderes konnten: Sie waren in der Lage, gegen den Wind zu kreuzen, und genau deswegen hing Richard der Magen in den Kniekehlen. Der Kapitän jagte die *Freiheit* kreuz und quer gegen den Seegang. Sie bockte wie ein Pferd, dem man Wespen unter den Sattel gesteckt hatte.

Mehrere Stunden dauerte die Tortur bereits, und sie schien kein Ende nehmen zu wollen. Kurz bevor Richard glaubte, sterben zu müssen, liefen sie endlich in die Themsemündung ein, wo der Seegang nachließ. Sie legten im Hafen von Erith an, der am Südufer des Flusses etwa zwanzig Meilen von London entfernt lag.

Richard genoss die Kutschfahrt, auch wenn der Weg holprig war und die Decke, die er bekommen hatte, nicht wirklich wärmte. Allerdings kehrten mit den Lebensgeistern auch die Gedanken an seinen bevorstehenden Auftrag zurück. Vor einer Woche hatte er einen weiteren verschlüsselten Brief mit Anweisungen von Montjoy bekommen. Obwohl er den Klartext sofort nach der Lektüre verbrannt hatte, hatten sich die Zeilen in sein Gedächtnis eingebrannt.

Fahrt nach Chester House, Ihr seid ja dort jederzeit willkommen. Lord Grantchester besitzt eine Liste mit angeblichen Doppelspionen. Ich brauche die Namen. Alle Informationen nur an mich persönlich. M.

Eine Liste mit Verrätern, ausgerechnet im Besitz von Shirleys Gemahl! Wie kam Lord Grantchester an die Namen? Was hatte er damit vor? Und woher wusste Montjoy davon?

Noch immer rieselte jedes Mal kalte Angst durch Richards Adern, wenn er an die Liste dachte, wenn er sich vorstellte, seinen eigenen Namen dort zu finden. Lilburne und die fünfhundert Peitschenhiebe kamen ihm in den Sinn. So glimpflich würde er nicht davonkommen. Er würde wegen Hochverrats angeklagt werden, man würde ihn vierteilen und seinen Kopf an der London Bridge aufspießen.

In London angekommen begab er sich nach Hause, wusch sich und packte alles zusammen, was er für die nächste Reise brauchte. Er hatte Shirley noch von Amsterdam aus einen kurzen Brief geschickt, in dem er seinen Besuch ankündigte. Es war bereits weit nach Mittag, und die Sonne würde nicht mehr lange am Himmel stehen, trotzdem ließ er sein Pferd satteln und machte sich auf den Weg nach St. Albans.

Der feuerrote Ball stand tief über dem Horizont, als er im gestreckten Galopp auf Chester House zuritt. In seiner Wamstasche steckte ein kostspieliger Ring, den er bei einem der besten Juweliere von Amsterdam hatte anfertigen lassen.

Nicht dass der allein Shirley besänftigen würde. Eineinhalb Jahre hatte er sie nicht gesehen, nur zwei knappe Nachrichten geschickt, sonst nichts.

Als er sich dem Tor näherte, drosselte Richard das Tempo und konzentrierte sich noch einmal auf die Geschichte, die er Shirley erzählen würde: ein Auftrag in den Niederlanden, Porträts einer äußerst wohlhabenden Kaufmannsfamilie, was sich allein schon aufgrund der Anzahl der Familienmitglieder als viel umfangreicher als gedacht erwiesen hatte. Er hoffte, dass Shirley nicht wusste, wie viele hochtalentierte arbeitslose Maler es in Amsterdam gab, sonst würde sie ihm die Geschichte nicht abkaufen.

Er nickte dem Torwächter zu und ritt durch den Park dem Portal entgegen. Der Hausdiener trat vor die Tür, eine Laterne in der Hand. Inzwischen war es dunkel. Ein Knecht kam mit einer Fackel herbeigerannt und übernahm Richards Pferd.

Richard stieg die Treppe hinauf.

»Master Faversham«, sagte der Hausdiener ohne Ausdruck in der Stimme. »Wie schön, Euch zu sehen. Wollt Ihr nicht hereinkommen?«

Richard trat über die Schwelle, ging zwei Schritte in die Empfangshalle hinein. Warme nach Rosen duftende Luft schlug ihm entgegen. Von Shirley jedoch keine Spur. Der Hausdiener wies auf die Treppe in den ersten Stock.

Sein Zimmer war geheizt, eine Waschschüssel stand bereit, ebenso frische Handtücher und Seife. Ein weiterer Diener brachte die Satteltaschen und zog sich zurück. Richard setzte sich aufs Bett. Müdigkeit überfiel ihn. Er war noch vor dem Morgengrauen aufgestanden, hatte die anstrengende Überfahrt, die Kälte und den strammen Ritt hinter sich. Dennoch nahm er an, dass ihm die schwierigste Aufgabe des Tages noch bevorstand.

Er legte seine Kleidung ab, wusch sich ausgiebig, zog

frische Sachen an und kämmte Haar und Bart. Im Licht der Kerzen betrachtete er sein Spiegelbild. Er war noch immer jung und von angenehmem Äußeren, doch erste Falten gruben sich in Stirn und Augenwinkel. Wenn er diese Mission heil überstand, musste er sich Gedanken über seine Zukunft machen.

In dem Moment hörte er hinter sich ein Knacken. Ein Luftzug streifte seine Wangen, er drehte sich um und sah die Hand zu spät. Sie klatschte in sein Gesicht, brennender Schmerz schoss ihm durch die Wange.

Noch bevor er ein Wort sagen konnte, schimpfte Shirley los: »Du Unhold! Du Scheusal! Du Verbrecher! Wie kannst du es wagen, mich glauben zu lassen, du seist tot! Hast du eine Ahnung, wie viele Tränen ich vergossen habe? Wie viele Nächte ich an genau diesem Fenster gestanden und mir die Augen wund geschaut habe, weil ich nicht glauben wollte, dass du nicht mehr kommst?«

»Aber ich habe dir doch ...«

Sie klatschte Richard die Linke ins Gesicht. »*Ein* lausiger Brief. Und dann ein ganzes Jahr lang nicht ein Mucks! Ich bin dir gleichgültig, das ist es.«

Richard fiel auf die Knie, nahm ihre geballten Fäuste und bedeckte sie mit Küssen. »Es tut mir unendlich leid. Du hast ja keine Ahnung, wie viele Söhne, Töchter, Schwiegertöchter und Enkel dieser Kaufmann hat, dessen Familie ich malen sollte. Ich habe mir die Finger blutig gepinselt. Wenn ich gewusst hätte, wie sehr du leidest, hätte ich dir öfter geschrieben. Aber ich dachte, du wärest ausreichend mit deinen anderen Liebhabern beschäftigt.«

»Du verdammter Mistkerl!«

»Vielleicht besänftigt dich das ein wenig.« Er zog das Kästchen mit dem Ring hervor.

Shirley nahm es entgegen, stieß einen winzigen, entzückten Schrei aus, als sie das Schmuckstück entdeckte. Sie streifte den Ring über, bewegte die Finger, um ihn zu bewundern.

»Er ist wunderschön.« Sie sah ihn mit zusammengekniffenen Augen an. »Aber das heißt nicht, dass dir vergeben ist. Und jetzt komm mit. Das Abendessen wartet. Du musst dich stärken, denn ich glaube nicht, dass du heute Nacht viel Schlaf bekommen wirst. Du hast eine Menge nachzuholen.«

Charles

Charles ließ sich von Basil of Frankham, seinem Master of the Great Wardrobe, die Nerzstola umlegen, die zusätzlich zur Krone seinen Machtanspruch betonte. Jeder sollte sehen, dass er der König war. An einem Tag wie diesem konnte Charles seine Ausstaffierung nicht irgendeinem Kammerdiener überlassen. Basil hatte den richtigen Geschmack und das Gespür, welche Insignien der Macht für welchen Anlass am besten geeignet waren.

Unruhig zerrte Charles an der Schnalle. Er stand kurz davor, seine Contenance zu verlieren. Alles lief schief, nichts gelang ihm. Nicht einen seiner Widersacher hatte er belangen können, die Beweise, die seine Leute platziert hatten, waren samt und sonders beiseitegeschafft worden. Auch die erhofften und dringend benötigten Steuern flossen nicht nur mäßig, sondern meist überhaupt nicht. Die Lords und Barons und vor allem die Gentry, der niedere Landadel, verweigerten den Gehorsam und hielten ihre Schatztruhen geschlossen. So fehlten ihm noch an die fünfhunderttausend Pfund, um einen neuen Feldzug gegen die Schotten zu finanzieren.

Charles ballte die Faust. Bei der Schlacht von Newburn im vergangenen August hatten seine Truppen heldenhaft gekämpft, und sicherlich hätten sie auch gewonnen. Aber da das Parlament ihm die Unterstützung versagt hatte, war er letztlich unterlegen – die Schotten hatten Kanonen aufbieten können, deren Reichweite die der seinen weit übertraf.

Und erneut hatten seine Spione ihn falsch informiert. Diesmal hatten die Schotten tatsächlich mehr als zwanzigtausend

Mann aufzubieten gehabt, und es waren keine Rindviecher darunter gewesen, die nichts als Staub aufwirbelten. Charles hatte nur dreitausend Mann Infanterie und eintausendfünfhundert Reiter zusammentrommeln können. Doch Letztere, die vom Earl of Holland befehligt wurden, waren gar nicht zum Einsatz gekommen. Sie mussten sich zurückziehen, weil sonst die Kanonen der Verräter Charles' Armee vollständig vernichtet hätten. Wenigstens hatten sie nur sechzig Tote zu beklagen gehabt. Somit hatte Charles noch immer einen guten Grundstock für ein Heer, das die Schotten ein für alle Mal demütigen würde.

Charles presste die Lippen zusammen. Er bereute, auf den Earl of Strafford gehört zu haben, der ihm versichert hatte, die Schlacht sei so gut wie gewonnen. Seit Anfang November saß der Kerl jetzt im Tower, natürlich mit allen Annehmlichkeiten, die seinem Stand entsprachen. Charles war damit der Anklage durch die Commons zuvorgekommen, denn leider gab es zweifelsfrei Anhaltspunkte, die Strafford nach geltendem Recht unter den Verdacht des Hochverrats hätten stellen können. Strafford hatte viele Fehler gemacht, vor allem in Irland, und Charles hätte genauer hinsehen müssen. Die Folge war große Unruhe in der Bevölkerung auf beiden Seiten der Irischen See, und es war davon auszugehen, dass dieser Aufrührer Pym eine Klage einbringen würde. Sie würde jedoch keine Chance auf Erfolg haben. Das House of Lords würde sie abschmettern. Pyms Anhänger hatten ja zum Glück nicht einmal im House of Commons eine Mehrheit.

Charles reckte sich. Heute ging es um etwas anderes. Drei Gesetze wollte er beschließen lassen. Erstens: Die Krone sollte das alleinige Recht erhalten, Steuern zu erheben, die für jeden Untertanen bindend waren. Das Parlament durfte den König in Steuerfragen beraten, hatte sich aber an seine Entscheidungen zu halten. Zweitens: Jeder adlige Untertan hatte dem König in die Schlacht zu folgen, wenn das Reich bedroht war. Wer nicht konnte oder wollte, musste sich auslösen, indem er Männer stellte oder eine bestimmte Summe zahlte. Charles hatte ausgerechnet, wie viel es kosten sollte, sich dem Waffendienst zu entziehen. Es reichte aus, um den Feiglingen genug abzunehmen, um ein Söldnerheer von dreißigtausend Mann aufzustellen und zwei Jahre lang zu bezahlen. Drittens: Der König wurde erneut ermächtigt, das Parlament aufzulösen und einzuberufen, wenn er es für richtig hielt. Dann endlich konnte er wieder über England herrschen, wie es Gott für ihn vorgesehen hatte: absolut. Und dann würde er den Earl of Strafford wieder auf freien Fuß setzen und ihm großzügig Pardon gewähren.

Der Hauptmann der Wache trat ein, verbeugte sich. »Alles ist bereit, Eure Majestät. Fünfzig Reiter in glänzenden Rüstungen werden Euch zum House of Commons geleiten.«

Der Master of the Great Wardrobe räusperte sich.

»Sprecht, mein lieber Basil«, forderte Charles ihn auf.

»Wenn ich Euch eine Empfehlung geben dürfte, Eure Majestät ...«

»Nur zu, Basil, ich werde Euch nicht den Kopf abreißen.«

»Die Krone, Majestät. Ich würde sie gegen einen Hut eintauschen. Zeigt, dass Ihr als Herrscher einer von ihnen seid. Das wird Euch Sympathien bringen.« Basil neigte das Haupt.

Charles war es zuwider, vor den Commons zu kuschen, aber Basil hatte recht. Er brauchte jede Stimme, und je größer die Mehrheit war, die auf seiner Seite stand, desto besser.

Charles nahm die Krone vom Kopf, und Basil atmete hörbar auf. »Bin ich so furchterregend, dass Ihr um Euer Wohl fürchtet, wenn Ihr mir einen Rat gebt?«

»Nun ja ...« Basil schwieg.

Charles hatte verstanden. Er war in der Tat in letzter Zeit recht dünnhäutig und hatte so manchen gut gemeinten Rat brüsk in den Wind geschlagen. Er warf Basil die Krone zu, der sie mit einer schnellen Bewegung fing und auf ein Samtkissen bettete.

»Holt mir den hohen schwarzen Federhut!«, befahl Charles.

Der Master of the Great Wardrobe eilte in die Kleiderkammer, kehrte in Windeseile zurück und drückte Charles den Hut auf den Kopf. Ein Blick in den Spiegel überzeugte Charles, dass er nicht nur mit dem Hut ein wenig größer wirkte, sondern allein durch seine Person genug königliche Würde ausstrahlte, um die widerspenstigen Commons ein für alle Mal in ihre Schranken zu weisen. Er nickte dem Hauptmann zu, acht Mann nahmen ihn in die Mitte und geleiteten ihn aus dem Whitehall-Palast. Der ganze Hofstaat stand Spalier. Charles nickte allen freundlich zu, seine Leute verbeugten sich und riefen: »Gott schütze unseren König!«

Charles nahm einen kleinen Umweg, damit das Volk den einen oder anderen Blick auf ihn erhaschen konnte. Da man sich nicht immer sicher sein konnte, in welcher Stimmung sich der Pöbel gerade befand, hatte er Claqueure unter die Menge mischen lassen, die Charles in den höchsten Tönen priesen. Auch dem Volk nickte Charles freundlich zu, und er ließ großzügig Münzen werfen. Jetzt erklangen weitere Hochrufe. Charles unterdrückte ein verächtliches Schnauben. Letztlich war das Volk nicht anders als der Adel: Es ging immer ums Geld, um den vollen Bauch, um Schmuck und Tand, um Eitelkeit. Gott und König wurden vernachlässigt, ja, sogar verraten, wenn es jemanden gab, der üppig gefüllte Teller und überquellende Schatztruhen versprach.

Das House of Commons kam in Sicht. Seit fast hundert Jahren war es in der St. Stephen Chapel untergebracht, nachdem Heinrich VIII. aus Westminster ausgezogen war und seine Residenz nach Whitehall verlegt hatte. Wo vorher die

Kanoniker ihre Messen abgehalten hatten, tagten nun die Commons und machten Charles mehr Ärger, als alle religiösen Orden ihm jemals hätten bereiten können.

Das Portal der alten St.-Stephens-Kapelle stand weit offen, dort erwarteten ihn einige Abgeordnete, die die Wachen aufhielten. Bewaffnete waren im House of Commons nicht erlaubt, zumindest nicht, wenn es Soldaten des Königs waren. Charles hatte die Wache angewiesen, keine Schwierigkeiten zu machen und vor der Kapelle eine Gasse für ihn zu bilden. Als er die Gasse durchmaß, verneigten sich die Abgeordneten am Eingang, ein gutes Zeichen. Er betrat das House of Commons und schritt geradewegs zum Tisch des Speakers. Links und rechts saßen die Abgeordneten auf den Sitzen des ehemaligen Chors der Kapelle. Auf dem Altarpodest war eine Säule mit den Insignien des Königreichs errichtet, den zwei Löwen, die das Schild des Reiches in ihren mächtigen Pranken hielten. Davor standen der Stuhl und der Tisch des Speakers, der die Sitzungen leitete, die Tagesordnung durchsetzte und bestimmte, wer sprechen durfte. Zurzeit hatte William Lenthall dieses Amt inne, günstig für Charles, denn Lenthall war schwach und vor allem königstreu.

Alle Abgeordneten erhoben sich, und auch sie riefen: »Es lebe der König!«

Der Ruf hätte etwas leidenschaftlicher ausfallen können, aber Charles konnte dennoch zufrieden sein. Noch bevor die Sonne sank, würde er wieder unangefochtener Herrscher in seinem Reich sein.

Er hatte sich einen versierten Anwalt ausgesucht, der für ihn vor dem House of Commons sprechen würde. Sein Name war Robert Trotter, er vertrat Exeter im House of Commons und war laut Thomas Montjoy ein zuverlässiger Anhänger der Monarchie. Trotter erhob sich von seinem Sitz, ging zum Tisch des Speakers und verbeugte sich tief vor dem

König. Dann sah er Lenthall an, der ihm das Wort erteilen musste.

Lenthall nickte Trotter zu, der daraufhin die Stimme erhob.

»Edle Männer Englands!«, rief er. »Ich spreche heute, um gemeinsam mit Euch die Ordnung in diesem Land wiederherzustellen und Maßnahmen zu ergreifen, damit die Feinde Englands besiegt werden können. Wir müssen in diesen schweren Zeiten zusammenstehen, müssen schnell handeln können und müssen große Anstrengungen unternehmen, damit unsere Feinde uns nicht zertreten und das vereinigte Königreich nicht zerbricht. Deshalb lege ich Euch zur Entscheidung hier und heute folgende Gesetzesänderungen vor: Ab sofort soll der König allein über die Steuern –«

Ein Sturm der Entrüstung brach los. Die Abgeordneten um John Pym auf der linken Seite des Chors waren aufgesprungen und schimpften wie die Besenbinder. Was für ein entwürdigendes Schauspiel! Erstaunlich viele Abgeordnete der rechten Seite schlossen sich ihnen an. Außerdem fehlten, wie Charles erst jetzt bemerkte, viele Gesichter, mit denen er fest gerechnet hatte. Brachte er überhaupt noch eine Mehrheit zustande? Pym musste in noch größerem Ausmaß gegen ihn intrigiert haben, als er angenommen hatte. Hier war ohne Zweifel eine Verschwörung im Gange.

Lenthall schlug mit seinem Stock auf den Holzboden. »Werte Herren, ich ermahne Euch, den ehrenwerten Abgeordneten Trotter aussprechen zu lassen. Jeder hat das Recht, seine Meinung in diesem Hause zu äußern.«

Langsam beruhigten sich die aufgebrachten Männer und setzten sich wieder.

Trotter räusperte sich. »Das House of Commons möge bestimmen, dass der König allein die Steuern festsetzen, das Parlament einberufen und auflösen kann und dass das Parlament den König zwar beraten darf, der König aber das letzte Wort in allen Dingen hat, so wie es von Gott vorgesehen ist.«

Alles war still. Schweigen fiel über St. Stephens wie ein Leichentuch. Niemand regte sich. Man hätte einen Strohhalm fallen hören. Charles sah Pym geradewegs in die Augen. Der saß völlig reglos da. Sein Schweigen war unheimlicher als zuvor der Aufruhr.

Da Trotter keine Anstalten machte weiterzureden, ergriff Lenthall das Wort. »Ihr habt gehört, was der ehrenwerte Abgeordnete gesagt hat, meine Herren. Gibt es Wortmeldungen?«

Pym hob langsam einen Arm, Lenthall zeigte auf ihn.

Ohne Eile trat Pym vor und räusperte sich. »Werte Mitglieder des House of Commons. Ihr seht mich einigermaßen erstaunt. Seit einem Monat tagt das Parlament, wir besprechen wichtige Dinge. Wie eine Hungersnot verhindert werden kann. Wie Krieg verhindert werden kann. Wie wir unser Land vor den Katholiken schützen können. Wie wir unsere Rechte verantwortungsvoll wahrnehmen und wie wir unsere Pflichten vollständig und wahrhaftig erfüllen können, dem Volk und dem König gegenüber.« Pym zeigte auf Charles. »Das Volk, so höre ich allenthalben, steht treu zu seinem König, es murrt kaum, obwohl es fast wöchentlich von neuen Plagen heimgesucht wird. Von Kälte, Hunger und den Steuereintreibern, die den letzten Tropfen Blut aus ihm herauspressen.«

Charles hob eine Augenbraue. Pym hatte keine Ahnung. Was stellte der Mann sich vor? Freiwillig zahlte das ach so treue Volk nicht einen Penny. Im Gegenteil. Vor allem die Bauern waren Meister darin, ihre Schweine, Hühner und Rinder zu verstecken, damit sie nicht besteuert werden konnten. Er musste mit harter Hand einfordern, was des Königs war, sonst hätte er gleich seine Krone in die Themse werfen können.

»Und was fällt unserem König dazu ein?«, fuhr Pym fort.

»Er will uns entmachten. Dazu benutzt er ausgerechnet einen der Unseren.« Pym deutete mit dem Daumen auf Trotter, ohne ihn anzusehen. »Er will uns zu seinen willenlosen Marionetten machen. Selbst ich, der ich nicht im Traum daran denken würde, den König vom Thron zu stoßen, muss mich fragen, wie Charles darauf kommt, jahrhundertealtes Recht außer Kraft setzen zu wollen. Wer immer für den Antrag des Königs stimmt, rammt sich damit selbst den Dolch ins Herz und schlägt sich die Hand ab, mit der er geschworen hat, seinem Volk zu dienen.«

Tosender Applaus brandete auf.

Dieser anmaßende Geck! Charles' Nackenhaare richteten sich auf, er spürte den Schweiß kitzeln, der sich unter seinem Hut gesammelt hatte.

Lenthall klopfte mit dem Stab auf den Boden. »Weitere Wortmeldungen?«

Niemand rührte sich. Trotter stand mit gesenktem Kopf da, wagte weder den König noch die anderen Abgeordneten anzusehen. Was für ein unwürdiges Bild!

Charles setzte ein Lächeln auf. Die Schmach einer Abstimmung würde er sich ersparen. Er hob den Arm, wartete aber nicht, bis Lenthall ihm das Wort erteilte. »Ihr glaubt, Ihr habt für das Volk gesprochen, Pym? Weit gefehlt. Ihr habt nur eines im Sinn: Eure eigene Macht. Nehmt zur Kenntnis, dass jeder, der mich im Stich lässt, das Volk im Stich lässt und sich gegen Gott versündigt.«

Kein Mucks war zu hören, aber einige Abgeordnete auf der rechten Seite des Chors blickten auf ihre Fußspitzen, spürten wohl Scham angesichts ihres Verrats.

Charles drehte sich um und schritt in aufrechter Haltung davon. Als er nach draußen trat, schwor er sich, erst wieder herzukommen, wenn er genug bewaffnete Männer dabeihatte, um dem Spuk endgültig ein Ende zu bereiten.

Richard

Richard rekelte sich und strich Shirley, die tief und fest schlief, sanft über den Kopf. Die ersten beiden Nächte hatten sie kaum geschlafen, sie hatten sich fast ununterbrochen und bis zur Erschöpfung geliebt. Shirleys Wut war schnell verraucht, sie schien ehrlich froh zu sein, ihn wohlbehalten wiederzuhaben.

Ihr Mann, ein Mitglied des House of Lords, weilte seit Monaten in London. Der König hatte das Parlament einberufen müssen, und jetzt war die Schacherei um Geld, Gesetze, Posten und Macht in vollem Gange. Rupert hielt sich ebenfalls nicht in Chester House auf, er war nach wie vor dritter Schreiber, ein Zustand, der Shirleys Gemüt erhitzte, sobald sie darauf zu sprechen kam. Aber anscheinend hatte sie die Idee verworfen, Richard könne Rupert bei Hof in irgendeine höhere Stellung hieven.

Richard setzte sich auf. Draußen dämmerte der Morgen. Wieder ein neuer Tag, und noch immer wusste er nicht, wie er die Sachen des Earls durchsuchen sollte, ohne dass Shirley etwas merkte. Sie ließ ihn nie länger als eine halbe Stunde aus den Augen.

In der vergangenen Nacht hatte er sein Glück versucht, aber die Tür zu den privaten Gemächern von Lord Grantchester verschlossen gefunden. Da er ohne seinen Diebschlüssel losgezogen war, hatte er den Versuch abbrechen müssen. Vielleicht ergab sich in der kommenden Nacht eine Gelegenheit, besser ausgerüstet einen zweiten Versuch zu starten.

»Wie spät ist es?«, murmelte Shirley neben ihm.

Er drehte sich zu ihr um. »Das erste Licht zieht auf, die Uhr zeigt die achte Stunde.«

»Also noch mitten in der Nacht.«

»Lass uns aufstehen. Ich werde faul und dick, wenn das so weitergeht. Ich muss etwas tun.«

»Du könntest meine verspannten Muskeln lockern.«

»Deine Muskeln sind geschmeidig wie die einer Katze.«

Shirley stöhnte.

Ihm kam eine Idee. »Was hältst du davon, wenn ich Eure alten Gemälde ein wenig aufpoliere? Es sind einige wertvolle Stücke darunter, die schon so dunkel geworden sind, dass man kaum noch etwas erkennt.« Vielleicht würde ihm diese Aufgabe Shirley für ein paar Stunden vom Leib halten.

»Wenn du möchtest, warum nicht? Ich muss sowieso heute Nachmittag fort. Eine Freundin lädt zu einer kleinen Gesellschaft ein. Leider kann ich dich nicht mitnehmen und mit dir angeben. Das wäre vielleicht ein Skandal.«

Richard versuchte, sich seine Erleichterung nicht anmerken zu lassen. »Bleibst du über Nacht?«

»Wo mich hier solche Wonnen erwarten? Gott bewahre! Wer weiß, wann du wieder verschwindest und wie lange du dich dann nicht blicken lässt. Ich komme heute Abend beizeiten zurück, und ich gehe davon aus, dass du wach sein und mich in angemessener Weise begrüßen wirst, so, dass ich es so bald nicht vergessen werde.« Shirley richtete sich ein wenig auf, ihre roten Locken fielen rechts und links an ihrem Gesicht herunter und flossen über das Kissen. Selbst nach einer ausgedehnten Liebesnacht sah sie aus wie der junge Morgen.

»Dann lässt du mich also den ganzen Nachmittag allein?«, fragte Richard und legte Bedauern in seine Stimme. »Willst du dich so an mir rächen? Indem du mich mit Missachtung strafst, kaum dass ich wiedergekehrt bin?«

Shirley nahm seinen Kopf in beide Hände und küsste ihn

auf den Mund. »Ich werde nicht lange bleiben, mein Liebling. Nur wenige Stunden. Und dann gehören wir uns.«

Es war das erste Mal, dass Shirley ihn »Liebling« nannte. Richard wusste nicht, was er davon halten sollte. Jedenfalls behagte es ihm nicht. Es hatten immer klare Regeln zwischen ihnen geherrscht, dabei sollte es bleiben.

Viel zu lang dehnten sich die Stunden, bis Shirley endlich anspannen ließ, ihn leidenschaftlich küsste und die Treppe hinuntereilte. Er sah ihr hinterher, bis das Gefährt durch das Tor verschwunden war. Dann machte er sich ans Werk. Zu den Gemächern des Earls gehörte auch die Schreibstube, in der er seine Korrespondenz erledigte. Da sie über große, bodentiefe Fenster verfügte, hatte er Shirley gebeten, die Bilder, die er restaurieren sollte, dort hinbringen zu lassen.

Sie schien keinerlei Verdacht zu hegen, hatte seinen Wunsch sofort erfüllt. Zwar hatte er seine Malsachen gar nicht dabei, aber auch das schien sie nicht zu irritieren. Er hatte ihr versichert, dass er die Gemälde zunächst begutachten und dann entscheiden würde, welche Werkzeuge und Materialien er sich kommen ließ.

Nachdem Richard die Tür hinter sich abgeschlossen hatte, nahm er eine Jagdszene vom Boden, die besonders stark verschmutzt war, und stellte sie auf einen Sessel. Mit einem sauberen Tuch reinigte er eine Ecke von Dreck und Staub. Sollte er unterbrochen werden, sah es wenigstens so aus, als wäre er bei der Arbeit.

Jetzt endlich konnte er sich seiner eigentlichen Aufgabe widmen. Zuerst begutachtete er die Papiere, die offen herumlagen. Wie er erwartet hatte, war nichts Interessantes dabei. Private Korrespondenz, Rechnungen von Händlern und Handwerkern, Steuerunterlagen. Auch in den Schubladen des Schreibtischs konnte Richard nichts finden. Eine schwere Truhe mit Schloss öffnete er in kürzester Zeit mit seinem Diebschlüssel, doch auch darin fand er nichts als banale Dinge. Weder Botschaften in verschlüsselter Schrift, noch Listen mit Verrätern, noch irgendwelche aufrührerischen Pläne.

Richard richtete sich auf und dachte nach. Wenn er wenigstens wüsste, warum gerade Grantchester diese Liste besitzen sollte! Und warum Montjoy annahm, dass er sie hier aufbewahrte und nicht in London, wo er sich die meiste Zeit aufhielt. Richard wusste nicht, ob der Earl treuer Royalist oder ein Gegner des Königs war. Geschweige denn, wie er an die mysteriöse Liste gekommen war. Was, wenn er sie immer bei sich trug oder längst vernichtet hatte?

Vielleicht gehörte der Earl ja zu den Menschen, die ihre wichtigsten Geheimnisse in ihrem Schlafgemach versteckten. Richard seufzte. Bevor er dort nachsah, würde er sichergehen, dass er im Arbeitszimmer nichts übersehen hatte.

Er drehte sich langsam im Kreis, nahm jede Einzelheit in sich auf. Die Porträts, die über dem Schreibtisch hingen. Sie waren offenbar seit Ewigkeiten nicht abgenommen worden. Richard hob jedes einzelne von der Wand, doch außer ein paar Spinnenweben gab es nichts zu sehen. Er klopfte den Fußboden ab. Ein Hohlraum unter den Bohlen wurde gerne als Versteck genutzt. Doch auch hier konnte Richard nichts entdecken. Die Wände waren massiv, die Polster der Sitzmöbel gaben ebenfalls keinen Grund zur Annahme, dass sich unter ihnen etwas anderes als Füllmaterial versteckte.

Blieb nur noch ein Geheimfach im Schreibtisch, sozusagen die Mutter aller Verstecke. Er tastete die Schnitzereien ab, suchte mit einem Brieföffner nach einer Ritze. Fast hätte er aufgegeben, als ihm eine Unebenheit an einer der Leisten auffiel. Eine Unebenheit, die entstand, wenn man sehr oft über dieselbe Stelle strich. Schon im Haus der Mortimers hatte ihm eine solche Kleinigkeit den Zugang zum Geheimgang verraten.

Richard drückte auf die Leiste, ein metallisches Klicken belohnte seine Hartnäckigkeit. Eine verborgene Klappe sprang auf und gab endlich preis, wonach Richard gesucht hatte: ein in Leder gebundenes Buch und mehrere Briefe. Im Buch fand Richard Listen von Namen und Summen, die offenbar aus einer geheimen Kasse an die entsprechenden Personen geflossen waren. Richard erkannte die Namen einiger Abgeordneter des House of Commons. Das Geld hatte wohl dazu gedient, Stimmen zu kaufen. Richard pfiff durch die Zähne.

Da er wusste, dass es sich bei den Genannten ausschließlich um königstreue Abgeordnete handelte, musste die Gegenseite die Stimmen gekauft haben. Also stand Lord Grantchester aufseiten der aufrührerischen Parlamentarier. Ob Montjoy das wusste?

Richard blätterte das Buch durch. John Pym, Denzil Holles, Oliver Cromwell, die Rädelsführer des Widerstandes gegen den König, wurden nicht erwähnt. Sie mussten wohl kaum bestochen werden. Richard faltete den ersten Brief auseinander. Er war codiert, aber sehr einfach zu entschlüsseln und kam aus Schottland von Alexander Leslie, dem Earl of Leven. Einen Moment lang fragte Richard sich, wie es Leslies Schwester, der zauberhaften Eleonore, gehen mochte, dann besann er sich wieder auf seine Aufgabe.

Der Inhalt des Briefs war unmissverständlich: Die Schotten würden sich im Falle eines Bürgerkrieges auf die Seite der Parlamentarier stellen. Das war nicht verwunderlich, schließlich hatte sich Charles alle Mühe gegeben, seine Landsleute gegen sich aufzubringen.

Richard überlegte kurz, ob er den Brief für Montjoy kopieren sollte, entschied sich aber dagegen. Sein Auftrag lautete schließlich, die Liste zu finden. Er faltete den Brief so wieder zusammen, dass man nicht sehen konnte, dass er gelesen worden war. Dann griff er nach dem nächsten. Kein Absender verriet, wer ihn verfasst hatte. Er war kurz und nicht verschlüsselt, was angesichts seines brisanten Inhalts mehr als verwunderlich war. Entweder war der Verfasser reichlich unerfahren und naiv, oder das Schreiben war eine Falle.

Verehrter Lord Grantchester,
als treuer Untertan des Königs gebe ich Euch diese Liste
an die Hand, die die Namen einiger wichtiger Doppel-
agenten beinhaltet, die Ihre Hoheit heimlich hintergehen
und für die Gegenseite arbeiten.

Richard stockte, wagte nicht weiterzulesen. Zwar entbehrte es nicht einer gewissen Ironie, dass der Brief ausgerechnet an den Verräter Grantchester gerichtet war, doch ihm war nicht nach Lachen zumute.

Er beugte sich wieder über das Papier, ging langsam die Namen durch.

Alcofribas Nasier
Archibald Pantagruel
Dunbar Chelidon
Hector Gargantua
Samuel Panurge
Enno Malicorn

Nicht einer kam ihm bekannt vor. Womöglich waren es Decknamen, mit denen er nicht vertraut war. Er wollte schon aufatmen, als er den letzten Namen las. Schweiß brach ihm aus allen Poren. *Farathorn Gulie*

Er war enttarnt.

Cromwell

Cromwell hob den Weinbecher. »Ich bringe einen Toast aus auf unseren Anführer und unser Vorbild John Pym, der dem König gezeigt hat, dass es an der Zeit ist, nachzugeben und unsere Rechte zu achten.«

Sie hatten sich wie immer im Haus von John Pym versammelt, um auf den Sieg über Charles anzustoßen, aber auch, um zu besprechen, wie es weitergehen sollte.

Pym, Haselrig, Hampden, Holles und Strode hoben ebenfalls ihre Becher.

»Darauf lasst uns trinken!«, rief Strode. »Auf dass der König ein Einsehen hat und der Friede in unserem wunderbaren Land nicht weiter gefährdet wird.«

Pym nahm nur einen kleinen Schluck. »Der Wein ist meiner Krankheit nicht zuträglich, meine Herren. Ich muss ein wenig auf meine Gesundheit achten, auch wenn mir das nicht schmeckt.« Er setzte den Becher ab. »Noch haben wir den König nicht dazu gebracht, unsere Forderungen zu erfüllen.« Er atmete schwer. »Wir haben noch einen weiten Weg vor uns. Denn ich glaube nicht, dass er klein beigeben wird. Im Gegenteil. Charles rast vor Wut. Das hat auch mein Kontakt in Whitehall bestätigt.«

»Aber was soll er denn tun?«, fragte Haselrig. »Er ist auf uns angewiesen. Seine Armee ist in lächerlichem Zustand. Wir könnten ihn mit unseren Bauern und ihren Dreschflegeln schlagen.«

»Ganz so ist es nicht«, wandte Strode ein. »Charles hebt still und heimlich Soldaten aus. Noch kann er sie nicht gut ausstatten, aber er hat im House of Lords noch immer mächtige und vor allem reiche Fürsprecher, die sich nichts sehnlicher wünschen als einen König, der allein herrscht und ihre Interessen vertritt. Auch im House of Commons hat er viele Anhänger, die wir nicht dauerhaft bestechen oder von den Abstimmungen fernhalten können.«

Haselrig nickte widerwillig. »Immerhin können wir gegen den Earl of Strafford Anklage erheben. Alle seine Verfehlungen sind minutiös aufgezeichnet. Zwar hat Charles ihn in den Tower werfen lassen, aber eher um ihn zu schützen, als um ihn zur Rechenschaft zu ziehen. Wenn wir ihn jedoch anklagen, kann Charles ihn nicht länger decken.«

Pym knallte seine Faust mit erstaunlicher Kraft auf den Tisch. »Das ist alles Kleinkram! Strafford tut uns nicht weh, er dient uns nur als Spieleinsatz um die Macht. Solange Charles unsere Forderungen nicht besiegelt, bleibt alles wie es ist, es wird sogar immer schlimmer.«

»Was sollen wir also tun, Eurer Meinung nach?«, fragte Strode.

»Meiner Meinung nach sollten wir dem König nicht die geringste Möglichkeit bieten, uns etwas anzuhängen. Sonst enden nämlich wir im Tower. Wir sollten besonders darauf achten, dass unsere Informanten jederzeit mit allergrößter Vorsicht vorgehen.« Pym verzog das Gesicht. Er musste große Schmerzen haben.

Cromwell gab ihm grundsätzlich Recht, dennoch gehörte Strafford angeklagt und verurteilt. Gerade weil seine Verurteilung von hoher Symbolkraft sein würde. »Wir sollten mit größter Vorsicht handeln, das steht außer Frage, John, aber Strafford muss seiner gerechten Strafe zugeführt werden«, sagte er. »Wir müssen deutlich machen, dass wir auf der Seite des Volkes stehen, dass wir einen Verräter nicht davonkommen lassen.«

Pym blickte in die Runde. »Sehen das alle so?«
Einhelliges Nicken.
»Also gut.« Pym wiegte den Kopf. »So soll es sein. Wir werden im März Anklage erheben. Dann werden wir sehen, wer auf der Seite der Gerechtigkeit steht und wer nicht.«

Richard

Richard beobachtete das Eichhörnchen, das über die Dächer turnte, dann auf einen Baum sprang und im kahlen Geäst verschwand. Es war noch kalt, aber der Frühling war nah, zu dem Gestank der Stadt und dem beißenden Qualm aus Hunderten von Schornsteinen hatte sich ein anderer, süßlicher Duft gelegt, der die Luft mit Hoffnung erfüllte.

Ob jedoch auch Richard hoffen durfte, stand in den Sternen. Seit fast zwei Monaten war er jetzt in London, doch er war bei der Suche nach dem geheimnisvollen Verfasser der Liste von Verrätern noch nicht einen Schritt weitergekommen. Hätte nicht der Name Farathorn Gulie darauf gestanden, wäre er längst überzeugt gewesen, dass die Liste eine Ausgeburt überbordender Fantasie oder aber ein plumper Versuch war, den Feind zu verwirren.

Richard hatte die Namen auf der Liste kopiert und den Brief dann schweren Herzens zusammen mit den anderen Sachen wieder in dem Geheimfach im Schreibtisch deponiert. Alles in ihm schrie danach, das Papier zu vernichten, es wäre so einfach gewesen. Hätte allerdings Lord Grantchester das Verschwinden bemerkt und sich bei seiner Frau oder seinem Personal erkundigt, wer zuletzt Gast in Chester House gewesen war, wäre Richard enttarnt gewesen, und das konnte er sich nicht erlauben.

Noch bevor Shirley von ihrer Gesellschaft zurückkehrte, war Richard aufgebrochen. Er hatte ihr einen Brief hinterlassen und um Nachsicht gebeten, ein Freund sei in Not, er werde bei seiner Rückkehr seine Malutensilien mitbringen.

Er glaubte nicht, dass er je nach Chester House zurückkehren würde. Es wäre viel zu gefährlich. Er konnte ja nicht einmal sicher sein, dass Shirley nicht über die wahren Loyalitäten ihres Gemahls Bescheid wusste, dass sie nicht selbst Teil der Verschwörung war. Vielleicht war sie sogar von ihrem Gatten beauftragt worden, Richard auszuhorchen. Nicht auszudenken!

Kaum war er nach London zurückgekehrt, hatte er Montjoy die Namen zukommen lassen. Alle, bis auf einen. Dann hatte er um einige freie Wochen gebeten, um sich einer privaten Angelegenheit zu widmen, ohne große Hoffnung, dass seine Bitte gewährt würde. Doch Montjoy hatte ihn wieder einmal überrascht. In einem kaum an Anzüglichkeiten zu überbietenden Schreiben wünschte er Richard viel Vergnügen. Richard war es gleich. Sollte Montjoy glauben, was er wollte, Hauptsache, er erriet die Wahrheit nicht.

Die vergangenen Wochen hatte Richard damit verbracht, sich unauffällig nach den Männern umzuhören, die auf der Liste standen. Es war kein John Smith oder James Miller darunter, ganz im Gegenteil, die Namen waren alle höchst ungewöhnlich, sodass kaum die Gefahr einer Verwechslung bestand. Bisher hatte Richard niemanden gefunden, der auch nur einen der Namen je gehört hatte. Aber er wollte nicht aufgeben.

Für heute hatte er sich einen Buchhändler ausgesucht, der sein Geschäft in der Nähe von St. Pauls hatte und von dem es hieß, dass er alles und jeden kenne. Um seinen Coup vorzubereiten, hatte er in der vergangenen Woche in Verkleidung in dem Laden ein Buch erstanden, in das er dann einen der Namen von der Liste geschrieben hatte.

Richard warf einen letzten Blick in den Baum, in dem vorhin noch das Eichhörnchen herumgetollt war. Dann stieß er entschlossen die Ladentür auf.

Das Männchen hinter der Theke war klein und dürr und blickte ihn freundlich über ein Augenglas hinweg an. »Wie kann ich zu Diensten sein, Sir?«

»Ich hoffe, es ist umgekehrt, und ich kann Euch einen Dienst erweisen.« Richard lächelte breit.

»Ach ja?«

Richard zog das Buch aus der Tasche. »Das hier habe ich in der Kathedrale gefunden. Es ist ein Stempel von Eurem Laden darin, also hat der Besitzer es bei Euch gekauft.«

Der Buchhändler nahm den Band entgegen und betrachtete ihn kritisch. »*The Faerie Queene* von Edmund Spenser, hm, ja. Davon verkaufe ich häufiger ein Exemplar. Allerdings führe ich keine Liste meiner Kunden.«

»Aber es steht ein Name darin.« Richard nahm ihm das Buch ab und schlug es auf. »Seht, hier. Kennt Ihr einen Alcofribas Nasier? Womöglich kauft er öfter bei Euch ein.«

In dem Moment tat der Buchhändler etwas vollkommen Unerwartetes. Er brach in schallendes Gelächter aus. Er gluckerte, keuchte, schlug sich auf die Schenkel. »Der ist gut«, verkündete er atemlos, bevor er erneut losprustete. »Vielleicht kauft er öfter ein. Haha. Ja, vielleicht.«

Schließlich beruhigte sich der Mann und sah Richard amüsiert an. »Habt Ihr vielleicht auch noch Bücher aus dem Besitz von Pantagruel und Gargantua?«

Richard erstarrte. Auch diese Namen standen auf der Liste. Archibald Pantagruel und Hector Gargantua.

»Ich ... ich verstehe nicht«, stammelte er.

»Es gibt keinen Alcofribas Nasier, Sir. Es handelt sich um ein Anagramm aus François Rabelais, dem Namen eines französischen Schriftstellers, das dieser als Pseudonym für sein Werk *Gargantua* wählte. In ihm wird die Geschichte von dem Riesen Pantagruel und seinem Vater Gargantua erzählt.«

Richard schluckte hart. »Kommen in diesem Werk vielleicht auch noch ein Panurge, ein Malicorn und ein Chelidon vor?«

»Ja, Sir. Ich glaube, ich habe ein Exemplar da. Möchtet Ihr es sehen?«

»Nein, danke.« Richard machte einen Schritt rückwärts. »Dann hat sich wohl irgendwer ...«

»... einen herrlichen Scherz erlaubt. Ja, Sir, das glaube ich.« Der Buchhändler tupfte sich mit einem Taschentuch die Tränen aus den Augenwinkeln. »Einen wirklich herrlichen, köstlichen Scherz.«

»Danke, Sir, und verzeiht die Störung.« Richard wandte sich zur Tür.

»Halt! Wartet, Euer Buch.«

Richard drehte sich um. »Behaltet es. Es ist, wie gesagt, nicht meins.« Er stürzte aus dem Laden.

Während er durch die Gassen stolperte, um so viel Abstand wie möglich zwischen sich und den Buchladen zu bringen, sickerte allmählich die Bedeutung dessen, was er soeben erfahren hatte, in sein Bewusstsein: Alle Namen auf der Liste waren erfunden. Sie stammten aus einem Buch. Alle, bis auf einen. Irgendwer hatte es auf ihn abgesehen.

Er lehnte sich an eine Hauswand. Ihm war schwindelig.

Plötzlich merkte er, dass etwas nicht stimmte. Es war zu still.

Er blickte auf, sah nach rechts und links. Maskierte Männer standen in der Gasse, versperrten in beiden Richtungen den Fluchtweg.

Verflucht! Was waren das für Kerle? Räuber? Montjoys Lakaien? War das wieder irgendein Test?

Panisch tastete Richard nach seinem Gürtel, aber er kam nicht mehr dazu, eine Waffe hervorzuziehen. Einer der Männer richtete eine Pistole auf ihn, die anderen sprangen vor und packten ihn. Ein Sack wurde ihm übergestülpt, seine Hände auf dem Rücken zusammengebunden.

Das Rumpeln eines Karrens ertönte. Richard wurde grob gepackt und auf die Ladefläche geworfen. Ein heftiger Schmerz schoss durch seinen Schädel. Dann verlor er das Bewusstsein.

Vivian

Vivian stieg aus der Kutsche und drückte den Rücken durch. Das Gasthaus lag etwa fünf Meilen vor den Toren von Cambridge und war ein geschäftiger Knotenpunkt. Hier wurden erschöpfte Pferde getauscht, eine wohlverdiente Rast eingelegt oder Mitreisende aufgenommen.

Anders als sonst hatte sie sich entschieden, nicht zu reiten, sondern die Kutsche zu nehmen. Zum einen war es regnerisch und sie hatte nicht völlig durchnässt ankommen wollen, zum anderen schickte es sich für eine Countess nicht, wie ein junger Bursche durch die Landschaft zu galoppieren, und sie wollte möglichst wenig Aufsehen erregen.

Sie bedeutete dem Kutscher, dass er sich die Wartezeit mit einem Imbiss verkürzen solle, und trat in den Speiseraum des Gasthauses. Obwohl mindestens zwei Dutzend Menschen an den Tischen saßen, fing Vivian einige neugierige Blicke auf. Vornehme Ladys wie sie waren in solchen Häusern eher seltene Gäste.

Die Wirtin kam ihr entgegen. »Ihr seid sicher die Lady, auf die der Gast im Nebenzimmer wartet.«

»Mr. Bru Giant? Er ist schon da?«

»Das ist er. Wenn Ihr mir bitte folgen wollt.« Die Wirtin ging voran durch die hintere Tür des Gastraums, einen Korridor entlang zu einem weiteren kleinen Raum, in dem nur ein Tisch stand.

»Mr. Giant, Ihr Besuch ist da. Kann ich noch etwas bringen?«

Giant drehte sich um. »Danke, wir haben alles.« Er deutete auf den Tisch, auf dem Brot, Suppe, kalter Braten, Kuchen sowie eine Karaffe Wein bereitstanden. »Und wir möchten nicht gestört werden, bitte.«

»Sehr wohl, Sir.« Die Wirtin schloss die Tür hinter sich.

»Lady Coveney, ich hoffe, Ihr hattet eine angenehme Reise.«

»Ja, danke.«

»Setzt Euch.«

Vivian nahm Platz, Giant schenkte Wein ein. Sie kosteten von den Speisen, sprachen eine Weile über den harten Winter, der endlich vorbei war, und über die Beschwerlichkeiten einer langen Reise über Land. Dann kam Giant zur Sache: »Ihr wolltet mich treffen, Lady Coveney. Womit kann ich dienen? Geht es noch immer um diesen mysteriösen Master Gulie?«

»Ich fürchte, ja, Sir. Ich habe einen Brief an einen zuverlässigen Gentleman geschickt, einen alten Freund meines Vaters, Lord Grantchester.«

Bru Giants Augen flackerten kurz, doch seine Miene glättete sich sofort wieder, sodass Vivian sicher war, dass sie sich getäuscht hatte.

»Ich schrieb ihm anonym, dass ich Kunde von einigen Doppelspionen hätte und er doch dafür sorgen möge, dass der König die Liste erhalte. Seither habe ich jede Woche in der Zeitung nach einem Bericht über die Verurteilung eines Farathorn Gulie gesucht, aber nichts gefunden. Ich fürchte, man ist dem Hinweis gar nicht nachgegangen.«

»Es wäre auch möglich, dass man Gulie diskret hat verschwinden lassen«, gab Giant zu bedenken. »Doppelspione sind eine delikate Angelegenheit. Was ist denn mit den anderen Namen? Ihr spracht von eine Liste.«

»Bis auf den Namen Farathorn Gulie waren alle erfunden, sie stammten aus einem Buch. Ich wollte nicht riskieren, dass jemand in Schwierigkeiten kommt, nur weil er zufällig einen Namen trägt, den ich auf die Liste gesetzt habe. Allein Gulie zu denunzieren erschien mir wiederum zu mager. Nun befürchte ich allerdings, dass Lord Grantchester meinen Brief nicht ernst genommen hat. Ich würde gern noch einmal nachhaken. Allerdings möchte ich mich ihm gegenüber nicht als Urheberin der Liste zu erkennen geben.«

»Was haltet Ihr davon, wenn ich mich in London umhöre? Sollte ein Verräter dieses Namens ergriffen worden sein, gäbe es Leute, die darüber Bescheid wissen.«

»Und Lord Grantchester?«

»Den lassen wir außen vor. Es heißt, seine Lordschaft sympathisiere mehr oder weniger offen mit der Sache der Parlamentarier. Es wäre also möglich, dass er Master Gulie absichtlich nicht verraten hat.«

Vivian starrte den ehemaligen Sheriff an. »Das wusste ich nicht.«

»Nur wenige wissen es. Aber in meinem Beruf hört man so dies und das.«

»Dann bitte ich Euch herauszufinden, was mit Gulie ist. Ob er lebt, ob er tot ist, wo er sich versteckt. Ich muss alles wissen, ich muss ihn finden.«

»Sehr wohl, Mylady.« Giant räusperte sich. »Darf ich fragen, was ... ich meine, weshalb Ihr ihn der Doppelspionage bezichtigt habt? Ihr wisst sicherlich, dass das seinen sicheren Tod bedeutet.«

»Ja, das weiß ich.« Vivian reckte das Kinn. Sie zögerte. Bisher hatte Giant sich als zuverlässig und diskret erwiesen, trotzdem hatte sie ihn in ihre Motive nicht eingeweiht. Der Mann war ein ehemaliger Sheriff, vielleicht missbilligte er, was sie vorhatte. »Ich weiß, was einen Doppelspion erwartet, genau deshalb habe ich das Schreiben verfasst. Denn nicht weniger hat dieser Verbrecher verdient.«

Bru Giant zog die Brauen hoch.

»Farathorn Gulie hat meinen Bruder ermordet.«

Cromwell

In einem Pulk von Abgeordneten des House of Commons marschierten Cromwell, Haselrig, Strode und Pym durch den lauen Frühlingstag zur Westminster Hall. Dort wurden Könige gekrönt und Bankette abgehalten, dort wurde Recht gesprochen. Die Westminster Hall lag am Ufer der Themse, beinahe Wand an Wand mit dem House of Commons, und manchmal wurden die Debatten während eines Prozesses so laut geführt, dass die Abgeordneten durch die geöffneten Fenster zuhören konnten.

Als Cromwell das erste Mal vor dem Portal von Westminster Hall gestanden hatte, war ihm ein Schauder über den Rücken gelaufen. Die Halle war eine der größten, die es gab, nicht nur in England, sondern in ganz Europa: zweihundertvierzig Fuß lang und siebzig Fuß breit. Das ergab eine Fläche, auf der, dichtgedrängt, mehr als fünftausend Menschen Platz gehabt hätten.

Zum Prozess gegen den Earl of Strafford waren Galerien mit Sitzplätzen errichtet worden, und auch der High Seat des Königs nahm einiges an Platz ein. Erreichte Cromwell sein Ziel, dann würde er höchstpersönlich den High Seat mit einer Axt zertrümmern, ihn aus dem Portal werfen und verbrennen lassen. Mit jedem Tag wuchs sein Hass auf Charles. Gerade erst hatte er Nachricht aus Ely erhalten. Soldaten hatten wieder Dutzende Familien aus dem Moor vertrieben, mit einem Dekret des Königs in der Hand, das es untersagte, in den Sumpfgebieten zu siedeln, die trockengelegt werden sollten. Die Häuser waren verbrannt worden, das Land war an die Krone gefallen, die Familien hatten ihre Heimat verlassen, sich eine neue Bleibe suchen müssen. Damit hatte Charles den Widerstand der Moorleute endgültig gebrochen, denn er, Cromwell, war nicht da gewesen, um ihnen beizustehen.

Obwohl die Galerie viel Platz einnahm, gab es in der Mitte der Halle genügend freien Raum, sodass die Lords und Commons in lockeren Gruppen zusammenstehen und darüber spekulieren konnten, was sie wohl in den kommenden Stunden erwartete.

Fast alle waren gekommen: über fünfhundert Mitglieder des House of Commons und über sechshundert Lords. Dieser Prozess war mehr als eine Gerichtsverhandlung gegen einen einzelnen Adligen. Er war die entscheidende Kraftprobe zwischen Parlament und Krone. Sein Ausgang würde über das Schicksal des Landes entscheiden.

Cromwell gesellte sich zu einer Gruppe Abgeordneter. Sie grüßten einander, wünschten sich Glück und tauschten Neuigkeiten aus. Währenddessen platzierte Pym sich auf der Empore des Anklägers und legte seine Papiere zurecht. Strafford war noch nicht zu sehen, er wurde direkt vom Tower hergebracht. Auch der König würde erst im letzten Moment auftauchen, wie immer angekündigt durch Fanfarenstöße.

Cromwell sprach gerade mit dem Landbesitzer Simon Efforts, den er vor zwei Jahren für die Sache der Parlamentarier gewonnen hatte, als plötzlich die Fanfaren ertönten. Eingekreist von einem Dutzend Wachen betrat König Charles Westminster Hall. Heute trug er seine Krone und zeigte damit eindeutig, dass er den Prozess für anmaßend und sich selbst für den alleinigen Wahrer des Rechts hielt.

Hinter Charles' Gefolge wurde Strafford hereingeführt. Anders als die vielen Opfer der Willkür des Königs, trug der Earl keine Fesseln. Er war auch nicht ausgepeitscht worden, sondern hatte die Zeit im Tower in einer behaglichen Zelle mit Ofen und bester Verpflegung verbracht. Von dort hatte er fleißig Lügengeschichten über John Pym und seine Verbündeten verbreitet. Unter anderem hatte er behauptet, Cromwell werde von den Holländern bezahlt, um den König zu stürzen, und Pym sei des Teufels, was man schon allein daran erkenne, dass Gott ihn mit der Schwindsucht gestraft habe. Er sähe ja schon aus wie der Leibhaftige. Besser hätte Strafford nicht beweisen können, dass er ein katholischer Umstürzler war, der England unter die Knute des Papstes zurückzwingen wollte.

Der König nahm auf dem High Seat Platz, Strafford musste sich auf einem Stuhl gegenüber dem Ankläger niederlassen.

Cromwell, der sich in der Nähe der Tür positioniert hatte, um die übrigen Abgeordneten im Auge zu behalten, reckte sich, um besser zu sehen. Wie es sich gehörte, begrüßten sich Pym und Strafford ehrerbietig. Der Earl of Arundel, der als Vorsitzender fungierte, rief die Lords und Commons zur Ruhe und verkündete, gegen wen hier heute der Prozess geführt wurde. Dann deutete er auf Pym, damit dieser, wie es dem Ankläger zukam, das erste Wort führte.

Pym räusperte sich, ließ seinen Blick über die Menge schweifen, drehte sich ein wenig zur Seite und zeigte auf Strafford. »Dieser Mann«, donnerte er mit einer Stimme, die Cromwell ihm angesichts seines Gesundheitszustands nicht zugetraut hätte. »Dieser Mann ist ein Feind des Volkes und der Krone.«

Zustimmende und ablehnende Rufe hielten sich die Waage, versickerten in den Wänden von Westminster Hall.

»Dieser Mann«, Pym hieb erneut mit dem Zeigefinger in Richtung des Angeklagten, »versucht seit Jahren, unser Land unter das Joch des Papstes zu spannen. Haben *dafür* Tausende brave Engländer ihr Leben gegeben? Unser höchstes Gut ist die Freiheit, ist das Recht, das für alle gleich sein muss, das für alle gelten muss, gleich, ob Bauer oder König.«

Charles hatte sich normalerweise unter Kontrolle, aber bei diesem Satz zuckte er sichtlich zusammen. Kein Wunder. Pym sprach ihm ab, was er am meisten für sich beanspruchte: dass der König über dem Recht stand und der Vertreter Gottes auf Erden war.

Die Lords schüttelten ihre Fäuste in Richtung Pym, die Commons applaudierten. Auf beiden Seiten gab es Abweichler, die sich nicht oder nur zögerlich anschlossen. Der Vorsitzende prügelte seinen Stab auf den Boden, es dauerte jedoch eine Weile, bis sich der Tumult legte.

»Ich klage Thomas Wentworth, den Earl of Strafford, aufgrund zwingender Beweise des Hochverrats an.« Pym nahm ein Papier in die Hand, tat so, als würde er lesen. Doch er brauchte keine Gedankenstütze, Cromwell wusste, dass er jeden Satz auswendig konnte, der in der dreißigseitigen Anklage stand. »Thomas Wentworth, der Earl of Strafford, hat den Versuch unternommen, in Irland eine Tyrannei zu errichten. Hierfür hat er das geltende Recht außer Kraft gesetzt, willkürlich Männer, Frauen und sogar Kinder verhaften, foltern und töten lassen, es sei denn ...« Er machte eine bedeutungsvolle Pause. »Es sei denn, sie waren katholischen Glaubens. Er hat unrechtmäßig Steuern erhoben und sie mit brutaler Härte eingetrieben. Er hat ganze Dörfer niederbrennen lassen, wenn die Menschen die Steuern nicht entrichten konnten – oder wollten, was ihr gutes Recht war. Doch das war für den Earl of Strafford noch nicht genug.« Pym hob ein weiteres Blatt Papier hoch. »In diesem Brief an Charles zeigt der Earl sein wahres Gesicht. Er hetzt den König zum Krieg gegen unsere schottischen Brüder auf. Strafford ist ein Stiefellecker von Bischof Laud, der uns in verfluchte Katholiken verwandeln will, der unsere Herzen vergiftet mit der falschen

Lehre. Unsere schottischen Brüder aber lehnen sich gegen Tyrannei und Papst auf!«

Im Saal blieb es ruhig. Alle hingen an Pyms Lippen. Nur Charles wollte glauben machen, er sei gelangweilt. Er blickte hierhin und dorthin, spielte an seinem Wams herum und betrachtete seine Fingernägel. Ein Affront, mit dem sich mancher Lord nicht wohlfühlte, das war nicht zu übersehen. Charles signalisierte nur allzu deutlich, dass er diesen Prozess für unwirksam hielt, für überflüssig, für anmaßend.

Wut stieg in Cromwell auf. Dieser Geck, dieser arrogante Versager wagte es tatsächlich, John Pym und das gesamte House of Commons zu beleidigen!

Pym holte weiter aus, zählte alle Verfehlungen des Earls auf, belegte jede einzelne mit Briefen, Zeugenaussagen und Dokumenten, angefangen mit Todesurteilen, die er in Irland dutzendfach ausgestellt hatte, bis hin zu nachweislicher Unterstützung von Katholiken. Die Beweislast war immens. Strafford war so gut wie tot. Drei Stunden lang redete Pym, nur gelegentlich unterbrochen von Zwischenrufen. Charles war zwischendurch eingeschlafen oder hatte zumindest so getan.

Die Wirkung dieses Verhaltens auf Pym blieb nicht aus. Mit jedem Satz wurde er leidenschaftlicher und schärfer. Irgendwann wich er sogar von seiner vorbereiteten Klageschrift ab, brach mit jedem Satz den Stab über Strafford und damit auch über den König, der den Earl ja hatte gewähren lassen.

Cromwell ließ sich kein Wort entgehen. Für ihn konnten Pyms Worte gar nicht scharf genug sein. Er war das Taktieren leid, wollte endlich zur Tat schreiten.

Strafford selbst hörte sich alles mit stoischer Miene an. Er würde im Anschluss an Pyms Anklage seine Verteidigungsrede halten.

Schließlich sprach Pym sein Schlusswort. »Nicht zuletzt

strebt der Earl of Strafford die Auflösung des Parlaments an und betreibt damit die Zerstörung der Grundpfeiler des englischen Rechts. Ich muss daher fordern, dass das hohe Haus Thomas Wentworth, den Earl of Strafford, wegen Hochverrats in achtzehn Fällen ...« Er machte eine Pause. »... zum Tode verurteilt.«

Die Menge tobte, Cromwell konnte nicht mehr unterscheiden, wer für und wer gegen die Verurteilung Straffords war. Der Vorsitzende gab sich keine Mühe, er hätte eine Kanone abfeuern müssen, um sich Gehör zu verschaffen. Er wartete, bis sich die Leute beruhigten. Dann erteilte er Strafford das Wort.

Der erhob sich, verbeugte sich in alle Richtungen, lächelte süffisant. »Eure Hoheit, werte Lords, Commons.«

Strafford blieb sich treu. So wie er die gottgewollte Ordnung sah, so begrüßte er die Versammlung: König, Adel, Gemeine. Doch alle Rhetorik würde ihm heute nicht helfen.

»Meines Wissens setzt eine Tyrannei voraus, dass der Tyrann auch in dem Land weilt, das er zu unterjochen wünscht. Ich aber habe Irland verlassen, als getan war, was getan werden musste. In welcher Welt lebt Ihr, John Pym? Die Iren sind schon immer aufsässig gewesen, und ich habe sie gezähmt. Das nutzt uns allen. Und woher nehmt Ihr die Unverfrorenheit, mich der Kriegstreiberei zu zeihen? Waren es nicht die Schotten, die in England einmarschiert sind, und haben wir denn nicht nichts getan als unsere Pflicht, nämlich unsere Heimat zu verteidigen? Wohlwissend, dass der Feind uns überlegen ist – und das aus nur einem Grund? Nämlich wegen Euch und Euresgleichen. *Ihr* habt uns die nötigen Mittel verweigert, den König, das Volk und das Land zu schützen. Die Schotten haben unsere Städte im Norden überrannt, sie sind es, die Tod und Schrecken verbreiten. Hat der König nicht immer und immer wieder versucht, Euch zu überzeugen? Doch Ihr kennt nur Eure eigenen Interessen. Eure kruden Lehren, Eure Vorstellungen eines Staates, in dem der König nur ein Lakai ist. Euer Lakai. Seid einmal ehrlich, Pym, und gebt zu, dass Ihr gerne König wäret, dass *Ihr* die Macht wollt, die Gott Charles Stuart aus gutem Grund zugestanden hat. Nehmt also Abstand von Eurer unsinnigen und verlogenen Klage, und begebt Euch selbst unter das Schwert des Henkers. Denn da gehört Ihr hin.«

Wieder brach ein Tumult aus, der noch länger anhielt als der zuvor. Cromwell musste Strafford zugestehen, dass seine Rhetorik brillant war. Dass es ihm gelungen war, sich vom Täter zum Opfer zu machen und Pym vom Ankläger zum Angeklagten. Damit hatte er bei den Lords sicherlich Sympathien wecken können. Die Commons würden jetzt jedoch geschlossen hinter Pym stehen. Solange sie den König nicht absetzen mussten, konnten sie beruhigt das Bauernopfer annehmen, das Strafford darstellte. Doch leider entschieden nicht sie, sondern die Lords. So lautete das Gesetz.

Sobald Ruhe eingekehrt war, schritt der Earl of Arundel zur Abstimmung. »Meine Herren Lords! Ihr habt die Anklage gehört, Ihr habt die Verteidigung gehört. Wer sich der Anklage anschließt, der hebe den rechten Arm.«

In der Halle war es plötzlich totenstill.

Nicht ein Arm hob sich.

Strafford feixte.

Richard

Richard starrte seinen Bruder mit großen Augen an. Sie standen hinter den Ställen des Earls of Dartmouth, für den ihr Vater arbeitete, der gesattelte Hengst schnaubte ungeduldig.

»Aber wenn ...«

Es war bei strenger Strafe verboten. Wenn Vater sie erwischte, würde er sie die Peitsche spüren lassen, Söhne hin oder her.

»Richard, bist du ein Hase oder ein Adler?«, fragte Gregory. »Stell dich nicht so an.«

Richard war weder das eine noch das andere. Er war zehn Jahre alt, und sein Bruder war fast schon ein Mann und sein Vorbild und Held. »Und du schwörst, dass wir nicht erwischt werden?«

Gregory hielt seine Faust ans Herz. »Ich schwöre.«

»Na gut.«

Gregory strahlte übers ganze Gesicht. »Das ist mein Bruder. Furchtlos und immer bereit für ein gutes Abenteuer. Komm, Rufus wartet bereits ungeduldig. Er hat schon lange keine Wildschweinhatz mehr gemacht.« Gregory fasste Richard bei den Schultern. »Heute erlegst du deinen ersten Eber.« Er drückte ihm einen kurzen leichten Speer mit einer messerscharfen Spitze in die Hand. »Wenn du ihn richtig wirfst, ist der Eber sofort tot. Du weißt ja, worauf es ankommt.«

Das wusste Richard nur zu gut. Sie hatten es hundert Mal geübt. Mit einem Strohballen. Gregory hatte den Ballen von einem Pferd ziehen und auf ihn zusausen lassen, Richard musste sich ihm entgegenstellen, den Speer schleudern und dann zur Seite springen. Jede Bewegung war ihm in Fleisch und Blut übergegangen. Dennoch hatte Vater ihm verboten mitzukommen, wenn er die Edelleute auf die Jagd begleitete.

Richard stieg hinter Gregory in den Sattel, hielt sich mit der einen Hand an seinem Bruder fest, mit der anderen umklammerte er den Speer. Rufus preschte los, kühler Wind peitschte Richard ins Gesicht. Er fühlte sich frei und stark. Gregory lenkte Rufus in den nahe gelegenen Wald, und schon bald entdeckten sie Spuren einer Wildschweinrotte. Gregory war der geschickteste Jäger, den Richard kannte, das hatte auch Vater gesagt. Und deshalb durfte Gregory als Fährtenleser mit auf die Jagd. Die Beute allerdings musste er den edlen Herren überlassen.

Richard wusste nicht, wie lange sie durch den Wald geritten waren, als er plötzlich Quietschen und Grunzen hörte. Eine Muttersau brach durch das Gehölz, hinter ihr ein halbes Dutzend Frischlinge. Und der Eber. Er war riesig. Er war schnell. Und er hatte Hauer wie Schwerter.

Gregory riss Rufus herum. »Richard, los!«

Ohne lange nachzudenken, sprang Richard vom Pferd und stellte sich dem Eber in den Weg, der geradewegs auf ihn zujagte. Richard hob den Speer, machte einen Schritt zurück und stolperte über eine Wurzel. Er hörte Gregory panisch schreien, spürte einen unglaublichen Schmerz in seiner Brust. Dann wurde es Nacht.

Aber nur für einen winzigen Moment. Etwas klatschte Richard ins Gesicht und holte ihn zurück.

»Master? Lebt Ihr?«

Richard schreckte auf, griff sich an die Brust, wo die Narbe pulste, die von seinem ersten und einzigen Jagdabenteuer zurückgeblieben war. Der Eber hatte ihn aufgeschlitzt, und nur weil Gregory ihn aufs Pferd gehoben und ohne Zögern zum nächsten Chirurgicus gebracht hatte, war er noch am Leben. Der Arzt hatte ihn wie ein zerrissenes Laken zugenäht, der Schmerz war grauenvoll gewesen. Wochenlang hatte Richard zwischen Leben und Tod geschwebt. Als er endlich über den Berg gewesen war, hatte Vater ihn in den Arm genommen und vorsichtig gedrückt. Es war das erste und einzige Mal, dass er das getan hatte.

»He, Master, lebt Ihr noch?«, wiederholte die Stimme.

Richard schüttelte sich und versuchte, etwas zu erkennen. Es war schummrig, der Raum, in dem er sich befand, wurde von einer einzigen unruhig zuckenden Fackel erhellt. Wo war er nur?

»Ah«, sagte der Mann, der die Fackel hielt, und richtete sich auf. »Seine Lordschaft weilt noch unter den Lebenden. Da habt Ihr mehr Glück als der hier. Oder Pech ... wie man es nimmt.« Er lachte schallend und trat gegen einen Körper, der reglos am Boden lag.

»Kommt, macht schon!«, rief er zur Tür hin. »Holt ihn raus.«

Zwei Männer kamen, ergriffen den leblosen Körper bei den Fesseln und unter den Achseln und schleppten ihn weg.

»Dann viel Vergnügen noch.« Der Mann mit der Fackel folgte den anderen, eine Tür knallte zu. Es wurde dunkel.

Richard stöhnte leise und ließ sich zurück ins stinkende Stroh gleiten. Jetzt wusste er wieder, wo er war: im Newgate Prison, und zwar nicht in der Abteilung für die wohlhabenden Insassen, die für ihr Essen zahlen konnten und deshalb regelmäßig etwas bekamen. Die ehrfürchtige Art, in der der Wärter mit ihm gesprochen hatte, war reine Ironie gewesen.

Er war mit einem halben Dutzend anderer armer Schlucker, die auf ihren Prozess warteten, in einer Zelle eingepfercht. Im Gegensatz zu Richard wussten sie vermutlich, was man ihnen vorwarf. Er selbst hatte anfangs vergeblich versucht herauszufinden, warum er eingesperrt worden war. Nachdem die Männer aus der Gasse ihn hergebracht hatten, war er kommentarlos in die Zelle geworfen, von den Fesseln und dem Sack über dem Kopf befreit und seinem Schicksal überlassen worden. Vorher hatte man ihm all seine Besitztümer abgenommen, den Geldbeutel, die Pistolen, das Messer im Gürtel. Nicht einmal Mantel, Hut und Stiefel hatte man ihm gelassen. Den Mantel vermisste er besonders, denn in dem Verlies war es eiskalt.

Manchmal waren von oben gedämpfte Schreie zu hören. Sie kamen von einem der Gefangenen im berüchtigten Press Yard. Dort wurde besonders verstockten Häftlingen die Zunge gelockert. Richard hatte es zum Glück nie mit eigenen Augen gesehen, aber er kannte die Geschichten. Der Gefangene wurde nackt mit dem Rücken auf den Boden gelegt und festgebunden. Dann legte man ihm ein mit Steinen und Metallsplittern gespicktes Brett auf den Bauch und übte so lange Druck aus, bis er wenigstens dazu bereit war, auf schuldig oder nicht schuldig zu plädieren.

Anfangs hatte Richard gebrüllt und getobt, an die Holztür gehämmert und gefordert, einen Verantwortlichen zu sprechen. Aber nachdem sich auch am zweiten Tag niemand um sein Geschrei geschert hatte, hatte er es aufgegeben. Hin und wieder tauchte ein Wärter auf, warf etwas Brot in die Zelle und stellte einen Eimer frisches Wasser mit einer Kelle darin ab, bevor er sich wieder verzog.

Danach ging der Kampf um das magere Essen los. Nur die Stärkeren bekamen etwas von dem Brot ab, und beim Wasser sah es nicht viel besser aus. Die ersten Male hatte Richard sich nicht an dem erbärmlichen Gerangel beteiligt, aber irgendwann waren Hunger und Durst so übermächtig gewesen, dass er sich nicht zu schade gewesen war, einem grobschlächtigen Muskelprotz einen Kinnhaken zu versetzen, um auch etwas abzubekommen. Seine Beute hatte er dann mit dem mageren Jungen geteilt, der apathisch in der Ecke kauerte und nicht sprach.

In den ersten Stunden hatte Richard gedacht, das Ganze wäre ein neues Spielchen, das Montjoy ersonnen hatte, um ihn auf die Probe zu stellen. Während er gegen die Tür gehämmert hatte, hatte er sich vorgestellt, wie sein Chef auf der anderen Seite stand und feixte. Und er hatte jederzeit damit gerechnet, dass die Kerkertür aufgestoßen wurde und Montjoy hereinspazierte, hatte sich ausgemalt, wo in dessen Gesicht er seine Faust platzieren würde.

Aber an diese Erklärung glaubte er längst nicht mehr. Montjoy hätte ihn vielleicht ein paar Stunden schmoren lassen, maximal eine Nacht. Inzwischen war Richard jedoch seit mindestens einer Woche hier, genau mitzuzählen war ihm nicht gelungen. Also musste es eine andere Erklärung geben, und die war mit Sicherheit nicht so harmlos.

Es war natürlich immer noch möglich, dass der Chef des Geheimdienstes Seiner Majestät hinter seiner Verhaftung steckte. Nur dass es kein Scherz war. Womöglich hatte Montjoy herausgefunden, dass Richard ihn bezüglich der Liste betrogen hatte. Er könnte einen weiteren Spion nach Chester House geschickt haben. Oder er hatte von Anfang an gewusst, dass der Name Farathorn Gulie auf der Liste stand, und testen wollen, wie Richard darauf reagierte. Falls das stimmte, hatte Richard alles falsch gemacht.

Es bestand auch die Möglichkeit, dass Montjoy schneller als Richard darauf gekommen war, dass die Namen allesamt aus einem Roman stammten. Dann nahm er vermutlich an, dass Richard ihn hatte hereinlegen wollen.

Oder, und das war die schlimmste Variante von allen:

Montjoy hatte Nachforschungen in Amsterdam angestellt und herausgefunden, dass Richard der Unbekannte war, der die Anschläge des englischen Geheimdienstes auf die Druckereien vereitelt hatte. Dann war sein Leben keinen Pfifferling mehr wert.

Cromwell

Cromwell tauschte einen Blick mit seinen Verbündeten. Sie hatten damit gerechnet, dass die Lords den Earl nicht verurteilen würden. Alles andere wäre Wahnsinn. Der Adel musste zusammenstehen, sich gegenseitig decken. Selbst der Earl of Grantchester und andere, die auf der Seite des Parlaments standen, konnten nicht zulassen, dass einer der Ihren zum Tode verurteilt wurde, einzig und allein weil er die Befehle des Königs befolgt hatte.

Es schien vorbei zu sein. Strafford grinste überheblich, Charles zwirbelte sich zufrieden den Bart.

Aber das war noch nicht das Ende.

Die Commons tuschelten. Die meisten wussten, was nun kam. Charles wusste es nicht, ebenso wenig Strafford. Das größte Wunder des heutigen Tages war, dass nichts durchgesickert war.

Pym hob den rechten Arm, und der Vorsitzende erteilte ihm das Wort.

»Thomas Wentworth«, sagte Pym mit ernster Stimme und schaute dem Angeklagten in die Augen. »Lord Strafford, hiermit verkünde ich Eure Verurteilung zum Tode wegen Hochverrats durch das House of Commons gemäß der Bill of Attainder und folge damit dem allgemeinen und überlieferten Gesetz Englands. Der Beschluss im House of Commons erfolgte einstimmig.«

Jegliches Geräusch verstummte, Totenstille kehrte ein. Es gab kein schärferes Mittel im englischen Gesetz als die Bill of Attainder, die den Angeklagten ohne weitere Erhebung von

Beweisen schuldig sprach. Die Bill of Attainder, die vom Parlament beschlossen werden musste, nahm dem Angeklagten die Bürgerrechte und hob jedes vorher gesprochene Urteil auf.

Doch das Gesetz hatte einen Haken: Der König musste zustimmen.

Alle Augen richteten sich auf Charles, der mit einem Mal kerzengerade auf seinem High Seat saß. Seine Oberlippe zitterte. Ein Zeichen dafür, dass er kurz davor stand, vor Wut zu platzen.

Die Spannung war greifbar. Strafford war noch immer einer der engsten Berater des Königs. Stimmte Charles dem Urteil zu, konnte sich kein Lord mehr sicher sein, dass der König nicht auch ihn einfach fallen ließ. Jeder musste fürchten, ebenfalls ein Bauernopfer des Parlaments zu werden, das inzwischen genug Macht über den König besaß, um ihn in eine solche Zwickmühle zu bringen.

Charles' Finger krallten sich in die Lehne. Cromwell konnte sich lebhaft vorstellen, was der König sich wünschte: dass der Erzengel Gabriel niederführe und alle, die gegen ihn waren, ins Höllenfeuer warf. Doch weder ein Engel, noch der Teufel, noch Gott selbst sandten ein erlösendes Zeichen.

Pym blitzte den König herausfordernd an. Jetzt würde sich zeigen, ob Charles das Risiko einging, sich offen gegen das House of Commons zu stellen. Tat er es, riskierte er Aufruhr und Bürgerkrieg, denn die Abgeordneten würden sich das nicht bieten lassen. Und das wusste Charles. Er stand mit dem Rücken zur Wand, seine Krone wackelte, und es traf ihn völlig unvorbereitet.

Cromwell schnaubte verächtlich. Das war die größte Schwäche des Königs. Er verweigerte sich der Realität, sah nicht kommen, wohin seine sture Haltung führte. Er glaubte, nur weil er König war, musste die Welt nach seinem Willen funktionieren. Und selbst wenn man ihn mit der Nase darauf stieß, lehnte er es noch ab, die Wahrheit zu erkennen.

Als Zeichen des Einverständnisses musste Charles den rechten Arm heben. Doch er saß wie erstarrt auf seinem Platz, offenbar unfähig, eine Entscheidung zu treffen.

Pym trat einen Schritt auf den König zu, blieb dann abwartend stehen. Strafford schüttelte ständig den Kopf, er konnte nicht glauben, was gerade geschah, konnte nicht glauben, dass der König zögerte, die Bill of Attainder abzulehnen.

Endlich erwachte Charles aus seiner Starre. Er blickte zum Angeklagten, und in diesem Augenblick war dessen Schicksal besiegelt. Für alle sichtbar sagte Charles' Blick, dass es ihm leidtat, dass er jedoch keine andere Wahl hatte.

Strafford verstand, und jegliche Spannung wich aus seinem Körper. Der König hob den rechten Arm, Tumult brach los. Cromwell rieb sich die Hände. Das war der Anfang vom Ende des Königs.

Richard

Der Mann, der sich über Richard beugte, hatte die Züge von Thomas Montjoy, aber sie waren seltsam verzerrt, die Nase zu spitz und zu lang, die Ohren riesig, und auf der Stirn wuchsen zwei lange krumme Hörner, die gefährlich schimmerten.

»Richard Faversham«, sagte der Montjoy-Teufel mit fremd hallender Stimme. »Ich bin gekommen, um Euch zu holen.«

»Nein«, wollte Richard stammeln, doch sosehr er auch den Mund bewegte, es rieselte nichts als Stroh heraus. Das Stroh, auf dem er zuvor gekaut hatte, um den quälenden Hunger zu bekämpfen.

Plötzlich zerflossen die fratzenhaften Züge des Montjoy-Teufels und formten sich neu, diesmal zum Gesicht von Richards Bruder Gregory, der ihn sanft anlächelte.

»Komm mit mir«, säuselte Gregory. »Bei mir findest du endlich Frieden.«

Eine hässliche Kralle legte sich auf Gregorys Schulter. »Nein, er gehört mir, du kriegst ihn nicht!« Montjoy beugte sich über Gregory hinweg zu Richard. »Hört nicht auf ihn, Faversham. Lasst Euch nicht von seinem süßen Antlitz täuschen.«

Richard stöhnte. Er wollte sich die Ohren zuhalten, doch seine Arme gehorchten ihm nicht.

»Richard, folge mir«, raunte Gregory.

»Faversham, wach bleiben!«, donnerte Montjoy.

Die beiden Gesichter über ihm schwangen hin und her, dann versanken sie im Nebel und Richard mit ihnen.

Als er das nächste Mal erwachte, war das Erste, was er sah,

erneut Montjoys Gesicht. Diesmal jedoch zu seiner Erleichterung ohne Hörner und Riesenohren. Er blickte an seinem Chef vorbei, sah den weißen Himmel eines riesigen Bettes, dahinter eine Kommode, eine Truhe, ein Fenster, vor dem ein Baum blühte.

Richard hoffte, dass dieser Traum länger andauern würde als der vorherige. Der Anblick des Baums hatte etwas Tröstliches, auch wenn er wusste, dass es lediglich eine Ausgeburt seiner Fantasie war.

»Ihr seid wach.« Montjoy klang erstaunlich echt.

»Nein«, stellte Richard klar. »Ihr täuscht Euch.«

Montjoy grinste. »Oh ja, so ist es gut, Faversham. Gebt nur ordentlich Widerworte, dann weiß ich, dass es Euch bereits besser geht.«

Konnte es sein, dass er tatsächlich nicht träumte, dass das Zimmer, Montjoy und der Baum tatsächlich existierten?

»Ihr wart halb tot, als ich Euch in dem Kerker aufgespürt habe. Meine Güte, Faversham, es hat wirklich nicht viel gefehlt!«

»Wo bin ich?«

»In Whitehall. Der Leibarzt Seiner Majestät hat sich höchstselbst um Euch gekümmert. Charles liegt viel an Eurem Wohlergehen.«

»Was ist passiert?« Jedes Wort kostete unendlich viel Kraft, doch gleichzeitig spürte Richard, wie seine Lebensgeister zurückkehrten.

»Eine Verwechslung. Ein Gentleman sollte verhaftet werden, der seine Magd geschändet und umgebracht hatte. Er wohnte in dem Haus, vor dem Ihr ergriffen wurdet. Anscheinend seht Ihr ihm ein wenig ähnlich. Der Mann selbst war schon zwei Tage zuvor zu Verwandten aufs Land geflohen. Erst als er dort erkannt wurde, flog der Irrtum auf, und man fragte sich, wer der Unbekannte im Newgate Prison war.«

Eine Verwechslung! So viele Vermutungen hatte Richard hin und her gewälzt, aber darauf wäre er nie gekommen. »Ich hatte Fieber.«

»Nicht nur das, mein Lieber. Ihr habt fast einen Monat in dem Loch gesteckt. Aber lasst uns nicht weiter darüber sprechen. Es ist vorbei.«

Richard sah Montjoy an. Noch nie hatte dieser ihn »mein Lieber« genannt. Er versuchte, sich aufzurichten, gab aber rasch auf und ließ sich ins Kissen zurücksinken. »Was habe ich verpasst? Lebt der König noch? Sind die Schotten über uns hergefallen? Haben die Puritaner die Macht ergriffen?«

»Gott bewahre!« Montjoy strich eine Fluse von seinem Wams. Wie immer war er ganz in Schwarz gekleidet. »Es steht allerdings nicht gut für Charles. Er musste der Hinrichtung des Earl of Strafford zustimmen.«

»Gütiger Himmel!«

»Sobald Ihr wieder bei Kräften seid, brauche ich Euch für einen ganz speziellen Auftrag, Faversham.«

Richard unterdrückte ein Stöhnen. Er wollte nicht mehr für Montjoy arbeiten. Aber so, wie die Dinge standen, konnte er froh sein, noch zu leben, und sollte zumindest für eine Weile so tun, als wäre alles beim Alten. Zugleich musste er äußerst wachsam sein. »Worum geht es? Noch immer um die Buchschmuggler?«

»Eine ärgerliche Angelegenheit, in der Tat.«

»Wisst Ihr, wer uns in Amsterdam verraten hat?«

Montjoy legte den Kopf schief. »Nein. Und es macht mich wahnsinnig. Wir mussten die gesamte Operation abbrechen. Zu riskant. Wir hatten Glück, dass die Männer, die beim letzten Anschlag angegriffen wurden, nicht überlebt haben. Sie hätten einiges auszuplaudern gehabt.«

»So etwas darf nicht noch einmal geschehen.«

Montjoy starrte Richard an. »Ihr seid einer der Wenigen, denen ich noch trauen kann, Faversham.«

Richard fragte sich, ob Montjoy ihn damit aufs Glatteis führen wollte oder ob er es ernst meinte. »Was immer ich tun kann, werde ich tun, Mylord.«

Montjoys Augen zuckten kurz. Er wurde nicht gern mit seinem Titel angesprochen. Er stammte aus einfachen Verhältnissen und war stolz darauf. Doch vor einigen Jahren hatte der König ihn in den Adelsstand erhoben, sodass er nun Baron of Keswick war. Charles hätte Montjoy fast jeden Titel verliehen, den er sich wünschte, er vertraute seinem Spionagechef blind. Aber Montjoy strebte nicht nach Titeln. Er strebte nach Kontrolle. Und die schien ihm langsam zu entgleiten. Richard war sicherlich nicht das einzige Loch in Montjoys Netz.

»Ich habe einen Auftrag für Euch, der größte Diskretion verlangt.«

Richard sagte nichts. Es war nicht sinnvoll, noch einmal zu betonen, dass Montjoy ihm vertrauen konnte. Es hätte wie eine Rechtfertigung geklungen.

»Der ehrenwerte Earl of Holland rekrutiert in einem geheimen Lager nördlich von London eine kleine, aber feine Truppe für besondere Aufgaben. Fünfhundert absolut zuverlässige, kampfprobte, dem König auf Gedeih und Verderb ergebene Soldaten. Ich habe Euch eine Arbeit als Hollands Sekretär besorgt. Eure Aufgabe wird sein, die täglichen Berichte Hollands niederzuschreiben. Und zwar nicht nur für Holland, sondern auch für mich. Ich möchte, dass Ihr jeden Bericht kopiert, verschlüsselt und über einen Mittelsmann an mich schickt.«

»Und Holland?«

»Der darf nichts davon erfahren. Die Truppe ist geheim, ebenso der Zweck, für den Charles sie zusammenstellen lässt.

Auch ich weiß nichts. Aber ich kann den König nicht schützen, wenn ich keine Ahnung habe, was er plant.«

»Ich verstehe.« Richard schloss die Augen, das Gespräch ermüdete ihn. Er konnte sich kaum noch konzentrieren.

»Ich sehe, Ihr seid erschöpft, Faversham. Dann lasse ich Euch jetzt in Ruhe.«

»Eine Frage noch.« Es war riskant, aber er musste es wissen.

»Ja?«

»Die Liste aus Lord Grantchesters Schreibtisch, die ich Euch geschickt habe.«

Montjoy verzog das Gesicht. »Figuren, die irgendein französischer Schreiberling erdacht hat. Da wollte uns jemand gehörig auf den Arm nehmen.«

»Von wem kam der Tipp?«

Montjoy sah ihn an. »Meine Quellen gebe ich nicht preis, Faversham. Das wisst Ihr ganz genau. Aber ich lasse nicht locker. Ihr habt das Ablenkungsmanöver gefunden. Ich bin sicher, dass eine zweite Liste existiert, eine, auf der die richtigen Namen stehen. Und die werde ich aufspüren.«

Vivian

Vivian ließ sich einen Toast rösten, bestrich ihn mit Butter und Honig und biss hinein. Draußen war es bereits wieder Herbst, ein weiteres Jahr neigte sich dem Ende zu, alles kam und verging, nur sie hatte das Gefühl, auf der Stelle zu treten.

Seit einigen Tagen war Albert wieder in London. Die Wochen davor waren eine Tortur gewesen, denn ihr Gatte warf ihr vor, sie allein sei schuld daran, dass sich kein Nachwuchs einstellte. Und zwar, weil sie ihn nicht liebe. Wenn Liebe vonnöten war, um schwanger zu werden, hatte er recht. Aber was sollte sie tun? Sie hatte sich wirklich Mühe gegeben, Albert eine gute Frau zu sein, hatte seine Launen hingenommen, die alltäglichen Pflichten, die das Anwesen und die Ländereien mit sich brachten, von ihm ferngehalten und sich bemüht, seine Wünsche zu erfüllen. Sogar seine nächtlichen Besuche hatte sie brav ertragen, obwohl sie ihr zuwider waren.

Inzwischen war sie sicher, dass die Hebamme richtiglag mit ihrer Vermutung, dass es an Alberts Krankheit als Kind lag. Doch das konnte sie ihm nicht sagen. Also ertrug sie seine Vorwürfe und genoss die Zeit, wenn er in London war.

Kauend griff sie nach der Zeitung. Noch immer schaute sie jede Ausgabe der *Weekly News* in der Hoffnung durch, einen Bericht über Farathorn Gulie zu finden. Auch wenn das mehr als unwahrscheinlich war. Leider hatte auch Master Giant nichts ausrichten können. Er hatte herausgefunden, dass Gulie vor etwa eineinhalb Jahren nach Amsterdam gereist war. Der ehemalige Sheriff hatte sogar das Quartier des Spions ausfindig gemacht. Aber wohin er von dort weitergezogen war, wusste niemand zu sagen. Vielleicht hatte ihn seine Tätigkeit nach Paris geführt, nach Spanien oder Venedig. Vielleicht war er auch wieder zurück in England. Falls dies der Fall war, war es ihm gelungen, sich vollkommen unsichtbar zu machen.

Ein Artikel darüber, dass der König und das Parlament sich wohl nie mehr einigen würden, zog Vivians Aufmerksamkeit auf sich. Die Meinung des Verfassers war unmissverständlich: John Pym, der Anführer der Parlamentarier, war eindeutig zu weit gegangen. Quasi im Handstreich hatte er eine Beschwerdeschrift gegen den König mit einer hauchdünnen Mehrheit verabschieden lassen. Es ging das Gerücht, dass er einige Kritiker, die die Mehrheit für seinen Antrag gefährdet hätten, einfach in einem Keller hatte einsperren lassen. In zweihundertvier Punkten hatte man die vermeintlichen Verfehlungen des Königs seit 1625 aufgelistet. Dem Verfasser gefiel das gar nicht, er war der Überzeugung, dass der König niemandem außer Gott Rechenschaft schuldig sei. Und dass der König richtig gehandelt habe, als er die Forderungen, die in diesem Pamphlet standen, schlichtweg ablehnte. Die unglaublichste Forderung sei, so schrieb der Redakteur, dass Pym und seine Komplizen verlangten, das Parlament solle den König kontrollieren. Das käme einer Negierung Gottes gleich und sei daher als Ketzerei der übelsten Sorte rundweg abzulehnen.

Vivian stimmte dem Verfasser zu, dass man den König nicht einfach durch das Parlament entmachten lassen dürfe. Doch sie glaubte nicht daran, dass Gott ihm unfehlbare Weisheit geschenkt hatte. Deswegen hielt sie es nicht für Ketzerei, von Charles zu verlangen, sich mit den gewählten Vertretern des Volkes zu beraten und ihre Ratschläge in seine Entscheidungen einzubeziehen.

Kurz vor Ende des Artikels stockte Vivian. Einer der

führenden Parlamentarier, die die Kontrolle über den König forderten, war Oliver Cromwell. Vivian hatte ihn schon lange nicht mehr gesehen, er weilte fast ganzjährig in London. Offenbar war er in den letzten Jahren rasant aufgestiegen. Vivian fragte sich, wie schnell er fallen würde, wenn er diese ungeheuren Forderungen unterstützte.

Als Vivian das Fazit des Redakteurs las, gefror ihr das Blut in den Adern. Der Mann war sicher, dass ein Bürgerkrieg nur noch eine Armeslänge entfernt war. Vivian hoffte inständig, dass er falschlag.

Rasch blätterte sie weiter, in der Hoffnung, auf etwas leichtere Lektüre zu stoßen. Großes Vergnügen bereiteten ihr die Werbeanzeigen. Einige waren mit Bildern verziert, die das Produkt darstellten, das angepriesen wurde.

Vivian ging die Anzeigen durch und überlegte, ob sie einen neuen Rockreif wie den benötigte, von dem eine hübsche junge Frau in den höchsten Tönen schwärmte. Sie behauptete, dass dieser Reif unzerstörbar sei, leicht zu handhaben und nicht schwerer als eine Gänsefeder. Außerdem sei er so preiswert, dass jede anständige Frau ihn sich leisten könne. Vivian musste schmunzeln. Das war kein schlechter Trick, musste sich doch nun jede Frau, die ab heute als anständig bezeichnet werden wollte, einen solchen Rockreif kaufen.

Vivian blätterte auf die letzte Seite, ließ ihren Blick darübergleiten und stockte. Ihr Herz begann zu rasen. Sie las die Anzeige wieder und wieder.

Die werten Herren Alcofribas Nasier, Archibald Pantagruel und Samuel Panurge treffen sich am kommenden Vollmond um Mitternacht zu einem Plauderstündchen mit heißen geistigen Getränken und einem Kohlebecken bei der Ruine der Lesnes Abbey nahe Erith am Südufer der Themse.

Vivian kannte die drei werten Herren. Sie standen auf der Liste, auf die sie auch den Namen von Jamies Mörder geschrieben hatte. Sie spürte, wie ihr der Schweiß ausbrach.

Natürlich konnte es ein Zufall sein, ein Scherz von einem Anhänger des Schriftstellers Rabelais. Aber das war extrem unwahrscheinlich, denn die Vornamen Archibald und Samuel hatte Vivian erfunden, sie standen nicht in dem Roman.

Wer auch immer die Anzeige verfasst hatte, wollte den anonymen Verfasser der Liste aus der Deckung locken. Es musste Grantchester sein, der wissen wollte, welche Bewandtnis es mit dem einzigen Namen hatte, der nicht aus Rabelais' Werk stammte. Oder Farathorn Gulie selbst hatte irgendwie von der Liste erfahren und wollte die Person ausschalten, die ihn als Doppelspion denunziert hatte.

Richard

Richard streckte sich und gähnte. Dieses Lagerleben war nichts für ihn. Tag für Tag die gleichen langweiligen Aufgaben, ohne dass etwas geschah – er fragte sich, wie andere das jahrelang aushielten. Vielleicht quälten sie sich genauso wie er und ließen es sich nicht anmerken. Immerhin harrte er auch schon ein halbes Jahr aus, und ein Ende war nicht in Sicht. Es war bereits Herbst, in Richards Erinnerung schrumpften die vergangenen Wochen zusammen zu einem einzigen langen ereignislosen Tag. Eben noch hatte er im Krankenbett gelegen und auf den blühenden Baum vor dem Fenster gestarrt, nun hockte er hier und schaute dem Laub beim Fallen zu.

Noch immer war er nicht sicher, warum genau Montjoy ihn hergeschickt hatte. War es eine Art Gnadenbrot für einen gescheiterten Spion? Rache? Eine Falle?

Bislang hatte Richard auch nicht herausgefunden, wofür der König diese spezielle Truppe zusammengestellt hatte. Er hätte nicht einmal sagen können, ob überhaupt eine besondere Aufgabe existierte oder ob das Ganze ein clever ersonnenes Ablenkungsmanöver war, um die Feinde der Krone zu verwirren.

Ebenso wenig wusste Richard, ob Thomas Montjoy wirklich keine Ahnung hatte, was hinter der Sache steckte. Er wusste überhaupt nicht mehr, wem er noch trauen oder irgendetwas glauben konnte. Und solange er nicht geklärt hatte, was es mit der Verräterliste aus Lord Grantchesters Schreibtisch auf sich hatte, waren ihm die Hände gebunden.

Doch auch da war er nicht weitergekommen. Er hatte eine

Annonce entworfen, in der einige Namen von der Liste vorkamen, und sie wöchentlich in den *Weekly News* geschaltet, um seine Widersacher aus der Reserve zu locken. Doch in den vergangenen zwei Monaten war niemand zur verabredeten Zeit am Treffpunkt erschienen. Vielleicht sollte er froh darüber sein und die Angelegenheit vergessen.

Wieder gähnte Richard. Erneut war ein Tag vergangen, ohne dass etwas Nennenswertes geschehen war. Was nun anstand, war der einzige halbwegs interessante – und auch ein wenig gefährliche – Teil seines Auftrags: der abendliche Bericht samt der verschlüsselten Kopie für Montjoy.

Er trat vor das Zelt, das mit einem einfachen Bett, einer Truhe und einem Schreibpult ausgestattet war, und machte sich auf den Weg zu Holland. Da die Zeltplane des Hauptmanns zurückgeschlagen war, trat er einfach ein. Hollands Zelt war ähnlich eingerichtet wie Richards, aber es gab zusätzlich ein Kohlebecken und einen großen Tisch, auf dem Stapel von Dokumenten lagen. Holland war von schmächtiger Statur, schlank und hielt sich aufrecht. Richard hatte ihn in den vergangenen Wochen als ehrlichen, geradlinigen Mann kennengelernt, der den Respekt mehr als verdiente, den man ihm allenthalben entgegenbrachte. Es beschämte ihn, den Mann so zu hintergehen. Andererseits wusste er nicht sicher, ob das nicht auf Gegenseitigkeit beruhte.

Holland blickte von seinen Papieren auf, erhob sich und griff nach einer Flasche. »Master Faversham, ich hoffe, Ihr hattet einen angenehmen Tag. Auch einen Drink?«

»Gern.«

Die beiden hatten sich angewöhnt, die stupide Arbeit mit einem oder zwei Gläschen Lebenswasser zu versüßen, das die Schotten in den Highlands brannten. Sie stießen an, Richard nahm Platz, und Holland griff nach einigen Papieren.

Während der Hauptmann sie durchsah, breitete Richard

die Schreibutensilien vor sich auf dem Tisch aus. Er musste niederschreiben, was Holland ihm diktierte, dann vor dessen Augen davon eine Kopie anfertigen. Die wurde anschließend einem Boten übergeben, der das Schreiben noch in der Nacht zu Charles bringen würde. Das Original behielt Holland für seine Unterlagen.

Keine weitere Kopie durfte angefertigt werden, kein Dokument Hollands Zelt verlassen, das dieser nicht dafür freigegeben hatte. Die Berichte waren verschlüsselt, klangen für Nichteingeweihte, als kämen sie von einem Landbesitzer, der sein Vieh und seine Ländereien auflistete. So wurden die Soldaten als Schafe, die Berittenen als Rinder und die Kanonen als Dreschflegel bezeichnet.

Die Verschlüsselung war nicht sehr sicher; jeder, der wusste, woher der Bericht kam und für wen er bestimmt war, konnte leicht erraten, was in Wahrheit gemeint war. Da die gesamte Operation jedoch unter dem absoluten Siegel der Verschwiegenheit stattfand, schien man keine Entdeckung zu fürchten.

Richard nutzte die Gelegenheit und schob ein zweites Blatt unter das, was er beschreiben sollte, während Holland noch eine Liste studierte. Er hatte die Feder so stark angespitzt, dass sie auf dem unteren Blatt einen schwachen Abdruck hinterließ, wenn er über das obere kratzte. Den durchgedrückten Text würde er später in seinem eigenen Zelt als Vorlage für den codierten Brief an Montjoy nehmen.

Der gefährlichste Moment war, wenn er Holland das Blatt reichen musste, damit dieser den Bericht noch einmal durchlesen konnte. Richard musste es so geschickt anstellen, dass der Hauptmann nichts von dem zweiten Blatt merkte. Bisher war es ihm immer gelungen, doch ein einziger Fehler, eine kleine Unaufmerksamkeit, konnte ihn Kopf und Kragen kosten.

Holland räusperte sich. »Seid Ihr bereit?«

»Jederzeit, Mylord.«

»Dann los.« Holland zog kurz die Liste zurate und begann sogleich das Diktat. Weitere sechzig Mann waren heute eingetroffen sowie zwölf Wagen mit Lebensmitteln und vier Wagen mit Pulver und Kugeln, und zwar ausschließlich für Musketen. Holland zählte jedes Detail der Ausrüstung auf. Was fehlte, war Artillerie, aber dafür gab es für jeden Mann ein Pferd, obwohl es sich nicht um eine Kavallerieeinheit handelte. Eine seltsame Zusammenstellung.

Richard hatte sich schon mehrfach darüber Gedanken gemacht, wofür man eine solche Truppe brauchte, und ihm war nur eine Erklärung eingefallen: Die Männer sollten schnell sein, und sie waren mit allem ausgerüstet, was man für einen Kampf auf engem Raum brauchte. Sie würden also nicht auf freiem Feld eine Attacke reiten, sondern innerhalb einer Stadt eingesetzt werden – in engen Gassen oder sogar innerhalb von Gebäuden. London. Stimmten die Gerüchte, und England steuerte auf einen Bürgerkrieg zu? War Charles sich darüber im Klaren und bereitete sich darauf vor?

Richard war geneigt, das zu glauben. Aber wenn es stimmte, müsste es Dutzende, nein, Hunderte weitere solcher Lager geben. Mit den wenigen Männern hier konnte man keinen Krieg gewinnen.

Einige Male hatte Richard behutsam versucht, aus Holland herauszubekommen, ob an anderen Orten im Land ebenfalls Truppen gesammelt wurden. Aber dem Hauptmann war nicht einmal nach dem Genuss mehrerer Gläser Aqua vitae auch nur ein Wort zu entlocken gewesen.

Holland beendete das Diktat, und Richard gelang es auch diesmal wieder, ihm das Papier zu reichen, ohne dass dieser merkte, wie er den Durchschlag heimlich im Ärmel verschwinden ließ. Holland überflog die Zeilen, nickte zufrieden und ließ Richard die Kopie anfertigen. Dann rief er den Boten, der sich sogleich mit dem Schreiben auf den Weg machte.

Danach tranken die beiden Männer noch ein Glas und plauderten über dies und das. Als Richard in sein eigenes Zelt zurückkehrte, war es bereits stockdunkel. Und eiskalt. Holland hatte ihm ebenfalls ein Kohlebecken versprochen, aber es gab Probleme mit dem Nachschub.

Richard rieb sich die eisigen Finger, verschloss das Zelt und zündete die Laterne an. Er platzierte das aus Hollands Zelt geschmuggelte Blatt so vor der Laterne, dass der durchgedrückte Text gut zu lesen war, und machte sich daran, die verschlüsselte Abschrift anzufertigen.

Um Mitternacht verließ er das Zelt wieder, grüßte eine Wache, die ihm freundlich zunickte, und trat an den Waldrand, als wolle er dort seine Notdurft verrichten. Ein hohler Baum stand dort, nur wenige Schritte tief ins Unterholz hinein.

Richard steckte seine Finger in das Loch, stellte fest, dass der Brief, den er am Vortag dort deponiert hatte, verschwunden war, und schob die neue Botschaft in das Versteck. Ein Mittelsmann würde sie in den frühen Morgenstunden holen und zu Montjoy bringen. Richard kannte den Mann nicht, er wusste nicht einmal, ob es ein Mann war.

Als Richard ins Lager zurückkehrte, fiel sein Blick auf die schmale Mondsichel, die tief über dem Horizont stand. Knapp zwei Wochen bis zum nächsten Vollmond. Er musste eine Entscheidung treffen. Sollte er noch einmal riskieren, sich unerlaubt vom Lager zu entfernen, um nachzusehen, ob jemand auf seine Annonce reagierte? Oder sollte er es aufgeben und die unselige Liste vergessen?

Kurzentschlossen zog er eine Münze aus seinem Beutel:

Bei »Wappen« würde er die Liste vergessen, bei »Kopf« noch einmal zur Ruine reiten. Er warf die Münze in die Luft und fing sie geschickt auf.

Charles

Das Feuer im Kamin prasselte. Charles hatte sich mit Baron Edward Littleton, dem Siegelbewahrer der Krone, in seine privaten Gemächer im Palace of Whitehall zurückgezogen, zu denen nur wenige Menschen Zutritt hatten. Hier fühlte er sich sicher und geborgen, hier entging er dem Geschrei der unzähligen Menschen, die ständig irgendetwas von ihm wollten. Nachdem sein Vater, König James, gestorben war, hatte er die Räume eine Woche lang ausräuchern lassen. James war bis ins Mark verdorben gewesen, ein vergnügungssüchtiger Lüstling. Selbst das Mobiliar hatte Charles austauschen lassen. Trotzdem hatte er das Gefühl, dass der Schatten seines Vaters noch immer über allem lag, ein Schatten, der nichts mit Zimmern und Möbeln zu tun hatte, sondern mit einem schweren Erbe, das Charles in die Knie zu zwingen drohte.

Er starrte auf das Schachbrett. Littleton hatte gerade den silbernen Turm vor der Dame weggezogen und ihm Schach geboten. Charles ballte die Faust. Verdammt! Wie hatte er das übersehen können? Sein Bernsteinkönig war eingekesselt. Um ihn zu befreien, musste er seine Dame opfern. Er dachte an Henrietta. Sie war katholisch, viele seiner Untertanen billigten seine Heirat mit ihr nach wie vor nicht. Dieser Aufrührer Pym hatte Klage wegen Hochverrats gegen Henrietta geführt, war jedoch gescheitert. Und sogar eine stattliche Anzahl Lords hatte Charles nahegelegt, die Ehe aufzulösen und eine Protestantin zu heiraten, damit endlich Frieden im Land einkehrte. Oder sie dazu zu bringen zu konvertieren. Charles würde weder das eine noch das andere tun. Er würde seine Henrietta nicht opfern.

Dieses Schachspiel hatte er verloren. Selbst ein Damenopfer konnte seine Niederlage nicht verhindern. In drei oder vier Zügen wäre er unweigerlich schachmatt. Charles war ein fairer Verlierer. Er schnippte seinen König weg. Der plumpste vom Brett, kullerte auf den Boden, der fein geschnitzte Kopf brach ab und rollte noch ein Stück weiter.

Charles lief es eiskalt über den Rücken. Wie gut, dass dies nur ein Spiel war!

Ganz im Gegensatz zu dem, was sich tagtäglich im Parlament ereignete. Pym und seine Komplizen forderten immer mehr. So konnte es nicht weitergehen. Er hatte, um ihnen entgegenzukommen, die Hohe Kommission aufgelöst, die in allen Fragen der Religion zu entscheiden hatte, ebenso den Court of Star Chamber, das höchste Gericht der Krone. Aber Pym gab sich noch immer nicht zufrieden. Er würde erst Ruhe geben, wenn er Charles die Krone vom Kopf gerissen hatte. Doch dazu würde es nicht kommen.

»Ihr habt dazugelernt, Littleton.«

Der Baron lächelte. »Ich fühle mich geehrt, Eure Majestät, dass Ihr mich habt gewinnen lassen.«

»Ihr seid ein alter Schmeichler! Wüsste ich es nicht besser, so müsste ich annehmen, Ihr würdet mich als Anfänger des Schachspiels betrachten, dem man ein paar Lektionen erteilen muss.« Charles bückte sich, um den kopflosen König aufzuheben. Er legte die beiden Teile auf das Schachbrett. »Sagt, Littleton, gehe ich zu zögerlich an die Sache heran? Ich befehle Euch, ehrlich zu sein. Keiner traut sich, mir die Wahrheit ins Gesicht zu sagen.«

»Wenn Ihr mit ›Sache‹ das Parlament meint, würde ich zustimmen. Ihr lasst Euch zu viel bieten. Ihr fragt mich, was zu tun sei, Sire? Ich würde mit eiserner Hand durchgreifen und ein für alle Mal klarstellen, wer von Gott bestellt ist, England zu beherrschen. Gott wird Euch nicht im Stich lassen. Es mag eine Weile dauern, aber letztlich werdet Ihr obsiegen. Was die Schotten angeht, Eure Landsleute, so würde ich sie mir zu Verbündeten machen. Sie hätten halb England erobern können, hätten sie es gewollt, aber sie taten es nicht. Sie warten nur auf ein Zeichen Eures Entgegenkommens.«

Charles stellte die Figuren neu auf. Auch der kopflose König erhielt seinen angestammten Platz. Der Gewinner bekam Weiß und durfte den ersten Zug machen. Littleton rückte den Königsbauern vor.

»Ah, Ihr wählt eine offene Variante. Was wollt Ihr mir damit sagen?« Charles zog seinen Damenbauern zwei Felder nach vorn und bot ihn damit Littletons Bauern als Opfer an. Der konnte das Bauernopfer annehmen oder ablehnen. Oder er drehte das Spiel um und bot wiederum seinen Bauern als Opfer an.

Littleton rieb sich das Kinn. »Ihr habt Euch die Antwort selbst gegeben, indem Ihr Euch für ein Königsgambit entschieden habt, wenn ich es recht sehe. Ihr bietet mir ein Bauernopfer an, um mir dann von der Seite her in die Flanke zu fallen und meinen Damenflügel zu zertrümmern. Seid Ihr Euch sicher, dass das die geeignete Strategie ist? Denkt an Strafford. Sein Opfer hat Euch nicht gestärkt, sondern geschwächt. Viele Lords misstrauen Euch seither.«

Charles spürte Zorn aufsteigen. Was hätte er tun sollen? Pym hätte ein Amtsenthebungsverfahren angestrengt, wenn er dem Urteil gegen Strafford nicht zugestimmt hätte, und das hätte durchaus Aussicht auf Erfolg gehabt. Man hätte ihn abgesetzt und jemand anderen zum König gemacht.

Charles griff nach dem Bauern. »Darf ich?«

»Aber ja. Nehmt den Zug zurück, und überlegt Euch einen, der zu Eurer Situation passt.«

Littleton legte den Finger in die Wunde. Mit Verhandlungen war nichts zu erreichen. Pym und sein Gefolge wollten seinen Sturz, nicht mehr und nicht weniger. Charles musste sie im Zentrum angreifen. Er platzierte seinen Springer vor der geschlossenen Reihe der Bauern. Der Baron schob den nächsten Bauern nach vorne, Charles zog seinen zweiten Springer.

»So werdet Ihr obsiegen, mein König.«

Sie spielten weiter, und mit jedem Zug wurde Charles klarer, was er zu tun hatte. Schließlich war längst alles vorbereitet. Er hatte viel zu lange gezögert, war vor dem tödlichen Schlag zurückgeschreckt. Noch gestern Abend hatte er mit Henrietta darüber gesprochen, und sie hatte ihn gedrängt, endlich hart durchzugreifen.

Charles zog seine Dame, Littleton hob die Augenbrauen. »Ihr habt mich schachmatt gesetzt, mein König, in nur sechs Zügen. Bei meiner Seele, das habe ich nicht kommen sehen.«

Charles lehnte sich zufrieden zurück. Genau so würde es seinen Feinden ergehen.

Richard

Richard starrte auf die Zeitung, die Holland ihm hatte bringen lassen. Ein Artikel über seinen Meister Anthonis van Dyck war darin; es hieß, er sei zum Sterben nach England zurückgekehrt. Die Nachricht stimmte Richard traurig, und er hoffte, dass er den Maler noch einmal würde sehen können, bevor dieser viel zu jung von ihnen ging.

Doch nicht diese tragische Nachricht nahm Richard gefangen, sondern eine kleine Anzeige auf der letzten Seite.

Enno Malicorn freut sich darauf, die werten Herren Alcofribas Nasier, Archibald Pantagruel und Samuel Panurge am kommenden Vollmond um Mitternacht zu einem Plauderstündchen bei der Ruine der Lesnes Abbey zu treffen.

Jemand hatte auf seine Anzeige geantwortet, jemand, der die Liste kannte. Lord Grantchester? Thomas Montjoy? Der unbekannte Verfasser?

Richard blickte zum Zelteingang. Es war längst dunkel, bestimmt nahte schon die zehnte Stunde der Nacht. Allerdings erhellte fahles Licht das Lager, denn es war eine klare Vollmondnacht. Richard stöhnte. Vor zwei Wochen hatte er das Wappen geworfen und deshalb beschlossen, die Suche nach dem Verfasser der Liste zumindest vorläufig einzustellen. Er hatte vorgehabt, sich darum zu kümmern, wenn sein Auftrag bei Holland beendet war und er einen besseren Plan hatte.

Und nun das. Ausgerechnet heute. Ausgerechnet jetzt. Zwei Stunden vor der vereinbarten Zeit. Zur Abteiruine waren es mindestens dreißig Meilen. Mit einem scharfen Ritt gut in zwei Stunden zu schaffen. Bei Tag. Und ohne die zeitraubende Überquerung der Themse.

Er würde also zu spät kommen. Und keine Gelegenheit haben, sich vorzubereiten, den Ort in Ruhe auszukundschaften, nach einer Falle Ausschau zu halten. Dennoch musste er es wagen.

Zehn Minuten später gab Richard seinem Pferd die Sporen. Er hatte einem der Wachleute etwas von einem Mädchen in einem Dorf in der Nähe erzählt, das sich in unstillbarem Verlangen nach ihm verzehrte, und dem Mann ein paar Münzen in die Hand gedrückt. Der hatte ihn daraufhin samt seinem Pferd ungesehen aus dem Lager geschleust und ihm grinsend eine angenehme Nacht gewünscht.

Während das Pferd in gleichmäßigem Galopp über die mondhelle Landstraße nach Süden preschte, fragte sich Richard, wer ihn bei der Abtei erwarten würde. Und was diese Person vorhatte. Was auch immer es war, er würde auf alles vorbereitet sein. Er hatte zwei Pistolen und einen Dolch dabei. Das Schwert hing am Sattel.

Er hatte jedes Zeitgefühl verloren, als er London erreichte. Auf den Straßen war es weitgehend still, nur hier und da flüchteten Gestalten in den Schatten einer Toreinfahrt, wenn sie den Hufschlag hörten, oder torkelten Betrunkene an ihm vorbei. Erst auf der Brücke wurde es voller, und am Südufer herrschte fast so viel Gedränge wie am Tag. Die Vergnügungsstätten der Stadt erwachten erst nachts richtig zum Leben. Huren präsentierten ihm ihre nackten Brüste, Bettler streckten ihre schmutzigen Hände nach ihm aus. Magere Burschen priesen Hundekämpfe und Bärenhatz an.

Richard wehrte alles ab und machte, dass er weiterkam.

Endlich erreichte er die Landstraße nach Kent, die Gegend wurde einsamer. Nur noch vereinzelte Höfe und Landhäuser standen hier, unter anderem Eltham Palace, eine der zahlreichen königlichen Residenzen. Als der Hügel, auf dem die Ruine von Lesnes Abbey lag, in Sicht kam, drosselte Richard das Tempo. Er ritt noch ein kurzes Stück weiter, dann saß er ab, nahm das Schwert vom Sattel und band es sich um. Ab hier würde er zu Fuß weiterschleichen.

So lautlos wie möglich erklomm Richard den Hügel, hielt immer wieder inne, um zu lauschen. Einmal glaubte er, das Schnauben eines Pferdes zu vernehmen, war jedoch nicht sicher, ob es nicht sein eigenes gewesen war.

Die Ruine tauchte vor ihm auf. Viel war von der ehemaligen Abtei nicht übrig. Ein paar halb verfallene Mauern, die im Mondlicht schimmerten, als wären sie aus Marmor. Dahinter stand schwarz der Wald, die undurchdringlichen Lesnes Abbey Woods. Zur anderen Seite hin konnte man bis hinunter zur Themse blicken.

Als Richard sich den Mauern näherte, hörte er plötzlich ein Knacken, und im gleichen Augenblick sah er eine Gestalt, die unruhig von einem Fuß auf den anderen trat. Jetzt hielt sie inne, als hätte sie bemerkt, dass sich jemand näherte.

Richard hielt den Atem an. Die Größe. Die Statur. Die Kleidung. Es war eine Frau, die dort in der Ruine auf ihn wartete!

Seine Gedanken rasten. Kannte er die Frau? War es womöglich Shirley, die die Liste im Schreibtisch ihres Gemahls gefunden hatte? Ahnte sie, wen sie treffen würde?

Die Frau wandte sich in seine Richtung, das Mondlicht schien ihr direkt ins Gesicht.

Gütiger Himmel! Richard schluckte hart, um einen überraschten Aufschrei zu unterdrücken. Das konnte nicht wahr sein. Es ergab keinen Sinn.

Er hatte mit allem gerechnet, sogar mit Cromwell oder Pym oder einem Trupp königlicher Soldaten, die hier auf ihn warteten, um ihn auf der Stelle festzunehmen. Mit allem, aber nicht mit Vivian Mortimer.

Vivian

Vivians Herz klopfte bis in den Hals. Da war jemand, sie hatte ein Geräusch gehört. Ein Rascheln und dann einen erstickten Laut, als würde jemand einen Schrei unterdrücken. Sie starrte konzentriert in die Richtung, aus der die Geräusche gekommen waren. Jetzt würde sich zeigen, wer die Annonce aufgegeben hatte und aus welchem Grund. Wenn es Farathorn Gulie selbst war, der irgendwie von der Liste erfahren hatte, schwebte sie in höchster Gefahr. Gut möglich, dass er versuchen würde, sie umzubringen. Aber sie kam nicht unvorbereitet, sie würde mit ihm fertigwerden.

»Ist da jemand?«, rief sie.

Keine Antwort.

Sie räusperte sich, wiederholte ihre Frage lauter. »Ist da jemand? Gebt Euch zu erkennen!«

Noch immer rührte sich nichts. Vivian suchte mit den Augen die Umgebung ab, die vom Mondlicht erleuchteten Mauerreste, die Sträucher dahinter, wo es den Hügel hinunter zur Landstraße ging. Verflucht, was war los? Hatte der Mann, wer auch immer es war, vorgehabt, sie auf der Stelle zu erschießen, und zögerte jetzt? War er dabei, sich lautlos von hinten an sie heranzupirschen?

»Wie Ihr wollt«, rief sie schließlich. »Ich zähle bis zehn, dann verschwinde ich, und Ihr werdet mich nie wiedersehen.«

Noch immer keine Reaktion.

»Eins, zwei, drei ...« Vivian merkte, dass ihre Stimme ein wenig zitterte. Sie hoffte, dass der Unbekannte es nicht ebenfalls hörte.

»Vier, fünf, sechs ...«

Sie hatte nicht vor, tatsächlich zu gehen, wenn sie zu Ende gezählt hatte. Sie würde so tun, sich in den Wald zurückziehen und abwarten, ob das den Unbekannten aus der Deckung lockte.

»Sieben, acht, neun ...«

Vivian schloss die Augen.

»Zehn.«

Sie öffnete die Augen, verharrte noch einen Lidschlag, dann wandte sie sich um.

»Wartet!«

Vivian erstarrte. Diese Stimme kannte sie.

Nein, unmöglich. Es musste eine Sinnestäuschung sein. Dieser Mann konnte nicht hier sein. Dieser Mann *durfte* nicht hier sein. Dieser Mann durfte einfach nicht Farathorn Gulie sein.

Sie fuhr herum. Es war keine Einbildung gewesen. Hinter einer Mauer war der Mann hervorgetreten, den sie für tot gehalten hatte, der Mann, dem sie vertraut, den sie in ihrem Haus beherbergt hatte. Richard Faversham, Maler. Spion Seiner Majestät. Und Mörder.

»Ihr?« Sie fasste sich an die Kehle. »Ihr seid Farathorn Gulie?« All die Dinge kamen ihr in den Sinn, die ihr früher hätten auffallen müssen, all die Hinweise darauf, dass mit Richard Faversham etwas nicht stimmte. Seine häufigen Ausritte ins Moor, die er stets allein unternommen hatte. Der Unbekannte, der Master Mansfield mehrfach in seinem Laden aufgesucht und der merkwürdige Fragen gestellt hatte. Warum war sie nie auf den Gedanken gekommen, dass es Faversham gewesen sein könnte? Das Versteck im Weinfass – hatte sie nicht bemerkt, dass jemand sich daran zu schaffen gemacht hatte? Eiskalt durchfuhr es sie. Dann musste er auch für den Tod der drei Leute verantwortlich sein, die die Bücher in das sichere Versteck hatten bringen sollen. Ein zwölfjähriger Junge war darunter gewesen. Herr im Himmel, mit dieser Bestie hatte sie unter einem Dach gelebt!

»Lady Vivian, ich bin nicht sicher ...« Er machte einen Schritt auf sie zu.

Vivian zuckte zurück, er blieb abwartend stehen.

»Lady Coveney, Sir, ich bin die Frau des gegenwärtigen Earls.«

»Euer Vater ist verstorben? Das tut mir leid.«

»Das tut nichts zur Sache.« Sie musterte ihn aufmerksam. Unter seinem Mantel lugten die Kolben zweier Pistolen hervor, zudem trug er ein Schwert am Gürtel. Seine Hände jedoch hingen locker neben dem Körper, er schien nicht damit zu rechnen, dass von ihr Gefahr ausging. Er täuschte sich.

»Ihr habt meine Frage noch nicht beantwortet, Master Faversham: Seid Ihr Farathorn Gulie?«

»Das kommt darauf an, was ...«

»Das kommt darauf an?« Sie lachte bitter auf. »Worauf, Master Faversham? In welche Familie Ihr Euch gerade einschleicht? Wen Ihr gerade ausspioniert? Wen Ihr vorhabt umzubringen?«

»Lasst mich erklären.«

»Oh ja, Farathorn Gulie, Ihr werdet mir alles erklären, und es werden die letzten Lügen sein, die ihr verbreitet!«

»Was habt Ihr vor?«

Sie hob die Hand, das vereinbarte Zeichen.

Bru Giant sprang hinter einem Baum am Waldrand hervor, eine Muskete im Anschlag. »Eine falsche Bewegung, Master, und Ihr seid tot.«

Faversham riss die Augen auf. »Lady Vivian ... Lady Coveney, was hat das zu bedeuten? Was habt Ihr mit Farathorn Gulie zu schaffen? Was wollt Ihr von mir?«

Langsam zog Vivian die geladene Pistole hinter dem Rücken hervor, die Giant ihr vorhin in die Hand gedrückt hatte, und richtete sie auf Faversham. Obwohl sie noch immer unter Schock stand, noch immer nicht fassen konnte, dass ausgerechnet er der Mörder ihres Bruders war, zitterte ihre Hand nicht.

Faversham hob die Hände. »Lady Coveney! Vivian! Bitte erklärt Euch!« Sein Blick schoss zwischen ihr und Giant hin und her, blieb dann an ihr hängen. »Ja, ich bin Spion, ja, ich habe einige Dinge getan, auf die ich nicht stolz bin, und ja, ich habe auch Euch ausspioniert. Aber ich habe Euch nicht verraten.«

Vivian hörte, wie Giant einen überraschten Laut ausstieß. Diesen Teil der Geschichte hatte sie ihm wohlweislich verschwiegen.

»Was ist mit meiner Frage?«, wiederholte sie.

Faversham nickte, ohne die Arme zu senken. »Ja, das ist ein Deckname, den ich eine Zeitlang verwendet habe. Weshalb interessiert Ihr Euch dafür?«

»Weil Farathorn Gulie meinen Bruder ermordet hat.« Vivian spannte den Hahn. »*Ihr* habt meinen Bruder ermordet. Und heute werdet Ihr dafür bezahlen.«

»Allmächtiger Himmel, Vivian, das habe ich nicht getan!«

»Es gibt einen Zeugen, Euren Komplizen. Er hat es mir verraten.«

»Dann hat der Mann gelogen. Ich habe Eurem Bruder nichts getan, Vivian, das müsst Ihr mir glauben. Haltet Ihr mich wirklich für so abgebrüht, dass ich monatelang das Antlitz eines Mannes auf Leinwand bannen könnte, den ich mit eigenen Händen ermordet habe?«

Ein winziger Zweifel schlich sich in Vivians Gedanken. Sie würde ihm zu gern glauben, aber das durfte sie nicht. Es war ein Trick, um sie zu verunsichern, genau wie die Vertraulichkeit, mit der er sie Vivian nannte. Er versuchte, sich in ihr Herz zu schleichen. Aber das würde ihm nicht gelingen.

»Ihr solltet Euer Gewissen erleichtern, anstatt es im Angesicht des Todes mit einer weiteren Lüge zu belasten«, fuhr sie ihn an.

»Aber es ist die Wahrheit. Ich habe Euren Bruder nicht ermordet.« Er trat näher, ließ die Hände jedoch erhoben. »Und Ihr, Mylady, seid ebenfalls keine Mörderin. Ihr würdet nicht auf einen wehrlosen Mann schießen, selbst wenn er der Mörder Eures Bruders wäre.«

Er machte einen weiteren Schritt auf Vivian zu. Giant grummelte unruhig.

»Bleibt stehen!« Vivian legte den Zeigefinger an den Abzug. Nur eine kleine Bewegung, nur das Krümmen ihres Fingers trennte sie davon, endlich Gerechtigkeit für ihren Bruder zu erlangen.

Faversham tat den nächsten Schritt. Vivian wollte den Finger krümmen, aber es ging nicht. Er gehorchte ihr nicht.

Schieß, rief eine Stimme in ihrem Inneren. *Töte ihn. Lässt du ihn am Leben, wird er dich genauso töten, wie er deinen Bruder getötet hat.*

Faversham senkte langsam die rechte Hand. »Gebt mir die Pistole, Mylady, macht Euch nicht unglücklich mit einem kaltblütigen Mord.«

»Wagt es nicht!«, brüllte Giant. »Lasst die Hände oben, dort, wo ich sie sehen kann. Lady Coveney mag Euch nicht erschießen können, Master Gulie. Ich aber werde es ohne Zögern tun.«

Vivian ließ die Waffe sinken. »Danke, Mr. Giant.«

»Vielleicht kann ich erklären ...«, setzte Faversham an.

»Ruhe!«, fuhr Giant ihn an. »Mylady, wir sollten sichergehen. Die Narbe.«

Vivian seufzte erleichtert. »Natürlich. Fast hätte ich einen unverzeihlichen Fehler begangen. Master Faversham. Zieht Euer Wams aus. Und alles, was Ihr darunter tragt.«

Er starrte sie an. »Was wollt Ihr …?«

»Ich will sehen, ob Ihr eine Narbe auf der Brust habt.«

Trotz des schwachen Mondlichts sah Vivian, wie er leichenblass wurde. Sie begriff. Der winzige Funke Hoffnung verlosch. »Ihr habt also tatsächlich eine Narbe«, flüsterte sie. »Zeigt sie her!«

Er zögerte, dann nahm sein Gesicht einen resignierten Ausdruck an. Er nickte. »Wie Ihr wünscht, Mylady.« Schweigend entkleidete er sich, bis er mit nacktem Oberkörper vor ihr stand.

»Bei allen Hunden der Hölle«, stieß Giant hervor. »Wer hat Euch das angetan?«

»Ein Eber. Ich habe ihn unterschätzt. So wie ich Euch unterschätzt habe, Lady Coveney.« Er breitete die Arme aus. »Ich nehme an, Ihr habt nun die Bestätigung, nach der Ihr gesucht habt. Erschießt mich, wenn Ihr glaubt, es tun zu müssen. Ich habe Euren Bruder nicht ermordet, aber vielleicht habe ich den Tod dennoch verdient.«

Richard

Van Dyck war tot. Vor drei Tagen hatte er seinen letzten Atemzug getan, ohne dass Richard ihn noch einmal gesehen hatte. Er hatte den Besuch bei seinem Lehrer zu lange aufgeschoben, und nun war es zu spät.

Richard dankte dem Boten, der ihm die Nachricht zusammen mit einem verschlüsselten Brief aus London überbracht hatte, und zog sich in sein Zelt zurück. Es dämmerte bereits, er zündete eine Kerze an. Zu spät. Hoffentlich galt das nicht auch für die andere Aufgabe, die vor ihm lag. Noch immer wartete er auf eine gute Gelegenheit, auf einen glaubwürdigen Vorwand, um dem Mann, der unter seinem Decknamen einen Mord begangen hatte, eine Falle zu stellen.

Fast ein Monat war vergangen, seit er Vivian Mortimer bei der Ruine getroffen hatte. Zunächst war er zuversichtlich gewesen, das Missverständnis aufzuklären, aber als sie die Narbe erwähnt hatte, war er sicher gewesen, die Nacht nicht zu überleben. Natürlich hätte er es darauf ankommen lassen können, er hätte seine Waffe ziehen und darauf hoffen können, schneller und geschickter zu sein als der Mann, den die Countess als Verstärkung mitgebracht hatte.

Um keinen Preis der Welt jedoch hätte er Vivian verletzen oder auch nur in Gefahr bringen wollen. Also hatte er sich in sein Schicksal gefügt. Bis er ihren erschrockenen Schrei gehört hatte.

»O mein Gott, o mein Gott. Er ist es nicht«, hatte sie immer wieder gestammelt.

Offenbar hatte der Komplize des Mörders die Narbe sehr

gut beschrieben, und sie sah ganz und gar nicht so aus wie Richards. Das hatte ihm das Leben gerettet.

Während er sich bibbernd vor Kälte wieder angezogen hatte, hatten seine Gedanken nicht still gestanden. Wer wusste so viel über Farathorn Gulie, dass er sich als dieser ausgeben konnte? Wer kannte den Namen überhaupt? Und wer hatte ebenfalls eine Narbe auf der Brust, sodass er die Rolle überzeugend spielen konnte?

Als Richard die Wahrheit erkannt hatte, war ihm noch kälter geworden. Der Mörder war kein anderer als Thomas Montjoy.

Richard hatte Vivian gesagt, er wisse nun, wer als Farathorn Gulie ihren Bruder getötet habe. Doch er hatte ihrem Drängen, ihr den Namen zu nennen, nicht nachgegeben. Dieser Gegner war zu gefährlich für sie. Selbst wenn sie fünf Bru Giants zur Verstärkung mitbrachte.

Stattdessen hatte er ihr versprochen, den Verbrecher für sie in eine Falle zu locken. Es könne einige Zeit dauern, hatte er gesagt, denn der Mann dürfe keinen Verdacht schöpfen. Sie hatte gezögert, ihm dann aber versprochen, auf seine Nachricht zu warten. Gleichzeitig hatte sie ihm das Versprechen abgenommen, den Mörder keinesfalls ohne sie zu stellen. Richard hatte eingewilligt; er würde ihr als Alcofribas Nasier einen Brief schreiben, wenn es so weit war.

Erst auf dem Ritt zurück durch die Nacht war ihm klargeworden, wie alles zusammenhängen musste: James Mortimer war ermordet worden, weil er etwas mitbekommen hatte, das nicht für seine Ohren bestimmt gewesen war. Schon vor der Tat hatte Montjoy sich dem zweiten Mann als Farathorn Gulie vorgestellt. Er hatte Richards Decknamen benutzt, und das konnte nur bedeuten, dass er etwas im Schilde geführt hatte, von dem nicht einmal seine eigenen Leute erfahren durften. Etwas, das er im Zweifelsfall dem Mann anhängen konnte, der sich normalerweise Farathorn Gulie nannte und der ebenfalls eine Narbe hatte.

Doch wozu diese doppelte Absicherung? Dafür konnte es nur eine Erklärung geben: Montjoy spielte ein zweifaches Spiel. Er diente heimlich einem anderen Herrn, und das durfte keinesfalls irgendwer erfahren.

Zunächst hatte Richard angenommen, dass Montjoy sich heimlich den Parlamentariern angeschlossen hatte. Immerhin wohnte Cromwell in Ely, vielleicht hatten die beiden sich getroffen. Doch er hatte den Gedanken wieder verworfen. Montjoy war kein Idealist, er war ein Machtmensch. Vermutlich diente er der französischen Krone oder, wahrscheinlicher noch, der spanischen. Die würde ihn für die Übermittlung geheimer Pläne und Strategien sicherlich fürstlich entlohnen.

Immerhin war Richard nun klar geworden, warum Montjoy ihn zu Holland geschickt hatte. Der Chef des Geheimdienstes wusste offenbar tatsächlich nicht, weshalb Charles diese Truppe zusammenzog. Und die Liste aus Lord Grantchesters Schreibtisch hatte Richard besorgen sollen, weil Montjoy fürchtete, dass darauf irgendein Hinweis auf ihn selbst stehen könnte, womöglich ein weiterer Deckname, unter dem er operierte. Wie erleichtert er gewesen sein musste, als er erkannte, dass es allesamt Romanfiguren waren!

Dann war Richard ein anderer Gedanke gekommen. Sein Aufenthalt im Newgate Prison – hatte er den ebenfalls Montjoy zu verdanken? Hatte dieser ihn aus dem Weg haben wollen? Warum? Und, falls ja, wieso hatte sein Chef ihn nicht einfach umbringen lassen?

Als Richard noch vor dem Morgengrauen ins Lager zurückgekehrt war, hatte sich in seinem Kopf ein vager Plan geformt. Allerdings brauchte er dafür noch einige Informationen. Wenn er wüsste, welchem Herrn Montjoys wahre Loyalität galt, wäre es einfacher, ihn in die Falle zu locken.

Also hatte Richard diskret nachgeforscht. Bisher jedoch ohne Ergebnis.

Richard setzte sich an den Schreibtisch und machte sich daran, den Brief zu entschlüsseln, den er eben erhalten hatte. Montjoy hatte schon wieder ein neues Codierungssystem ersonnen, das reichlich umständlich war, und so dauerte es fast eine Stunde, bis die Nachricht in Klartext vor Richard lag.

Holland besitzt versiegelten Brief mit Order. Inhalt wird baldmöglichst benötigt. Im üblichen Versteck deponieren.

Nachdenklich klopfte Richard auf die Tischplatte. Die Antwort auf die Frage, wofür die Männer hier in diesem Lager ausgebildet wurden, hatte also die ganze Zeit vor seiner Nase gelegen, und er ahnte auch schon, wo. In Hollands Zelt stand eine schwere Eichentruhe, die mit einem besonders dicken Schloss versehen war. Fragte sich nur, wie er da rankommen sollte, ließ Holland das Zelt doch nie unbewacht. Ganz zu schweigen von dem Schloss, das bestimmt nicht leicht zu knacken sein würde.

Richard hielt erst den Klartext, dann die codierte Nachricht in die Flamme und ließ sie auf einem Tellerchen zu Asche verbrennen. Wenn es ihm gelang, die Truhe zu öffnen und die Order zu kopieren, war das vielleicht auch die Möglichkeit, auf die er gewartet hatte. Er könnte Montjoy um ein Treffen bitten und behaupten, der Inhalt der Order sei zu brisant, um sie niederzuschreiben, selbst in verschlüsselter Form. Aber erst einmal musste er an sie herankommen.

Er stand auf und spähte nach draußen. Hollands Zelt war gut zu sehen, im Inneren brannte Licht, eine Silhouette zeichnete sich gegen die Zeltwand ab. Richard zog sich wieder zurück. Heute würde er den Inhalt der Truhe nicht mehr durchsuchen können, so viel stand fest.

Es dauerte noch drei Tage, bis sich endlich eine Gelegenheit bot. Schon früh am Morgen sammelte Holland ein paar Männer für einen Ausritt. Richard befürchtete zuerst, dazugebeten zu werden, doch offenbar wollten die Soldaten unter sich sein.

Kaum waren die Männer aus dem Lager geprescht, schlenderte Richard gemächlich zur Rückseite von Hollands Zelt. Hier standen keine Wachen, allerdings konnte jederzeit jemand vorbeikommen, er musste auf der Hut sein.

Nachdem er sich vergewissert hatte, dass niemand in der Nähe war, hockte er sich hin, nestelte an seinem Stiefel herum und schaute noch einmal in alle Richtungen. Noch immer nichts. Rasch hob er die Zeltplane an, rollte sich darunter hindurch und blieb reglos auf der anderen Seite liegen.

Keine lauten Rufe erschollen. Er hatte es geschafft.

Vorsichtig erhob er sich und sah sich um. Der Tisch in der Mitte war wie immer mit Dokumenten übersät, ebenso der kleine Schreibtisch an der Zeltwand. Die Truhe, die auf dem Boden daneben stand, war fest verschlossen.

Richard hockte sich davor, zog seinen Diebschlüssel aus der Tasche und machte sich an die Arbeit. Lange tat sich überhaupt nichts, immer wieder musste er neu ansetzen. Endlich, nachdem er schon fast hatte aufgeben wollen, ertönte ein leises Klicken, und das Schloss gab seinen Widerstand auf.

Zufrieden hob Richard den Deckel an und begutachtete den Inhalt. Ein Stapel belangloser Dokumente, unter anderem Proviantlisten und eine Aufstellung der Ausgaben für die Versorgung der Pferde, eine Schatulle mit Geld und eine zweite, kleinere Truhe, die mit einem Doppelschloss gesichert war, eine nochmals deutlich höhere Hürde als das Schloss der großen Truhe.

Seufzend zog Richard einen zweiten Diebschlüssel hervor, der anders als der erste nicht gebogen war, sondern nur einen kleinen flachen Bart besaß. Er schob ihn in das Schloss, suchte nach einem Widerstand, den er bald fand, steckte dann den gebogenen Diebschlüssel hinein und drehte die beiden so lange miteinander und gegeneinander, bis das Schloss endlich aufsprang.

Die kleine Truhe enthielt nur ein einziges Dokument, einen gesiegelten Brief des Königs. Das musste die Order sein! Auf dem Umschlag stand ein Satz, mit einem mulmigen Gefühl im Bauch entzifferte Richard die Worte: *Erst auf ausdrücklichen Befehl Seiner Majestät des Königs zu öffnen.*

Richard schluckte. Er würde der Erste und Einzige sein, der den Inhalt der Order kannte. Er drehte den Brief um und betrachtete das Siegel. Er musste es so erbrechen, dass er es wieder verschließen konnte, ohne dass Holland etwas bemerkte. Er würde das kleine, äußerst scharfe Messer verwenden, das er einem Chirurgicus abgekauft hatte.

Gerade als Richard es ansetzte, hörte er von draußen plötzlich eine Stimme. Holland! Richard blieb fast das Herz stehen. Wenn der Hauptmann ihn erwischte, würde er ihn sofort standrechtlich erschießen lassen. Was sollte er tun? Die Truhe rasch verschließen und sich verstecken, in der Hoffnung, dass Holland nur kurz ins Zelt kam? Oder lieber sofort das Weite suchen und hoffen, dass er nicht in Verdacht geriet, wenn der Einbruch entdeckt wurde?

Erneut drang Hollands Stimme zu Richard ins Zelt. »Ich habe verdammtes Glück gehabt. Wenn der Sattelgurt im Galopp gerissen wäre ... Los, besorgt mir rasch einen anderen Sattel!«

Richard hörte schnelle Schritte, das Schnauben eines Pferdes und danach, wie Holland sich wieder von seinen Leuten verabschiedete. Er atmete mehrmals tief ein und aus. Langsam beruhigte sich sein Herz. Er streckte die Arme aus und stellte mit Freude fest, dass seine Hände nicht zitterten. Es war noch nicht vorbei. Er würde das Siegel entfernen und wieder anbringen können, ohne eine Spur zu hinterlassen.

Er schob das Skalpell unter den wulstigen Rand des Siegels und bewegte es langsam und vorsichtig hin und her, bis es sich löste. Dann faltete er den Brief auseinander, überflog den Inhalt, der zu seiner Überraschung nicht verschlüsselt war, und unterdrückte einen Fluch.

Vivian

»Ich wünschte, Master Faversham wäre hier!«

Vivian griff nach der Hand ihrer Mutter und drückte sie. »Ihr wisst, dass das nicht geht.«

»Aber er könnte doch ein Porträt von dir und Albert malen.« Ihre Augen leuchteten auf. »Ja, das ist eine gute Idee. Dass ich nicht schon vor Monaten darauf gekommen bin.«

Vivian biss sich auf die Lippe und rückte die Decke zurecht, die sie ihrer Mutter auf die Knie gelegt hatte. Sie saß auf einem Sessel am Fenster, von wo sie einen guten Blick auf den Park von Witcham House hatte, der von einer pudrigen Schicht Schnee bedeckt war. Vivian sollte den Plänen ihrer Mutter Einhalt gebieten, bevor diese sich zu sehr darauf versteifte. Andererseits sah sie so glücklich aus, wenn sie von Richard Faversham sprach, dass es Vivian im Herzen wehtat, ihr die Illusion zu nehmen.

»Und sag nicht wieder, dass er im Moor versunken ist«, fuhr ihre Mutter fort. »Das glaube ich nicht. Master Faversham lebt, da bin ich ganz sicher. Notfalls werde ich den König selbst anschreiben, um herauszufinden, wo er steckt. Und jetzt fort mit dir, dein Gatte wartet sicherlich schon auf dich.«

Seufzend richtete Vivian sich auf. Die Aussicht auf ein Frühstück mit Albert hob ihre Laune nicht gerade. Seit einigen Wochen weilte er wieder in Witcham House; London war ihm angeblich zu laut und überdreht. Vivian hingegen vermutete andere Gründe für Alberts Rückkehr: Der Konflikt zwischen König und Parlament spitzte sich zu, und Albert hatte offenbar keine Lust, zwischen den Fronten aufgerieben zu werden. Es sah ihm ähnlich, keine Stellung zu beziehen, sondern lieber das Weite zu suchen, wenn Probleme anstanden.

Gestern Nacht hatte er sie wieder in ihrem Schlafgemach aufgesucht. Sturzbetrunken war er wie ein Tier über sie hergefallen und dann mitten im Akt eingeschlafen. Vivian hatte seinen schlaffen Körper von sich hintergewuchtet, sich gewaschen und angekleidet und war in den ehemaligen Salon ihres Vaters gegangen, der nun offiziell Alberts Arbeitsplatz war. Ihr Gatte ließ sich jedoch selten hinter dem Schreibtisch blicken. Vivian hatte zwei Kerzen entzündet und versucht, sich auf die Abrechnungen zu konzentrieren. Irgendwann war sie mit dem Kopf auf der Tischplatte eingenickt.

Albert blickte sie finster an, als sie das Frühstückszimmer betrat. »Ich darf mich wohl geehrt fühlen, dass meine Gemahlin mich mit ihrer Anwesenheit beehrt.«

»Guten Morgen, Albert«, sagte sie müde, setzte sich und griff nach dem bereitstehenden Glas Milch.

»Ja, trink nur, trink!« Albert starrte sie finster an. »Vielleicht hilft es ja, deinen ausgedörrten Leib fruchtbar zu machen.«

Vivian hatte sich abgewöhnt, auf seine Sticheleien einzugehen. Manchmal machte ihn das noch wütender, aber in den meisten Fällen gab er dann auf. »Ich muss nachher in Ely einige Besorgungen erledigen«, sagte sie daher nur. »Kann ich dir etwas mitbringen?«

»Hast du nicht genug Diener, die das für dich erledigen können? Warum muss meine Gattin, eine Countess, wie eine Bauersfrau über den Markt streifen?«

Vivian setzte ein Lächeln auf. »Du weißt doch selbst am besten, Albert, wie wenig Verlass auf die Dienerschaft ist. Sie bringen die falsche Borte mit, vergessen die Seife und verplaudern sich beim Fleischer, anstatt sich zu sputen, um zu ihren Pflichten zurückzukehren.«

»In der Tat, das ist wahr«, gab Albert grummelnd zu. Er griff nach der Zeitung und schlug sie auf. »Aber nimm die Kutsche, und lass dir die Einkäufe von einem Burschen tragen. Ich möchte nicht, dass irgendwer sagt, meine Gattin wisse nicht, was sich gehört.«

»Ganz wie du willst, Albert.«

Eine halbe Stunde später stieg Vivian in einen dicken Mantel gehüllt in die Kutsche. Sie war froh, dass Albert nicht auf die Idee gekommen war, sie zu begleiten. Das hätte ihren Plan zunichtegemacht. Zwar hatte sie tatsächlich einige Besorgungen zu erledigen, aber das war nicht der Hauptgrund, weshalb sie nach Ely fuhr.

Sie hatte ein Treffen mit Bru Giant verabredet. Bei ihrer überraschenden Begegnung mit Master Faversham bei der Ruine war sie viel zu überrumpelt gewesen, um klar zu denken. Erst später auf dem Heimweg waren ihr Zweifel gekommen. Konnte sie dem Maler wirklich trauen? Schindete er nicht nur Zeit? Und war die andere Form der Narbe tatsächlich ein Beweis? Was, wenn der sterbende Alec Cordell sich nicht mehr richtig erinnert hatte, wie die Narbe aussah? War es wirklich möglich, dass zwei Männer mit einer Narbe auf der Brust gleichzeitig den Namen Farathorn Gulie benutzten?

Sie hatte hin und her überlegt, dann beschlossen, Faversham eine Chance zu geben, sich zugleich aber abzusichern, und zwar besser als bei ihrem ersten Treffen. Es war waghalsig, nein, dumm gewesen, nur Giant als Verstärkung mitzunehmen. Dieser Fehler würde ihr nicht noch einmal unterlaufen.

In Ely schickte sie den Burschen los, die Besorgungen zu machen, und näherte sich dem Gewürzstand.

Bru Giant war schon da, er unterhielt sich mit dem Händler. Als er Vivian entdeckte, wandte er sich ihr zu, eine Schale mit dunklen Körnern in der Hand. »Feinster Pfeffer aus Indien, Mylady«, sagte er. »Ihr findet keinen besseren.«

»Ist das so?«

Giant senkte die Stimme. »Zwölf Männer. Alle erfahrene Krieger. Zuverlässig und diskret.«

»Und der Preis?«

»Wie vereinbart.« Giant hielt die Hand auf.

Für einen Augenblick durchzuckte Vivian der Gedanke, dass auch dieser Mann ein Fremder war, den sie kaum kannte. Und sie vertraute ihm ihr Leben an. Dann dachte sie daran, dass er sie schon einmal beschützt hatte. Sie griff nach dem Beutel mit den abgezählten Münzen und reichte ihn dem ehemaligen Sheriff.

Der verneigte sich. »Ihr werdet zufrieden sein.« Er nickte dem Händler zu, der einige Pfefferkörner abwog, sie verpackte und dafür eine Münze entgegennahm.

Giant überreichte Vivian den Beutel mit dem Gewürz. »Lasst mich wissen, wenn der Maler sich bei Euch meldet. Trefft Euch auf keinen Fall allein mit ihm. Der Mann ist äußerst gefährlich.« Er verneigte sich noch einmal und verschwand im nächsten Moment in der Menge.

Richard

Mit dem Morgengrauen ritt Richard am riesigen Gebäudekomplex des Whitehall-Palastes vorbei zum House of Commons. Inzwischen war der 4. Januar, das Jahr 1642 war angebrochen. Er hatte lange darüber nachgedacht, was er mit der Information machen sollte, die er in der Truhe des Earls of Holland entdeckt hatte. So lange, dass die Zeit knapp geworden war. Den Wortlaut der Order kannte er auswendig, so oft hatte er die Kopie gelesen, die er hastig angefertigt hatte.

Order von König Charles an seinen Hauptmann, den Earl of Holland: Bereitet alles für den Abmarsch vor, sobald Ihr dieses Schreiben gelesen habt, und brecht am nächsten Tag bei Morgengrauen mit vierhundert Soldaten gen London auf. Reitet unverzüglich zum House of Commons, wo ich Euch erwarten werde, damit folgende Männer festgesetzt und in den Tower geworfen werden können: John Pym, Arthur Haselrig, Denzil Holles, John Hampden und William Strode. C. S.

Zwei Tage lang hatte Richard überlegt, ob er Montjoy die Abschrift dieser Order zukommen lassen sollte. Was würde der Verräter mit der Information anfangen? Würde er sie Charles' Feinden zuspielen? Hätte Richard sicher davon ausgehen können, dass Montjoy Pym und dessen Verbündete warnen würde, hätte er das Schreiben ohne zu zögern verschickt. Aber was, wenn Montjoy eine Eskalation wollte und die Männer gar nicht warnen würde? Wenn er beabsichtigte, das Land in einen Bürgerkrieg zu stürzen, damit sein Herr, wer auch immer es war, seine gierige Hand danach ausstrecken konnte?

Schließlich hatte Richard sich für eine Verzögerungstaktik entschieden, hatte eine kurze verschlüsselte Notiz in dem hohlen Baum hinterlassen, dass er die Order noch nicht gefunden habe.

Gestern war dann ein Bote eingetroffen, der Holland einen Brief übergeben hatte, und kurz darauf war im Lager Hektik ausgebrochen. Keiner wollte Richard sagen, was los war, aber es war eindeutig, dass man sich auf den Abmarsch vorbereitete. Also hatte Richard sich in der Nacht davongeschlichen und war nach London geritten. Er war nur langsam vorangekommen, da Wolken den Mond verdunkelt hatten, doch er hoffte, die Männer rechtzeitig warnen zu können.

Richard sprang aus dem Sattel und lief auf den Eingang zu. Aus dem Inneren hörte er Stimmengewirr. Er wedelte mit einem Schreiben und erklärte den Wachen vor der Tür, dass er eine dringende Nachricht für den Abgeordneten Pym habe. Sie durchsuchten ihn auf Waffen, nahmen ihm Schwert und Pistolen ab und ließen ihn durch.

Mit jedem Schritt wurde das Gezeter lauter. Dutzende Abgeordnete standen in kleineren und größeren Grüppchen zusammen, redeten durcheinander, gestikulierten wild. Richard ging auf den erstbesten Abgeordneten zu und fragte, wo John Pym sei. Der Mann winkte ab, und Richard eilte weiter. Der Nächste, den er fragte, hob die Schultern.

Richard kämpfte sich durch die Menge. Es konnte doch nicht wahr sein, dass niemand den Anführer der Puritaner gesehen hatte! Da fasste ihn jemand an der Schulter. Er fuhr herum. Oliver Cromwell stand vor ihm, flankiert von zwei Männern in Schwarz, die ihn finster anstarrten. »Was wollt Ihr von John Pym, Master Faversham?«

Richard atmete auf. Endlich hatte er jemanden gefunden, der die Tragweite seiner Neuigkeit begreifen würde. »Mr. Cromwell, Sir, Charles plant, John Pym und vier seiner Verbündeten zu verhaften. Er ist mit vierhundert Elitesoldaten auf dem Weg hierher. Sie können jeden Augenblick eintreffen.«

»Ach, ist das so?« Cromwell verschränkte die Arme. »Und jetzt sollen wir uns bewaffnen und das House of Commons verbarrikadieren.«

Richard verstand Cromwells Reaktion nicht. »Ja, wenn das hilft. Was auch immer Ihr tut, beeilt Euch.«

»Und woher habt Ihr diese äußerst pikante Information?«

Richard stöhnte. Er musste die Wahrheit sagen, sonst würde dieser Sturkopf ihm nicht glauben. »Ich war bis gestern im Lager der Soldaten, die vom Earl of Holland befehligt werden. Vor wenigen Stunden erhielten sie ihren Marschbefehl.«

Cromwell grinste abfällig. »Dachte ich es mir doch. Ihr seid kein einfacher Maler. Von Anfang an hatte ich Euch im Verdacht, ein Spion des Königs zu sein. Zwischenzeitlich nahm ich an, ich hätte mich getäuscht, doch als Ihr eines Tages spurlos verschwandet, ausgerechnet in der Nacht, als es die armen Plunges erwischte ... Und jetzt habt Ihr es selbst zugegeben. Ich muss sagen, Charles ist gewitzter, als ich dachte. Eine perfekte Falle. Ihr verbreitet hier Panik, wir greifen zu den Waffen, schießen auf Charles' Männer, der uns denn genüsslich wegen Hochverrats hinrichten lässt.«

Richard fasste sich an den Kopf. Das konnte nicht wahr sein! Cromwells Misstrauen drohte, nicht nur das Schicksal von fünf Männern, sondern das von ganz England zu besiegeln. »Glaubt Ihr ernsthaft, ich begebe mich in Eure Hand, um Euch eine Räuberpistole aufzutischen?«, fragte er.

»Mein lieber Master Faversham, Eure Geschichte ist verdammt gut. Ich halte Charles für herrschsüchtig genug, dass er eine solche Dummheit durchaus begehen könnte. Doch wir haben unsere eigenen Spione und wissen, dass er nichts dergleichen plant. Er wird bald entmachtet und durch das Parlament abgelöst werden. Ohne dass ein einziger Schuss fällt.«

»Aber ...«

Cromwell schnitt ihm das Wort ab. »Geleitet Master Faversham bitte nach draußen«, sagte er zu den schwarz gekleideten Männern. »Passt gut auf ihn auf. Wir werden später erörtern, wie wir mit ihm verfahren werden.«

Die beiden Männer packten Richard und wollten ihn wegzerren.

Richard wand sich. Er brauchte einen Fürsprecher. Jemanden, der bezeugen konnte, dass er die Seiten gewechselt hatte. »Der Earl of Grantchester! Holt ihn her. Er wird für mich sprechen.«

Hoffentlich hatte er sich in dem Earl nicht getäuscht, hoffentlich stand er wirklich aufseiten der Parlamentarier!

Cromwell zögerte. »Was für ein Spiel versucht Ihr zu spielen?«

»Holt ihn her. Bitte. Wenn er Euch nicht überzeugen kann, macht mit mir, was Ihr wollt. Versenkt mich in der Themse, oder werft mich den Hunden zum Fraß vor. Was immer Euch beliebt.«

In Cromwells Gesicht arbeitete es. Er drehte sich um, rief etwas, das Richard nicht verstehen konnte, dann wandte er sich wieder ihm zu. »Gnade Euch Gott, wenn Ihr mit uns Schabernack treibt.«

Richard lief es eiskalt über den Rücken. Wenn Grantchester nicht half, war alles verloren.

Cromwells Begleiter dirigierten ihn zum Tisch des Speakers und ließen ihn nicht aus den Augen. Richard überlegte fieberhaft. Wie weit mochten Holland und seine Truppe wohl schon gekommen sein? Sie ritten bei Tageslicht, das machte sie schnell. *Herr im Himmel mach, dass Cromwells Verbündete Lord Grantchester schnell herbringen!*

Bald schon gab es am Eingang Unruhe. Eine Gasse bildete sich, Cromwell ließ den Weg freimachen für den Earl of Grantchester. Lords waren im House of Commons nicht gern gesehen, aber Cromwell hatte genügend Autorität, um nicht behindert zu werden.

Wenig später baute sich Grantchester vor Richard auf. »Natürlich kenne ich Euch, Faversham. Ihr seid ein begabter Maler und verfügt auch über andere Talente, wenn ich meiner Frau glauben darf.« Seine Augen durchbohrten Richard. Wusste er über ihn und Shirley Bescheid? »Sagt, was Ihr zu sagen habt!«

Richard holte tief Luft. »Mylord, ich bin sicher, dass Ihr von einem Mann namens Farathorn Gulie gehört habt.«

Grantchester presste die Lippen aufeinander. »Weiter«, knurrte er.

Cromwell hob die Augenbrauen, sagte aber nichts.

»Ihr habt sicherlich auch schon die Namen Hector Gargantua, Samuel Panurge und Enno Malicorn gehört oder, besser gesagt, gelesen, nicht wahr?«

Grantchester knirschte mit den Zähnen. »Habt Ihr ...« Er unterbrach sich. »Woher kennt Ihr diese Namen?«

Richard senkte die Stimme. »Was ich jetzt zu sagen habe, ist nur für die Ohren von Mr. Cromwell und Lord Grantchester bestimmt.«

»Tretet zurück«, befahl Cromwell. »Aber haltet Euch bereit.«

Richard verschränkte die Arme hinter dem Rücken. »Ihr habt die Namen zusammen mit einem anonymen Schreiben erhalten, Lord Grantchester, ist es nicht so? Angeblich handelt es sich um Verräter, um Doppelspione, die den König an den Feind verraten. Ihr solltet die Liste an ihn weitergeben, aber das habt Ihr nicht getan. Und ich tat es auch nicht, obwohl ich in seinen Diensten stehe. Wo die Liste war, lagen auch noch andere Dokumente, die zweifelsfrei beweisen, dass Ihr die Parlamentarier mit Geld und Tat unterstützt. Auch diese Beweise habe ich nicht angerührt. Denn ich stehe auf Eurer Seite.«

Cromwell blickte Grantchester an. »Stimmt, was er sagt?«

Eine Ader an Grantchesters Schläfe pulsierte, er war wütend, natürlich, denn Richard hatte ihn zum Idioten gemacht, der nicht bemerkt hatte, dass jemand in seinem Haus herumgeschnüffelt hatte, der nicht geahnt hatte, dass Richard eine Laus in seinem Pelz gewesen war.

»Wir sollten ihm glauben«, presste Grantchester hervor.

Cromwell zögerte einen Moment, dann nickte er. »Bringt Master Faversham, Pym, Haselrig, Holles, Hampden und Strode unverzüglich in unsere Festung in der Coleman Street«, sagte er zu seinen Männern. »Bewaffnet unsere Anhänger. Sie sollen sich bereit halten für den Fall, dass Charles das Parlament auflösen will. Grantchester, übernehmt Ihr unsere Anhänger im House of Lords?«

»Das werde ich.« Der Earl eilte fluchend davon.

Die schwarz Gekleideten trieben Richard zur Eile an. Wie in einem Traum bekam er mit, wie die Stimmung im Saal kippte. Empörte Rufe wurden laut, Fäuste wurden geschüttelt. Endlich erreichten sie die hintere Wand. Eine geheime Tür war in die Vertäfelung eingelassen, sie war halb geöffnet, da die anderen Männer bereits hindurchgeschlüpft waren. Richard wurde durch die Tür gestoßen, dann fiel sie krachend zu.

Beinahe blind stolperte er hinter den Männern her, der Gang verlief zuerst leicht abschüssig, machte eine Biegung nach links, dann ging es wieder aufwärts, und nach vielleicht fünfzig Yards war Tageslicht zu sehen. Kurz darauf traten sie ins Freie.

Sie waren am Ufer der Themse, doch noch immer trieben seine Begleiter Richard zur Eile an, bis sie endlich die sogenannte Festung der Puritaner erreicht hatten, ein aus dicken Steinquadern gemauertes Haus in der Coleman Street.

Außer Cromwell, der im Parlament zurückgeblieben war, hatten sich alle bereits in der Stube versammelt: Pym, der in einem Sessel hockte und nach Luft rang, Strode, Haselrig, Hampden und Holles. Strode tupfte sich mit einem Tuch die schweißnasse Stirn ab.

Haselrig ballte die Faust. »Das wird Charles bereuen«, sagte er. »Jetzt wird niemand, der bei Verstand ist, mehr anzweifeln, dass er entmachtet werden muss. Und zwar notfalls mit Gewalt.«

Richard fühlte Beklemmung in sich aufsteigen. Er hatte die Männer retten wollen, um einen Bürgerkrieg zu verhindern. Was, wenn er genau das Gegenteil bewirkt hatte?

Cromwell

Cromwell sah, wie die geheime Tür zufiel. Keine Sekunde zu spät, denn im gleichen Moment waren von draußen Musketenschüsse zu hören. Alle im Saal erstarrten, Stille kehrte ein. Wieder Schüsse.

Dann plötzlich Fanfaren, die Waffen schwiegen. Wahrscheinlich hatten die Soldaten des Königs die Bevölkerung nur ein wenig einschüchtern, sich Respekt verschaffen wollen. Zumindest hoffte Cromwell das.

Er drängte sich durch die Menge zum Eingang. Draußen standen berittene Soldaten, doch sie hielten die Waffen in die Luft. Eine Gasse öffnete sich zwischen den Pferden. Hoch erhobenen Hauptes schritt der König mit seiner Leibgarde hindurch, geradewegs an dem sprachlosen Cromwell vorbei ins Parlament. Er marschierte zum Tisch des Speakers, setzte sich auf William Lenthalls Platz und ließ seinen Blick über die Männer schweifen. Niemand gab einen Laut von sich, die Abgeordneten waren wie erstarrt.

Lenthall verbeugte sich vor dem König. »Eure Majestät?«

»Speaker!«, rief Charles im Befehlston. »Wo versteckt sich John Pym mit seinen Komplizen? Ich kann sie nirgendwo sehen. Sind die Vöglein etwa ausgeflogen?«

Cromwell schoss das Blut ins Gesicht. Das Verhalten des Königs war eine Anmaßung sondergleichen. Der Kerl legte es wirklich darauf an! Wäre es nach ihm gegangen, hätte man den Tyrannen augenblicklich auf den Richtblock geschleift, ihm sein königliches Haupt abgeschlagen und es an der Brücke auf einen Spieß gesteckt.

Lenthall richtete sich auf und sah den König mit festem Blick an. »Ich habe weder Augen, um zu sehen, noch eine Zunge, um zu sprechen, es sei denn, die ehrenwerten Abgeordneten dieses Hauses ersuchen mich darum.«

Der König sprang aus dem Stuhl, als habe ihn ein Insekt gestochen. Sein Zeigefinger hieb in Richtung des Speakers, und er holte tief Luft, um etwas zu entgegnen.

Da ertönte von weit hinten im Saal ein Ruf. »Privileg!«

Das hieß nichts anderes, als dass der Rufer den König aufforderte, das House of Commons zu verlassen. Schließlich hatte dieser das wichtigste, ja, heiligste Privileg der Abgeordneten verletzt, indem er nicht nur das House of Commons mit Gewalt betreten, sondern sich des Stuhl des Speakers bemächtigt und versucht hatte, Lenthall zum Verrat zu bewegen, und das vor den Augen aller Abgeordneten.

»Privileg!«, echote es von allen Seiten.

Cromwell rief ebenfalls: »Privileg!«

Immer mehr fielen mit ein, bis alle Abgeordneten wie ein Mann dem König entgegenschmetterten: »Privileg! Privileg!«

Selbst die Abgeordneten, die dem König zugeneigt waren, ließen keinen Zweifel daran, dass Charles zu weit gegangen war. Ihm blieb keine Wahl. Er hatte verloren, er musste gehen – oder jedes einzelne Mitglied des House of Commons von den Soldaten in Ketten legen lassen.

Der König bebte vor Wut, und für einen Moment glaubte Cromwell, dass er tatsächlich den Befehl geben würde, das Parlament zu stürmen und ein Blutbad anzurichten. Doch dann besann sich Charles und verließ das Gebäude hoch erhobenen Hauptes.

Kaum war der König fort, verstummten die Privileg-Rufe. Lenthall hob die Hand. Er war blass, aber er hatte standgehalten. Alle sahen ihn erwartungsvoll an, aber er sagte nichts.

Rasch trat Cromwell neben ihn, hob fragend die Brauen. Lenthall nickte ihm zu.

Cromwell räusperte sich. Seine Stunde war gekommen. »Ehrenwerte Abgeordnete«, begann er. »Niemals in der Geschichte unseres geliebten Reiches hat es einen solchen Vorfall gegeben. Wir müssen fürchten, dass der König es nicht dabei belassen wird, unser Recht mit Füßen zu treten. Er wird versuchen, uns zu entmachten, uns all unsere Privilegien und Rechte zu entreißen. Sicherlich ist er bereits auf der Suche nach John Pym und den anderen. Er darf sie nicht finden. Wir müssen alle, die für unsere Sache einstehen, verteidigen.«

An dieser Stelle hielt Cromwell inne. Er musste aufpassen, was er sagte. Er durfte auf keinen Fall auch nur den Eindruck erwecken, dass er den König am liebsten auf der Stelle hätte hinrichten lassen. »Wir müssen jetzt stark sein, damit der König uns nicht bezwingen kann und wir eine gute Position haben, wenn er wieder zur Vernunft kommt und mit uns verhandelt.«

Alle jubelten, auch die Königstreuen und die Zauderer. Cromwell war es gelungen, das House of Commons unter seiner Führung zu einen.

»Geht, berichtet dem Volk!«, rief er. »Es soll wissen, was sein König getan hat. Das Volk ist eine mächtige Waffe, wir brauchen es auf unserer Seite.«

Die meisten stürzten sogleich los. Ungehindert verließen sie das House of Commons, die Soldaten des Königs waren abgezogen. Die Abgeordneten würden herumerzählen, was geschehen war. Die Neuigkeiten würden sich wie ein Lauffeuer in der Stadt verbreiten.

Zufrieden verließ auch Cromwell das Parlament, er wollte sich so schnell wie möglich zu seinen Verbündeten in der Coleman Street gesellen. Er ritt über die Fleet Bridge in Richtung City, sah dabei, wie seine Anweisungen bereits Früchte trugen. Menschen verbarrikadierten die Gassen und schafften an Waffen auf die Straßen, was immer sie zur Verfügung hatten: Messer, Schwerter, Arkebusen, Musketen, Bögen und Armbrüste, Dreschflegel, Äxte, Eichenstangen.

Sie würden sie tatsächlich brauchen, stellte Cromwell fest, als er in der Nähe von St. Paul's sah, dass Soldaten in die City vorzudringen versuchten. Sie mussten erfahren haben, wo sich Pym aufhielt. Offenbar hatten die Männer jedoch den Befehl, nicht mit Gewalt gegen das Volk vorzugehen, denn Cromwell beobachtete, wie sie nach einer Weile unverrichteter Dinge abzogen. Aus dem Gerücht war Wahrheit geworden: Der König hatte einen Angriff auf die Stadt unternommen.

Cromwell ritt weiter, erreichte schon bald die Coleman Street. Er wurde sofort eingelassen, sprang die Treppe hinauf und begrüßte mit einem Kopfnicken die Versammelten, die ihn mit angespannten Gesichtern ansahen. Faversham war nicht unter ihnen.

»Wo ist der Maler?«, fragte Cromwell, plötzlich misstrauisch.

»Er hatte etwas Dringendes zu erledigen«, erklärte Strode. »Wenn ich es richtig verstanden habe, geht es darum, den König an einer besonders empfindlichen Stelle zu treffen: im Herzen seines geheimen Informationsdienstes.«

Cromwell nickte grimmig. Er traute Richard Faversham noch immer nicht so recht über den Weg. Ganz bestimmt war der Mann kein glühender Anhänger des Parlaments, und erst recht kein gläubiger Puritaner. Zwar hatte er heute Mut bewiesen und sich für die rechte Sache eingesetzt. Aber aus welchem Motiv? Cromwell nahm sich vor, ein Auge auf den Mann zu haben. Jetzt jedoch gab es Dringlicheres zu tun.

»Der Staatsstreich ist gescheitert«, verkündete er. »Der König hat sich samt seiner Truppen aus dem Parlament zurückgezogen. Sie haben versucht, sich einen Weg in die City zu bahnen, die Operation jedoch angesichts des Widerstands des Volkes abgebrochen.«

Es dauerte einen Moment, bis die Nachricht allen ins Bewusstsein drang. Einer nach dem anderen entspannte sich, doch niemand brach in Jubel aus. Erkannten sie nicht die Gunst der Stunde?

»Wir müssen den König festnehmen lassen«, fuhr Cromwell fort. »Ganz London ist auf unserer Seite, die Abgeordneten des House of Commons und ebenso ein Großteil der Lords.«

Niemand sagte ein Wort, aber an ihren Mienen konnte Cromwell erkennen, dass die Männer damit nicht einverstanden waren.

»Wenn wir es jetzt nicht tun, steht uns der Bürgerkrieg ins Haus«, sagte er. »Pym, Ihr wisst doch, wie der König ist. Er wird keinen Zoll nachgeben. Er wird seine Männer neu formieren und das Parlament mit einer großen Streitmacht auflösen. Er wird London besetzen und Hunderte unschuldige Menschen töten. Er kennt keine Skrupel, wenn es um seine Macht geht.«

Pym schloss kurz die Augen. Er sah erschöpft aus, die Schwindsucht zeichnete ihn mehr und mehr. Dann riss er sich zusammen und sah Cromwell an. »Was Ihr sagt, ist nicht von der Hand zu weisen, aber ich bitte Euch: Lasst uns noch einen Versuch unternehmen, den König zur Vernunft zu bringen. Wenn er dann nicht einlenkt, werden wir ihn verhaften und aburteilen. Bedenkt, dass es eine Sache ist, unsere Rechte durchzusetzen, aber eine ganz andere, einen König auf den Richtblock zu bringen. Viele, die uns jetzt unterstützen, würden die Seiten wechseln.« Pym rieb sich die Stirn. »Wir stimmen ab. Wer ist dafür, erneut Verhandlungen mit dem König aufzunehmen?«

Bis auf Cromwells Hand schnellten alle nach oben. Damit war es entschieden.

»So soll es sein«, sagte Cromwell resigniert. Natürlich akzeptierte er die Entscheidung, auch wenn er sie für falsch hielt. Er würde seine ganze Kraft einsetzen, sie in die Tat umzusetzen.

In dem Augenblick klopfte es. Ein Bote stürzte herein, redete ohne Aufforderung los: »Der König, er flieht aus London. Mit der Königin, dem Staatsschatz und seinem Hofstaat. Es heißt, er will nach Oxford. Eine Truppe von vierhundert Bewaffneten begleitet ihn. Auch von Oxford aus haben sich angeblich Männer in Bewegung gesetzt, um die Flucht des Königs zu decken.«

Cromwell biss die Zähne aufeinander. Er hatte Recht behalten. Und sie hatten die Gunst der Stunde nicht genutzt. Jetzt war es zu spät. War der König erst hinter den Mauern von Oxford verschwunden, kamen sie nicht mehr an ihn heran. Oxford war zu gut befestigt, die Colleges waren regelrechte Festungen. Ein Bürgerkrieg war nicht mehr zu vermeiden.

»Charles hat entschieden«, verkündete Cromwell. »Er will nicht verhandeln. Ab heute ist der König unser Todfeind.«

Richard

Eine glitzernde Schneeschicht bedeckte den Traitors' Hill, einen Hügel nördlich von London, von dem aus man einen beeindruckenden Blick auf die Stadt hatte. Doch Richard stand heute nicht der Sinn danach, eine schöne Aussicht zu genießen. Zu viel stand auf dem Spiel. Kaum zu glauben, dass gerade erst vierundzwanzig Stunden vergangen waren, seit er ins Parlament gestürmt war, um John Pym und seine Verbündeten zu warnen.

In der Stadt war es wieder ruhig, nachdem sich anfänglich einige Royalisten Scharmützel mit den Verteidigern der City geliefert hatten. Ein Dutzend Menschen war ums Leben gekommen, vergleichsweise wenige, angesichts der aufgeheizten Stimmung auf beiden Seiten. Die Stadt war nun hermetisch abgeriegelt, keine Maus kam mehr hinein oder hinaus. Obwohl alle wichtigen Personen, allen voran der König und seine Berater, längst auf und davon waren, hatte Cromwell einen Belagerungsring um Whitehall gelegt.

Als Richard gestern mit Pym und den anderen in der Stube der Puritaner-Festung gesessen und gewartet hatte, war ihm endlich die Idee gekommen, wie er Montjoy in die Falle locken konnte. Der König selbst hatte ihm die Möglichkeit auf einem Silbertablett serviert. Zum Glück hatten die Abgeordneten nicht darauf bestanden, dass er bei ihnen blieb. Cromwell war nicht zugegen gewesen, sonst wäre er vermutlich nicht so einfach davongekommen.

Er hatte hastig ein paar Zeilen an Vivian verfasst und einen Boten damit losgeschickt. Hoffentlich schaffte sie es rechtzeitig hierher! Zwar würde er den Mörder von Lord James lieber ohne sie stellen, aber er wusste, dass sie ihm das nie verzeihen würde.

Am Morgen hatte er Montjoy in aller Frühe ebenfalls eine Botschaft zukommen lassen. Er hatte darauf gesetzt, dass die üblichen Nachrichtenkanäle noch funktionierten, und hoffte, dass sein Chef den Brief inzwischen erhalten hatte. Und dass er auf die Finte hereinfiel. Richard hatte geschrieben, dass die Verschwörer sich mit dem todkranken Pym in ein Versteck außerhalb von London zurückgezogen hätten, das relativ leicht zu stürmen wäre. Er wolle den Ort jedoch keinem Schriftstück anvertrauen, deshalb wolle er sich persönlich mit Montjoy treffen, der allein kommen sollte.

Natürlich würde der Verräter nicht völlig allein auftauchen, so dumm war er nicht. Aber er würde seine Männer in einiger Entfernung warten lassen und nur ein oder zwei Leibwächter zu dem Treffen mitbringen. Es sei denn, er hatte irgendwie erfahren, dass es Richard gewesen war, der die Parlamentarier gewarnt hatte. Dann wusste er, dass es eine Falle war.

Richard zog die Zügel an und sah sich um. Die Luft war klar, sonnig und kalt. In einiger Entfernung erhob sich ein Hügelgrab. Dort lag angeblich Boudicca begraben, die Königin der Kelten, die die Römer herausgefordert und bitter dafür gebüßt hatte. Alles schien still zu sein. Hier, auf dem Traitors' Hill, waren früher Verräter hingerichtet worden. Heute würden sich gleich drei Verräter hier treffen. Wie passend.

Richard saß ab. Kaum hatte er festen Boden unter den Füßen, stürmten Reiter aus dem nahen Wäldchen, ein Dutzend bewaffnete Männer, Montjoy an ihrer Spitze.

Verflucht! Richard ballte die Fäuste. Er hatte Montjoy unterschätzt. Ein unverzeihlicher Fehler. Zwar war es möglich, dass Vivian Mortimer und Bru Giant noch rechtzeitig eintrafen. Aber auch zu dritt würden sie gegen diese Übermacht nichts ausrichten können.

Zehn Fuß vor Richard parierte Montjoy sein Pferd durch und sprang hinunter, die übrigen Reiter bildeten einen Kreis um die beiden, die Musketen im Anschlag.

»Faversham.« Montjoy musterte ihn abschätzend. »Ihr wisst also, wo John Pym steckt. Darf man fragen, woher?«

Richard lachte. Die Frage hatte er erwartet. Er hatte sich eine Geschichte zurechtgelegt und hoffte, dass Montjoy sie ihm abkaufte. »Mein lieber Montjoy. Ich gehe in vielen Häusern ein und aus, porträtiere die Herrschaft. So war ich in den vergangenen Jahren viele Male bei William Strode. Zehn Porträts habe ich inzwischen von ihm angefertigt. Ihr wisst ja, wie diese Rebellen sind. Sie glauben, Besitz verleihe Größe, und sie versinken in Eitelkeiten. Gestern tat ich so, als wäre ich in die Scharmützel zwischen den Königstreuen und den Aufrührern geraten, und suchte in seinem Haus Schutz. Dabei hörte ich mit, was die Verräter planen.«

Montjoy bleckte die Zähne. »Wie bedauerlich«, sagte er. »Wirklich bedauerlich. Bis zum Schluss hatte ich gehofft, ich würde mich täuschen. Deshalb habe ich Euch auch wieder aus dem Kerker rausgeholt.«

»*Ihr* habt mich ...«

»Ich musste Euch eine Weile aus dem Weg haben. Aber ich dachte, ich könnte Euch vielleicht noch brauchen, also habe ich Euch vorübergehend in Newgate untergebracht. Ein Fehler, wie ich jetzt erkenne. Zum Glück ist es noch nicht zu spät, ihn zu korrigieren.«

»Aber ...?« Richard wurde mulmig zumute. Wie hatte er sich verraten?

»Ich kenne Strode. Ich war einige Male bei ihm zu Hause. Er ist ein Puritaner und besitzt genau ein Porträt von sich.

Ein kleines, unscheinbares, auf dem er die Bibel in der Hand hält.«

Richard biss sich auf die Lippe. Verdammt, was für ein Anfängerfehler! Welcher Teufel hatte ihn nur geritten?

»Dann arbeitet Ihr für die Puritaner?«, fragte Richard ungläubig.

Montjoy lächelte. »Ich arbeite für den, der am besten zahlt, und das ist im Augenblick der König von Spanien. Aber das heißt nicht, dass ich nicht auch von anderen Seiten hier und da eine Zuwendung entgegennehme.«

Richard schluckte hart.

»Und jetzt verratet mir, warum Ihr mich hergelockt habt. Doch nicht, um mich mit meinem Verrat gegenüber dem König zu konfrontieren? Ihr habt ihn doch selbst hintergangen. Oder glaubt Ihr ernsthaft, ich wüsste nicht, wer die Operation in den Niederlanden sabotiert hat?«

Richard wurde es kalt. Er hatte verloren, das stand fest. Ihm blieb nur zu hoffen, dass Vivian zu spät kommen und wenigstens ihr eigenes Leben retten würde. Vielleicht gelang es ihr, die Suche nach dem Mörder ihres Bruders eines Tages aufzugeben. Oder sie glaubte irgendwann doch, dass Richard es gewesen war. Das wäre am besten, dann könnte sie endlich Frieden finden.

»Was ist, Faversham? Hat es Euch die Sprache verschlagen?«

»Was wollt Ihr noch, Montjoy? Ihr habt gewonnen, also bringt es zu Ende.«

»Wie Ihr meint.« Langsam zog Thomas Montjoy eine Pistole aus dem Gürtel. »Ich finde zwar nicht, dass Ihr einen so gnädigen Tod verdient habt, aber ich habe keine Zeit, mich länger mit Euch herumzuschlagen. Ich muss nach Oxford, der König erwartet meinen Bericht.« Er grinste breit und spannte den Hahn.

Im gleichen Augenblick brach ohrenbetäubender Lärm los. Schüsse donnerten über den Hügel, Pferde wieherten angsterfüllt, Männer fielen tödlich getroffen aus dem Sattel. Einigen gelang es noch, sich umzuwenden und zurückzufeuern, doch nach einem kurzen Schusswechsel waren alle bis auf Richard und Montjoy tot.

Richard brauchte nur eine Schrecksekunde, um sich zu fassen. Montjoy hob bereits die Waffe, um auf ihn zu schießen, da machte er einen Ausfallschritt nach vorne, ließ sich fallen und rollte sich zur Seite. Montjoy fuhr herum, doch Richard war jetzt nah genug, um ihm die Beine wegzuziehen. Montjoy stürzte, der Schuss löste sich, schlug neben Richards Kopf ein.

Richard warf sich auf Montjoy, der plötzlich ein langes Messer in der Hand hielt und damit auf Richard einstach. Wo hatte er das nur her? Hastig sprang Richard auf die Beine und zog sein Schwert, Montjoy kam ebenfalls hoch und schwang jetzt Schwert und Messer gegen Richard. Blitzartig stieß er nach vorne, heißer Schmerz durchfuhr Richard. Er fasste sich an die Seite, spürte Blut unter seinen Fingern. Er wusste nicht, wie schwer er verletzt war, hatte auch keine Zeit, darüber nachzudenken. Schon holte Montjoy zum nächsten Hieb aus.

Ein weiterer Schuss krachte, Montjoy erstarrte mitten in der Bewegung. Es war nur ein Streifschuss in den Arm, Richard musste also schnell sein. Er hieb sein Schwert in den Unterleib seines Gegners. Montjoy ging röchelnd in die Knie.

Richard wandte sich um. Vivian stand fünf Schritte hinter ihm, hielt die Pistole noch auf Montjoy gerichtet. Hinter ihr hatten sich Giant und ein Trupp Söldner postiert, mindestens ein Dutzend an der Zahl. Einige waren verletzt, Giant selbst am schlimmsten. Sein Gesicht war schwarz und verquollen, hier und da hing ein Fleischfetzen hinunter.

»Verdammte Muskete«, stieß Giant hervor. »Der Frost ist schuld, sie ist nach hinten losgegangen, und ich lebe nur noch, weil nicht das ganze Pulver gezündet hat. Aber es brennt wie die verfluchte Hölle.«

»Ihr habt mir das Leben gerettet.« Richard sah von ihm zurück zu Vivian, die noch immer reglos dastand, und deutete hinter sich. »Darf ich vorstellen? Thomas Montjoy, Chef des Geheimdienstes Seiner Majestät König Charles und der Mörder Eures Bruders.«

Vivian

Vivian starrte den Mann an, der vor ihr im Schnee lag. Er hatte ihren Bruder ermordet. Zumindest behauptete Richard Faversham das. Sie bezweifelte nicht, dass er das glaubte. Sie hatte auch keine Zweifel mehr, was seine Loyalitäten anging. Aber sie musste absolut sicher sein. Sie musste es mit eigenen Augen sehen.

Sie zog einen Dolch, beugte sich vor, griff nach dem Wams des tödlich Verletzten und schlitzte es auf. Zum Vorschein kam die Schlangennarbe, die sich bis hinunter in die Wunde wand, die Faversham ihm beigebracht hatte. Genau wie Cordell es beschrieben hatte.

»Lady Vivian, gebt acht!«

Die Warnung kam zu spät.

Ein Ruck ging durch den am Boden liegenden Mann, er packte ihren Dolch, griff mit der anderen Hand nach ihren Haaren, zog sie zu sich hinunter und hielt ihr die Klinge an die Kehle. »Und jetzt, du dumme Pute?«

Sie hatte Todesangst, gleichzeitig aber spürte sie eine geradezu unheimliche Ruhe in sich aufsteigen. Sie hatte es geschafft, sie hatte den Mörder ihres Bruders gefunden. Er würde sterben, egal, was mit ihr geschah. »Ihr habt meinen Bruder Jamie umgebracht, und dafür seid Ihr des Todes.«

»Du bist die Schwester von diesem Schwachkopf?« Montjoy schnaubte. »Dein dummer Bruder ist mir in die Quere gekommen. Er hat Dinge gehört, die ihn nichts angingen. Also musste er sterben. So wie alle sterben müssen, die sich mir in den Weg stellen.«

Faversham kniete sich neben sie. Er sah bleich aus, Schweißperlen standen auf seiner Stirn. Er presste eine Hand auf die Wunde an seiner Seite, in der anderen hielt er eine Pistole, die er an Montjoys Schläfe drückte. »Lasst sie los.«

»Schießt doch, Faversham. Na los, worauf wartet Ihr? Die Verstärkung wird bald da sein. Ihr werdet nicht weit kommen.«

Faversham drückte ab, doch die Waffe feuerte nicht. Er stieß einen unterdrückten Fluch aus.

Montjoy lachte verächtlich. Vivian nutzte den Moment der Ablenkung, um sich aus seiner Umklammerung zu winden. Doch der Mörder reagierte schneller, als sie gedacht hatte. Mit unerwarteter Geschwindigkeit schnellte er hoch und stieß den Dolch in ihre Richtung.

Er traf Giant, der sich genau in der Sekunde dazwischenwarf, mitten in die Brust. Der Mann stürzte zu Boden.

Montjoy wollte sich ganz aufrappeln, aber da war Richard schon über ihm und stieß sein Schwert durch den Schlangenkopf von Montjoys Narbe. Der Mörder fiel nach hinten. Er würde nicht mehr aufstehen.

Zitternd arbeitete sich Vivian unter dem Leichnam hervor und kniete sich neben Giant, dessen verbranntes Gesicht im Tod erstarrt war. Sie schloss ihm die Augen und sprach ein Gebet, bat Gott, diesen treuen und aufrechten Mann bei sich aufzunehmen. Sie erhob sich, sah Faversham an, der sich kaum auf den Beinen halten konnte. »Ihr braucht Hilfe.«

»Ja. Später. Erst müssen wir hier weg. Ich weiß nicht, ob Montjoy nur gebluff hat, was die Verstärkung angeht, aber ich würde es ungern darauf ankommen lassen. Am besten reitet Ihr mit den Männern heim.« Er deutete auf die Söldner, die abwartend dastanden. »Ich nehme einen anderen Weg. Mit meiner Verletzung bin ich Euch nur eine Last. Außerdem haben es Montjoys Leute auf mich abgesehen. Ohne mich seid Ihr nicht in Gefahr.«

Vivian schüttelte den Kopf. »Kommt nicht infrage.«

Faversham wollte etwas sagen, doch sie hob die Hand. »Bei der Ruine habt Ihr mich gebeten, Euch zu vertrauen, jetzt bitte ich Euch um das Gleiche.«

Sie winkte zwei Männern. »Hebt ihn auf mein Pferd. Allein kann er nicht reiten, er würde früher oder später hinunterstürzen. Zu zweit auf einem Pferd kommen wir allerdings nur langsam voran. Gebt uns ein wenig Vorsprung, dann reitet in die entgegengesetzte Richtung davon, und hinterlasst dabei so viele Spuren wie möglich. Sobald ihr unsere Verfolger weit genug in die Irre geführt habt, seid Ihr entlassen.«

Sie nahm einen Beutel von ihrem Gürtel und warf ihn einem der Männer zu. »Teilt das gerecht unter Euch auf.«

Die Söldner hievten Faversham, der kaum noch bei Bewusstsein war, auf Vivians Pferd. Sie war nicht auf Beauty hergekommen, sondern auf einem kräftigen Wallach, den ihr Vater früher oft geritten hatte. Dann ließ sie sich ebenfalls aufhelfen, bis sie sicher hinter Faversham saß. Sie nahm die Zügel, ließ sich zudem die Zügel von Favershams Pferd reichen, das sie nebenher führen würde, und ritt los.

Am Waldsaum drehte sie sich noch einmal um. Die Söldner hoben gerade ein Grab für Bru Giant aus. Gute Männer. Sie würden ihre Anweisungen genau befolgen.

Es war schon dunkel, als Ely in Sicht kam. Vivian ritt in einem Bogen um die Stadt, die Kapuze tief ins Gesicht gezogen. Vor dem Haus von Holly Thompson ließ sie die Pferde anhalten. Richard Faversham hing benommen im Sattel, seine Stirn glühte. Sie half ihm vom Pferd, ein Kraftakt, bei dem sie beinahe beide gestürzt wären, dann schleppte sie sich mit ihm bis zur Tür und klopfte.

Die Hebamme öffnete und erschrak sichtlich, als sie die beiden sah. »Lady Coveney, um Gottes willen, was macht Ihr hier?« Sie warf einen Blick auf Richard. »Und wer ist das? Was ist passiert?«

»Ein Freund, Mrs. Thompson, der dringend Hilfe benötigt, so wie ich.«

Die Hebamme spähte die Straße hinauf und hinunter. »Kommt herein, schnell.«

Sie nahmen Faversham in die Mitte, führten ihn in Holly Thompsons Schlafzimmer, wo sie ihn aufs Bett legten. Die Hebamme machte sich daran, seine Verletzung zu begutachten, während Vivian die Pferde hinter das Haus brachte und mit Heu und Wasser versorgte.

Als sie ins Haus zurückkehrte, kam die Hebamme gerade aus dem Schlafzimmer.

»Wie geht es ihm?«, fragte Vivian. »Ist er schwer verletzt?«

»Die Waffe hat ihn nur gestreift, aber er hat viel Blut verloren. Der Ritt war bestimmt auch nicht förderlich. Wie lange saß er im Sattel?«

»Wir waren den ganzen Tag unterwegs.«

»Gute Güte, Mylady! Den ganzen Tag? Das hätte ihn umbringen können.«

»Er ist zäh.«

Holly Thompson schüttelte den Kopf, dann deutete sie auf den Tisch. »Setzt Euch. Sicherlich seid Ihr hungrig. Ich kann Euch eine Suppe anbieten.«

»Das klingt wunderbar.«

Sie aßen schweigend. Als sie fertig waren, lehnte die Hebamme sich im Stuhl zurück. »Wie geht es jetzt weiter?«

Darüber hatte Vivian sich auf dem Ritt reichlich Gedanken gemacht. Am liebsten wäre sie mit Richard Faversham gemeinsam fortgeritten, irgendwohin, wo sie niemand kannte. Aber das ging natürlich nicht. Sie war verheiratet, hatte Verpflichtungen, nicht zuletzt ihre Mutter, die sie nicht einfach im Stich lassen konnte. Die andere Möglichkeit wäre, Faversham in Witcham House zu verstecken. Auf ihre Dienerschaft konnte sie sich verlassen. Doch wenn Albert etwas mitbekäme …

»Es wäre schön, wenn mein … Freund sich heute Nacht ein wenig bei Euch ausruhen könnte«, sagte sie. »Morgen früh seid Ihr uns los. Ich kehre nach Witcham House zurück, Euer Patient hat andere Verpflichtungen. Natürlich soll es Euer Schaden nicht sein.«

Die Hebamme winkte ab. »Ich helfe Euch gern, Mylady. Und ich will auch gar nicht wissen, was geschehen ist. Ich kann mir denken, dass es mit den schrecklichen Ereignissen in London zu tun hat. Gütiger Himmel! Alle Welt spricht von Bürgerkrieg. Es ist schon schlimm genug, wenn ein Reich gegen ein anderes kämpft. Aber Engländer gegen Engländer? Nachbar gegen Nachbar? Kann es etwas Schrecklicheres geben?«

Vivian nickte. »Ja, das alles ist grauenvoll. Lasst uns hoffen, dass Ely verschont bleibt.« Sie erhob sich. »Ich sehe mal, wie es meinem Freund geht. Vielleicht ist er wach, dann kann ich ihm etwas Suppe einflößen.«

»Tut das. Und lasst Euch Zeit.« Holly Thompson lächelte milde. »Ich mache es mir hier auf dem Sessel bequem und versuche, mich ein wenig auszuruhen.«

Als Vivian das Schlafzimmer betrat, schlief Master Faversham noch immer tief und fest. Sie berührte seine Stirn und stellte erleichtert fest, dass das Fieber gesunken war. Eine Weile saß sie so da und betrachtete ihn in dem schwachen Licht, das durch den Türspalt aus der Wohnstube hereindrang. Dann überkam sie mit einem Mal eine unendliche Müdigkeit. Sie zögerte kurz, dann streckte sie sich neben ihm auf dem Bett aus und schloss die Augen.

Richard

Richard schreckte hoch und sah sich panisch um. Er hatte geträumt, dass Montjoy in sein Zelt im Lager von Hollands Truppe geschlichen wäre, um ihn umzubringen. Gerade als der Mörder ihm den Dolch durch die Kehle ziehen wollte, war er aufgewacht.

Verwirrt stellte er fest, dass er in einem Bett lag. Von der Tür her drang der Schein einer Kerze ins Zimmer, alles war still. Als er sich zur Seite wandte, entdeckte er die junge Frau, die neben ihm lag und schlief. Vivian Mortimer, Herr im Himmel!

Und dann fiel ihm alles wieder ein. Er erinnerte sich dunkel, wie sie durch die verschneite Landschaft geritten waren, wie er immer wieder eingenickt war, sich kaum aufrecht halten konnte. Dann ein bescheidenes Haus und eine alte Frau, die sich mit viel Geschick um seine Verletzungen gekümmert hatte.

Er fasste sich an die Seite. Der Verband war trocken, die Blutung gestillt. In ein paar Tagen würde er wieder ganz der Alte sein. Aber so viel Zeit hatte er nicht. Er musste weg, und zwar so schnell wie möglich. Auch wenn Montjoy tot war, war die Gefahr nicht vorüber. Der Chef des Geheimdienstes hatte ein Netz von Lügen und Intrigen über das Land gespannt, das noch immer existierte.

Es gab nur einen Ort, an dem Richard sicher sein würde: Antwerpen. Dort hatte er als junger Maler einige Freundschaften geschlossen, dort kannte ihn niemand als Farathorn Gulie. In Antwerpen konnte er untertauchen, bis sich der

Wirbel um die Ermordung des Geheimdienstchefs Seiner Majestät gelegt hatte.

Vorsichtig streckte Richard Arme und Beine. Seine Muskeln schmerzten, aber er war nicht in seinen Bewegungen eingeschränkt. Er musste sich zum nächsten Hafen durchschlagen und unter falschem Namen eine Passage ergattern. Gott sei Dank hatte er für diesen Fall vorgesorgt. In einem sicheren Versteck lag der Großteil seines Vermögens versteckt, genug, um davon ein oder zwei Jahre einen bescheidenen Lebensunterhalt zu bestreiten.

So leise wie möglich zog Richard die Stiefel über, die neben dem Bett standen. Als er sich bückte, zuckte ein stechender Schmerz durch seine Seite, aber er ebbte sogleich ab. Rasch griff er nach Schwertgurt und Mantel. Einen Moment stand er schweigend da und blickte auf Vivian hinab, prägte sich ihr schlafendes Gesicht ein, als müsse er es später aus dem Gedächtnis malen.

Schon zum zweiten Mal musste er sie ohne eine Erklärung verlassen. Diesmal jedoch würde sie es verstehen. Das hoffte er zumindest.

In einem anderen Leben, einem Leben, in dem er kein Doppelspion und sie keine verheiratete Countess war, wäre er bei ihr geblieben. Er liebte seine Freiheit, aber Vivian wäre die Frau, für die er bereit wäre, sie aufzugeben.

Er beugte sich vor, drückte ihr behutsam einen Kuss auf die Stirn. »Lebt wohl, Mylady«, flüsterte er. »Und vergesst mich nicht ganz.«

Lautlos schlich er aus dem Zimmer. In der Wohnstube saß die alte Frau im Sessel, die ihn verbunden hatte. Auch sie schlief. Er nahm einige Münzen aus seinem Beutel und legte sie auf den Tisch. Dann trat er vor das Haus und zog leise die Tür zu.

Sein Pferd fand er hinter dem Haus. Es schnaubte leise, als

Richard ihm den Sattel auflegte. Er stieg auf, ließ das Pferd antraben und lenkte es auf die Straße nach Dover, ohne sich noch einmal umzudrehen.

Nachwort

Spionage war schon immer Gegenstand von Spekulationen und unzähligen Geschichten. Sowohl fiktive Spione wie James Bond als auch reale wie Mata Hari regen unsere Fantasie an, lassen uns von spannenden Abenteuern träumen. Und nicht immer ist einfach zu erkennen, wo die Realität endet und die Fiktion beginnt. Genau wie in meinem Roman.

Richard Faversham, der Meisterspion und Held meiner Geschichte, ist frei erfunden. Auch wenn die Art, wie er arbeitet, durchaus an die Realität angelehnt ist. Es gab unzählige Methoden, Botschaften zu verschlüsseln, und es war eine Kunst für sich, sie zu dechiffrieren. Es existierten geheime Gänge, viele angelegt für katholische Priester, komplizierte Schlösser, die es zu knacken galt, Verfahren, Tinte unsichtbar zu machen, und vieles mehr. Neben den Agenten, die andere belauschten, Einbrüche und Diebstähle verübten oder auf sonstigen Wegen an Informationen gelangten, gab es zahllose Informanten, die weitergaben, was sie im Haushalt der zu bespitzelnden Person aufschnappten.

Eine große Zahl davon waren Frauen. Die bekannteste Spionin ihrer Zeit war vermutlich Lucy Percy, die Countess of Carlisle, Hofdame und Vertraute der Königin Henrietta Maria und zugleich, so ist es überliefert, Geliebte des Königsgegners John Pym, dem sie die Pläne des Herrschers brühwarm im Bett verriet.

Apropos Frauen: Auch Vivian Mortimer ist frei erfunden, die Seeker jedoch gab es, ebenso wie eine Vielzahl weiterer religiöser Gemeinschaften. Diese als »Dissenters« bezeichneten

Nonkonformisten wurden teilweise verfolgt, teilweise auch toleriert, was jederzeit wechseln konnte und ihre Lage prekär machte. Viele Dissenters wanderten nach Amerika aus, wo sie sich mehr religiöse Freiheit erhofften.

Wahr sind in meinem Roman zudem die Rindviecher, mit denen die Schotten König Charles genarrt haben. Und auch ein Zwischenfall während der sogenannten *Bishop Wars* ist verbürgt, bei dem es nur einen Toten auf jeder Seite gab.

Ebenso habe ich mir den streitbaren John Lilburne, der noch vom Pranger aus Pamphlete verteilte, nicht ausgedacht, ich habe lediglich den Zeitpunkt seiner Verhaftung ein kleines bisschen verschoben, damit mein Held, Richard Faversham, Zeuge seiner Bestrafung sein kann. Und auch der Prozess gegen den Earl of Strafford hat sich so zugetragen, wie von mir beschrieben, nur dass er sich in Wahrheit über mehrere Wochen hinzog.

Die Tragik von König Charles I. bestand darin, dass er zu fest daran glaubte, der von Gott eingesetzte Herrscher zu sein. Aus diesem Grund war er blind für die Stimmung im Volk, was zunächst zum Bürgerkrieg und schließlich zu seiner Hinrichtung führte. Der Tropfen, der das Fass zum Überlaufen brachte, war der Versuch, die Abgeordneten John Pym, Denzil Holles, Arthur Haselrig, William Strode und John Hampden zu verhaften, um sie wegen Hochverrats anzuklagen. Damit kippte die Stimmung im Parlament endgültig. Die Worte, die William Lenthall dem König entgegnete, als dieser nach den Verschwörern fragte, sind übrigens genau so überliefert, wie er sie in dem Roman äußert.

Über Oliver Cromwell wurde so viel geschrieben, dass er zugleich ein offenes Buch und schwer zu greifen zu sein scheint. Ähnlich wie sein Widersacher Charles war er davon überzeugt, für seine Aufgabe von Gott auserwählt zu sein. Mit entsprechender Zielstrebigkeit hat er sie verfolgt. Nach dem

Sieg über die Royalisten ließ Cromwell sich zum Lord Protector ernennen, schwang sich zum alleinigen Herrscher Englands auf – und stand Charles in Unnachgiebigkeit in nichts nach. Eine seiner ersten Maßnahmen war, das Parlament aufzulösen. Doch das ist eine andere Geschichte …

Magnus Forster

Glossar

Aqua vitae
Whisky

Arkebuse oder Hakenbüchse
Handfeuerwaffe mit einem Lauf von etwa 120 cm, entwickelt im 16. Jahrhundert. Sie war schwer, Nachladen dauerte lange, und die Treffgenauigkeit war nicht sehr hoch. Leichtere Varianten wurden für die Kavallerie (Arkebusierreiter) eingesetzt. Wirksam nur in großer Zahl als Sperrfeuer. Diese Waffen erzeugten enormen Rauch. Nach wenigen Minuten Feuergefecht lag das Schlachtfeld unter einer dicken Rauchdecke, sodass die Sicht stark eingeschränkt war.

Bankside
Die Bankside, das Südufer der Themse in London, galt jahrhundertelang als besonders verrucht. Dort gab es Hurenhäuser, Hundekampf, Bärenhatz und Glücksspiel aller Art. Und natürlich Theatervorführungen für das gemeine Volk, die ebenfalls für anstößig gehalten wurden.

Bear-baiting
Kampfspektakel, bei dem Bären gequält wurden. Die angeketteten Tiere wurden auf Hunde gehetzt und umgekehrt. Die Arenen waren ähnlich wie Theater gebaut. Eines der berühmtesten war *The Bear Garden* auf der Bankside.

Bill of Attainder
Strafrechtliche Verurteilung durch das House of Commons ohne ordentlichen Prozess. Die Bill of Attainder wurde selten angewandt, wenn dies geschah, war sie aller-

dings eine scharfe Waffe gegen den König, der das Urteil zwar bestätigen musste, aber sich darüber im Klaren war, dass eine Ablehnung das House of Commons gegen ihn aufgebracht hätte. Aus diesem Grund stimmte Charles angesichts seines Machtverlustes im Jahr 1641 der Verurteilung seines engen Vertrauten Thomas Wentworth zu, der wenig später hingerichtet wurde.

Cheapside
Straße in der City of London. »Cheapside« bedeutet Marktplatz. Die Cheapside war über Jahrhunderte hinweg die Markt- und Geschäftsstraße im Geschäftszentrum Londons.

Claret
Rotwein aus der Region von Bordeaux

Clink Prison
Englands ältestes Gefängnis am Südufer der Themse in London. Es befand sich im Besitz des Bischofs von Winchester. Dort saßen Anfang des 17. Jahrhunderts vor allem Ketzer ein, später Schuldner. 1649 wurde es verkauft, Geschäfte wurden eingerichtet.

Code / Codierung
Im 17. Jahrhundert gab es bereits ausgefeilte Methoden, Nachrichten zu verschlüsseln. Eine einfache Methode war es, die Buchstaben des Alphabets in ihrer Reihenfolge zu verschieben, z. B. um sechs Stellen. Das Wort »Gott« hieße dann »Muzz«. Als besonders fälschungssicher galt die Vigenère-Chiffre, bei der zwei Verschlüsselungsverfahren kombiniert wurden. Aber auch die Vigenère-Chiffre war zu knacken, weswegen die Geheimdienste sich immer neue Methoden ausdachten.

Courante
Gesellschaftstanz, der vor allem im 17. Jahrhundert in Mode war

Court of Star Chamber
Englischer Oberster Gerichtshof, seit spätestens 1398 aktiv, eingesetzt von König Edward II. Das Gericht bestand aus königlichen Räten und war nicht an das Common Law gebunden. Es bezog seine Kompetenz aus der Machtfülle des Königs und tagte in einem Raum, dessen Decke mit Sternen verziert war, daher der Name »Star Chamber« – Sternen-Zimmer.

Covenanters
Als Covenanters bezeichnet man die schottischen Rebellen gegen König Charles I. Sie gehörten ebenso wie die Engländer der reformierten Kirche an. Doch die Covenanters hielten am Presbyterianismus fest und weigerten sich, das Messbuch, das *Book of Common Prayer*, der anglikanischen Kirche zu übernehmen. Ihr Kampf war zugleich ein symbolischer Widerstand gegen die englische Herrschaft in Schottland.

Denization
Veralteter bürokratischer Vorgang in England, bei dem Personen gegen Bezahlung ein Status gewährt wurde, der mit einer erweiterten Aufenthaltsgenehmigung vergleichbar ist. Diese Personen, genannt Denizen, durften wählen und Land erwerben, jedoch weder ein offizielles Amt bekleiden, noch ins Parlament gewählt werden.

Diebschlüssel
Gebogener oder gerader harter Dorn zum Öffnen von Schlössern. Heute sagt man Dietrich dazu.

Falkonet, Feldschlange
Leichtes Feldgeschütz

Farthing
Ein Halfpenny

Fleet Prison
Gefängnis in London, in dem vor allem Bankrotteure und Schuldner mit ihren Familien einsaßen. Gefangene mussten für ihren Lebensunterhalt selbst sorgen und sogar »Miete« zahlen. Wer wohlhabend war, konnte sich allerlei Annehmlichkeiten leisten, manche kauften sich sogar frei.

Geflecktes Knabenkraut
Eine pink bis violett blühende Orchideenart

Gentry
Die »Landed Gentry« war in England der untitulierte bzw. niedere Landadel. Mitglieder der Gentry saßen nicht im House of Lords, vom Bürgertum unterschieden sie sich dadurch, dass sie für ihren Lebensunterhalt nicht arbeiten mussten, sondern von dem leben konnten, was sie mit ihrem Besitz erwirtschafteten. Berufe wie etwa der des Anwalts wurden allenfalls aus Prestigegründen ausgeübt.

Globe
Eines der Theater am Südufer der Themse. Hier wurden Shakespeares Stücke aufgeführt.

Groom of the Stool
Ein Hofamt. Ursprünglich war der Groom of the Stool für den transportablen königlichen Abort zuständig. Mit der Zeit wurde er zum persönlichen Sekretär des Monarchen, hochbezahlt und mit vielen Privilegien versehen.

Gustav Adolf
Schwedischer König von 1611 bis 1632

Handgranate
Diese Form der Waffe gab es schon in der Antike. Im 17. Jahrhundert kamen Handgranaten aus Glas oder Keramik mit Lunte zum Einsatz, mit zum Teil verheerenden Nahwirkungen.

High Seat
Der erhöhte Platz des Königs in der Westminster Hall

Hohe Kommission
Beamte des Königs, die über alle Fragen der Religion berieten und entschieden. Da diese Kommission immer nach dem Willen des Königs urteilte, war sie den Covenanters ein Dorn im Auge.

Königsgambit
Eröffnung beim Schach, bei der gleich zu Anfang ein Bauernopfer angeboten wird. Es leitet ein offenes Spiel mit viel Schlagabtausch ein.

Kuhfuß
Werkzeug, um Nägel aus einem Brett zu ziehen

Master of the Great Wardrobe
Er war leitend verantwortlich für die Garderobe des Königs.

Messbuch
Das Messbuch enthält die Messordnung, also die Information, welche Gebete am Tag gesprochen werden, z. B. Hochgebet, Tagesgebet, Gabengebet oder Schlussgebet. Es regelt auch die liturgische Abfolge der Messe. Das anglikanische *Book of Common Prayer* ist mehr als ein reines Messbuch und enthält auch Regeln für die Taufe sowie weitere priesterliche Aufgaben.

Mohnsaft
Saft aus der Blüte des Schlafmohns. Neben der Nutzung als Droge wurde er auch als Narkotikum bei Operationen verwendet. In geringer Dosis sorgt er für tiefen Schlaf.

Muskete
Eine Schusswaffe, die wegen ihres längeren Laufs treffsicherer als die Arkebuse ist. Außerdem gab es bereits im frühen 17. Jahrhundert Musketen mit Flint-Zündung, also mittels eines Feuersteins. Damit fiel die anfällige Luntenzündung weg.

Newgate Prison
Gefängnis in London, ursprünglich im Newgate Stadttor gelegen, in dem unter anderem Verurteilte auf ihre Hinrichtung warteten. Das Gefängnis war nicht ausbruchssicher, was sich viele zunutze machten, um den unmenschlichen Zuständen zu entfliehen – und natürlich auch der Hinrichtung. Die Gefangenen froren im Winter, mussten oft hungern und wurden schlecht behandelt. Dem Räuber Jack Sheppard gelang dreimal die Flucht, bis er schließlich hingerichtet wurde. Es gab allerdings auch eine Abteilung, in der wohlhabende Gefangene auf nichts verzichten mussten. Im 18. Jahrhundert wurde es abgerissen und durch einen Neubau ersetzt.

Palas
Repräsentativer Saalbau einer Burg oder Festung

Pfund
Ein Pfund waren 20 Shillinge zu je 12 Pence.

Pinasschiff oder Fleute
Segelschiff, das gegen den Wind kreuzen konnte und damit anderen Schiffen überlegen war. Fleuten konnten bis zu 400 Tonnen Ladung aufnehmen und mit acht bis zweiundzwanzig Matrosen gesegelt werden.

Pint
Hohlmaß, das 473 Milliliter umfasst

Pistole
Kurzläufige Handfeuerwaffe, im 17. Jahrhundert noch ein Vorderlader, der beim Abfeuern viel Rauch erzeugt.

Press Yard
Ein Bereich des Newgate Prisons, in dem Häftlingen die Zunge gelockert werden sollte. Sie wurden nackt mit dem Rücken auf den Boden gelegt, dann wurde ein mit Steinen und Metallsplittern gespicktes Brett auf sie gelegt und heruntergedrückt, bis sie bereit waren zu gestehen.

Privy Council
Der engste Berater- und Verwaltungsstab des Königs
Reisezeiten
Im 17. Jahrhundert gab es grundsätzlich drei Möglichkeiten, über Land zu reisen: mit der Kutsche, zu Pferd oder zu Fuß. Während Kutschen recht langsam vorankamen, wenn auch deutlich schneller als Wanderer, die bei guter Kondition vielleicht dreißig Kilometer am Tag schafften, war das Pferd die schnellste Möglichkeit, ein Ziel zu erreichen. Postreiter, die mehrmals das Pferd wechselten, konnten bei guten Verhältnissen bis zu 150 Kilometer am Tag zurücklegen. Ein geübter Reiter mit einem entsprechend distanzfähigen Pferd konnte das ebenfalls schaffen. Die Reiter des Ponyexpress im Wilden Westen schafften durch ein ausgeklügeltes System von Wechselstationen sogar 300 Kilometer am Tag.
Schiffsgeld/Schiffsteuer
In Kriegszeiten erhobene Steuer zur Finanzierung von Häfen und Schiffen. Charles I. erhob diese Steuer zu Friedenszeiten und handelte sich damit große Schwierigkeiten ein, denn die Steuer war vom Parlament nicht genehmigt worden.
Scotland Yard
Scotland Yard war ein Gebäudekomplex in unmittelbarer Nähe des Palace of Whitehall am Themseufer. Auch heute noch gibt es die Straße Great Scotland Yard, an der früher das erste Polizeigebäude lag, weshalb die Behörde noch heute so bezeichnet wird.
Seeker
Religiöse Gemeinschaft, die glaubte, dass Christus bei seiner Rückkehr auf die Erde die wahre Kirche etablieren würde. Sie forderten die Freiwilligkeit der Religionsausübung und hielten nichts von Ritualen wie etwa der Taufe.

Ihre Zusammentreffen waren daher keine Messen, sie folgten keiner Liturgie. Stattdessen versuchten die Seeker, in Kontakt mit Gott zu treten, der ihnen mit Eingebungen den rechten Weg weisen sollte.

Sheriff

Ein Bediensteter der Krone, der in seinem Landkreis für Ruhe und Ordnung sorgen und die Gesetze und Verordnungen des Königs durchsetzen sollte, also eine frühe Art von Polizist.

St.-Pauls-Kathedrale

Die berühmteste Kirche Londons wurde nach dem großen Brand von 1666 neu aufgebaut und mit der für sie heute typischen Kuppel versehen. Zu der Zeit, in der der Roman spielt, hatte die Kathedrale einen viereckigen Turm, dessen Spitze fehlte.

Stecker

Teil des Mieders zum Verdecken des Dekolletees

Traitor's Hill

Ein Hügel im Nordwesten Londons. Heute heißt er Parliament Hill, ist Teil des Hampstead Heath Parks und bietet eine der spektakulärsten Aussichten auf die Stadt.

Triple

Beim Tanz der Wechsel von einem gemäßigten Tempo (»Duple meter«) zu einem deutlich schnelleren, durch Erhöhung der Schritt- oder Schlagfolge (»Triple meter«). Die »Triple« wurde als Dreierschritt auch gesprungen, wirkte dadurch besonders ausgelassen und verlangte einiges an Können und Kondition von den Tänzerinnen und Tänzern. Um die Tempoerhöhung anzukündigen, wurde vom Kapellmeister einfach »Triple!« gerufen, beim Beginn des nächsten Taktes oder Durchganges wechselten dann alle ins schnellere Tempo.

Uhren

Im 17. Jahrhundert gab es neben den Uhren an Kirchtürmen bereits Standuhren mit Stunden- und Minutenanzeige, die meist im Salon standen. Auch tragbare Uhren waren bereits verfügbar; in Mode waren Modelle in Kreuzform zum Umhängen, doch sie waren noch reichlich unhandlich und zeigten oft nur die Stunden, aber keine Minuten an.

Whitehall

Der Palace of Whitehall lag am Themseufer außerhalb der City of London und war ab 1530 die Hauptresidenz der britischen Monarchen. Nach einem Feuer 1698 blieb nur ein Gebäude übrig: Banqueting House. Auch heute befinden sich in diesem Teil der Stadt an der gleichnamigen Straße zahlreiche Regierungsgebäude.

Yard

Ein Yard entspricht 91,44 cm.

Zigarren

Tabak wurde seit der Entdeckung Amerikas schnell in ganz Europa beliebt. Vor allem in Pfeifen wurde er geraucht. Der Versuch, den Tabakkonsum durch 4000 Prozent Steuern auszumerzen, scheiterte kläglich. Der Schmuggel blühte. Den Tabak als »Stange«, also Zigarre, zu rauchen war im 17. Jahrhundert in England noch ein seltener Luxus, den sich nur Wohlhabende leisten konnten.